Annie Stone

THERE HAVE *always* BEEN FAIRY TALES

Liebesroman

Impressum

Coverfoto: © shutterstock.com / Surkov Vladimir (Nummer: 133463087)
ISBN-13: 978-1507825228
ISBN-10: 1507825226

Kontakt: anniestone81@gmail.com

Herausgegeben von
Alexander Pohl
IDEEKARREE Leipzig
Alfred-Kästner-Str. 76
04275 Leipzig
www.ideekarree.de

Für alle, die an die wahre Liebe glauben

Kapitel 1

Ich bin ganz aufgeregt. Wenn ich aus dem Fenster des Fliegers schaue, erhasche ich den ersten Blick auf die Stadt meiner Träume. Natürlich kann ich nichts von all den berühmten Sehenswürdigkeiten erblicken, schließlich ist der Flughafen im Süden der Stadt und alles andere im Norden, aber es ist wirklich und wahrhaftig San Francisco, die Stadt, die meine Gedanken seit Jahren beherrscht. Immer schon wollte ich hierher, an diesen Ort, und jetzt ist es endlich so weit.

San Francisco. Das hört sich bereits so wundervoll an, oder? Wie ... hm, wie San Francisco nehme ich mal an. Ich kann ein leicht dämliches Grinsen auf den Lippen nicht verhindern. Will ich irgendwie auch gar nicht. Ich bin hier. Ich bin wirklich hier – also in neunzig Sekunden etwa, denn dann setzt das Flugzeug mit den Rädern auf.

Ich finde es faszinierend, wie die Passagiere sofort aufspringen, obwohl doch gar nicht für jeden Platz im Gang ist. Schon gar nicht, wenn sie alle ihre Trolleys und Taschen und Rucksäcke in der Hand halten. Ich sitze am Gang, und mein Sitznachbar drängelt schon, dass ich dringend rausmuss. Mir erschließt sich das einfach nicht. Ob man nun im Sitzen oder im Stehen wartet, die Zeit mitbringen muss man so oder so.

Als sich die Menschen im Gang bewegen, stehe ich auf,

nehme meine kleine Tasche und laufe den Gang entlang. Die Flugbegleiter verabschieden sich freundlich und dann ... dann bin ich im Flughafen. San Francisco. Ich gehe in Richtung Ausgang, um meinen pinken Koffer abzuholen. Aber zunächst kommt es noch zur Passkontrolle. ›Der Typ ist süß‹, denke ich und setze mein strahlendstes Lächeln auf. Er auch. Noch süßer. Wir flirten ein bisschen, während er meine Fingerabdrücke nimmt – obwohl, das macht ja eigentlich die Maschine – und ein Foto von mir macht.

Er will wissen, woher ich komme. Also Deutschland weiß er ja, aber woher da? Ach, Köln? Keine Ahnung, wo das ist. Na ja, Ami halt. Dann bin ich fertig und denke, ›da hat der Aufenthalt doch schon mal gut angefangen, direkt einen Schnuckel getroffen.‹

Ich hab meinen Koffer in der Hand und mache mich auf den Weg zu den Mietwagen. Es dauert ewig, dort anzukommen, und dann noch dreimal so lang, bis ich den Schlüssel in der Hand habe. Die nette Dame hatte gesagt, wenn mir das Auto zu klein ist, kann ich upgraden. Als ich den Wagen sehe, denke ich: ›Die spinnen die Amis.‹ Der Chevrolet Sonic ist für Deutsche mit Sicherheit kein Kleinwagen. Ich verstaue meinen Koffer hinten und setze mich auf den Fahrersitz. Ich stelle alles ein, stecke den Schlüssel rein und will rückwärtsfahren, aber ich kann den Regler nicht bewegen. Ich drücke auf allen Knöpfen rum, aber es tut sich nichts. Wie peinlich. Ich kann diesen Automatikwagen nicht mal in den Rückwärtsgang bekommen. Jetzt muss ich aussteigen und den Typen fragen und zugeben, dass ich keine Ahnung von dem habe, was ich da eigentlich tue.

Motor wieder aus, Handschuhfach auf und da liegt, Gott sei Dank, eine Betriebsanleitung. Ich suche nach »Wie lege ich einen Gang ein« und denke: ›Das hast du doch vor zehn Jahren in der Fahrschule gelernt.‹ Ah, da ist es. Wenn ich den Regler aus der Parkposition bewegen will, muss ich dabei die Bremse treten. Geschnallt. Und ausprobiert. Ich fahre rückwärts. Jetzt kann ja nichts mehr schiefgehen. Ich stelle auf D und fahre langsam, langsamer, am langsamsten aus der Parklücke und dann aus der

Tiefgarage und auf die Straße.

Wie schnell darf man denn hier fahren? Und wie viel ist eigentlich fünfundzwanzig Meilen pro Stunde? Das fühlt sich so ... so langsam an. Wie eine Schnecke. Ah, das Navi sagt, man darf hier fünfundfünfzig Meilen fahren, das ist schon besser. Jetzt weiß ich auch, warum der hinter mir so mit den Armen gefuchtelt hat. Kann ja mal passieren.

Das Navi ist toll, es sagt mir sogar, in welchen Spuren ich mich aufzuhalten habe. Machen das Navis zu Hause auch? Ich hab kein Auto und daher keine Ahnung. Es dauert nicht lange, bis ich in der Innenstadt bin. O Gott! Wieso halten die denn alle an der roten Ampel, wenn wir auf der Schräge stehen? Anfahren am Berg? O Gott! Ich sterbe!

Ups, ist ja einfach. Braucht man nicht mal die Handbremse dazu. Fuß von der Bremse, Auto bewegt sich keinen Millimeter, Fuß aufs Gas und Auto fährt vor. Dankbar tätschel ich dem Sonic das Lenkrad. Und dann frage ich mich plötzlich, wo die Straße hin ist. Da ist ein Abgrund! Wer hatte noch mal die blöde Idee, ein Auto in San Francisco auszuleihen? Hand hoch, wer das zu verantworten hat!

Ich fahre langsam weiter, und als ich am höchsten Punkt bin, sehe ich, dass die Straße doch weitergeht. Steil nach unten. Wie eine Achterbahn. Ich könnte fluchen, wenn ich fluchen würde. Mit dem Fuß auf der Bremse taste ich mich langsam den Berg runter. Wie war das noch mal, wenn ein Stoppschild kommt? Ach ja, der Erste, der ankommt, darf als Erstes weiterfahren. War ich jetzt Erste oder Zweite? Hm, ich fahr einfach mal.

Ich seufze auf, als ich endlich an meinem Hotel ankomme, und nehme mir vor, das Auto erst wieder zu bewegen, wenn ich San Francisco verlasse. Ich checke ein. Während der junge Mann alles fertigmacht, schaue ich die Prospekte durch. Oh, *Whale Watching*! In Monterey! Wo liegt das wohl? Ich nehm den Flyer mit und denke: ›Da könnte ich ja mit dem Auto hin.‹

Als ich in meinem Zimmer bin, stelle ich mich unter die

Dusche und genieße das warme Wasser. Nach einem Flug bin ich immer klebrig und ekelig und muss dringend den Dreck abspülen. Und dann lege ich mich aufs Bett, mache den Fernseher an und suche nach meinem Lieblingskanal. Food Network. Ah, *Beat Bobby Flay*. Ich kuschel mich in die Decke. San Francisco ist echt kalt. Vielleicht nur abends? Das hoffe ich zumindest, sonst muss ich mir neue Klamotten kaufen.

Ich schlafe ein und bekomme nur am Rande mit, dass der Herausforderer es nicht geschafft hat, den Spitzenkoch zu schlagen. Wie denn auch? Ist doch Bobby Flay.

Am nächsten Morgen wache ich auf, dusche, ziehe mich an und schaue auf der Karte, wie weit der Fisherman's Wharf vom Hotel entfernt ist. 1,4 Meilen, siebenundzwanzig Minuten. ›Das ist doch zu schaffen‹, denke ich. Ich laufe in Richtung Lombard Street, und nach nur wenigen Metern sehe ich die Hügel am Horizont. Oh, oh, das kann ja heiter werden. Aber ich muss ja nach links, geh ich einfach jetzt schon da runter. Zum Wasser hin fällt das Land doch ab, oder?

Ich hab Glück gehabt. Ich betrachte meine Umgebung, sehe all die hübschen Häuschen, komme an Fort Mason vorbei und bin dann am Aquatic Park. Ich staune nicht schlecht. Da schwimmen Menschen in der Bay! Das ... das ... das Wasser ist doch eiskalt! Fünfzehn Grad, um genau zu sein, so behauptet mein Reiseführer. Und einige tragen nicht mal Neoprenanzüge. Meine Güte, das ist ja abgehärtet.

Es dauert nicht lange, bis ich zu dem berühmten Schild des Fisherman's Wharf komme. Auf der linken Straßenseite tummeln sich die Krebsbuden, und alles, was ich beim Anblick der pazifischen Taschenkrebse denken kann, ist lecker. Mir läuft das Wasser im Mund zusammen. Aber vielleicht sollte ich erst mal frühstücken?

Ich laufe weiter und komme an einen Steg. Ist das wohl Alcatraz? Muss doch. Sieht jedenfalls aus wie ein Gefängnis.

Irgendwie unheimlich. Mein Blick schweift über die Bay, und dann öffne ich vor Staunen den Mund. Die Golden Gate Bridge. Mein erster Blick auf dieses wohl berühmteste Wahrzeichen der Stadt, meiner Stadt. Wenn ich mal groß bin, lebe ich in San Francisco.

Ich werde von einem Mann angesprochen, ob ich eine Hafenrundfahrt machen will. Will ich. Er schickt mich zu einer kleinen Bude, die Tickets verkauft. Nur zur Golden Gate oder auch zur Bay Bridge? Ach, sparen kann man immer noch morgen. Nehmen wir beide Brücken. Noch dreißig Minuten bis zur Abfahrt. Frühstück vergessen. Nebensächlich. Ich fahre gleich unter der Golden Gate Bridge entlang. Ich, wirklich ich. Niemand sonst, nur ich. Und meine dreihundert engsten asiatischen Freunde.

Was isst die denn da? Das sieht lecker aus! So was will ich auch. Mein Magen knurrt ein wenig, aber da kommt schon eine Lady, die uns mitteilt, wie man sich richtig in einer Reihe aufstellt. Brav folgen wir ihren Anweisungen. Was nun anders ist, mag ich nicht sehen, aber es wird ja einen Sinn haben.

Dann setze ich den Fuß aufs Schiff. Ich liebe Wasser und alles, was man im und auf dem Wasser machen kann. Kaum entfernen wir uns vom Ufer, wird es windig. Mir klappern die Zähne und ich ziehe meinen dicken Pulli an. Wie gut, dass ich genau *einen* dicken Pulli mithabe. Einen. Für sieben Tage San Francisco. *Gut geplant, Marlene.*

Aber ich strahle mit der nicht vorhandenen Sonne um die Wette, denn ich bin in San Francisco, auf dem Wasser und ich fahre gleich unter der Golden Gate Bridge entlang! ›Was bin ich für ein Glückskind‹, denke ich nicht zum ersten Mal. Meine Oma hatte mir ein Sparkonto angelegt, als ich klein war, und jetzt, mit neunundzwanzig, war es fällig, und es befanden sich sage und schreibe zehntausend Euro darauf. Meine Oma hatte sich vorgestellt, dass ich weiterspare für schlechte Zeiten, aber ich dachte nur daran, meinen großen Traum zu erfüllen. San Francisco. Und wenn das Geld dann weg ist, habe ich immer noch tolle Erinnerungen. Das ist doch viel mehr wert als ein paar Scheine.

Da sehe ich eine Bewegung aus dem Augenwinkel. Ein Seelöwe taucht kurz aus dem Wasser auf, bevor er sich elegant wieder ins selbige gleiten lässt. Schön, oder? Aus dem Audioguide kommt gerade, dass es Haie in der Bay gibt, dass die großen weißen aber nur auf der anderen Seite des Gates sind, was vor allem mit dem niedrigeren Salzgehalt des Wassers auf dieser Seite zu tun hat.

Und dann ist sie da. Die Brücke, die in International Orange gestrichen ist. Ich kann es kaum glauben, dass ich sie so live und in Farbe sehe. Ich lege den Kopf in den Nacken, lausche den Worten und genieße einfach nur den Anblick. Wow. Ich mein, wow.

Dann wendet das Boot, und irgendwie ist es verrückt, aber jetzt stehe ich an der Seite des Boots, die Marin County zugewandt ist, und plötzlich ist es so warm, dass ich den Pulli wieder ausziehe. Kann das wirklich sein? Ich gehe auf die andere Seite des Boots und werde von einer steifen Brise empfangen. Zurück auf die linke Seite. Warm. Rechts. Kalt. Links. Warm. Hier bleib ich und schaue wenig später auf Sausalito und Tiburon, zwei kleine Städtchen, die ich auf jeden Fall noch besuchen will. Wozu hab ich denn ein Auto?

Als wir an Alcatraz vorbeifahren, gehe ich notgedrungen auf die kalte Seite zurück. Schon beeindruckend, dieses ehemalige Hochsicherheitsgefängnis. Ich hoffe, dass es klappt und ich die Insel besuchen kann. Ich hab mich nämlich leider nicht rechtzeitig darum bemüht und kann jetzt nur noch auf ein Stand-by-Ticket hoffen. Nach einem Abstecher zur Bay Bridge und der gemütlichen Fahrt am Ferry Building entlang, legen wir wieder in Frisco an. Hier hat sich das Wetter auch verbessert, und ich kann den Pulli weglassen.

Auf dem Weg hierher bin ich an *Joe's Crab Shack* vorbeigekommen, und da laufe ich jetzt wieder hin, um zu essen. Ich bin nämlich ziemlich hungrig. Was daran liegen könnte, dass ich nicht gefrühstückt habe.

Die Krebse sehen toll aus, und die freundliche Kellnerin zeigt mir, wie ich das Fleisch aus der Schale bekomme. Mit dem gelben

Spezialwerkzeug ist das auch kinderleicht. Ich bin die geborene Krebspulerin. Und Krebsesserin. Zum ersten Mal in meinem Leben esse ich Krebse, also echte, nicht Flusskrebse. Ich weiß, das sind auch echte Krebse, aber ich mein jetzt die richtig echten.

Und dann muss ich an meinem ersten Tag in San Francisco noch etwas machen. Cable Car fahren. Unbedingt. Also mache ich mich auf den Weg zur Endstation und werde von einer riesigen, beinahe gigantischen Menschenschlange empfangen. Okay, wir haben wohl alle die gleiche Idee gehabt. Wie gut, dass ich meinen Reader dabeihabe und ein bisschen lese, während mir die Sonne auf den Pelz scheint. Ein Mann kommt immer wieder und ruft: »Ab hier sind es zwei Stunden Wartezeit. Ich hab eine wartende Limousine, die Sie ebenfalls für sechs Dollar fährt, der gleiche Preis wie bei den Cable Cars.«

Das Einzige, was ich denken kann, ist: ›Sieht deine Limo aus wie ein Cable Car? Wenn nicht, dann kein Interesse.‹ Und ich widme mich wieder dem Buch.

Langsam und mühsam ernährt sich das Eichhörnchen, und so dauert es tatsächlich fast zwei Stunden, bis ich endlich einsteigen kann. Ich kann sogar auf der Plattform stehen – wenn das mal kein Glück ist! Die Wagen wurden erfunden, weil die Pferde es nicht gut schafften, die Karren die steilen Hügel raufzuziehen, denn die Menschen waren ja schon immer zu faul zum Laufen. So wie ich auch. Ich geb's ja zu, wenigstens. Da ist die Lombard Street, die verwinkeltste Straße der Welt wird sie genannt, aber jeder weiß, dass die Vermont Street, ebenfalls in San Francisco beheimatet, noch viel verwinkelter ist.

Ich steige am Union Square aus und gehe zu Macy's. Ich fahre mit dem Aufzug in den achten Stock, will zur Cheesecake Factory. Sehe den Andrang und fahre mit der Rolltreppe wieder runter. Kein Abendessen klingt auch gut, oder?
Ich nehme ein Taxi ins Hotel zurück, gehe in den kleinen Supermarkt an der Ecke, kaufe was zu trinken und ein Sandwich. Dann verbringe ich den Abend mit meinem Essen und dem Food

Network. *Diners Drive-ins and Dives* mit Guy Fieri. Hey, da ist ja ein Diner in Monterey! Da könnte ich doch morgen essen gehen, wenn ich Wale beobachten gehe. Und mit diesen schönen Gedanken schlafe ich ein. Tief und fest.

Kapitel 2

Und wache mit einem fiesen Sonnenbrand auf der Stirn und der Nase auf. Wenn ich fluchen würde, würde ich es jetzt tun! Wie konnte ich nur die Sonnencreme vergessen? Ich schmiere mir dick Creme ins Gesicht und hoffe, dass es dadurch besser wird. Oh Mann. Was für ein Anfang. Ich weiß doch, dass man auf dem Wasser immer schneller verbrennt als auf dem Land. Aber nun ja, da muss ich jetzt durch.

Ich dusche, stecke die Haare lockig hoch und ziehe einen dünnen Pulli, Jeans und Turnschuhe an. Den dicken Pulli nehme ich mit. Tasche gegriffen und dann mal los. Als ich am Auto ankomme, gebe ich die Adresse ins Navi ein und schlucke erst mal, als ich sehe, dass ich zwei Stunden unterwegs sein werde. Tja, da hätte ich vorher ja schon mal schauen können, nicht? Aber nein, ich muss es ja immer drauf ankommen lassen. Kleine Rebellin.

Ich schließe mein Handy über USB an und höre Musik, während ich die Straßen von San Francisco entlangfahre, die mir heute schon weniger bedrohlich erscheinen. Okay, die Van Ness Street ist jetzt auch nicht so hügelig, und schon bald bin ich auf dem Freeway 101 gen Süden unterwegs.

Gerade ertönt *Lieder* von Adel Tawil, und während ich lauthals mitsinge, muss ich plötzlich lächeln, ja, fast schon lachen. Meine Mundwinkel verziehen sich ständig, weil ich es einfach nicht fassen kann, dass ich jetzt hier bin, in diesem Auto sitze, bei Sonnenschein nach Monterey fahre und Adel Tawil lausche. Ich meine, geht es noch perfekter? Ich denke nicht. Als er endet, drücke ich auf die Taste, die es noch mal anmacht, und wieder muss ich grinsen. Ich lache erfreut auf. Großartig! Mein Leben ist großartig!

Ich fahre an einer Abfahrt raus, parke vor Ihop und bestelle Rühreier mit Speck und Kaffee. Viel Kaffee. Man könnte schon beinahe sagen, dass ich nach Kaffee süchtig bin. Beinahe natürlich nur.

Ich lasse es mir schmecken, lese dabei wieder mein Buch. Hab ich schon erwähnt, dass ich vielleicht auch ein kleines bisschen süchtig nach Büchern bin? Auch nur wenig, fast gar nicht. Ach, es Sucht zu nennen, ist vielleicht übertrieben. Sucht ist auch so ein negatives Wort. Eher passt: Ich suche oftmals die Nähe des geschriebenen Wortes wie eine Umarmung. Ja, genau. Die Bücherumarmerin. Süchtig? Ich? *Come on*!

O mein Gott! Habt ihr das gesehen? Artischockenfelder! Wirklich? So sehen sie aus, wenn sie wachsen? Stadtkinder. Keine Ahnung von der Landwirtschaft. Aber echt, ich hab mir noch nie Gedanken dazu gemacht, wie Artischocken wachsen. Wieder einmal verblüffen mich die Irrungen und Wirrungen meines Gehirns, das von A nach B hüpft und dabei einen Umweg über Q macht. Ich weiß. So geht es mir auch.

Ich bin am frühen Nachmittag da, schaue mir alles an: die Seelöwen auf dem Pier, die Geschäfte, die sich hier drängen, die ganzen Restaurants. Am Nachmittag denke ich, dass es mal Zeit wird fürs Mittagessen. Oder sollte ich vielleicht nichts essen, wenn ich gleich drei Stunden auf einem schwankenden Schiff bin? Ach, ne. *No risk, no fun*!

Clam Chowder in Sourdough Bread Bowl hört sich doch super an.

Und dann kletter ich an Bord des Schiffes, das mich zu den Walen bringen wird. Es ist halb vier, und die Meeresbiologin erklärt, dass wir die Tiere wahrscheinlich beim Abendessen antreffen werden.

Kaum setzt sich das Boot in Bewegung, gibt es die ersten Seekranken zu vermelden. Ich muss schnell die Seite wechseln. Ich bin zwar seetauglich, aber ich kann es wirklich nicht gut sehen, wenn sich andere übergeben. Da muss ich dann aus lauter Sympathie mitmachen. Das geht auf keinen Fall.

Obwohl ... vielleicht hält mir dann ja der Schiffsjunge Ed die Haare aus dem Gesicht? Aber eigentlich kann ich mir auch was Schöneres vorstellen, was er mit mir machen soll. Küssen zum Beispiel. Igitt. Wie kommst du nur von Kotzen auf Küssen?

Oh Mann, kommt er gerade in meine Richtung? Wie sitzt meine Frisur? Sonnenbrille auf oder ab?

»Hi«, lächelt er mich an.

»Hi«, krächze ich nicht gerade souverän zurück.

»Alles klar bei dir?«

Ich nicke. »Ja, alles klar. Ich bin nur wahnsinnig aufgeregt! Ich hoffe so sehr, dass wir Wale sehen!«

Er grinst und entblößt dabei ein Grübchen. »Bestimmt. Eigentlich ist es in der Monterey Bay fast unmöglich, keine Wale zu sehen. Wenn wir besonders viel Glück haben, sehen wir vielleicht auch noch Lonesome George, einen Orca.«

Ich strahle ihn an, und seine Augen weiten sich ein wenig vor Überraschung. »Oh, das wäre super! Und Delfine?«

Er amüsiert sich sichtlich über meine Begeisterung. »Gibt es hier auch in rauen Massen. Seelöwen, Seehunde, Otter. Immer öfter treffen wir auch auf Mondfische, die schwersten Knochenfische, die es gibt.«

»Oh Mann, ich will alles sehen!«, rufe ich begeistert.

Er grinst und sieht dabei so verführerisch aus, dass ich ihn anknabbern will. »Ich bin Ed«, sagt er.

»Marlene«, antworte ich.

»Woher kommst du?«, fragt er neugierig.

Ich streiche mir meinen Pony hinters Ohr, da ich sonst nichts sehe. »Aus Deutschland.«

»Cool«, antwortet er. »Was treibt dich hierher?«

»Ich reise ein bisschen, schaue mir San Francisco an und so.«

In dem Moment ruft der Kapitän nach ihm und er schaut mich mit einem bedauernden Lächeln an. »Ich komm später noch mal.«

Puh, ist euch plötzlich auch so warm geworden? Ich mein, schwarze, verwuschelte Haare, dunkelbraune Augen, die Haut sonnengebräunt. Wie ein Schokotörtchen. Ich muss Grinsen, weil ich mal wieder solchen Unsinn denke. Aber wirklich, ich würde ja gern mal an ihm knabbern.

In dem Moment springt eine ganze Schule Seelöwen aus den Wellen, und ich vergesse meine unkeuschen Gedanken und starre in Ehrfurcht auf dieses schöne Schauspiel. Die Meeresbiologin erklärt, dass sie auf der Jagd sind, deswegen tauchen sie immer wieder. Auf einmal kommt eine große Flosse aus dem dunkelgrauen Wasser. Ein Wal! Ich würde am liebsten auf und ab springen, aber das wurde uns verboten. Ich versuche ein Bild zu machen, mehr schlecht als recht, aber immerhin sieht man, dass es sich um einen Wal handelt. Auf einmal hebt er die mächtige Schwanzflosse, der Buckelwal.

»Er taucht«, verkündet die Biologin über die Lautsprecher. »Entweder will er fressen oder er wird gleich springen.« Als sie es sagt, wuchtet sich das gigantische Lebewesen nach oben, spritzt Wasser in alle Richtungen, macht praktisch eine Schraube und kommt mit einem Riesenplatscher auf der Oberfläche wieder auf. O mein Gott! Ist das gerade wirklich geschehen? Ein springender Buckelwal? Ich kann es kaum glauben, mir steht der Mund offen und meine Kamera hängt nutzlos in meiner Hand. Nicht eine Sekunde hatte ich darüber nachgedacht, den Auslöser zu betätigen.

Die Schwanzflosse erscheint wieder und die Stimme ertönt: »Er taucht schon wieder!«

Kurze Zeit später durchbricht er wieder das Wasser, um ein Kunststück zu vollführen. Ich kann es nicht fassen. Mir treten Tränen in die Augen, weil ich so gerührt bin. Von diesem Schauspiel, von diesem einzigartigen Prachtstück der Natur. Ich spüre, dass jemand sich neben mich stellt. Eds nackter Arm berührt meinen angezogenen. Er blickt mich an und ich kann sein Lächeln spüren.

»Atemberaubend, nicht?«, fragt er leise und ich kann nichts weiter tun, als zu nicken.

Als der Wal das nächste Mal springt, ist er sehr nah an unserem Boot. »Habt ihr das gerochen? Das ist Walatem, das war nicht euer Nachbar«, ertönt es aus den Lautsprechern.

Das Boot wird hin und her geschaukelt, und ich wäre beinahe umgefallen. Ed legt mir den Arm um die Taille und stabilisiert mich.

Ich sage leise: »Danke.«

Er zieht mich näher, auch wenn es jetzt keinen Grund mehr gibt. Aber ich mag es. Ich lehne mich leicht gegen ihn und erinnere mich an meine Kamera. Mit ihm als Hilfsstativ schaffe ich es, ein paar Walflossen einzufangen. Nur leider kein Bild von dem springenden Wal. Dazu ist meine kleine Point-and-Shoot-Kamera auch wirklich nicht geeignet, obwohl ich schon eine gute gekauft habe. Aber sie hat leider keine Serienbildaufnahme, was hier aber unbedingt vonnöten wäre.

Plötzlich hebt er seinen Arm und deutet nach links. Ich folge seinem Blick und sehe fünf schlanke, graue Körper aus den Wellen auftauchen und wieder verschwinden. Ich bekomme große Augen und fasse aufgeregt an seinen Arm.

Er grinst: »Das sind Risso-Delfine, auch Rundkopfdelfine genannt.«

Ich versuche sie für die Ewigkeit einzufangen, aber es gelingt mir nicht. Immer mal wieder habe ich wenigstens einen Teil auf der Kamera, die nicht schnell genug auslöst. Wie gemein! Irgendwann gebe ich es auf und genieße einfach das Schauspiel. Delfine, Wale, Seelöwen. Jeder Wunschtraum, den ich bezüglich dieser Kreaturen je hatte, wurde an einem einzigen Abend erfüllt. Kann es das Leben besser mit einem meinen?

»Was machst du heute Abend?«, fragt Ed und ich denke: ›Ja,

kann es.‹

»Ich fahr zurück nach San Francisco«, antworte ich und hoffe gleichzeitig, dass er mich bittet, den Abend mit ihm zu verbringen.

Er schaut nachdenklich über die Wellen, man hört die Laute der Tiere und die Gesprächsfetzen der anderen Passagiere, ansonsten ist es leise. »Würdest du mich am Wochenende sehen wollen? Vielleicht treffen wir uns irgendwo in der Mitte. Santa Cruz zum Beispiel.«

»Ja, natürlich«, antworte ich sofort und denke: ›Gut gemacht, hörte sich gar nicht notgeil und viel zu eifrig an.‹

Er lächelt leicht. »Am Sonntag? Da hab ich frei.«

Ich nicke und er zieht einen Stift aus seinem Ärmel. Er greift nach meinem Arm und schreibt seine Nummer auf. Die Spitze kitzelt ein wenig.

Der Kapitän ruft wieder nach ihm, und er verabschiedet sich entschuldigend, allerdings nicht, bevor er mir verspricht, noch mal nach mir zu sehen. Und weil ich ein bisschen besessen bin, mache ich schnell ein Foto von meinem Arm mit seiner Nummer. Man kann ja nie wissen. *Better safe than sorry.*

Irgendwann machen wir uns auf den Rückweg und sehen auch noch Schweinswale. Ich kann mein Glück gar nicht mehr fassen, und mein Herz geht beinahe auf, wenn ich an die Schönheit der Natur denke und daran, wie unglaublich sie ist. Hammer, wirklich. Ich bin sprachlos. Ich setze mich auf eine Bank am Bug, genieße den Wind um die Nase und denke nicht zum ersten Mal an diesem Tag, dass es mir doch mehr als gut geht.

Ich sitze hier alleine. Die meisten Leute sind im hinteren Teil, weil gesagt wurde, dass es da mit der Seekrankheit besser ist als hier vorne.

»Da bin ich wieder.« Ed setzt sich neben mich und legt wie selbstverständlich seine Hand auf meinen Oberschenkel.

Ich lächel ihn an und lasse sie da. »Meinst du, der Orca taucht noch auf?«

Er schüttelt den Kopf. »Er ist meist weiter draußen, da wo wir vorhin waren, wenn die Buckelwale da keine Party feiern.«

»Schade«, meine ich, »obwohl ich mich ja nicht beschweren kann. Wale, Delfine, Seelöwen, Schweinswale. Da hat sich ja fast das ganze *Who is Who* des Meeres getummelt.«

Er grinst amüsiert und deutet dann auf einen Teil der Küstenlinie. »Schau mal. Hier auf dem Meer und in Monterey ist es grau und wolkig, aber da gibt es ein Fleckchen, an dem noch die Sonne scheint.«

Ich folge seinem Blick und ... tatsächlich. Da ist ein Stück aus den Wolken geschnitten und die Sonnenstrahlen gelangen auf dieses hübsche Stückchen Erde. Es sieht aus wie verzaubert, und unwillkürlich frage ich mich, ob da gerade etwas Besonderes passiert. Oder warum wird das Spotlight auf diesen Ort gelenkt?

»Bist du das erste Mal in den USA?«, fragt er.

Ich schüttel den Kopf. »Ich war schon in New York und in Atlanta.«

»Ah, Hotlanta. Hat es dir gefallen?«

Ich zucke mit den Schultern. »Geht so. Das Margaret Mitchell Haus fand ich sehr interessant, aber ansonsten fand ich Savannah und Charleston schöner.«

»Ich war bisher nur in Cali. Und mal ehrlich, was braucht man schon mehr, wenn man dies sein Zuhause nennen darf?« Er macht eine umfassende Geste, und ich weiß, dass er nicht nur die See meint, sondern auch das Land, eben ganz Kalifornien.

»Hast du schon immer am Wasser gelebt?«

Er nickt. »Ja, mein Vater war Fischer, und da hat es sich angeboten. Mich hat es auch schon früh hinausgezogen. Irgendwie hat diese Welt doch etwas Magisches. Nirgends ist man so den Kräften der Natur ausgesetzt, man muss sie respektieren, kann nicht gegen sie arbeiten, sondern nur mit ihr. Es ist ... hm ...« Er macht so einen wahnsinnig erotischen Laut, der mir die Hitze durch den Körper treibt. »... als wäre man ihr Verbündeter. Verstehst du?« Er schaut mich abwartend an.

Ich nicke. »Ich weiß genau, was du meinst. Ich liebe das

Wasser. Ich bin zwar auf dem platten Land aufgewachsen, aber ich hab das kühle Nass schon immer geliebt.«

Er streicht mir eine Strähne hinter das Ohr, und irgendwie fühlt es sich, ja, richtig an. Ich kann Sonntag nicht erwarten.

»Wie lange bleibst du in SF?«

»Ich bleib vier Wochen in Kalifornien. Bisher habe ich sieben Tage in Frisco geplant«, antworte ich.

Er grinst. »Wie lange bist du schon da?«

»Zwei Tage.«

Als er dieses Mal lächelt, glitzern seine Augen ebenfalls. »Gut.«

»Gut«, grinse ich zurück.

Wir legen am Pier an und er vertäut das Boot. Er hilft den Passagieren an Land, und als er mir die Hand reicht, sagt er: »Sonntag. Ruf mich an.«

Ich nicke und spaziere in den Sonnenuntergang. Ich kaufe mir an einem der Stände ein Krebsbrötchen und laufe zum Auto. Auf einem kleinen Mäuerchen sitzt ein junges Mädchen mit einem Katzenbaby. Vor ihr ein Schild »Jeder Pfennig hilft mir«. Ich krame ein paar Scheine aus der Tasche und stopfe sie in ihr Glas, dann reiche ich ihr mein Brötchen. Sie schaut mich überwältigt an und bedankt sich überschwänglich. Ihre Augen werden feucht und meine ebenso. Ich grinse ihr zu und sie lächelt schüchtern zurück.

Ohne mein Essen, aber mit viel Liebe im Herzen, weil es mir so gut geht, laufe ich beschwingt zum Auto. Als ich mein Handy wieder andocke, merke ich, dass ich eine SMS bekommen habe. Micha, meine beste Freundin.

Süße, wenn du in Monterey bist, fahr noch schnell den 17 Mile Drive und halt am Lone Cypress lookout point. Hab dich lieb!

Ich schaue auf die Uhr. Also, ich hätte noch Zeit dafür. Soll ich?

Die kleine Stimme in mir, die für Abenteuer zuständig ist,

sagt: ›Hab dich nicht so.‹ Und daher tippe ich die Adresse ins Navi ein.

Ich fahre los, höre Musik, singe mit und bezahle die zehn Dollar, die man zahlen muss, wenn man hier lang fahren will. Und dann bin ich auf diesem wunderschönen Stück Straße und bewundere die Aussicht. Ich stoppe an allen Stationen und nehme mir viel Zeit. So viel Zeit, dass die Sonne schon untergeht. Gott, im Sonnenuntergang sieht das ja noch mal so schön aus! Ich parke am *lone cypress lookout point*, sehe die einsame Zypresse auf ihrem Felsen und steige mit meiner Kamera aus. Mittlerweile ist der Andrang, der vorhin noch herrschte, verschwunden. Ich bin hier alleine. Nun ja, fast ganz alleine. Es steht noch ein Auto dort. Der Fahrer ist nicht ausgestiegen, und ich werde etwas nervös. Sollte ich hier wirklich alleine rumstehen?

Aber dann fesselt mich die Aussicht und ich vergesse einfach alles. Die Wellen brechen sich am Strand, die Sonne versinkt im Meer und verfärbt den Himmel in allen Tönen von Orange bis Pink. Wunderschön. Innerlich danke ich Micha, dass sie mich hierhergeschickt hat. Das ist wirklich ein Moment, den ich auch in hundert Jahren noch vor meinem geistigen Auge erleben werde.

Als es ganz dunkel wird und ich tatsächlich nichts mehr sehe, gehe ich zum Auto zurück.

Ich öffne die Tür, als ich plötzlich eine Stimme höre: »Entschuldige bitte.«

Kämpfen oder fliehen, kämpfen oder fliehen? Ich drehe mich ganz langsam um. Das Licht aus dem Inneren des Wagens wirft einen kleinen Schein auf den Mann, der ein paar Meter von mir entfernt steht.

»Ja?«, frage ich unsicher. Meine Stimme ist klein und ein bisschen verängstigt.

»Es tut mir leid«, meint er und kommt einen Schritt näher. »Ich bin liegengeblieben und AAA kann heute niemanden mehr rausschicken. Würdest du ... ich weiß, das ist viel verlangt ... aber würdest du mich nach Monterey mitnehmen?«

Ich erstarre. Er will mitfahren? O Gott! AAA ist so was wie der ADAC, erinnere ich mich. Hat er das eingefügt, um mich zu beruhigen? Mich mit Fakten zu umgarnen? Ich höre ganz genau die Stimme meiner Mutter im Ohr. Nimm niemanden mit! Schon gar nicht in Amerika. Und meine Freundin stimmt ihr zu. Wenn sich jemand meinem Auto nähert, soll ich mit quietschenden Reifen losfahren. Und jetzt stehe ich hier und lasse mich ansprechen. Von ... von ... einem Mann, der sich mir und meinem Auto nähert!

»Ich ...« Ich breche verwirrt ab. »Tut mir leid, aber ich kann nicht«, beende ich meinen Satz dann und meine Stimme klingt erstaunlich fest.

Seine ganze Körperhaltung zeigt seine Enttäuschung. »Oh, ich ... okay. Schönen Abend noch.« Er dreht sich um und geht zurück zu seinem Auto, dabei murmelt er: »Fuck, eine Nacht im Wagen.«

Das schlechte Gewissen nagt an mir. Er hat eigentlich ganz nett gewirkt, gar nicht wie ein Serienkiller. *Das tun sie doch nie, Schätzchen*, höre ich Michas Stimme in meinem Kopf.

»Hey!«, rufe ich, bevor ich es mir noch mal anders überlegen kann. »Okay, aber nur bis Monterey.«

Er kommt zu mir zurück, bedankt sich überschwänglich, mehrmals, tausendmal. Nein, das wäre auch zu viel des Guten gewesen. »Danke«, sagt er mit einem Lächeln, das ich selbst im Dunkeln erkennen kann.

Er geht zur Beifahrerseite und steigt ein. Zuerst fährt er mal den Sitz nach hinten, damit er nicht mit den Knien an den Ohren sitzen muss. Er ist ziemlich groß. Aber ich schaue ihn nicht wirklich an. Ein bisschen mulmig ist mir schon. Das Licht geht aus, und er tastet mit der Hand am Autodach entlang, bis er den Schalter gefunden hat. Als es wieder hell wird, dreht er sich zu mir.

»Hi, ich bin Nate.« Er hält mir seine Hand hin.

Es ist furchtbar unhöflich, wenn ich mich jetzt nicht zu ihm drehe und seine Hand schüttel, oder? Ich drehe mich langsam in meinem Sitz und schaue ihm geradewegs in die ... gegen die Brust. Ja, auch im Sitzen ist er groß. Ich richte meinen Blick nach oben und begegne seinem belustigten Blick.

Ich atme scharf ein. Seine Augen sind dunkel, aber nicht braun, glaube ich, eher grün. Ich kann es nicht richtig erkennen. Aber er hat dunkle Wimpern, auf die ich sofort neidisch bin. Lang und dicht. Seine Augenbrauen sind stark, aber nicht zu stark, gerade richtig. Seine Haare sind dunkel, ein wenig wellig, aber nur so, dass sie aussehen, als käme er gerade vom Strand. Oder als hätte jemand beim Sex seine Hände drin gehabt.

›*Chillax*, Marlene‹, sage ich mir bestimmt. Mein Blick wandert über seine stark ausgeprägten Wangenknochen. Auf der rechten Seite hat er eine Narbe, nicht groß, aber auch nicht klein. Und trotzdem entstellt sie ihn nicht. Kein bisschen. Es macht ihn maskuliner, ohne ihn brutal wirken zu lassen. Seine Nase ist gerade bis auf einen kleinen Hügel. ›Schon mal gebrochen‹, denke ich unwillkürlich. Seine Lippen. Mein Atem geht ein wenig schneller. Sie sind perfekt. Voll, aber nicht schwülstig, ein schöner Farbton, ohne weiblich zu wirken. Eine kleine Narbe ziert die linke Seite und ein Mundwinkel ist momentan spöttisch nach oben gezogen. Sein Dreitagebart gibt ihm ein verwegenes Aussehen. ›Wie dieses Model‹, denke ich unwillkürlich. Er ist nicht makellos schön, aber er ist sexy.

Er lässt meine Musterung über sich ergehen und hält mir immer noch die Hand hin. Ich ergreife sie schließlich zögerlich. Sein Händedruck ist fest und warm, nicht schwitzig. Er hält meine Hand eine Sekunde zu lang, bevor er sie loslässt und meine Reaktion beobachtet.

»Und wie heißt du?«, fragt er, als ihm klar wird, dass ich von allein nicht antworten werde.

»Marlene«, flüstere ich.

»Marlene«, wiederholt er, und als er meinen Namen ausspricht, hört er sich wie eine Liebkosung an. Seine Stimme ist samten und ein wenig rau, dunkel, männlich. Man denkt an Whiskey und Zigarren. Und Zechgelage im Hinterzimmer eines Saloons. Leichte Mädchen, die sich ihm an den Hals werfen ...

Whoa! Komm mal wieder in die Wirklichkeit zurück!

»Wo soll ich dich hinbringen?«, frage ich, als sich mein Herzschlag wieder etwas beruhigt hat.

Er nennt mir eine Adresse und ich tippe sie in das Navi ein. Ich schnalle mich an und warte darauf, dass er es mir nachtut. Als ich zufrieden bin, schalte ich das Licht aus und starte den Wagen. Langsam fahre ich die Straße entlang, mache das Fernlicht an, damit ich was sehe. Ich bin unsicher, und er merkt es.

»Möchtest du, dass ich die Strecke fahre?«, fragt er. Ruhig und sachlich, ohne mir das Gefühl zu geben, dass ich ein Versager bin.

»Würdest du?«, frage ich erleichtert und fahre schon rechts ran.

»Klar«, grinst er und wir tauschen die Plätze. Er geht außen rum, und ich kletter einfach nur auf den anderen Sitz. Als er neben mir sitzt, sagt er: »Ich kenn den Weg wie meine Westentasche. Ich fahr hier immer lang, wenn ich in der Gegend bin, weil ich den Ausblick so mag.«

Er fährt uns schnell und sicher über die Straße bis zur angegebenen Adresse. Er stellt den Motor aus. Ich schaue nach draußen. Wir stehen vor einem Hotel.

»Oh, wohnst du gar nicht hier?«, frage ich überrascht.

Er schüttelt den Kopf. »Nein, ich wohne in der Bay Area. Aber ich werde wohl oder übel eine Nacht hier schlafen müssen.«

Er öffnet die Tür, steigt aus und kommt auf meine Seite, um sie für mich zu öffnen. Dann reicht er mir noch mal die Hand.

»Danke, wirklich, danke, dass ich nicht in meinem Auto schlafen musste«, grinst er. Ich lasse meinen Blick unauffällig über ihn gleiten. Er trägt eine Anzughose, ein Hemd, dessen Ärmel hochgekrempelt sind. Die Krawatte ist lose. Er sieht ... heiß aus. Er ist bestimmt kein Serienmörder. Oder?

Ich schüttel seine Hand, und wieder hält er sie einen Moment zu lange. Meine Hand kribbelt, und so langsam breitet sich das Gefühl in meinem Arm aus.

»Ich fahr nach San Francisco«, platzt es aus mir heraus und ich denke: ›Herrje, was war das denn schon wieder?‹

Er zieht fragend und ein wenig ungläubig eine Augenbraue hoch. »Wirklich? Und würdest du mich mitnehmen?« Er sieht einen Moment unsicher aus.

Ich nicke und er lächelt mich an. »Möchtest du wieder fahren?«

Ich nicke noch einmal und gehe um das Auto rum, während Nate wieder auf der Beifahrerseite einsteigt.

»Wo musst du denn wirklich hin?«, frage ich.

»Eigentlich nach Sausalito, aber wenn du mich irgendwo in San Francisco rauslässt, kann ich ein Taxi nehmen«, meint er leichthin.

»Mein Hotel ist in Russian Hill«, teile ich mit. »Passt dir das?«

»Ja, perfekt. Da find ich bestimmt schnell ein Taxi«, lächelt er.

Bevor ich losfahre, muss ich noch eine wichtige Frage stellen: »Was hörst du für Musik? Ist Alternative und Indie Rock okay?«

Er grinst mich an, und dabei leuchten nicht nur seine Augen, er zeigt auch ein höchst anziehendes Grübchen in seiner linken Wange. »Hört sich gut an.«

Ich grinse zurück, schließe mein Handy an und mache meine Rock-Playlist an. *Supersonic Speed* von Die Happy. Er schaut einen Moment verwundert, hört aber aufmerksam zu.

»Woher kommen die?«, fragt er, als ich anfahre und auf die Hauptstraße zurückfahre.

»Aus Deutschland«, antworte ich, setze den Blinker und fahre auf den Freeway.

Er lächelt mich an, und ich muss immer wieder nach rechts schauen, um seinen Anblick aufzunehmen. »Kommst du aus Deutschland?«

Ich nicke. »Hat mich mein Akzent verraten?«

Er lacht leise und zeigt sein niedliches Grübchen. »Nein, du hast eigentlich gar keinen typischen Akzent. Oder eigentlich viele. Du sprichst einzelne Worte mit unterschiedlichen Akzenten, als hättest du die Worte von jemandem mit diesem Akzent gelernt.«

Ich überlege einen Augenblick. »Ich glaub, das ist auch so. Aber wenn es nicht mein Akzent ist, was dann?«

»Deine Grammatik. Manche Sätze haben eine deutsche Struktur.«

»Woher willst du das wissen?«, frage ich neugierig.

Er zuckt mit den Achseln. »Ich bin nach der Highschool ein Jahr durch Europa gereist und war auch lange in Deutschland.«

»Wieso?«, frage ich und er muss meinen ablehnenden Tonfall wahrgenommen haben, denn er grinst.

»Magst du Deutschland nicht?«

»Doch, aber wenn ich sein könnte, wo ich sein will, dann würde ich mir warme Länder aussuchen«, lächel ich verlegen.

»Ich war auch in Spanien und Portugal und Italien und Griechenland.«

»Sehr gut. Warst du in Portugal surfen?«

Er schaut mich überrascht an. »Woher weißt du, dass ich surfe?«

»Weiß ich nicht, aber ich war in Portugal surfen und hab nur einen Einstieg gesucht, um davon zu erzählen«, meine ich und streiche mir unsicher eine Strähne aus dem Gesicht.

»Echt? Cool! Ich bin da auch gesurft«, grinst er und schaut mich interessiert an, also ohne sexuelle Hintergedanken – glaub ich zumindest. Sondern eben wie ein Mensch an einem anderen interessiert ist, wenn man die gleichen Vorlieben hat.

Und dann unterhalten wir uns eine Stunde lang übers Surfen. Welche Strände toll sind, wo er schon überall war, wo ich noch nicht war, welche Bretter er nutzt und so weiter. Und dann erzählt er mir eine Geschichte, die so gar nicht lustig war. Denn er ist in Portugal auf ein Petermännchen getreten. Zwei Mal. Das sind diese Fische, die in Strandnähe im Sand eingegraben sind und einen giftigen Stachel haben. So eine Vergiftung ist normalerweise nicht tödlich, nur sehr schmerzhaft. Der Arme musste es zweimal durchmachen. Da tut er mir rückwirkend schon sehr leid.

Plötzlich deutet er auf ein Schild. »Hey, du hast nicht zufällig auch Hunger?«

»Auf Fast Food?«, frage ich und versuche meine Stimme nicht ganz so entsetzt klingen zu lassen.

Er lacht und meint: »In-N-Out ist ungefähr fünftausend Stufen über Fast Food. Das schmeckt wirklich.«

»Na, gut«, gebe ich mich geschlagen und fahre an der Ausfahrt raus. Kurz darauf parke ich vor der Fast-Food-Kette und wir steigen aus.

»Schau nicht so angewidert«, grinst er und zwinkert mir zu.

Und schon ist mein Kopfkino wieder an. Ein Zuzwinkern heißt was. Da bin ich mir sicher. Absolut sicher. Sehr sicher. Oder? Das heißt was – nicht?

Ich kann vor lauter Gedanken kaum noch laufen und löse mich erst aus meiner Erstarrung, als er nach meiner Hand greift und mich hinter sich herzieht. »Komm schon!«

Er hält mir die Tür auf, lässt dabei aber meine Hand nicht los. Ich kann mich auf kaum etwas anderes konzentrieren als auf seine Finger um meine. Immer wieder schaue ich auf unsere verwobenen Hände und bin hin und weg, weil dieser Mann mich berührt.

»Zweimal den Double-Burger als Menü«, bestellt er einfach für mich mit. Er bezahlt und bekommt den Bon mit unserer Nummer. Dann nimmt er die zwei Becher und zieht mich zur Zapfanlage.

»Was möchtest du trinken?«, fragt er.

»Cola.«

»Normale?«

»Yep.«

»Eis?«

»Nein.«

»Ihr Europäer«, lacht er leise und lässt Coke in meinen Becher fließen. Dann füllt er seinen bis oben hin mit Eis und mit einem kleinen bisschen Cola, mehr passt bei all dem gefrorenen Wasser nämlich nicht mehr rein. Er drückt mir meinen Becher in die Hand.

Er steuert auf einen frei gewordenen Tisch zu, platziert mich da und wartet dann auf unser Essen.

Burger. Pommes. Fast Food. Ja, klar, *welcome to America*!

Er bringt das Essen in kleinen roten Schalen an den Tisch und stellt eine vor mich. Hm, sieht gar nicht unappetitlich aus. Eigentlich sogar richtig lecker. Viel Salat, der Burger saftig. Ich beiße hinein, und es schmeckt ... gut! Richtig gut sogar. Ich bin überwältigt, dass ein Fast-Food-Burger so schmecken kann. Ich liebe Burger, aber ich würde sie niemals in diesen Riesentempeln essen, einfach, weil sie da so lieblos zubereitet sind, aber dieser hier ist echt lecker.

Ich nicke leicht mit dem Kopf, während ich kaue, und als ich meine Augen hebe, erkenne ich, dass Nate mich die ganze Zeit angeschaut hat und meine Reaktion beobachtet. »Und? Was ist dein Urteil?«, fragt er lächelnd, aber so wissend, dass das eigentlich Makulatur ist. Er kennt meine Antwort schon, aber trotzdem gebe ich sie ihm.

»Wirklich lecker! Schmeckt fast wie in einem echten Diner«, grinse ich und lecke mir über die Lippen, um die Soße zu entfernen.

Sein Blick gleitet augenblicklich nach unten und er schluckt leicht. Wirklich? Ein Mann wie er kann doch alle haben, und mein Lippenablecken macht ihn an?

Ganz eindeutig abgelenkt, nicht bei der Sache, brummt er nur vor sich hin. »Hm«, meint er. Er schüttelt den Kopf und grinst mich dann frech an. »Entschuldige, was hattest du gesagt?«

Ich lächel ein wenig verlegen. »Ich sagte, dass es gut schmeckt.«

»Ich wusste, du würdest es mögen«, sagt er mit einem zufriedenen Lächeln. »Möchtest du Ketchup?«

Ich nicke, und er reicht mir ein kleines Töpfchen voll mit dem leckeren Zeug. Ich tauche eine Pommes ein und stecke sie mir in den Mund. Hm, weniger Salz als normale, aber sie schmecken wie frisch gemacht, und der Ketchup ist auch gut. Okay, da muss ich meine Meinung zu Fast Food noch mal überdenken, zumindest, wenn es so gut gemacht ist wie dieses hier.

»Danke«, sage ich lächelnd. »Du hast eindeutig meinen Horizont mit diesem Burger erweitert.«

Er lacht leise. »Du hast ja recht. Fast Food schmeckt eigentlich furchtbar. Wenn schon Burger, dann so richtig, in einem echten Diner und mit allem, was dazugehört. Aber auf die Schnelle ist das doch perfekt.«

Ich stimme ihm zu und beiße wieder in mein Essen.

»Was machst du eigentlich?», fragt er, als er runtergeschluckt hat.

»Beruflich?«

Er nickt. »Ja, beruflich.«

»Ich arbeite für UN Women.«

»Was ist das?«

»Das ist eine Organisation der Vereinten Nationen für Geschlechtergleichheit und *Empowerment*. Wir helfen zwischenstaatlichen Organen, globale Standards und Normen zu formulieren, unterstützen Mitgliedsstaaten bei der Umsetzung von Strategien zu *Gender Equality* und geben ihnen gleichzeitig die Möglichkeit, sich über die Umsetzung dieses Ziels der UNO auf dem Laufenden zu halten.«

Er schaut einen Moment verwundert, kritisch, vielleicht auch ein bisschen irritiert. »Ist das was, woran du glaubst? *Gender Equality*?«

Ich nicke, und mein Gesicht ist ernst, als ich antworte: »Ja, auf jeden Fall. Wieso soll ich weniger verdienen, nur weil ich eine Frau bin? Wieso soll an mir Kindererziehung und Haushalt hängen bleiben? Wieso muss ich im Job zurückstecken, weil ich ja schwanger werden könnte? Das ist doch nicht fair. Ich will nicht über meine Vagina definiert werden.«

»Das hast du jetzt nicht wirklich gesagt«, grinst er.

»Doch«, sage ich und streiche mir verlegen eine Strähne hinters Ohr.

Er lacht. »Ich mag deutsche Mädchen. Sie sind so schön

offen, ehrlich und direkt.«

»Ich bin eine Frau«, antworte ich, beinahe schon automatisch. Ich mein, ich bin neunundzwanzig, da ist man kein Mädchen mehr, sondern eine Frau. Und das ist auch gut so! Ich mag es, eine Frau zu sein.

Er nickt. »Ja, eine Frau und ein Mädchen.«

Ich puste mir die nervige Strähne aus dem Gesicht. »Ich will kein Mädchen sein.«

»Warum nicht?«

»Mädchen mögen pink, lackieren sich die Fingernägel und gucken *Vampire Diaries*.«

Er schaut auf meine Fingernägel, die keine Spuren von Farbe zeigen. »Das ist aber nicht wissenschaftlich bewiesen«, meint er dann mit einem verwegenen Lächeln, bei dem sein Grübchen auftaucht.

Ich lache. »Vielleicht nicht.« Und dann wechsel ich das Thema: »Und was machst du?«

Er grinst mich an. »Ich bin Wahlkampfmanager für David Linkwater.«

»Tut mir total leid, aber das sagt mir leider gar nichts«, meine ich betreten und überlege einen Moment, ob mir das was sagen muss.

»Keine Sorge, hatte ich auch nicht erwartet. David kandidiert für den Senat. Die Wahl findet im nächsten Jahr statt.«

»Demokrat oder Republikaner?«, frage ich, weil das eigentlich alles ist, was mich interessiert.

»Er oder ich?«, fragt er scheinheilig.

»Na ja, eigentlich du«, gebe ich zu.

»Demokrat.«

Puh, da bin ich erleichtert, aber ich versuche, es nicht zu zeigen. Ich meine, warum sollte es mich interessieren, was er ist? Wir sehen uns nach heute ja eh nicht wieder.

»Und du?«

»Sozialistin«, meine ich, »aber hier in den USA wohl auch eher

Demokratin. Die sind das kleinere Übel, auch wenn sie für mich viel zu rechts sind.«

Er lacht leise. »Damit kann ich leben.«

Und irgendwie macht mich das froh. Richtig froh. Ich weiß auch nicht, wieso.

Er steht auf, um seinen Becher noch einmal zu füllen. Er schaut mich fragend an, aber ich schüttel den Kopf. Ohne Eisberge im Becher passt da ganz schön viel rein.

»Was machst du hier?«, fragt er, als er wieder zurückkommt.

»Urlaub. Ich wollte schon immer nach San Francisco kommen, und jetzt hatte ich die Gelegenheit. Ich hab nicht lange gezögert, sondern sie beim Schopfe ergriffen.«

»Wie lange bleibst du?«, will er wissen.

»Ich hab vier Wochen, will aber auch noch mehr von Kalifornien sehen.«

Einen Moment schweigen wir. Normalerweise finde ich, dass man auch gemeinsam schweigen können muss, aber dieses fühlt sich verkehrt an. Wieso?

»Ich ...«, beginne ich, als er sagt: »Würdest du ...?«

Wir lachen beide ein bisschen verlegen. Er seufzt und fragt dann: »Wollen wir?«

Ich nicke und sehe zu, wie er unseren Abfall zusammenräumt und ihn dann in den Mülleimer wirft.

Wir steigen beide wieder ins Auto. Die Stimmung ist nicht mehr so fröhlich wie zuvor, sondern irgendwie ... hm. Ich weiß nicht so recht. Es fühlt sich nicht so ungezwungen an wie vorher. Ich mache die Musik wieder an, singe die Texte im Kopf mit.

Irgendwas läuft gerade ganz schief.

Seine Finger drehen den Lautstärkeregler runter. »Tut mir leid«, meint er.

Ich schaue zu ihm. »Schon okay.«

Er atmet tief ein. »Ich weiß, es ist total dämlich, das zu sagen, wir haben uns gerade erst kennengelernt und vielleicht erschrecke ich dich damit und du schmeißt mich an der Seite des Freeways raus, aber ich find dich nett und würde dich gerne wiedersehen. Die Vorstellung, dass du nur ein paar Tage hier bist und unsere Bekanntschaft sozusagen sofort ein Ablaufdatum hat, hat mich irgendwie ... ich ... sie hat mich traurig gemacht. Und dann dachte ich: ›Sie ist eh bald wieder weg, lass sie einfach gehen, ohne was zu sagen.‹ Aber ich kann nicht. Verstehst du? Ich würde dich gerne näher kennenlernen, und mir ist absolut bewusst, dass das Timing total scheiße ist. Ich weiß, du fährst zurück nach Deutschland, ich weiß das alles. Und trotzdem ist da dieser Wunsch, Zeit mit dir zu verbringen.«

Während seines Monologs habe ich gespürt, wie es in mir wärmer wurde. Er will mich kennenlernen! ›Hoffentlich auch im biblischen Sinne‹, wirft mein Unterbewusstsein ein.

»Ähm ...« ›Ja, sehr eloquent, hast du super gemacht, Marlene, jetzt nimmt er alles zurück. Und denkt sich, puh, Gott sei Dank fährt diese Blitzbirne bald wieder nach Europa und bleibt da hoffentlich. Sie könnte auch nach Timbuktu fahren.‹

»Willst du mich wiedersehen?«, fragt er und seine Stimme klingt ein bisschen unsicher.

Ich werfe ihm einen schnellen Blick zu, sein Ausdruck gespannt und hoffnungsvoll. Ich nicke. »Ja.«

Er lächelt leicht, ist erfreut, dass ich zugestimmt habe. O Gott, kann ein Mann süßer sein? Ich glaube nicht. »Ist es okay, wenn ich dich dann morgen zum Frühstück abhole?«, fragt er wieder.

»Ich mag Frühstück«, sage ich und würde mir dann gerne mit der flachen Hand vor den Kopf schlagen.

Er lacht. »Da haben wir ja noch was gemeinsam«, meint er.

Wir nähern uns der Stadt und ich werde ein wenig unruhig. Er bemerkt es und fragt: »Was ist?«

»Du wirst mich für ein Weichei halten, aber es macht mich nervös, in San Francisco Auto zu fahren, wegen all der Hügel und so.«

Er lächelt mich an. »Ich hab vollstes Vertrauen in dich.«

Meine Lippen verziehen sich ein bisschen.

»Wenn du willst, kann ich auch fahren«, bietet er an.

»Würdest du?«, frage ich.

Er nickt. »Natürlich. Aber ich bin mir sicher, du machst es gut. Schließlich bist du ja auch schon mal hier gefahren, oder?« Ich nicke. »Und du hast überlebt.«

Ich grinse. »Das hing aber am seidenen Faden.«

Er lacht. »Komm schon, Baby, eine Amazone lässt sich doch nicht unterkriegen.«

Und damit hat er mich natürlich. Jetzt werde ich wahrscheinlich nie wieder zugeben, wenn ich etwas nicht kann, und immer in mein Verderben schlittern, weil ich nicht als Schwächling dastehen will.

»Fiesling.«

Er legt seine Hand auf mein Knie und drückt leicht. Feuer fließt aus seinen Fingern durch meine Jeans und meine Haut in mein Bein. Findet den Weg in meine Venen und Kapillaren und setzt meinen gesamten Körper in Brand. Ich schlucke hart und hoffe, dass er das nicht mitbekommen hat. Bitte nicht, bitte lass mich souverän wirken.

Nervös blicke ich zu ihm und er schaut mich zufrieden an. Mist, hat er doch mitbekommen.

»Hey, kein Grund, nervös zu sein«, sagt er leise.

Ich nicke und knabber auf meiner Unterlippe herum. Ich fahre auf den Hotelparkplatz und wir steigen beide aus. Wir treffen uns am Heck des Wagens. Ich weiß nicht, was er tut, was er von mir erwartet. Was macht man in so einer Situation?

Er bleibt dicht vor mir stehen, legt seine Hand an meine Wange. Ich hab gar keine Zeit, drüber nachzudenken, was jetzt kommt, und schon hat er seine Lippen auf meine gedrückt. Ein kleines Feuerwerk startet in meinem Körper. Sein Mund fühlt sich weich und warm an ... und gleichzeitig fest, sodass ich mir vorstellen kann, wie seine Küsse auch sein können. Dieser hier ist sanft und zärtlich, aber diese Lippen können auch anders.

Ich spüre seine Zunge leicht gegen meine Haut drücken, und

mit einem leisen Laut der Begierde öffne ich meinen Mund für ihn. Langsam findet er seinen Weg in mich. Meine Zunge kommt ihm entgegen. Und für einen Moment steht die Zeit still. Der kalte Windhauch verebbt, die Straßenlaterne über uns hört auf zu flackern, die Geräusche der Großstadt verstummen. Nur er und ich bewegen uns in diesem Augenblick, seine Lippen auf meinen, meine auf seinen. Seine Zunge in meinem Mund, meine, die mit seiner spielt. Meine Hände wandern an seine Arme, umfassen sie. Ich stelle mich leicht auf die Zehen, um ihm entgegenzukommen. Seine eine Hand liegt immer noch an meiner Wange, seine andere legt sich an meinen Nacken, zieht mich eng an ihn.

Gott, bitte lass diesen Kuss nie aufhören! Es ist der perfekte erste Kuss. Perfekter geht es gar nicht mehr. Ich hoffe, für ihn ist es ebenso gut. Was, wenn nicht? Oh, du blödes Hirn, schalt mal ab!

Als er sich von mir lösen will, ziehe ich ihn näher, er grinst gegen meine Lippen und küsst mich noch einmal. Und noch mal. Und noch mal. Ich will ihn nicht gehen lassen, genieße diesen Kuss. Er merkt, dass ich ihn ebenso will wie er. Er zieht mich enger, wird fordernder, hungriger. Ich erwidere alles mit gleicher Leidenschaft. Meine Arme schließen sich um seine Schultern, ich drücke meinen Körper gegen seinen. Unsere Zungen sind in einem wilden Spiel verwickelt. Er macht so wunderbare kleine Geräusche, nicht ganz Seufzen, nicht ganz Stöhnen, nicht ganz Knurren, irgendwas dazwischen, aber sie turnen mich an!

Und dann, nach einer schieren Ewigkeit, löst er sich doch von mir. Sanft lehnt er seine Stirn gegen meine, beide Hände nun an meinem Gesicht, streicheln zärtlich meine Wangen. Er atmet schwer, ich keuche. Wir beide versuchen nach diesem besten ersten Kuss der Weltgeschichte wieder zu Atem zu kommen, versuchen, uns zu beruhigen. Aber mit ihm, der so nah an mich gelehnt steht, mit ihm, der meine Luft teilt, mit ihm, dessen Duft das Einzige ist, was ich riechen kann, ist das ein beinahe nutzloses Unterfangen.

»Wow«, sagt er leise.

»Wow«, wiederhole ich.

Er lächelt. »Wer hätte gedacht, dass deutsche Mädchen so küssen können.«

»Frauen.«

Er lacht und löst sich von mir, geht ein wenig auf Abstand, um mir in die Augen zu schauen. »Nein, Baby, du bist mein Mädchen.«

Und das ... klingt gar nicht mal so schlecht.

Er fasst nach meiner Hand und bringt mich zum Eingang des Hotels. »Ich hol dich morgen um zehn hier wieder ab. Okay?«

Ich nicke. Er küsst mich noch einmal schnell auf die Lippen. Er lächelt mich an. »Gute Nacht, Marlene.«

»Gute Nacht, Nate«, antworte ich.

»Träum von mir.«

Ich lächel und gehe hinein, drehe mich noch einmal um, sehe ihn da stehen. Er winkt mir zu mit dieser supersexy, männlichen Geste. Irgendwie nur eine Hand heben, aber doch auch so viel mehr. Aber das Beste, das Beste ist sein Lächeln, nur für mich. Ich lächel zurück, winke kurz und gehe um die Ecke zu den Aufzügen. Und grinse wie eine Bekloppte.

Kapitel 3

Als ich am nächsten Morgen aufwache, denke ich an den vergangenen Abend. An diesen Kuss. Den Kuss der Küsse. Meine Lippen fühlen noch seine und können gar nicht verstehen, warum ich sie dieser beraubt habe. Ich lächel leicht. Glücklich. Oder so.

Es hat sich alles so surreal angefühlt, so irgendwie nicht in der Realität verhaftet. Als ich in mein Zimmer kam, hab ich mich aufs Bett gestürzt und hab wie eine Verrückte gelacht und mit den Beinen auf dieses getrommelt. Ich konnte gar nicht still sein. Ging einfach nicht. Ich bin aufgesprungen und auf dem Bett rumgehopst. Gott sei Dank ist es so ein amerikanisches Bett. Mein deutscher Lattenrost hätte das nie im Leben ausgehalten.

Ich strecke mich wohlig und schaue auf die Uhr. Halb neun. Jetzt aber los. Ich hüpfe ins Bad, stelle mich unter die Dusche, seife mich von oben bis unten ein, spüle alles ab. Dann wasche ich meine Haare, benutze Spülung und Kur. Während sie einzieht, rasiere ich alles sorgfältig, sehr viel sorgfältiger als sonst. Ich kontrolliere extra, ob ich hinten alle Haare erwischt habe, weil das meine Schwachstelle ist. Micha lacht sich immer kaputt, wenn sie meine halb rasierten Beine sieht. Kann ja mal vorkommen, oder?

Ich gehe aus der Dusche, wickel mich in ein Handtuch und will gerade ein anderes um meine Haare schlingen, als ich bemerke, dass sich diese total schleimig anfühlen. Igitt. Vergessen, die Kur wieder auszuspülen. Also wieder unter die Dusche und noch mal von vorne.

Ich putze mir die Zähne, deodoriere mich, sprühe etwas von meinem Parfüm, Coco Mademoiselle, auf meine Haut. Überlege einen Moment, ob ich tatsächlich an die Stellen sprühen soll, wo ich geküsst werden will, verwerfe dies aber wieder, denn dann wäre die Flasche leer. Ich creme meinen Körper großzügig ein, vergesse auch nicht, mir meine Gesichtscreme mit Lichtschutzfaktor aufzutragen. Dann föhne ich meine Haare, lang und braun und immer ein bisschen wild. Und bemerke, dass irgendwie kein *good hair day* ist. Ich fasse meine Haare zu einem Pferdeschwanz zusammen, trage ein wenig Mascara und Lipgloss auf, und das war's.

Ich werfe einen Blick in den Spiegel. Meine großen braunen Augen schauen mir entgegen. Sie glitzern irgendwie. Auf jeden Fall ein Look, den ich mag. Ich drehe den Kopf ein wenig hin und her, betrachte mein rundliches Gesicht von allen Seiten. Meine Wimpern sind lang und dicht, meine Augenbrauen wachsen von Natur aus in einem schönen Bogen, ohne dass ich viel tun muss. Meine Nase ist ein klein wenig stupsig, aber das ist okay. Mein Blick wandert tiefer. Mein Busen ist rund und hat eine gute Größe, meine Taille ist schmal, die Hüften ein wenig ausladend. Ich drehe mich um. Mein Hintern ist wohlgeformt und fest. Meine Beine vielleicht ein bisschen zu muskulös, aber das ist okay. Damit kann ich leben. Alles in allem ganz sicher kein schlechtes Paket.

Da meine Garderobe nur aus Jeans und T-Shirt besteht, beschließe ich, dass das eben reichen muss. So sah ich gestern auch aus, und was hat es mir gebracht? Den Kuss des Jahrhunderts. Ob er mich heute wieder küsst? Soll ich vielleicht ihn küssen? Was ist die Etikette? Und was ist die Etikette in Amerika? All dieses Datingzeug kenn ich nur aus dem Fernsehen und aus Büchern, aber doch nicht in Wirklichkeit. Dating ist nicht so wirklich das, was ich kenne. Ich mein, ich hatte natürlich schon Freunde und One-Night-Stands, aber das hat auch ohne Dates funktioniert.

Meinen ersten Freund Michael habe ich in der Schule kennengelernt. Neunte Klasse. Wir waren auf Klassenausflug im Phantasialand. Er saß plötzlich neben mir in der Achterbahn und hat meine Hand gehalten, während ich mir die Seele aus dem Leib geschrien habe. Haha, war das ein Foto. Und irgendwie hat er meine Hand dann nur noch selten losgelassen. Bis zur zwölften Klasse, da hat er sie dann für Annas Hand eingetauscht.

Meinen zweiten Freund Toby habe ich in der Disco kennengelernt. Ich war noch keine achtzehn und die Türsteher wollten mich nicht ohne Ausweiskontrolle reinlassen, sosehr ich auch gebettelt habe. Und dann tauchte Toby wie ein Ritter in glänzender Rüstung auf und hat den Drachen erstochen. Oder so. Jedenfalls durfte ich rein. Wir haben getanzt. Die Art Tanz, die man im Schlafzimmer als Sex bezeichnen würde. Er fragte, ob er mit zu mir kann, ich sagte ja, und dann hat er sich zwei Jahre nicht mehr aus meinem Bett wegbewegt. Falls ihr euch jetzt fragt, wie ich einen Jungen zu meinen Eltern nach Hause schmuggeln konnte: Ich hatte ein Mansardenzimmer, das man nicht durch unsere Wohnung betreten konnte, sondern nur durch den Hausflur. Hey, meine Eltern haben mir eben vertraut.

Und dann gab es drei One-Night-Stands an der Uni. Heißer Typ eins, heißer Typ zwei und nicht ganz so heißer Typ drei. Nummer eins war wirklich heiß. Wir haben uns auf einer Uni-Party getroffen und dann in einem leeren, unverschlossenen Raum gevögelt, auf dem Dozentenpult. Er war diese Wahnsinnsmischung aus zärtlich und grob, die einen beinahe um den Verstand bringt. Ich bin so heftig gekommen wie noch nie zuvor. Als er fertig war, hat er gesagt: »Fuck, war das gut. Ich würd dir ja noch eine zweite Runde schenken, aber meine Freundin vermisst mich bestimmt schon.«

Ich weiß genau, wie ihr euch jetzt fühlt, so habe ich mich auch gefühlt. Und dann war da heißer Typ zwei, den ich abends am Bahnsteig getroffen habe. Die Bahn hatte mal wieder Verspätung, ist nicht gekommen. Es war kalt und dunkel und wir waren die beiden Einzigen in dem kleinen Warteraum. Er hat mich mit blitzenden Augen angeschaut, ich habe seinen Blick fragend erwidert. Na ja, und dann hatten wir Sex. Ups. Aber danach war mir wärmer. Komischerweise ist ihm da eingefallen, dass er ja in eine ganz andere Richtung fahren musste ...

Und dann kam der nicht so heiße ONS. Aber zunächst habe ich das nicht erkannt. Zehn Tequilashots nehmen einem schon mal das Sehvermögen und das Ekelgefühl ebenso. Ich konnte kaum noch stehen, aber das hat er von mir auch nicht verlangt. Seine Küsse waren heiß, aber nur mit dem Blut im Alkohol. Gott sei Dank konnte ich mich am nächsten Tag nicht mehr erinnern, aber Micha ist eine tolle Freundin und hat alles gefilmt. Danke. Er hat mir über das ganze Gesicht geleckt, und als ich das sah, bekam ich plötzlich Herpes.

An den Sex kann ich mich nicht erinnern, aber an den Horror, ihn am nächsten Morgen in meinem Bett zu finden. Nicht so heiß ist eindeutig ein Euphemismus. Puh, an diesem Abend habe ich dem Tequila abgeschworen. Bis auf drei, vier Ausnahmen, meine ich.

Als Nächstes kam dann Sergio aus Madrid. Ich habe da ein Auslandssemester gemacht und ihn in irgendeinem Club kennengelernt. Uns war beiden klar, dass unsere Beziehung ein Ablaufdatum hatte, nämlich den Tag meines Rückflugs. Das hat uns aber nicht daran gehindert, die drei Monate vorher ordentlich zu nutzen. Ich habe zwar wenig über das politische System der Europäischen Union gelernt, dafür aber, dass ich es unheimlich erregend finde, an Orten Sex zu haben, an denen man erwischt werden kann. Im Kino, im Hörsaal auf der Galerie, in der Unibib, in Bars, auf Festivals. O mein Gott, wir haben uns durch die halbe spanische Metropole gevögelt. Er war heiß. Spanier halt.

Wieder zu Hause habe ich meinen Bachelor ohne Verzögerung gemacht, bevor ich dann für ein Jahr als Masterstudentin nach London ging. Und London ist wirklich ein Südenbabel. Ich wollte es anders machen als in Spanien, wollte lernen und einen guten Abschluss machen, aber ich habe es nicht mal zwei Wochen geschafft, meine Beine geschlossen zu halten. Dann kam sexy Anthony mit seinem unglaublich süßen britischen Akzent. Niemand konnte wirklich von mir verlangen, ihm zu widerstehen. Jedenfalls hat er mein Herz im Sturm erobert, ganz schön erstaunlich für so einen drögen Engländer, was?

Drei Monate vor meinem Abschluss hat er dann mit meiner Mitbewohnerin gevögelt, die ihm auch nicht widerstehen konnte. Ich meine, vorwerfen kann ich es ihr nicht wirklich, schließlich war ich nach dieser Droge auch süchtig. Danach schwor ich den Männern ab. Das hielt vier Monate. Als Geschenk zur Graduierung bekam ich eine Woche Mallorca von meinen Eltern geschenkt. Da lernte ich Jan kennen, der auch aus Köln kam, ein halbes Jahr jünger als ich war, noch ein Jahr bis zum Abschluss hatte. Und so süß. Jans stelle ich mir immer blond und blauäugig vor, groß und schlank. Mein Jan war nur fünf Zentimeter größer als ich, hatte braune Haare, braune Augen und einen Siebentagebart. Er war nicht ganz schlank, aber auch nicht dick, kuschelig eben. Und ganz ehrlich, noch nie hatte ich einen schöneren Mann getroffen. Liebe halt. Rosarote Brille *to the max*.

Ach ja, besser nicht drüber nachdenken. Es tut immer noch ein bisschen weh. Wir haben uns vor sechs Monaten getrennt. Nein, nein, so stimmt das ja nicht. Wir haben eine PAUSE eingelegt. Er war sich nicht mehr sicher, ob er mich noch liebt oder nur mit mir zusammen ist, weil wir jetzt schon so lange zusammen waren. Irgendwie fand er, dass er was verpassen würde, wollte mich aber auch nicht verlieren. Als er mir das sagte, bin ich aus allen Wolken gefallen. Für mich war unsere Beziehung perfekt. Ich war immer noch total verknallt in ihn, wollte mein Leben mit ihm verbringen, hatte schon eine Eigentumswohnung, Abende am Kamin und Adoptionsunterlagen vor den Augen. Und dann ... dann kam das. Ich war geschockt. Dieses Wort ist nur der klägliche Versuch, ein Gefühl in Worte zu fassen, das sich nicht benennen lässt, weil es so unglaublich groß und vereinnahmend ist, dass man es nicht in Buchstaben ausdrücken kann, sondern wohl eher in Kubikmetern. Er hat mir den Boden unter den Füßen weggezogen.

Aber er wollte es nicht als Ende deklarieren, sondern als Pause. Ich habe dem zugestimmt in der Hoffnung, dass er es sich anders überlegen und wieder zu mir zurückkommen würde. Aber es ist nicht passiert. Er ist aus unserer gemeinsamen Wohnung ausgezogen, erst mal bei Freunden untergekommen. Die ersten beiden Wochen haben wir uns hin und wieder Nachrichten geschrieben, seit dem gar nichts mehr. Er meldet sich nicht, geht nicht an sein Telefon, antwortet nicht auf E-Mails. Gar nichts.

Es hat weitere zwei Monate gedauert, bis ich endlich den Gedanken zuließ, dass aus unserer Pause ein Ende geworden ist, aus meinem perfekten Mann ein Arsch, der nicht einmal anständig mit mir Schluss machen konnte. Und ups, jetzt habe ich doch geflucht ...

Ich versuche die trüben Gedanken abzuschütteln und an den Mann zu denken, den ich gleich sehen werde. Also, küssen oder nicht? Das ist hier die Frage. Ich mach bestimmt alles falsch und bekomme gar keine Küsse mehr. ›Relax‹, sagt eine kleine Stimme in mir, ›so aufgeregt bekommst du nicht mal einen Pferdekuss.‹

Fünf Minuten vor zehn mache ich mich auf den Weg nach unten, war natürlich schon zwanzig Minuten vorher fertig, dachte aber, es würde zu eifrig wirken. Als ich unten ankomme und vor die Tür trete, wartet er bereits auf mich. Ich lächel bei seinem Anblick. Im Morgenlicht sieht er noch viel besser aus als bei Mondschein.

Er kommt zu mir, beide Hände in den Taschen seiner Jeans vergraben, ein schiefes Lächeln auf dem Gesicht. Als er vor mir steht, legt er seine Hände an meine Wangen, streichelt mich sanft.

»Guten Morgen, Baby«, flüstert er und dann ... dann küsst er mich.

Als er sich nach diesem süßen, zärtlichen Kuss von mir trennt, sage ich: »Morgen, Nate.«

Er lächelt, küsst mich noch mal, greift nach meiner Hand,

verwebt unsere Finger und zieht mich mit sich.

»Wo gehen wir hin?«

»Zu meinem Wagen, ich hab ihn um die Ecke geparkt«, sagt er.

»War das gestern nicht dein Auto?«, frage ich ihn überrascht.

Er lacht. »Doch, das war mein Auto. Ich hab noch ein zweites, das ich aber nicht oft fahre.«

»Wieso nicht?«

Er führt mich um die Ecke, und da steht ein 67er Ford Mustang in Feuerrot! Ich werd nicht mehr! Was ein hübsches Schätzchen! Ich streiche ehrfürchtig über das Blech.

»Wow«, hauche ich.

Er lacht. »Du interessierst dich für Autos?«

Ich schüttel den Kopf. »Nicht im Allgemeinen, nur für solche Schmuckstücke.«

Er öffnet mir die Beifahrertür. »Wenn du ganz lieb bist, darfst du ihn mal fahren.«

Ich schnaube. »Also nie.«

Er lacht erneut. Er hat so ein schönes Lachen. »Hm, wenn du nicht lieb sein kannst, muss ich mir vielleicht was anderes ausdenken.« Er läuft um den Wagen, steigt auf der anderen Seite ein. »Du siehst sehr hübsch aus.«

»Oh bitte, sagst du mir jetzt auch, dass meine Augen traumhaft schön sind?«, grinse ich.

»Ich will ja nicht schleimen, aber deine Augen sind traumhaft schön«, grinst er, streichelt einmal über meine Wange, bevor er losfährt. Ohne Probleme übrigens, nur um das mal klarzustellen. Er hat keine Angst, in dieser Hügellandschaft Auto zu fahren. Das bin ganz offensichtlich nur ich.

»Wieso hast du so ein tolles Auto?«, frage ich ihn.

»Das hat mir mein Gramps vermacht. Er ist vor fünf Jahren gestorben, und er hat dieses Auto mehr geliebt als seine Frau oder seine Kinder. Nur seine Enkel hat er noch mehr geliebt«, erzählt er.

»Das ist irgendwie traurig.«

Er nickt. »Ja, ist es. Meine Gran hatte kein wirklich tolles Leben. Er war ein ganz schöner Tyrann. Seine Kinder, meine Mom und ihre zwei Brüder hatten auch unter diesem Terrorregime zu leiden. Mein einer Onkel hat sich mit siebzehn umgebracht, weil er es nicht mehr ertragen hat, dass er immer wie ein Versager behandelt wurde.« Er schluckt leicht. »Erst danach ist er aufgewacht und hat sich geändert. Aber er konnte die Dinge nicht wirklich mit seinen Kindern kitten, also hat er stattdessen beschlossen, der beste Großvater der Welt zu werden, um ihnen beiden zu zeigen, wie leid es ihm tut.«

Ich lege meine Hand auf sein Knie und er bedeckt sie mit seiner. »Und hat er es geschafft?«

»Ja, hat er. Meine Mom ist mit vierundzwanzig von einem One-Night-Stand schwanger geworden. Sie weiß nicht einmal den Namen meines Vaters. Mein Gramps war immer die Vaterfigur in meinem Leben. Er war streng, aber liebevoll.«

Ich lächel leicht, weil er mit so viel Wärme über seine Familie spricht. Das freut mich riesig. Ich hab nur meine Eltern und meine Oma und habe mir immer eine große gewünscht, eine verrückte, immer zueinander haltende Familie. »Hast du eine große Familie?«

Er lächelt. »Eigentlich nicht. Es ist nur meine Mom hier. Ihr Bruder lebt auf Hawaii. Aber die Lebensgefährtin meiner Mutter hat eine riesige Familie, und seit die beiden zusammen sind, wurden wir sozusagen adoptiert.«

»Deine Mom ist lesbisch?«

Er nickt und schaut mich abwartend an. »Cool.«

»Nora ist wirklich eine tolle Frau und ihre Familie ist ebenfalls großartig. Sie haben mich und Ella sofort in ihre Arme geschlossen.«

Ich versteife mich kurz. »Wer ist Ella? Deine Frau?«

Er grinst frech. »Glaubst du, ich würde dich so küssen wie letzte Nacht, wenn ich verheiratet wäre?«

Ich schüttel den Kopf und frage mich, wer denn Ella ist.

»Ella ist meine Tochter.«

Ich schaue ihn überrascht an. »Deine Tochter?«

Er nickt und schaut mich prüfend an.

»Wie alt ist sie?«, frage ich lächelnd und kann zusehen, wie die Sorge aus seinem Gesicht verschwindet. Er hat ganz offenbar gedacht, dass ich ein Problem damit habe.

»Sie ist vier.«

Ich lächel leicht. »Wo ist ihre Mom?«

Sein Blick ist einen Moment gequält. »Sie ist vor drei Jahren bei einem Autounfall ums Leben gekommen.«

Ich schaue ihn entsetzt an. Die Armen! »Das tut mir leid.«

»Ja, mir auch.« Er sieht so verloren aus in diesem Moment. Ich weiß nicht, was ich tun soll. Und dann übernehmen meine Instinkte.

»Fahr rechts ran.«

»Wieso?«, fragt er, setzt aber bereits den Blinker.

»Mach einfach.«

Als wir stehen, schnalle ich mich ab und schlinge meine Arme um ihn. Einen Moment ist er überrascht, zieht mich dann aber eng an sich, vergräbt sein Gesicht an meinem Hals.

»Es tut mir so leid«, flüstere ich, und er nickt nur, lässt mich aber nicht eine Sekunde los.

Nach einer halben Ewigkeit löst er sich leicht und blickt mich an. »Danke.«

Ich lächel und streiche ihm die wirren Haare aus dem Gesicht. »Ich hoffe, das war okay.«

Er nickt. »Ja. Ich hoffe, es war okay für dich.«

»Wieso nicht? Ich konnte deinen Rücken betatschen«, necke ich ihn.

Er lacht. »Das kann nicht so gut gewesen sein wie deine Brüste, die sich gegen mich pressen.«

Da hat er recht. Meine Nippel sind dabei hart geworden. Sein Blick richtet sich auf meinen Busen. »Ach, das weißt du schon«, scherzt er.

Ein bisschen verlegen verschränke ich die Arme vor der Brust.

Er grinst verwegen. »Oh, nein, Baby, versau mir nicht den schönen Ausblick.«

Ich gebe ihm einen Klaps auf die Schulter, was ihn zum Lachen bringt. Er zieht mich eng an sich. Er hält mich eine Zeit lang fest, bevor er fragt: »Ist es für dich okay, dass ich eine Tochter habe?«

Ich bin einen Moment still. »Ich würd ja gerne sagen, ich freu mich aufs Kennenlernen, aber das ist wohl zehn Schritte zu schnell.«

Sein Mundwinkel zuckt ein wenig nach oben. »Na ja ... wenn ich ehrlich bin ...«

»Was?«

»Ich weiß, es ist viel zu früh, aber ich konnte nicht Nein sagen.«

»Wozu konntest du nicht Nein sagen?«, frage ich neugierig.

Er kratzt sich ein wenig verlegen am Kopf. »Meine Mom passt auf Ella auf, aber irgendwie hat sie, also Ella, mitbekommen, dass wir frühstücken gehen. Und es kann auch sein, dass ich erwähnt habe, dass ich dir ein wenig die Stadt zeigen will. Sie liebt das Aquarium und hat dann so lange gebettelt, bis ich zugestimmt habe, dass wir dahin gehen.«

›Er ist süß, wenn er so vor sich hin brabbelt ohne Punkt und Komma‹, denke ich.

»Nun ja, ich konnte nicht Nein sagen. Echt, sie hat mich um den kleinen Finger gewickelt. Jedenfalls lange Rede, kurzer Sinn, wir treffen sie, meine Mom und Nora zum Frühstück. Statt den Tag bei Oma zu verbringen, kommt sie mit uns. Tut mir leid.«

Ich muss wohl ein bisschen entsetzt geschaut haben, denn er will schon was sagen, als ich ihm die Hand auf den Arm lege. »Was, wenn sie mich nicht mag?«

Er schaut mich verwundert an. »Das denkst du, nachdem dir der Typ, den du nicht mal vierundzwanzig Stunden kennst, sagt, dass du gleich seine ganze Familie kennenlernst?«

Ich hebe die Schultern. »Ich will, dass sie mich mag.«

Er lacht erleichtert. »Scheiße, Baby, du bist verrückt.«

Ich grinse leicht. »Würde ich nie bestreiten.«

»Also, okay?«

»Ja, okay. Aber ich bin jetzt aufgeregt. Du musst mir sagen, was sie mag, damit ich Pluspunkte sammeln kann.«

Er lacht, küsst mich kurz auf die Lippen. »Schnall dich wieder an. Sie mag Disney-Filme. So sehr, dass ich schon jeden mitsprechen kann. Sie liebt Tiere aller Art, sogar Insekten, was ich blöd finde, weil sie ständig Käfer ins Haus bringt. Ihr Lieblingsfrühstück sind Pancakes, wenn du welche machen kannst, bist du ihre große Heldin. Ich kann das nämlich nicht, deswegen ist sie sehr froh, wenn wir frühstücken gehen oder wenn sie bei Gran ist. Oder bei Tante Thea, denn sie macht ganz ohne Frage die besten Pfannkuchen.«

»Ist Thea deine Schwester?«

»Nein, ich bin ein Einzelkind. Ich hab zwei Cousins, die Söhne meines Onkels. Thea ist Noras Schwiegertochter und Ella liebt sie heiß und innig.«

Ich schaue ihn an. »Dann wird es also schwer, ihr Herz zu erobern?«

Er schaut mich verlegen an. »Schau, Baby, ich weiß, ich bin schuld, weil ich dich in diese Lage bringe, aber wenn du nicht vorhast, länger zu bleiben, dann versuch nicht, ihr Herz zu erobern. Ich will nicht, dass sie sich erst auf dich einlässt und du dann wieder verschwindest. Und ja, ich weiß, dass das vollkommen unsinnig ist, dich zu einem Familienfrühstück mitzunehmen und dich dann um so was zu bitten.«

»Was meinst du mit länger bleiben? Länger in San Francisco bleiben oder ...?«

»Irgendwie hab ich das Gefühl, alles verkehrt und vollkommen durcheinander zu machen«, grummelt er vor sich hin. »Nein, ich meinte nicht hier in der Stadt, ich meinte, in unserem Leben.«

In ihrem Leben? Whoa! Das ist ... superschnell! Ich weiß

nicht, ob ich das kann. Ob ich das will. Da bürdet er mir ganz schön was auf. Mist! »Hm.«

Er wirft mir einen kurzen Blick zu. »Tut mir leid, Baby«, meint er zerknirscht. »Ich hab das alles überhaupt nicht durchdacht.«

»Hast du tatsächlich nicht.« Ich ziehe kurz die Unterlippe zwischen die Zähne. »Willst du mich vielleicht hier absetzen und du gehst alleine? Ich muss nicht mitkommen.«

Wir stehen an einer Ampel und er schaut mich an. »Hm ... heißt das, du kannst dir nicht vorstellen, länger zu bleiben?«

Ich schlage die Hände vors Gesicht. »O Gott, wir sollten dieses Gespräch überhaupt nicht führen, weil wir uns gerade erst kennengelernt haben.«

Er nickt. »Ich weiß. Ich hab das alles kompliziert gemacht. Okay, wenn du willst, fahre ich dich wieder zurück zu deinem Hotel. Ich geh frühstücken und dann mit Ella ins Aquarium. Danach bringe ich sie zu meiner Mom und komm zu dir.«

Ich weiß, ich hab das vorgeschlagen, aber irgendwie hört sich das total blöd an. Ich bin ein Psycho.

»Oder willst du doch mitkommen?«, fragt er. Bilde ich mir das nur ein oder klingt seine Stimme hoffnungsvoll? Und wenn es stimmt, heißt das dann, dass er mich länger in seinem Leben haben will?

»Es ist grün.«

Er schaut auf und fährt los. »Fahre ich jetzt zu dem Café oder zu deinem Hotel?«

Ich schaue ihn an. »Das hier ist total verrückt.«

Er nickt. »Ist es. Ich übernehme die volle Verantwortung dafür, dass es so verrückt ist.«

Ich schließe die Augen und versuche ein Grinsen zu unterdrücken. »Fahren wir frühstücken.« Ups, da war mein Herz schneller als mein Kopf. Moment mal! Mein Herz? Wieso mischt sich das denn ein?

Er lächelt, legt mir die Hand aufs Knie, drückt leicht. »Gehen wir frühstücken.«

Als wir nach langer Parkplatzsuche endlich am Café ankommen, warten davor zwei Frauen und ein kleines Mädchen. ›Sie ist süß‹, denke ich. Sie hat ebenso dunkle Haare wie ihr Dad, die zu zwei Zöpfen geflochten sind. Sie hält die Hand einer der beiden Frauen. ›Nates Mutter‹, denke ich unwillkürlich. Obwohl sie einander gar nicht ähnlich sehen. Nate ist riesig und seine Mom winzig. Ihre Haare sind blond, ihre Augen blau. Und trotzdem sieht man auf den ersten Blick, dass sie verwandt sind.

»Daddy!« Das kleine Mädchen, Ella, rufe ich mir ins Gedächtnis, reißt sich von ihrer Oma los und rennt auf Nate zu. Er bückt sich, um sie aufzufangen, und nimmt sie dann auf den Arm. Ihre kleinen Hände schließen sich um seinen Nacken und sie drückt ihren Kopf gegen ihn.

Ich schaue die beiden fasziniert an. Es ist ganz eindeutig, dass Nate seine Tochter abgöttisch liebt. Aber was mir noch auffällt und was so ein komisches Ziehen in meinem Unterleib verursacht, ist diese Sanftheit, die nur richtig große Männer haben. So als wüssten sie, dass sie unbändige Kraft haben und deshalb besonders vorsichtig sein müssen. Und diese Riesen dann mit Kindern zu sehen ... Oh Mann, kein Wunder, dass es in den Eierstöcken zieht.

»Das ist Marlene«, stellt mich Nate vor.

Ella schaut mich gespannt an. Dann sieht sie Nate an. »Wer ist das?«

»Marlene ist eine Freundin.« Stich ins Herz! ›O Gott, du Dramaqueen‹, denke ich.

»Hi, Ella«, sage ich und lächel sie an.

Sie schaut mich sehr kritisch an. Wirklich, ihre Stirn ist gerunzelt, soweit so glatte Kinderhaut gerunzelt werden kann, ihre Augenbrauen zusammengezogen, ihre Nase kraus, als wollte sie gleich zum Angriff übergehen. »Kennst du Arielle?«

Ich bin überrascht. »Äh ... ja, die kleine Meerjungfrau.«

»Kannst du ihr Lied?«

Ich lächel leicht und beginne die erste Strophe von *Ein Mensch zu sein* zu singen. Entzückt klatscht sie in die Hände und singt mit. Sie streckt die Arme nach mir aus, und mit einer Mischung aus purem Entsetzen und absoluter Freude nehme ich sie auf den Arm. Ihre Hand legt sich um meine Schultern und mit der anderen berührt sie mein Gesicht.

Manchmal bin ich eine gefühlsduselige Kuh, aber in diesem winzigen Moment des Glücks treten mir Tränen in die Augen.

Als ich aufgehört habe zu singen, fragt sie: »Bist du auch meine Freundin?«

Habt ihr das Geräusch gehört? Puff, aufgelöst, weil eine Vierjährige mich fragt, ob ich ihre Freundin bin. Ich nicke und sie drückt sich fest an mich. O mein Gott. Diese Reise überlebe ich nicht. Und mein Herz schon mal gar nicht.

Nate steht ein wenig fassungslos neben mir. Ich habe keine Ahnung wieso, aber es ist, wie es ist. Seine Mutter kommt näher und schaut uns auch ein wenig merkwürdig an. Irgendwie ist mir das gerade sehr unangenehm.

»Hi, ich bin Mary«, sagt sie und reicht mir die Hand.

»Ich bin Marlene. Sehr erfreut.« Auf Deutsch würde ich jetzt hundert Stunden überlegen, ob ich sie siezen oder duzen soll, ob die Nennung des Vornamens ein Indiz für duzen ist oder nicht. Wie gut, dass man sich auf Englisch solche Gedanken nicht machen muss. Alle sind *you*.

»Das ist meine Lebensgefährtin Nora.« Ich schüttel auch ihre Hand.

Nate fragt: »Sollen wir reingehen?«

Die beiden Frauen drehen sich lächelnd um. Nate will mir Ella abnehmen, sieht mir an, dass sie mir für langes Rumtragen eigentlich zu schwer ist, aber sie weigert sich, loszulassen. Er zuckt mit den Schultern. »Wenn sie dir zu schwer wird, schrei.«

Ich nicke und laufe neben ihm her. Mit einem Kind auf dem Arm, das sich an mich drückt. Sachen gibt's.

Er hält mir die Tür auf, und ich merke schon nach dieser kurzen Zeit, dass ich kein bisschen im Kinder-trag-Training bin. Er schaut mich ein wenig mitleidig an, aber ihr Griff ist fest, da gibt es kein Entkommen. Ich taste nach einem Stuhl an unserem Tisch. Er lacht und hilft mir, mich so halb blind hinzusetzen.

Nachdem wir bestellt haben, kann Nate Ella überreden, sich auf einen eigenen Stuhl zu setzen. Mary packt Malbücher und Stifte aus, und Ella ist für den Moment ganz zufrieden, kleine Kunstwerke zu erschaffen. Na ja, sie malt über den Rand, aber wer wird das schon so eng sehen?

»Schau, wie schön ich male«, sagt sie zu mir, und ich blicke auf ihren blauen Sebastian, erwähne lieber nicht, dass er doch eigentlich rot ist.

»Sehr schön, Ella«, lächel ich.

»Willst du auch?«, bietet sie großzügig an.

Ich greife nach einem gelben Stift und beginne Fabio auszumalen. Sie schaut interessiert zu, bevor sie ihr eigenes Bild vernachlässigt und mit an meinem malt. Mit ihrem blauen Stift kommt sie meinem gelben in die Quere. Unsere Spitzen kommen immer wieder aneinander, was sie zum Kichern bringt. Ich drängel sie mit meinem Stift leicht zur Seite, und sie lacht laut und versucht, mich wieder abzudrängen. Ich muss auch grinsen bei so viel kindlichem Übermut.

Und dann gebe ich auf, was sie mit einem zufriedenen Geräusch quittiert. Ich blicke zu Nate, der uns amüsiert betrachtet.

»Alles klar?«, frage ich ihn.

Er nickt leicht und schaut Ella beim Malen zu. Sie sitzt zwischen uns. Erst saßen Nate und ich nebeneinander, aber als sie auf ihren eigenen Stuhl gesetzt wurde, musste er aufrücken, weil sie neben mir sitzen wollte, aber auch neben Daddy, den sie, nur falls das jemand nicht mitbekommen haben sollte, um den kleinen Finger gewickelt hat. Der Typ? Vollkommen vernarrt in seine Tochter.

Unser Essen kommt, und Ella fragt mich, ob ich Pancakes kann, was ich bestätige. So ganz stimmt das nicht. Ich meine, ich kann deutsche Pfannkuchen, aber das ist nicht das Gleiche wie amerikanische Pancakes, wie ich von meiner Freundin Maggie erfahren habe.

Aber vielleicht muss ich ja auch nie welche machen, wenn die von Tante Thea perfekt sind.

»Wie habt ihr euch kennengelernt?«, fragt Mary neugierig.

Nate antwortet und dann schaut sie mich entsetzt an: »Love, du kannst nicht einfach fremde Menschen mitnehmen! Das ist viel zu gefährlich! Versprich, dass du das nicht noch einmal tust.«

Ich winde mich ein wenig hin und her. »Na ja, ist ja noch mal gut gegangen.«

»Ehrlich, Nathan Cole! Wie konntest du denn ein Mädchen in so eine Lage bringen?«, fragt sie ihn streng.

Er grinst sie an. »Komm schon, Mom, ich wusste ja, dass ich nichts gegen ihren Willen tun würde.« Er grinst mich so schelmisch an, dass mir warm wird und ich mich frage, was er denn mit meinem Willen tun will. Oh nein, das kam jetzt ganz falsch rüber.

»Trotzdem! Du weißt, dass es gefährlich für ein junges Mädchen sein kann, einen Anhalter mitzunehmen. Da solltest du sie nicht in solche Situationen bringen«, beharrt sie.

»Okay, Mom«, sagt er und zwinkert mir zu.

»Hör auf mich zu ›okay, Mom‹-en!«, sagt sie streng.

Er lacht und legt seine Hand auf ihre. »Fahr mal deine Mutterinstinkte ein Stück zurück. Marlene ist nichts passiert.« Marleyni. Hm.

»Und was machst du hier?«, fragt Nora mich interessiert.

Ich schaue von Ellas Malbuch auf und sage: »Oh, ich mache Urlaub.«

»Seit wann bist du denn schon hier, Love?«, fragt Mary.

»Seit drei Tagen.«

»Und wie lange bleibst du?«

Diese Frage macht mich ein kleines bisschen verlegen. »Ich bleib vier Wochen in Kalifornien und fahre dann noch eine Woche nach Kentucky.«

Sie schauen mich alle drei überrascht an, als hätte ich gesagt, ich fahre noch kurz zum Mond. »Was willst du denn da?«, fragt Nate.

»Mein Freundin Maggie wohnt da.«

»Hast du auch Freunde in Kalifornien, Sweetie?«, fragt Nora.

Ich schüttel den Kopf. »Nein, nur in Kentucky.«

»Wie hast du sie denn kennengelernt, Love?«, fragt Mary.

Ich muss grinsen, weil die beiden mich nach Strich und Faden ausfragen. »Sie hat mal in Deutschland gewohnt. Ihr Mann ist bei der Army.«

Mary fragt: »Und er war in Deutschland stationiert?«

Ich nicke. »Genau. Und jetzt in Fort Knox.«

»Was machst du denn beruflich?«, fragt Nora. Irgendwie süß, wie die beiden abwechselnd fragen. Nate grinst vor sich hin, während er für Ella den Pancake klein schneidet.

»Ich arbeite für UN Women in Deutschland.«

»Das ist ja interessant«, meint Mary. »Und was sind da deine Aufgaben?«

»Ich bin hauptsächlich für Presse- und Öffentlichkeitsarbeit zuständig.«

Nora schaut mich an: »Also so was wie die Pressesprecherin?«

Ich nicke. »Ja, genau.«

»Musst du dafür viel reisen?«

»Leider nein«, antworte ich.

Mary lächelt leicht. »Ich bin früher viel gereist. Kurz nach Nates Geburt war ich mit ihm in Australien. Das war super, aber auch anstrengend. Er hat auf der Reise laufen gelernt, und ab da wurde es echt schwierig. Er war ein Wirbelwind. Na ja, ist er ja heute auch noch.« Sie schaut ihn liebevoll an. Ich freue mich, dass sie so ein gutes Verhältnis zueinander haben. Komisch, oder? Ich hab sie gerade erst kennengelernt, und schon habe ich Anteil an ihrem Leben.

»Ich bin noch nicht so viel gereist. Das ist mein drittes Mal in den USA, aber davor war ich nur in Spanien, Portugal und England.«

»Du bist ja auch noch jung, Sweetie«, beruhigt mich Nora. »Ich bin auch nie viel rumgekommen. Ich war nur mehrmals in Frankreich, weil Freunde von mir ein Haus in der Provence haben.«

»Wir sollten da mal zusammen Urlaub machen«, meint Mary. »Für dich ist das ja auch nicht weit.«

Ja, was ist schon weit? Neun Stunden mit dem Auto. Aber wir sind hier in Amerika, da fährt man neun Stunden, um Verwandte am Wochenende zu besuchen. *No big deal.* »Ich war noch nie in der Provence.«

»Es ist unglaublich schön da. Mein Sohn war mit seiner Frau dort auf Hochzeitsreise. Ich hatte je gehofft, dass sie schwanger zurückkommt, aber sie wollen noch warten.«

Nate lacht. »Sie kannten sich gerade mal zwei Monate, bevor sie geheiratet haben.«

»Ja, und?«

»Es war eine so wunderbare Hochzeit. Ich freue mich immer noch, dass Thea mich auch eingeladen hat«, meint Mary. Nora streichelt sanft ihre Hand.

»Sie ist ein großartiges Mädchen. Ich bin froh, dass Matt sie gefunden hat.«

»Ich hab Tante Thea lieb«, sagt Ella.

Einen Moment schweigen wir, bevor Mary fragt: »Und wie lange bleibst du in San Francisco?«

O Gott, ich hab ja gewusst, dass diese Frage kommen wird. Ich schaue hilfesuchend zu Nate, aber der unterhält sich gerade mit Ella. »Ich weiß noch nicht«, antworte ich also lahm, sehr lahm.

Mary lächelt mich an. »Ich versteh schon, Love.«

»Und was hast du in den nächsten Tagen noch so geplant?«, fragt Nora.

»Ich möchte auf jeden Fall nach Alcatraz und in das Marine Mamal Center. Ansonsten würde ich gerne die Stadt kennenlernen, also die wirkliche Stadt, abseits von den touristischen Wegen, die es so gibt. Keine Ahnung, durch den Mission District laufen, das

Castro erleben. All so was eben.«

»Nate soll dir alles zeigen«, meint Mary, und er schaut auf, als er seinen Namen hört.

»Wie bitte?«

»Du sollst Marlene die Stadt zeigen, nicht nur das, was andere Touristen sehen, sondern das Herz.«

»Klar«, grinst er.

»Ihr solltet auf jeden Fall in Matts neue Bar gehen«, meint Nora. »Er hat mir zwar verboten, hinzugehen, aber man hört nur Gutes über das *Juicy's*.«

Ich runzel die Stirn.

Nora lacht. »Thea hat den Namen ausgesucht. Ich glaube, nur um ihn zu ärgern, aber sie behauptet, dass sie ihn einfach schön findet.«

»Genauso wie die pinken Fliesen, die sie für das Bad ausgesucht hat?«, lacht Nate.

Nora stimmt mit ein. »Ja, meine Schwiegertochter ist schon eine Marke.«

»Du solltest sie zu dem kleinen Italiener in Noe Valley einladen und dann auf ein Eis in den Mission District. Du weißt schon, diese Bio-Eisdiele.«

»Können wir alles machen. Passt du dann auf Ella auf?«, fragt er neckend.

»Natürlich«, meint Mary ohne Zögern. »Nora und ich lieben Ella.«

»Ich will auch Eis«, meint Ella, die fertig gegessen hat und jetzt wieder Lust hat, am Geschehen teilzunehmen. Sie stellt sich auf den Stuhl und hüpft auf und ab. Nate hat seine Hände in Notfall-Auffang-Bereitschaft, während sie laut erzählt, dass sie die Beste im Springen ist.

Mary lächelt. »In dem Alter sind sie in allem die Besten und Tollsten und können alles schon alleine, weil sie schon groß sind und keine kleinen Babys mehr.« Dann schaut sie ihren Sohn an. »Na ja, manche kommen nie aus dem Alter raus.«

Ich grinse, weil er mir auch immer so vorkommt, wie ein Lausbub im Körper eines Mannes. Wie er wohl nackt aussieht? Wo kam das jetzt her? Unwillkürlich beiße ich mir auf die Lippe. Er nutzt natürlich genau diesen Moment, um mich anzusehen, und grinst anzüglich. Hat er meine unreinen Gedanken erraten. Wie gut, dass ich nicht fluche.

Wir verabschieden uns von Nora und Mary und fahren ins *Aquarium of the Bay*, um Fische zu beobachten. Ella erzählt mir, dass sie da schon ganz viele Male war und deswegen schon fast alles auswendig kennt. Am liebsten mag sie den Tunnel, wo dann von allen Seiten Fische über und um einen herum schwimmen. Ich finde den Tank mit den vielen kleinen Quallen super, die verschieden angestrahlt werden, frage mich aber, ob das gut für die Tiere ist.

Und dann kommen wir zu den Aufzuchtbecken. Ella traut sich nicht, einen der Stachelrochen zu berühren, und will, dass Nate und ich das als Erstes tun. Es fühlt sich erstaunlich wenig glitschig an. Eigentlich ganz anders, als ich es mir vorgestellt hatte. Ella quietscht, als ihr Finger dann doch eines der Geschöpfe berührt. Nate zieht sie ein Stück vom Becken weg und kniet sich vor sie hin.

»Honey, wenn du so laut bist, erschreckst du die Tiere. Du kannst sie nur anfassen, wenn du ihnen nicht wehtust, okay?«

Ella nickt verständig, und wir gehen zusammen zu den Seesternen. Sie ist ganz ruhig, als sie ihren Finger ausstreckt und über das Tier streichelt, das sich unlebendig anfühlt, eher so wie ein Stein oder eine Koralle. Sie lächelt leicht und schaut zu mir hoch. Als wir weitergehen, greift sie nach meiner Hand.

Ich hab eigentlich gar keine Ahnung, wie man mit Kindern umgeht. Ich hab keine kleinen Verwandten, meine Freunde haben noch keine Kinder, und somit hatte ich nie die Gelegenheit. Aber bisher scheint es zu klappen. Sie ist offenbar in einer Phase, in der sie sich selbst beweisen muss, zeigen muss, was sie kann. Es ist so süß, wie sie immer und immer wieder erzählt, was sie ganz besonders gut kann.

Nach dem Aquarium essen wir ein Eis und Nate fährt mich zurück ins Hotel. Er steigt kurz mit aus, während Ella auf dem Rücksitz schläft.

»Das war jetzt ein bisschen anders als geplant«, sagt er bedauernd.

Ich nicke. »Schon ein bisschen.«

»Tut mir leid.«

»Ist schon okay.«

Er schaut einen Augenblick in die Ferne. »Ich ...«

»Ich versteh schon, Nate«, sage ich. »Ella ist deine Priorität, und du musst tun, was für sie am besten ist.«

Er schaut mich überrascht an. »Das wollte ich gar nicht sagen.« Er blickt mir in die Augen. »Ich wollte sagen, dass ich morgen leider keine Zeit habe, weil David, mein Chef, zwei Wahlkampfveranstaltungen hat, auf die ich ihn begleiten muss. Am Montag muss ich wieder ganz normal arbeiten, aber abends würde ich gerne mit dir essen gehen, wenn du magst.«

Ich lächel leicht. »Wirklich?«

»Ja, du und ich, ohne irgendwelche Komplikationen.«

»Okay.«

Er grinst schelmisch. »Und da das dann unser drittes Date ist ...«

»Äh, wie bitte?«

Er lacht und streicht mir eine Strähne aus dem Gesicht. »Das dritte Date ist das Vögeldate, Baby.«

Ich schaue ihn wohl ein bisschen entsetzt an, weil er laut lacht und mich in die Arme zieht. »Sorry.«

Er kriegt sich gar nicht mehr ein vor Lachen. »Ist das dein Ernst?«, frage ich ihn.

»Sagt man doch so.«

»Ach, tut man das?«

Er nickt und streichelt über meinen Rücken. »Ja, so sind die

Regeln. Da müssen wir uns dran halten. Ich hab sie nicht gemacht.«

So ein Spinner! Ich grinse leicht. »Bis du sicher, dass du sie dir nicht ausgedacht hast?«

»Ganz sicher. Das steht so im großen Almanach des Dating.«

»Ich glaube eher, dass das nur in deiner Fantasie feststeht. Und überhaupt, Sex an einem Montag? Man macht es doch nur jeden vierten Samstag im Monat.«

Er löst sich von mir und schaut mich ein bisschen fassungslos an. Ich kann nicht ernst bleiben und grinse. Er erwidert es erleichtert. »Fuck, einen Moment habe ich gedacht, dass du tatsächlich meintest, einmal pro Monat wäre genug.«

Ich lache und haue ihm spielerisch gegen die Schulter. »Das hast du davon, wenn du mich mit erfundenen Regeln ärgern willst.«

»Ich hol dich dann am Montag um sieben hier ab?«

Ich nicke.

»Gib mir deine Handynummer.« Er reicht mir sein Handy und ich tippe meine Nummer ein. Vergesse natürlich zunächst den Ländercode, aber das kann ja mal passieren, oder? Als dann alles passt, lässt er durchklingeln und wir hören meinen Klingelton aus meiner Handtasche kommen. Puddle of Mud *She hates me.*

»Interessante Klingeltonauswahl«, meint er amüsiert.

»Ja ... ähm ...«

»Was, Baby?«

Mir ist gerade Ed wieder eingefallen. »Also, ähm, ich hab da gestern in Monterey so einen Typen kennengelernt ...«

»Was für einen Typen?«, fragt er scharf.

Ich schaue unsicher auf den Boden. »Na, einen Typen halt.«

Er legt seine Finger unter mein Kinn und hebt mein Gesicht. »Was zum Teufel willst du mir sagen?«

Ich schaue in seine Augen. »Wir sind morgen verabredet.«

Seine Augenbrauen ziehen sich zusammen. »Ist das dein Ernst?«

»Äh, ja.«

Er lässt mich los, dreht sich um und fährt sich durch die

sowieso schon wilden Haare. Als er sich wieder zu mir umdreht, sagt er: »Ich will Exklusivität.«

»Wow.«

Er grinst. »Zu schnell?«

Ich nicke. »Alles geht irgendwie zu schnell.«

Er lehnt sich mit dem Rücken gegen seinen Wagen, kreuzt die Füße übereinander und verschränkt die Arme. »Ich weiß. Normalerweise würde ich es auch langsamer angehen lassen, aber ich hab das Gefühl, dass wir die wenige Zeit, die wir haben, nutzen sollten. Durch dein Abflugdatum gibst du uns irgendwie eine Frist. Es fühlt sich an, als müssten wir in diesen vier Wochen wissen, ob wir nur ein Urlaubsflirt sind oder nicht.«

Ich überlege. Es macht Sinn, was er sagt, aber mit dem Tempo macht er mir Angst. Ich hab mich immer Hals über Kopf in Beziehungen geworfen, und wo hat mich das hingebracht? »Ich versteh, was du meinst, aber können wir es nicht trotzdem langsamer angehen lassen? Ich mein, auch wenn ich bald wieder nach Hause fahre, sind wir ja nicht aus der Welt. Wir können uns E-Mails schreiben und skypen und so.«

»Das ist nicht das Gleiche.«

»Ich weiß. Aber wenn wir es jetzt so überstürzen, dann sind wir vielleicht zum Scheitern verurteilt.«

Er schaut mich einen Moment prüfend an. »Okay, langsamer. Aber ich bestehe auf Exklusivität.«

»Ich auch«, sage ich.

Er grinst. »Dann sind wir uns ja einig.«

»Ich sag ihm ab.«

»Danke.«

Ich schaue in seine lachenden Augen. Er öffnet seine Arme, und es fühlt sich natürlich an, einfach in sie zu treten und mich gegen ihn zu kuscheln. Sanft küsst er mein Gesicht, bevor seine Lippen meine finden. »Und ich bestehe auf die Drittes-Date-Regel.«

Ich lache. »Kannst du vergessen.«

»Verdammt. Und ich dachte immer, deutsche Mädels sind nicht so prüde.«

Protestierend will ich mich von ihm lösen, aber er lacht nur und zieht mich fest an sich. »Komm schon, Baby, das war alles nur ein Scherz.«

»Okay.« Und komischerweise spüre ich Bedauern.

Er grinst schelmisch. »Ich kann Ella auch zu Mary bringen und wir ziehen unser Date vor.«

»Langsamer, Nate«, erinnere ich ihn. »Wir wollen es langsamer angehen lassen.«

»Nein, Baby, *du* willst es langsamer angehen lassen, ich will mit dir ins Bett.«

Ich grinse leicht. »Jetzt werden wir warten müssen, bis ich das nächste Mal in den USA bin.«

Amüsiert zieht er die Augenbrauen hoch. »Wirklich, Baby? Du willst nicht wissen, wie ich nackt aussehe?«

Ich zögere einen Moment. Also, wie er nackt aussieht, will ich schon sehen.

Er grinst wissend, beugt sich zu meinem Ohr und flüstert heiser: »Ich kann es kaum erwarten, dich nackt zu sehen.« Er küsst mein Ohrläppchen, knabbert sanft an ihm, bevor er die zarte Haut darunter mit seinen Lippen verwöhnt.

Ich erschauere, und er zieht mich enger. Sein Mund streift sanft über meine Wange, drückt sich gegen meinen Mundwinkel und erreicht meine Lippen. Zärtlich leckt er an ihnen entlang, bis ich sie mit einem kleinen Laut des Wohlgefallens für ihn öffne. Seine Zunge erforscht langsam und gemächlich meinen Mund, streichelt meine, bringt mich dazu, mich an ihn zu drängen.

»Sag mir, du willst mich auch«, bittet er leise.

Sein tiefer, melodischer Ton wärmt mich, sein Atem auf meiner Haut lässt sie kribbeln, seine Finger auf meinem Rücken sind wie ein süßes Versprechen, was er sonst noch so alles kann. »Ich will dich auch«, flüstere ich und spüre, wie mir die Hitze in die Wangen steigt.

»Danke.« Er lehnt seine Stirn gegen meine. »Gott, Baby, ich hab mich schon lange nicht mehr so gefühlt.« Er drückt seinen Mund noch mal auf meinen, bevor er sich mit einem Laut des Bedauerns löst.

Ich blicke zu ihm auf. »Ich freu mich auf Montag«, murmel ich und lecke unwillkürlich über meine Lippen. Ein tiefes Grummeln kommt aus seiner Brust und ich schaue ihn überrascht an.

»Das war viel zu sexy, um das auf offener Straße zu machen«, grinst er.

Ich lächel ein wenig verlegen. »Tut mir leid.«

Er grinst ein wenig dreckig. »Das sollte es auch. Ich will der Einzige sein, der deine Lippen leckt.«

Mir wird warm, so unglaublich warm, und dabei ist es doch eigentlich ganz schön kalt in San Francisco. Ich lehne meine Stirn gegen seine Brust und seine Hände streichen über meinen Nacken, spielen mit den Strähnen meines Zopfes.

»Du bist süß, wenn du verlegen bist«, flüstert er mir ins Ohr.

Ich schaue zu ihm auf. »Nicht nervig?«

Er lacht und küsst mich auf die Stirn. »Nein, süß. Und du wirst aufhören, so verlegen zu sein, wenn du mir vertraust. Mach dir keine Gedanken.«

Ella klopft von innen an die Scheibe.

Er lächelt. »Ich muss los. Montag, ja? Ich ruf dich an.«

Ich nicke. Er umarmt mich fest und steigt dann wieder ein. Ich winke ihm zu und warte, bis er um die Ecke ist. Ich grinse leicht. Dieses amerikanische Abenteuer fängt ja gut an.

Ich schaue auf die Uhr und beschließe, noch ein wenig durch die Nachbarschaft zu schlendern. Ich finde Russian Hill hübsch. Schöne Häuser, kleine Cafés, Kentucky Fried Chicken an der Ecke ... Als ich genug gelaufen bin, gehe ich in ein kleines Bistro.

Ich ziehe mein Buch aus der Tasche und lese, während ich meinen Kaffee schlürfe. Und ein Stück Kuchen esse. Apple Pie. In meiner Tasche piepst es. Ich ziehe mein Handy aus der Tasche.

Nate. Noch bevor ich weiß, was er schreibt, zaubert er mir ein Lächeln auf die Lippen.

Ich freu mich auf Montag, Baby. X

Oh Mann, er weiß, wie sich ein Mädchen besonders fühlt! In mir kribbelt alles so angenehm, und ich kann es kaum erwarten, ihn wiederzusehen. Ja, ich geb es zu, ich will auch mit ihm schlafen.

Danke für den unerwarteten, aber schönen Tag.

O Gott! Das hört sich voll kalt an. Ich hab Sexting echt nicht drauf.

Komm schon, du kleiner kalter Fisch, schreib mir was Nettes.

Ich lächel vor mich hin. Ich liebe die Art und Weise, wie er mit mir umgeht. Er zieht mich auf, interessiert sich für das, was ich sage, gibt mir das Gefühl, begehrenswert zu sein. Und wirklich, so hab ich mich schon lange nicht mehr gefühlt. Es ist ... schön. Richtig schön, wenn man weiß, dass ein Mann auf einen steht. Und dann auch noch so ein gut aussehender Mann! Es gibt nichts, was besser für das Selbstbewusstsein ist. Rein gar nichts. Na ja, vielleicht noch ein Ständer, den er gegen mich drückt ... Ich muss über mich selbst lächeln.

Ich freu mich auf unser Essen.

Na ja, auch nicht wirklich Sexting, aber man muss sich da ja auch rantasten.

Besser.

Hm, was kann ich ihm schreiben?

Ich mag deine Küsse.

Das ist doch schon sehr viel besser, oder?

Viel besser.

Was schreibt man denn noch so? Ich grinse, als mir eine Idee kommt.

Ich mag es, wie du mich ansiehst, wie du mich berührst, wie du mich küsst.

Oh, Baby, das gefällt mir.

Ich stelle mir vor, wie meine Hände unter deinen Pulli fahren, deine nackte Haut berühren. Ich will über deine Brust streicheln und über deinen Bauch.

Hm, Sexting, Baby. Das wird ja heiß ...

Ich will deinen Pulli ausziehen, meine Lippen gegen deine Brust pressen, an deinen Nippeln lecken.

Was tue ich hier eigentlich? Ich lächel. Es macht irgendwie Spaß, und ich wünschte, er würde mir auch was zurückschreiben.

Ich will meine Hände auf deine Titten legen und mit den Daumen sanft über die Nippel streichen, bis sie sich hart zusammenziehen.

Ich spüre Wärme in mir aufsteigen. Hm. Das ist gut.

Ich möchte mich deine Brust und deinen Bauch hinab

küssen bis ...

Bis ...?

Ich grinse, als ich tippe:

Bis zu deinem Schritt.

Okay, das ist vielleicht nicht die heißeste Beschreibung, aber ich weiß ja nicht, wie er ihn selber bezeichnet. Und Männer können da sehr empfindlich sein, wenn man die falschen Bezeichnungen wählt. Ich will nicht, dass unser Sexting-Abenteuer beendet ist, bevor es überhaupt angefangen hat.

Sprichst du über meinen Schwanz?

Hätte ich mir ja denken können, dass er nicht Penis oder Glied oder so was schreibt. Immerhin hab ich offensichtlich Titten, auch wenn ich bisher immer dachte, dass ich Brüste hätte.

Ich wusste nicht, wie du ihn selbst bezeichnest.

Als Schritt bezeichne ich ihn ganz bestimmt nicht.

Komisch, oder? Ich kenne ihn noch gar nicht lange, und trotzdem weiß ich schon, dass er bei diesen Worten grinsen muss.

Aber es gibt ja total viele Bezeichnungen dafür.

Oh ja? Welche?

Ich lache leise. Mein Buch ist vergessen, mein Kaffee wird einsam kalt, während es in mir warm wird. Nicht, weil er mich anturnt – das tut er auch! –, sondern weil es sich anfühlt, als hätte ich einen Freund hinzugewonnen. Ich mag ihn, wirklich.

Schwanz, Penis, Glied, Speer, Lustschwert ...

Wer zum Teufel sagt denn Lustschwert?

Ich muss grinsen, offensichtlich ist er mit dem Begriff nicht einverstanden.

Das hab ich in einem Buch gelesen.

Zwei Dinge. Was liest du für Bücher? Und hat darin ein Pirat die Hauptrolle gespielt?

Ich muss lachen. Er hat ins Schwarze getroffen.

Ich werde weder bestätigen noch verneinen, dass ein Pirat mitgespielt hat.

Du liest also dreckige Bücher ...

Pornos für die Hausfrau.

Ich bezahle meinen Kaffee und meinen Kuchen und mache mich bereit, das Café zu verlassen. Keine neue Nachricht von Nate.

Ich geh jetzt zurück ins Hotel. Bis später.

Ich weiß, ich weiß, ich sollte mir keine Gedanken machen, aber es nagt an mir, dass er nicht geantwortet hat. Findet er, dass ich zu direkt war? Findet er es doof, dass ich solche Bücher lese? Mag er es nicht, sich vorzustellen, dass eine Frau Pornos – und wenn auch nur in Buchform – liest? Ist es schon vorbei, bevor es angefangen hat?

Als ich in meinem Zimmer bin, checke ich das Telefon. Nichts. Ich knabber auf meiner Unterlippe. In meinen Kopf tanzen die Gedanken Rock'n'Roll. Drunter und drüber und dann auch noch Saltos.

Nach einer Weile beschließe ich, dass ich sowieso nichts tun kann. Wenn er mich nicht mehr sehen will, ist das so. Das muss ich akzeptieren. Ich schau auf die Uhr. Ob sieben Uhr abends zu früh fürs Bett ist? Ach, Quatsch.

Ich ziehe mein Nachthemd an und kuschel mich in die Kissen. Ich mache Food Network an. *Unwrapped.* Zufrieden lehne ich mich zurück. Die Show kenne ich noch nicht und freue mich darauf, was Neues zu erleben.

Als ich schon halb schlafe, piepst mein Handy.

In welchem Zimmer bist du?

Ähm. Wieso?

318

Ich denke, es kommt noch was, aber dem ist nicht so. Nach fünf Minuten konzentriere ich mich wieder auf die Show. Es klopft. Mein Herz ebenfalls. Er ist doch jetzt nicht hergekommen?

Ich steige aus dem Bett, betrachte eine Sekunde mein Snoopy-Nachthemd und öffne die Tür einen Spalt mit dem Riegel vor.

Er lächelt mich an. »Lass mich rein, Baby.«

»Ich hab nur ein Nachthemd an.«

»Umso besser.«

Ich werde rot und er lacht. »Okay, ich mach jetzt die Tür auf, aber du musst dann bis zehn zählen. Ich hüpf zurück ins Bett.«

»Oh, Baby, du machst es mir viel zu einfach«, grinst er.

Ich öffne die Tür und hüpfe dann ins Bett, ziehe die Decke bis zum Kinn hoch. Er kommt rein, macht die Tür hinter sich zu und legt sich neben mich aufs Bett. Er streckt einen Arm aus, und lächelnd nehme ich die Einladung an. Ich bette meinen Kopf auf seiner Brust, lege die Hand auf seinen Bauch (mein Gott, hat der Muskeln!). Sein Arm schlingt sich um mich, zieht mich fest an sich. Seine andere Hand legt er auf meine. Er küsst mich sanft auf den Kopf, bevor wir beide *Guy's Grocery Games* schauen.

Und irgendwann schlafen wir beide ein. Als ich nachts aufwache, liegen wir noch in derselben Position – mit zwei Ausnahmen. Er liegt jetzt ebenfalls unter der Decke und hat sich ausgezogen. Ich kuschel mich eng an, genieße das Gefühl seiner nackten Haut unter meinen Fingern. Seine Arme ziehen mich näher und ich schlafe mit einem Lächeln ein.

Kapitel 4

Ich werde mit sanften Küssen auf mein Gesicht geweckt. Ich lächel leicht und drehe mich ein wenig in die Richtung, um mehr zu bekommen. Nate gibt einen amüsierten Laut von sich.

»Morgen, Baby«, murmelt er und zieht mich auf sich. Ich öffne die Augen und schaue in seine schönen dunkelgrünen, die mir warm entgegenblicken.

»So könnte ich jeden Morgen aufwachen«, sagt er und streicht mir die Haare aus dem Gesicht. Sein Daumen fährt über meine Unterlippe, bevor er mich zärtlich küsst.

»Ich muss los«, sagt er bedauernd und ein wenig unwillig. »Ich dusch kurz, okay?«

Ich schüttel den Kopf und lege meine Wange gegen seine Schulter. »Geh nicht.«

Er lächelt, küsst meine Haare. »Ich muss, sonst habe ich bald keinen Job mehr.«

»Egal.«

Er lacht. »Kommst du mit unter die Dusche?«

Ich schaue auf. »Dann wird das aber nicht kurz.«

Er streichelt sanft über meine Wangen. »Hast recht. Du bleibst hier im Bett, du kleine Ablenkung.«

Er dreht uns um, sodass er auf mir liegt. Meine Beine öffnen sich wie von selbst, um ihm Platz zu machen.

»Du bist die pure Verführung«, murmelt er, bevor er mich noch einmal küsst.

Dann steht er auf und geht ins Bad, gewährt mir einen tollen Blick auf seinen muskulösen Rücken, den ein großes schwarzes Tribal ziert. Seine Boxershorts hängen tief auf seinen Hüften und ich kann einen knackigen Hintern erahnen. ›Apart‹, denke ich.

Als er fertig ist, sage ich: »Ich mag dein Tattoo.«

Er grinst. »Es geht auf der Brust weiter.« Er zieht seinen Pulli hoch, und ich sehe, dass sich die schwarze Tinte über seine linke Brust und seinen linken Bauch erstreckt.

»Der Arm auch?«, frage ich ihn und er nickt. Ich schlucke.

»Morgen, Baby, morgen siehst du alles, versprochen.«

Er gibt mir einen Abschiedskuss. »Wenn es heute Abend nicht zu spät wird, komme ich wieder.«

»Wo ist eigentlich Ella?«, frage ich.

Er grinst. »Bei Tante Thea.«

»Und heute Abend?«

Er streichelt meine Wange und ich lehne mich in seine Berührung. »Heute Abend schläft sie bei meiner Mom, weil ich erst spät zu Hause sein werde.«

Noch ein Kuss und dann ist er weg. Ich strecke mich wohlig. ›Ich könnte mich auch daran gewöhnen, jeden Tag so aufzuwachen‹, denke ich.

Ich schlafe noch ein bisschen und träume von Nate. Nach einer kurzen Dusche verlasse ich das Hotel und gehe in ein kleines Café zum Frühstücken. Als ich gerade zahlen will, klingelt mein Telefon. Eine amerikanische Nummer, die ich nicht kenne.

»Hallo?«

»Hallo, Marlene?«, fragt eine Frau.

»Ja«, sage ich zögernd.

Die Frau lacht. »Hi, ich bin Thea. Nate hat gesagt, du brauchst vielleicht ein bisschen Gesellschaft.«

Irgendwie süß. »Ähm, klar. Aber ich will dir nicht zur Last

fallen.«

Sie lacht wieder. Ihre Stimme ist dunkel und ein bisschen verraucht. Sexy, sehr sexy. »Keine Sorge. Ich würd's nicht anbieten, wenn ich keine Lust drauf hätte. Ella ist bei mir und wir wollten in den Freizeitpark fahren. Kommst du mit?«

»Mit Achterbahnen?«, frage ich.

»Ja, da gibt es viele.«

»Okay«, sage ich und bin schon ein bisschen aufgeregt. Ich liebe Achterbahnen.

»Wo bist du?«

»In einem kleinen Café. Sag mir einfach, wo ich hinkommen soll.«

»Ich steh vor deinem Hotel. Blauer Mini.«

Ich bin einen Moment sprachlos. »Du bist schon an meinem Hotel?«

Sie lacht. »Nate hatte das nicht wie eine Option formuliert.«

»Oh.«

»Du sagst es. Kommst du her?«

»Bin gleich da.«

Jetzt lerne ich also die berühmte Tante Thea kennen. Nach all den Lobliedern bin ich auch wirklich gespannt auf diese Frau. Ich beeile mich, die drei Blocks zum Hotel zurückzulaufen. Sie steht neben ihrem Auto und spricht mit Ella durchs Fenster. Sie ist schön! Wirklich, eine von den Frauen, die man hasst, weil sie so perfekt aussehen. Sie ist kurvig, aber in keiner Weise dick, sie ist groß, größer als ich, und ich bin schon nicht klein. Ihre Haare sind lang und braun und sie trägt sie in diesen *Victoria Secrets*-Wellen, die momentan in sind. Ihr Gesicht ist einfach unbeschreiblich schön. Sie wirkt zart und gleichzeitig hart wie Stahl. ›Sie kann sich durchsetzen‹, denke ich. Und gleichzeitig wirkt sie verletzlich wie ein Engel.

Ich laufe auf sie zu und Ella ruft: »Hi, Marlene!«

Thea schaut zu mir und grinst. »Hi, Marlene, ich bin Thea.« Ich will ihr die Hand reichen, sie ignoriert sie aber und nimmt mich in den Arm.

»Hi«, stotter ich überrascht.

»Sorry, ich bin eine Umarmerin.«

Ich lächel leicht. »Gut zu wissen.«

»Na, dann lasst uns losfahren, Mädels.« Sie klatscht in die Hände und Ella jubelt.

Ich steige in den blauen Mini und schnalle mich an. Sie lächelt mich an und fährt los.

»Ich bin auch neugierig«, grinst sie, als sie auf die 101 fährt. »Wir haben fünfzig Minuten, in denen ich alles über dich wissen will.«

Ich grinse. »Okay, ich bin Marlene, bin neunundzwanzig, komme aus Deutschland und bin hier im Urlaub.«

»Was machst du?«

»Ich arbeite als Pressesprecherin bei UN Women.«

Sie nickt. »Und magst du deinen Job?«

»Auf jeden Fall. Ich mag die Idee, dass ich etwas bewege, dass ich etwas ändere, dass durch meinen Beitrag Veränderungen angestoßen werden – und sei mein Beitrag noch so klein.« Ich streiche mir eine Strähne aus dem Gesicht und frage mich, ob sie mich für vermessen hält. Aber sie lächelt einfach nur verstehend.

»Das ist auch unglaublich wichtig, Lainey. Ist es okay, wenn ich dich so nenne?«

»Klar.«

»Cool«, grinst sie. »Ich glaube, dass es für Frauen unserer Generation wichtig ist, einen Job zu haben, der sie erfüllt. Es ist anders als früher, dass man gearbeitet hat, um sich ein Leben nach seinem Geschmack aufzubauen. Deswegen hat man eben alles gemacht, was dafür nötig ist. Ich glaub, für uns ist das anders. Wir wollen, dass uns Arbeit und Leben beides Spaß macht. Ich weiß, es ist utopisch, zu denken, dass das alle schaffen. Es gibt viel zu viele Frauen und Männer, die immer noch jeden Job machen müssen, um zu überleben, aber wenn man die Möglichkeit hat, sollte man einen Job machen, der einen glücklich macht.«

Ich blicke sie neugierig an. »Macht dich deine Arbeit glücklich?«

Sie nickt. »Jetzt ja. Ich arbeite im BioTech-Sektor. Sehr männerdominiert und habe jahrelang für eine beschissene Firma gearbeitet, weil ich nichts anderes gefunden habe. Jetzt hab ich mein eigenes Unternehmen gegründet. Es ist anstrengend, ich lüg dich nicht an. Aber ich hab Hilfe und es funktioniert. Ich liebe Bionymous und könnte mir keinen anderen Job mehr vorstellen.«

»Wie alt bist du?«

»Neunundzwanzig.«

»Und du hast deine eigene Firma, die gut läuft?«

Sie grinst. »Ja, hab ich. Sie ist eine unabhängige Tochter von BioKing, einem der bekanntesten und größten Unternehmen hier in der Gegend. Das hilft natürlich, aber das heißt nicht, dass ich mir nicht den Arsch aufreiße.«

Ich nicke. »Wow. Das ist total beeindruckend.«

Sie zwinkert mir zu. »Ich könnte eine Pressesprecherin gebrauchen.«

Ich beiße mir vor Überraschung auf die Zunge. »Ich ... ich mein ... puh.«

Sie lacht laut auf, und auch ihr Lachen ist total perfekt. Ich würde sie hassen, wenn ich sie nicht schon mögen würde.

Eine knappe Stunde später sind wir in dem Freizeitpark *Great America* in Santa Clara. Hier gibt es alles, das sehe ich sofort. Sehr coole Achterbahnen, die ich unbedingt ausprobieren will, ebenso wie viele Fahrgeschäfte für Kinder und Familien. Ella ist noch reichlich klein, aber auf die meisten darf sie in Begleitung drauf. Wir fahren mit unzähligen Karussells und allen möglichen anderen Dingen, die Ella zum Quietschen bringen. Sie greift immer nach Theas und meiner Hand, während wir von einer Attraktion zur nächsten laufen. Wir essen Pommes und Hot Dogs, Eis und Zuckerwatte. Ella ist auf jeden Fall im Paradies.

Und dann stehen wir vor dem *Demon*.

»Ich muss da unbedingt drauf, Thea«, sage ich aufgeregt.

Sie grinst. »Adrenalinjunkie, was?«

»Ein bisschen«, gebe ich zu.

Sie lacht. »Mich bringen keine zehn Pferde da drauf, und davon abgesehen muss ich bei Ella bleiben.«

»Feigling«, grinse ich und sie stupst mich mit dem Ellenbogen an.

»Vielleicht.«

Ich lege ihr die Hand auf den Arm. »Bleib du hier, aber ich muss gehen.«

»Na, dann los! Ella und ich schauen zu, nicht wahr, Elle?«

Ella nickt. »Ich will auch.«

»Du bist noch zu klein, Elle-Baby«, sagt Thea.

Empört schaut sie sie an. »Ich bin schon groß!«

Thea lächelt sie an. »Du bist schon groß, aber noch nicht groß genug.«

»Wie viel muss ich größer sein?«, fragt Ella.

Thea zeigt ungefähr fünfzehn Zentimeter an. »So viel.«

»Hm, das ist nicht viel.«

Thea lächelt. »Das schaffst du spielend, und bald kannst du dann auch auf all den großen Fahrgeschäften fahren. Ohne mich, aber dein Dad mag Achterbahnen auch. Und Onkel Will, Onkel Tom und Onkel Matt gehen auch mit dir. Tante Julia liebt das auch.«

Ella schaut zufrieden. »Nur du hast Angst.«

Thea lacht. »Da hast du recht. Aber du wirst so viel mutiger als ich sein.«

Ella nickt und umarmt mein Bein, bevor ich mich aufmache, um mich in die kurze Schlange des Dämons einzureihen. Aufregend! Ich spüre, wie mein Herz schneller klopft. Gott, ich liebe diesen Moment, in dem die Nebennieren das Adrenalin ausschütten und es in meine Blutbahn gelangt. Mein Puls geht schneller, das Herzminutenvolumen erhöht sich, mein Blutdruck steigt, meine Atmung beschleunigt sich.

Ich steige in den Wagen ein, schließe den Bügel. Meine Handflächen werden ein wenig schwitzig, als ich sie um die Griffe schließe. Jetzt geht's los!

Die Wagen werden nach oben geschleppt, es geht in eine Rechtskurve, bevor es steil bergab geht. Der Moment, als wir runtergehen, ist der Beste. Ich reiße die Arme hoch und schreie so laut ich kann, ebenso wie alle um mich herum. Direkt danach schließt sich ein Looping an und ich werde in den Bügel gehämmert. Ist das gut! Nach einer wilden Rechtskurve geht es ein kurzes Stück auf dem Kopf weiter, bevor wir in eine gigantische Schraube fahren und dann schließlich wieder langsam werden, bevor wir in die Station einfahren. Mann, war das der Hammer! Ich liebe es!

Meine Beine sind ein wenig wackelig, als ich aussteige, aber ich gewöhne mich schnell wieder an den festen Boden unter den Füßen. Thea grinst, als sie mich sieht.

»Das hat wohl Spaß gemacht, zumindest wenn man dein lachendes Gesicht betrachtet.«

»Boah, war das toll! Ich will gleich noch mal«, lache ich.

»Nein, jetzt erst wieder eins für mich«, meint Ella und schaut mich mit einer Mischung aus Forderung und Bitten an. Süß, aber ganz schön frech.

»Okay, wie wäre es mit dem da?«, frage ich und deute auf was.

»Welches?«, fragt sie und reckt sich nach oben. Ich realisiere, dass sie es von da unten gar nicht sehen kann, und hebe sie hoch.

»Ja«, jubelt sie, als sie es sieht.

Ich setze sie wieder ab. Sie ist klein und dünn, aber das heißt nicht, dass sie leicht ist. Ich sag ja, ich hab keine Ahnung von Kindern.

Sie nimmt wieder unsere Hände und wir schlendern in Richtung Kinder-Achterbahn.

»Und du bist mit Noras Sohn verheiratet?«, frage ich Thea.

Sie nickt. »Ja, genau. Matt.«

»Er hat eine Bar?«

Sie bestätigt es und ich frage: »Ich will ja nicht unhöflich sein ...«

Sie lacht. »Du fragst dich, wieso ich mit einem Barbesitzer zusammen bin?«

Ich nicke ein wenig verlegen.

»Als wir uns kennengelernt haben, war er noch Investmentbanker und ich war noch bei ColtonTech beschäftigt. Sein Traum war es immer, eine Bar aufzumachen, und vor ein paar Monaten hat er es dann endlich in die Tat umgesetzt. Ich bin sehr froh darüber, weil er es wirklich liebt. Der andere Job war nichts für ihn, aber er hat wohl gedacht, dass er eine Arbeit braucht, mit der er viel Geld verdient. Aber er ist viel zu sehr Teddybär, um so ein böser Hai zu sein.«

»Ein Teddybär?«, frage ich amüsiert und mir kommt sofort ein Bild.

Sie lacht. »Ja, im Herzen schon. Äußerlich sieht er wie ein Bad Boy aus.«

Sie holt ihr Handy raus und zeigt mir ein Bild. Ich muss schlucken, als ich das Foto sehe. Sein Oberkörper ist nackt und überaus muskulös. Kein Gramm Fett ist an ihm, überall nur Muskelberge, austrainiertes Sixpack, definierte Brustmuskeln, riesiger Bizeps. Und dazu die beinah sanften braunen Augen, die niedlichen Grübchen. Ein echter Leckerbissen.

»Whoa, ist der heiß«, entfährt es mir.

Sie lacht. »In der Tat. Superheiß, mein Matty.«

»Mich liebt Onkel Matt«, meint Ella.

Thea lacht. »Das tut er. Du hast ihn um den kleinen Finger gewickelt.«

Ella löst ihre Hand aus meiner und betrachtet interessiert die Finger. »Wie geht das?«

Ich grinse, während Thea sagt: »Das sagt man nur so. Das heißt, Matt liebt dich ganz verrückt und würde alles für dich tun.«

Sie schaut zufrieden. »Ja, auch Drachen steigen lassen.«

»Ganz genau, Süße. Auch das.«

Sie schaut zu mir und erklärt: »Letztes Wochenende war Matt mit ihr Drachensteigen. Sie ist fünf Minuten mit dem Drachen hin und her gerannt und hatte dann keine Lust mehr, wollte aber den Drachen in der Luft sehen. Also musste Matt drei Stunden am Strand auf und ab joggen mit ihrem Spielzeug.« Sie lacht. »Der Super-Bad-Boy ist echt ein Schnucki.«

Wir fahren noch mit ein paar Fahrgeschäften, bevor wir nach Hause fahren.

»Ist es okay, wenn ich erst Ella zu Mary bringe?«, fragt sie mich.

»Klar.«

Wir halten vor einem schönen Haus. »Lass uns kurz reingehen«, sagt Thea und öffnet Ella die Tür.

Ich steige aus und wir laufen die paar Stufen nach oben. »Gran!«, ruft Ella, als die Tür aufgeht.

Mary umarmt den kleinen Wirbelwind, bevor sie uns hereinbittet. Ich werde genauso wie Thea umarmt. Wir bekommen heiße Schokolade und Kekse.

»Mom, ich hab jetzt alles erledigt«, sagt eine tiefe Männerstimme. Ich drehe mich zu ihr und verschlucke mich an meinem Keks. Das ist Matt. Und sofort muss ich an seine nackten Muskeln und die ganzen Tattoos denken. In natura sieht dieser Mann noch besser aus als auf Zelluloid. Mein Gott, was für ein Mann!

Er lächelt mich an. »Du musst Marlene sein. Mary und Nora erzählen seit vierundzwanzig Stunden von nichts anderem mehr.«

»Gar nicht wahr«, empört sich Mary. »Wir haben auch über das Regal gesprochen.«

Matt lacht und beugt sich zu Thea, um sie auf den Mund zu küssen. Jede seiner Bewegungen zeigt, dass er sie mehr liebt als alles andere. Ich seufze innerlich. Ich will so was auch erleben. Einen Mann, für den ich das Wichtigste auf der Welt bin, der sich sicher ist, der weiß, was er an mir hat.

Und ich weiß nicht, wieso, aber da fällt mir Ed wieder ein. O

Gott! Ich hab ganz vergessen, abzusagen. Ich frage, wo das Bad ist, und verkrümel mich. Ich wähle seine Nummer. Einen Moment habe ich gedacht, dass ich vielleicht lieber eine SMS schreibe. Ich mein, das wäre auf jeden Fall einfacher, aber ich will ja anständig sein.

»Ja?«

O Gott! »Hi, Ed, hier ist Marlene.«

»Wer?«

Wie bitte? »Du erinnerst dich also nicht mehr. Das macht es mir natürlich leichter. Wir waren heute verabredet und ich wollte absagen.«

Er ist einen Moment still. »Bist du das Mädel aus Deutschland?«

»Ja.«

»Die mit den blonden Haaren oder die Brünette?«

»Die Brünette.«

»Okay, so hübsch warst du nun auch wieder nicht. Das verkrafte ich schon.« Er legt auf und ich bin wie vor den Kopf geschlagen.

Als ich aus dem Bad komme, lehnt Matt an der Wand.

»Wer ist Ed?«

Das hat mir gerade noch gefehlt. »Tut mir leid, das geht dich nichts an.« Ich laufe an ihm vorbei zurück ins Wohnzimmer.

»Es geht mich sehr wohl was an, wenn du meinem Freund wehtust.«

Die Köpfe der drei Frauen drehen sich zu uns. Mary schaut mich prüfend an, Thea und Nora eher interessiert.

»Ich tue ihm nicht weh.«

»Du triffst dich noch mit jemand anderem?«, fragt er.

Ich kann ihn gar nicht leiden. »Nein, ich hab abgesagt.«

Er kommt einen Schritt näher, und irgendwie hat er gerade gar nichts von einem Teddybär. »Nate hat genug durchgemacht.«

Thea steht auf und legt Matt die Hand auf den Arm. Unwillig geht er einen Schritt zurück.

Ich funkel ihn an. »Das geht dich nichts an!«

»Okay, okay, Kinder«, sagt Nora. »Matt, lass sie in Ruhe.«

»Aber ...«

»Kein Aber«, sagt sie streng. »Was zwischen ihr und Nate ist, ist zwischen ihr und Nate, und hat nichts mit uns zu tun.«

»Das seh ich anders«, meint Matt und zückt sein Telefon.

Thea fasst nach seinem Arm. »Matt, tu das nicht.«

»Nate weiß es«, sage ich widerwillig.

»Er weiß, dass du mit einem anderen ausgehst?«, fragt Matt ungläubig.

»Er weiß, dass ich am Freitagnachmittag, bevor ich ihn kennengelernt habe, einen Typen traf, mit dem ich mich für heute verabredete. Als ich ihm das gestern gesagt habe, hat er mich gebeten, das abzusagen. Ich hab zugestimmt, es dann aber vergessen, weil Nate die Nacht bei mir verbracht hat, und ich heute so viel Spaß hatte. Gerade ist es mir eingefallen, und ich wollte anrufen, statt eine SMS zu schreiben, weil ich das anständiger fand. Aber es kam raus, dass ich gar nicht nett sein musste, weil er erst nicht wusste, wer ich war, und mir dann gesagt hat, dass ich eh nicht so hübsch bin. Bist du jetzt zufrieden?«

Er schaut ein bisschen betroffen. »Entschuldige, das geht mich nichts an. Du hast recht.«

Theas Ausdruck zeigt Mitgefühl. »Du bist nicht hässlich.«

»Oh, bitte«, sage ich. Ich greife nach meiner Jacke.

»Du musst nicht gehen«, meint Mary alarmiert.

Ich schaue zu Thea. »Vielen Dank für den schönen Tag.« Und bevor mir die Tränen kommen, drehe ich mich um, sage »Tschüss« über die Schulter und gehe aus dem Haus. Ich bin gerade zehn Meter weg, als die ersten Tränen kullern. Ich höre Schritte hinter mir, drehe mich aber nicht um.

Zwei starke Arme legen sich um mich und ich werde an eine harte Brust gezogen. »Es tut mir leid. Der Typ ist ein Arsch. Du bist eine wunderschöne Frau und hast was viel Besseres verdient als einen Kerl, der dich nicht zu schätzen weiß.«

Ich hänge stocksteif in Matts Armen. Langsam dreht er mich zu sich um. Er drückt meinen Kopf an seine Schulter und hält mich fest, bis ich aufhöre zu schluchzen.

»Tut mir leid«, murmel ich verlegen. Was muss er von mir halten, dass ich heule, weil jemand mich hässlich nennt? Noch dazu jemand, den ich gar nicht wirklich kenne und der somit unbedeutend ist?

»Mir tut es leid. Ich hätte dich nicht so zur Rede stellen dürfen. Nate ist mein Freund, noch nicht lange, dafür aber umso intensiver. Unsere Familie ist total verrückt, und sobald wir jemanden mögen, gehört er auch zu unserer Familie. So war es mit Thea, so ist es mit Mary, Nate und Ella. Ich wollte nur nicht, dass ihn jemand verletzt, verstehst du?« Und jetzt erinnert er mich doch an einen Teddybären.

»Schon okay.«

»Nein, ich wollte dich nicht zum Weinen bringen.«

Ich grinse leicht. »Na, dafür war das Trösten echt cool.«

Einen Moment ist er verdattert, bevor er lacht. »Du bist witzig. Komm, wir gehen wieder rein.«

Er zieht mich mit sich, erlaubt keine Widerrede. Thea steht in der Tür und umarmt mich, als wir bei ihr ankommen. »Er ist ein überbeschützender Spinner, aber hat ein weiches Herz.«

»Das hab ich gehört, Babe.«

Sie zwinkert mir zu, hakt sich bei mir ein und bringt mich zurück ins Wohnzimmer.

»Marlene, es war schön, dich kennengelernt zu haben. Nate reißt uns den Kopf ab, wenn er erfährt, dass du in meinem Haus weinen musstest«, grinst Mary, bevor sie mich in die Arme nimmt. »Diese Familie hat manchmal einen totalen Knall, vor allem Theas Jungs sind nicht ohne. Aber wenn sie einen lieben, ist das für immer.«

In meinem tränenverschleierten Gehirn setzt sich ein winziges Rädchen in Gang. Plural. Jungs. Theas Jungs. Plural. »Theas Jungs?«

»Hat dir Nate nicht gesagt, dass Thea drei Männer hat?«, fragt Nora.

Ich schüttel den Kopf und schaue zu Thea, die mit den Schultern zuckt, als würde sie sagen: ›Du hast ja nicht gefragt.‹ »Du hast drei Männer?«

Sie nickt. »Yep, Matt, Will und Tom.«

»Ich dachte, Polygamie wäre nicht mal mehr in Utah erlaubt«, sage ich.

Sie grinst. »Na ja, wir haben nicht so ganz offiziell geheiratet, nur emotional.«

»Cool.« Und ja, das find ich echt cool. »Kann ich Fotos von den anderen sehen?«

Sie lacht und holt ihr Handy raus. »Das ist Will.«

Okay, Leute, wenn ich sage, dass ich nicht sabbere, wäre das gelogen. O mein Gott! Der ist auch absolut heiß.

»Und das ist Tom.«

»Heilige Scheiße«, murmel ich, als mir beinahe die Augen rausfallen. Und dabei fluche ich doch nicht.

Thea schaut zufrieden. »Ja, sie sind alle drei scheißheiß und ich bin voll das Glücksbärchi.«

»Und du findest das nicht gemein, so für den Rest der Frauenwelt?«, necke ich sie.

Sie zuckt mit den Schultern. »Du kannst ja den heißen Nate haben. Und alle anderen gehen mir am Arsch vorbei.«

»Ich wäre dir sehr verbunden, wenn du andere Männer nicht als heiß bezeichnen würdest«, wirft Matt ein.

»Nate ist Familie. Das zählt nicht. Das ist so, als würde ich Julia oder Michael als heiß bezeichnen.«

»Mit dem Unterschied, dass Nate weder weiblich noch schwul ist.«

Thea lächelt mich verschwörerisch an. »Gott sei Dank ist er nicht schwul, nicht, Laynie?«

Matt schlingt seiner Frau den Arm um den Hals. »Du bist total unmöglich!«

»Pech«, sagt sie ungerührt und kichert, als Matt vor sich hin grummelt. Und wie kann es anders sein? Auch ihr Kichern klingt perfekt.

Mary mischt sich ein: »Natürlich ist Nate heiß, schließlich ist er mein Sohn.«

Matt grinst sie an. »Gute Gene.«

Nora schaut ihre Freundin verliebt an. »In der Tat.«

Wie süß, oder? Ich frage mich, was die Geschichte ist. Ich muss da Nate mal nach fragen. Es ist ja schon ein wenig ungewöhnlich, dass zwei Frauen, die zuvor zumindest zeitweise in heterosexuellen Beziehungen gelebt haben, sich relativ spät im Leben finden. Ich finde das großartig, aber es ist schon nicht alltäglich. Und offensichtlich haben die Kinder damit keine Probleme. Matt scherzt mit Mary, Nate war nett zu Nora. Ob ihnen aufgefallen ist, dass die Anfangsbuchstaben über kreuz passen?

Irgendwas in mir drin sagt mir, dass ich diese Familie unbedingt kennenlernen will. Sie scheint so besonders zu sein, so warmherzig, so überhaupt nicht an Konventionen interessiert. Nach nur ein paar Stunden mit ihnen fühle ich mich ihnen schon verbunden. ›Das geht viel zu schnell‹, denke ich. Wenn ich wieder wegmuss, wird es mir das Herz brechen. Ich kann mich nicht in sie verlieben.

Und ganz vorsichtig packe ich mein Herz ein, baue ein paar Mauern, lege ein paar Ketten drum. In dem Moment kommt Ella zu mir.

»Ich krieg die Hose nicht auf. Kannst du mir helfen?«

Und mit einer riesigen Explosion reißen die Ketten und die Steinwände stürzen in sich zusammen. ›Zu spät‹, sagt mein Unterbewusstsein.

Ich mache den Knopf und den Reißverschluss auf und Ella hüpft ins Bad.

Matt grinst. »Da hast du wohl Konkurrenz bekommen, Babe.«

Thea zwinkert mir wieder zu. »Es ist okay, wenn Ella ihre

zukünftige Mom lieber mag als mich.«

Und ich hyperventiliere. Mom? Wie bitte? Ich lasse mich auf die Couch fallen und stecke den Kopf zwischen die Knie.

»Ganz ruhig atmen, Liebes«, sagt Mary, als sie mir den Rücken streichelt.

Als ich mich beruhigt habe, meint Matt: »Fuck, Nate bringt uns auf jeden Fall um.«

Die anderen nicken. »Er wird uns Laynie nie wieder anvertrauen«, meint Thea. »Schön, dich gekannt zu haben.«

Jetzt kann ich auch wieder lachen. »Echt, Thea, erschreck mich doch nicht so!«

Sie schaut mich amüsiert an. »Was denkst du denn, worauf das hinausläuft?«

»Heißen Sex?«

Ich schlage mir erschrocken die Hand vor den Mund. Ich fass es nicht, dass ich das gesagt habe! Vor seiner Mutter! O mein Gott! Wo ist das Loch im Boden, wenn man es mal braucht?

»Es tut mir leid«, stammel ich.

Mary tätschelt mir die Schulter. »Also, Marlene ist ganz eindeutig eine von uns.«

Matt grinst spöttisch. »Na, das ist auf jeden Fall ein super Einstand! Marys war ein bisschen langweilig, keine Dramen. Theas war schon besser. Sie kam dreckig und rußverschmiert zum Familiendinner und hat dann noch Will fertiggemacht, wie mir berichtet wurde. Aber der Mutter des potenziellen Freundes, die man gerade erst kennengelernt hat, zu sagen, dass man ihren Sohn nur für Sex will, das ist schon großes Kino.«

»Es tut mir so leid, Mary«, murmel ich verlegen.

»Papperlapapp«, lacht sie. »Ich bin geschmeichelt, dass du denkst, der Sex mit meinem Sohn ist heiß.«

Nora zwinkert mir zu. »Lass uns einen Pakt schließen. Du erzählst ihm nichts und wir ihm auch nicht.«

»Wieg sie nicht in falscher Hoffnung, Mom, als könntet ihr zwei Tratschtanten was für euch behalten. Und Thea ist die

Schlimmste von allen«, erklärt Matt.

»Klar, du bist die Riesenpetze hier, Matty«, meint Thea amüsiert. »Du kannst nichts für dich behalten. Ich wette um einen Lapdance, dass du Nate eher was sagst als ich.«

›Whoa, sind die verrückt‹, denke ich. ›Hier bin ich ganz eindeutig richtig.‹

Matt schaut sie mit einem feurigen Blick an. »Die Wette gilt, Babe.«

Sie schütteln sich ganz ernsthaft die Hand, bevor Matt sie auf die Lippen küsst.

»Okay, Ladys, lasst uns fahren«, meint Matt mit einem Blick auf die Uhr. Ich verabschiede mich von Ella, Mary und Nora. Ich steige in Theas Mini, während Matt in einen kleinen Panzer steigt.

Vor dem Hotel angekommen, tippt Thea ihre Nummer in mein Handy. »Ich erwarte mindestens jeden zweiten Tag von dir zu hören, junge Dame. Du hast es gehört, du bist eine von uns. Das bringt Verpflichtungen mit sich. Und versau es nicht mit Nate! Ich mag dich und will dich wiedersehen.«

»Aye, aye, Captain.«

Sie grinst. »Überrede Nate, nächste Woche mal in der Bar vorbeizukommen. Ich bin am Dienstag da. Da ist Quiznight, du kannst meine Partnerin sein.«

»Okay, danke«, sage ich überwältigt, weil sie mich einfach so einbezieht. »Das alles bedeutet mir wirklich viel, Thea.«

»Ich weiß, Süße.« Sie streichelt meine Wange. »Diese Familie ist total bekloppt, aber sie hält zusammen wie Pech und Schwefel. Ich kenne Nate noch nicht lange, erst seit einem Jahr, aber ich weiß, dass er sehr lange daran zu knabbern hatte, dass seine Frau bei einem Autounfall ums Leben kam. Er hatte seitdem keine Beziehung. Mal ein Flirt hier und da, aber nichts Festes. Wenn er dich in sein Leben lässt, wenn er dir Ella vorstellt, wenn er dich seiner Mom vorstellt, wenn er mir sagt, ich soll mich um dich kümmern, dann bedeutet das was. Es bedeutet, dass er dich wirklich sehr mag.« Sie schaut mich ernsthaft an. »Und das heißt auch, du musst dir sicher sein. Wenn du denkst, er ist nur ein Urlaubsflirt und kann niemals mehr sein, dann musst du das hier jetzt abbrechen.«

Ich denke einen Moment nach. »Ich mag ihn auch. Ich kann nicht sagen, was es wird, aber es ist nicht nur ein Flirt für mich.«

Sie lächelt. »Das reicht mir erst mal.« Sie küsst mich auf die Wange. »Nacht, Süße. Wir sehen uns Dienstag.«

Ich nicke und steige aus. Sie wartet, bis ich im Hotel verschwunden bin, bevor sie losfährt. Als ich in meinem Zimmer bin, schreibe ich Nate eine Nachricht:

Danke, dass du mir Gesellschaft vorbeigeschickt hast. Ich kann morgen nicht erwarten.

Ich ziehe mein Nachthemd an, putze meine Zähne und kuschel mich ins Bett. *Cutthroat Kitchen.* Noch eine Show, die ich nicht kenne. Zum Geräusch von scharfen Messern auf Holzbrettern schlafe ich ein.

Kapitel 5

Was war das? Ich öffne die Augen und schaue verwirrt durch die Gegend. Da ertönt das Klopfen wieder. ›Nate‹, denke ich und lächel.

»Nate?«, frage ich durch die geschlossene Tür.

»Yep, Baby, mach auf.«

Ich mache Licht und öffne ihm die Tür. Er sieht müde aus. Ich öffne meine Arme, und er grinst, als er in sie tritt. Er hebt mich hoch und legt mich aufs Bett.

»Ich hab dich den ganzen Tag vermisst«, murmelt er gegen meine Wange, während er viele kleine Küsse auf sie regnen lässt.

Ich öffne meine Beine, gebe ihm die Möglichkeit, sich zwischen sie zu legen. Er grinst und küsst mich sanft auf die Lippen, bevor sein Kuss fordernder wird. Er drückt seine Zunge leicht gegen die Stelle, an der die Lippen aufeinanderliegen, und mit einem leisen Stöhnen öffne ich meinen Mund. Gemächlich, beinahe schon träge, lässt er seine Zunge durch meinen Mund fahren. Seine Hände liegen an meinen Wangen, streicheln mich sanft.

Ich öffne sein Jackett und schiebe es über seine Schultern, locker die Krawatte und mache mich dann an den Knöpfen seines Hemdes zu schaffen. Einen Moment hält er still, löst unseren Kuss, schaut mir in die Augen. Dann gehen seine Hände auf Reise. Er lässt sie über meine Arme zu meiner Taille fahren und sucht dann am Oberschenkel nach dem Saum meines Nachthemds, über das er nicht ein Wort verloren hat.

Er schiebt den Stoff nach oben, über meinen Busen und meinen Kopf und wirft es zu Boden. Auf seine Ellenbogen abgestützt, betrachtet er mich einen langen Moment. Er streicht sanft über die kleinen Vögel, die ich auf meinem Dekolleté habe, vier an der Zahl, für meine Mutter, meinen Vater, meine Oma und Micha.

»Ich mag, dass du auch tätowiert bist«, murmelt er. Er schaut weiter runter, entdeckt die Blumen um die untere Wölbung meiner rechten Brust. »Fuck, heiß!« Er streichelt auch hier die Haut sanft. Er schaut auf meinen Bauch, der keine Tattoos hat, bevor er am Bund meines Höschens die Spitze eines Sterns entdeckt.

»Fuck! Sag mir nicht, du bist da tätowiert«, sagt er aufgeregt.

»Doch.«

Er lehnt seine Stirn gegen meine. »Es gibt keine Stelle, die ich heißer für Tinte finde, als diese.« Er streicht sacht über die schwarzen Striche. »Baby ...«

»Guck ruhig«, antworte ich, weil ich weiß, was er fragen will.

Er grinst zufrieden und schiebt langsam den Stoff runter. Er stoppt, bevor er mich ganz entblößt hat, obwohl er noch nicht das ganze Tattoo freigelegt hat. Er leckt sich über die Lippen und schaut mich dann mit glühenden Augen an. »Fuck, ist das heiß.«

Ich lächel und sonne mich ein wenig in seinen Worten. Dieser atemberaubende Mann sagt mir, ich sei heiß, was sollte ich da sonst tun? »Da ist noch mehr.«

Er schaut mich überrascht an, dann grinst er und zieht mir das Höschen komplett runter. Er hebt seinen Körper an, um es mir auszuziehen, was in der Position nicht unbedingt das Einfachste ist, aber mit vereinten Kräften und mit viel Gelächter schaffen wir es. Er rutscht ein wenig meinen Körper runter, um eine bessere Sicht zu haben, und schaut mich an. Ich kann seinen brennenden Blick spüren, kann fühlen, dass er mich begehrt, dass er mich will.

Ganz sanft legt er seine Finger auf den obersten Stern und fährt die verschlungenen Linien zwischen ihnen entlang, immer tiefer und tiefer. Ich atme schon schneller und bin von dieser zärtlichen Berührung angeturnt wie noch nie zuvor in meinem Leben. Er schaut zu mir auf und lässt seine Hand zwischen meine Beine fahren, legt sie beinahe besitzergreifend auf meine Muschi, mit den Fingern zwischen meinen Schamlippen.

»Baby, willst du es heute schon tun?«, fragt er. Seine Stimme ist tief und heiser und angeturnt.

Und ich ... schüttel den Kopf. ›Was?!‹, fragt alles in mir ungläubig.

Er macht einen bedauernden Laut, küsst mich auf meine Klit, bevor er wieder zu mir nach oben kommt. Er dreht uns um, sodass ich auf ihm liege, nackter Oberkörper an nacktem Oberkörper. Seine Hände greifen an meinen Hintern, was mich aufstöhnen lässt. Ich lege meine Finger um sein Gesicht und küsse ihn. Langsam erst und dann immer heftiger. Es dauert nicht lange und wir knutschen wie Teenager auf der Laderampe eines Jeeps. Wie gut, dass ich nackt bin, sonst würde ich verbrennen.

Meine Lippen sind geschwollen, meine Haut prickelt von seinem Fünftagebart. Aber ich kann nicht aufhören, ihn zu küssen. Mein Busen ist fest gegen ihn gepresst, und er knetet meinen Hintern, zieht mich fest gegen seinen Ständer. ›Das kann nicht angenehm sein‹, denke ich. Er beißt mir sanft in die Lippe, und ich höre auf zu denken. Mein Kopf leert sich, gleichzeitig schärfen sich meine Sinne. Wenn ich die Augen öffne, sehe ich sein gut aussehendes Gesicht, nicht schön im klassischen Sinne, dafür aber männlich und erwachsen statt wie so ein Milchbubi. Ich sehe die leichten Krähenfüße um seine grünen Augen, die feinen Linien, die seine Stirn zieren, die Stoppeln seines Bartes, sehe die Narbe auf seinem rechten Wangenknochen, die ihm ein verwegenes Aussehen gibt. Und die kleine Narbe an seinem linken Mundwinkel.

Meine Geschmacksknospen werden von ihm beherrscht. Ich schmecke ihn, seinen sexy Eigengeschmack, der überlagert wird von etwas Herbem wie ... hm, ja, Bier. Und dann ist da noch ein bisschen was Süßes, so wie ... Apple Pie.

Ich kicher und löse mich kurz von ihm. »Du schmeckst nach Bier und Apple Pie.«

Er lacht. »Und du nach Zahnpasta.«

Ich küsse ihn wieder. Mein Geruchssinn ist erfüllt von ihm. Er riecht unglaublich männlich. Ich kannte den Duft vorher nicht, aber wenn mich jemand fragen würde, wie er riecht, dann ist es männlich. Es ist ein bisschen Muskat, ein bisschen schwarzer Pfeffer und doch trotz all dieser schweren Töne auch sehr leicht, so wie Zitrusfrüchte. Meine Nase nimmt nichts anderes wahr als diesen unglaublichen Geruch, der mir das Wasser im Mund zusammenlaufen lässt und ebenso mein Inneres erwärmt.

Meine Ohren sind auf ihn ausgerichtet. Ich höre seine leisen Laute der Lust, so eine Mischung aus Stöhnen und Knurren. Ich höre die Geräusche unseres Rummachens. Das Geräusch seiner Hose, die ein wenig knistert, wenn ich mich auf ihm bewege. Der leise Sound, wenn Haut über Haut streicht, die leisen Schmatzlaute, wenn zu viel Spucke in unseren Mündern ist, der Laut, den meine Finger machen, wenn sie über seine Stoppeln fahren. Alles nur leise, ganz leise Geräusche, aber meine geschärften Sinne nehmen sie wahr.

Und dann noch mein Tastsinn. Meine Finger, die über sein Gesicht streichen, spüren die leicht raue Haut auf seinen Wangenknochen, das piksende Gefühl seines Barts, die Weichheit seiner Sexhaare. Meine Nippel spüren seine harte Brust, gegen die sie gepresst werden, und die Samthaut, die darüber liegt. Mein Hintern spürt seine Finger, die ihn fest umfassen. Mein Bauch spürt seinen, spürt, wie sich die Muskeln ständig anspannen und entspannen. Und ich spüre seine Erektion, die sich groß und hart gegen meinen Oberschenkel drückt. Da er so um die 1,95 m groß ist und ich nur 1,73 m musste ich mich ein wenig nach oben schieben, um ihn richtig küssen zu können.

Alles in mir ist hellwach, bis auf meinen Kopf, der

beschlossen hat, den Dienst zu quittieren. Gott sei Dank, denn mein Hirn macht immer Ärger.

Ich streiche über seine Wangen und er beginnt, meinen Rücken zu streicheln. Seine Finger lösen Gänsehaut aus, stellen mir die kleinen Härchen auf, sorgen dafür, dass es überall kribbelt.

Als wir uns nach einer schieren Unendlichkeit aus unserem Kuss lösen, lächelt er mich warm an. »Das war der beste Kuss, den ich je bekommen habe.«

Ich drücke noch einmal meine Lippen gegen seine. »Für mich auch.«

Er legt mich sanft neben sich, steht auf, zieht seine Hose aus. Als er sich aufrichtet, kann ich zum ersten Mal einen vollen Blick auf seine Tattoos werfen. Er dreht sich um, um ins Bad zu gehen.

»Stopp!«

Er dreht sich verwundert zu mir. »Was?«

»Ich muss deine Tattoos betrachten und dich, du sexy Mann.«

Er grinst und bleibt stehen. Ich knie mich aufs Bett und schaue mir das Tribal an, das auch auf seinem Rücken ist. Heute Morgen habe ich es ja nur in Teilen gesehen; jetzt liegt es vor mir in seiner ganzen Pracht. Sein Arm ist von der Schulter bis zur Hälfte des Unterarms tätowiert. Seine linke Brust und sein Bauch werden ebenfalls von diesem gewaltigen Tattoo beherrscht. Es ist einfach wunderschön. Die Muskeln darunter mit der samtigen Haut sind auch wunderschön. Er ist nicht so trainiert wie Matt auf dem Foto, das Thea mir gezeigt hat, aber er ist nicht von schlechten Eltern. Ich kann eindeutig das Siegel »heißester Mann, den ich je gesehen habe« vergeben. Denn auch wenn Theas Jungs heiß sind, Nate ist besser, weil er meiner ist. Ups. Das ging schnell.

Und dann sehe ich zwischen den Linien seines Tattoos eine Schrift. Über seinem Herzen. Ich schlucke schwer. *Lily*. Der Name seiner Frau? Gott, wie soll ich mit einer Toten um sein Herz konkurrieren? Da kann ich doch nur verlieren. Die Karten sind ausgeteilt und ich habe ein schlechtes Blatt bekommen.

Er schaut mich fragend an, hat wohl mein Entsetzen gesehen.

Aber ich hebe seinen rechten Arm und schaue mir die Schrift dort an. *Ella* steht da in verschnörkelter Schrift. Das ist schön. Ich streiche die Linien nach. Und dann löst sich eine Träne aus meinem Augenwinkel und fällt auf seine Haut. Er zuckt, als wäre es Säure. Er nimmt mein Gesicht in beide Hände und hebt es an. Ich versuche, die Tränen wegzublinzeln, schaffe es aber nicht, und er sieht sie.

»Baby, was ist passiert?«, fragt er besorgt.

Ich schüttel den Kopf.

»Sag es mir, bitte.«

Ich verneine erneut, und er flucht leise, bevor er mich an seine Brust zieht. »Baby, bitte, sag mir, was los ist. Es war doch gerade alles so perfekt. Was hab ich gemacht? Bin ich zu schnell? Willst du das alles gar nicht?«

Ich bin durcheinander. Meine heftige Reaktion auf dieses Tattoo zeigt mir, dass ich schon viel tiefer drinstecke, als ich gedacht habe. Ich mag ihn, mag ihn wirklich, habe mir offensichtlich in Gedanken schon ein Traumhaus gebaut. Und nun droht es schon wieder abgerissen zu werden.

Reagiere ich über? Ich mein, ist es nicht normal, dass er seine tote Frau noch liebt? Es ist ja nicht so wie bei einer Trennung, die aus welchen Gründen auch immer stattfindet. Entweder hat sich der eine entliebt oder der andere. Vielleicht sind es auch äußere Gründe, aber es ist eine Entscheidung getroffen worden. Aber wenn dein Partner stirbt, dann hörst du ja nicht auf, ihn zu lieben. Du hast nicht gewollt, dass es zu Ende geht, sie hat nicht gewollt, dass es zu Ende geht. Es ist einfach passiert. Und du kannst nichts dagegen tun. Wahrscheinlich wäre er auch jetzt noch mit ihr zusammen, hätte ein wunderbares Leben mit ihr und Ella. Ich hätte ihn nie kennengelernt, wenn ihm das Schicksal nicht so grausam mitgespielt hätte. In diesem Moment fühle ich mich wie ein Eindringling, wie ein Parasit, der sich ins gemachte Nest setzt.

Einen Moment fühle ich Ekel, bevor ich mir bewusst mache, dass ich seine Frau, Lily, nicht betrüge, weil sie seit drei Jahren tot ist. Und doch fühle ich mich in diesem Moment richtig schlecht. Ich kann es nicht ändern.

Was ist die richtige Tat? Ich weiß es nicht. Wenn wir weitermachen, kann er mich irgendwann ebenso lieben wie sie? Oder wird sie immer der leuchtende Stern sein, gegen den ich nicht anstrahlen kann? Wenn ich es beende ... Gott, ich kann es mir nicht einmal vorstellen! Ich will ihn nicht verlieren, auch wenn wir uns erst das vierte Mal sehen, kann ich mir nicht vorstellen, ihn gehen zu lassen. Aber kann er mich irgendwann lieben? Kann er mich irgendwann so ansehen, wie Matt Thea ansieht? Oder werde ich immer nur die zweite Geige sein?

Bin ich nicht mehr wert als das?

Mir ist schon bewusst, dass ich fünftausend Schritte voraus bin, dass ich doch eigentlich diejenige bin, die langsam vorgehen wollte. Und jetzt überhole ich ihn im Galopp, als wäre ich Secretariat und würde das Belmont Stakes mit einunddreißig Längen Vorsprung gewinnen. So viele Schritte bin ich voraus.

Er summt mir leise ins Ohr, während mir all diese Gedanken durch den Kopf schießen. Er streichelt sanft meinen Nacken, meinen Kopf, meine Schulter. Wartet, dass ich ihm sage, was passiert ist, was falsch gelaufen ist.

Aber wenn ich es ihm sage, hält er mich für einen Psycho. Ja, das hab ich schon realisiert. Was ist also meine andere Option? Schweigen. Nichts sagen. Dann bin ich direkt am Anfang unehrlich. Will ich das sein? Können wir eine Beziehung haben auf so tönernen Füßen? Und ja, immer noch dreitausend Schritte voraus. Ich wollte es langsam, und jetzt denke ich darüber nach, ihn zu heira... Ups. Nein, da denke ich nicht dran. Kein bisschen.

Gott, ich hab einen Knall, das ist nicht auszuhalten. Ich löse mich von ihm, wische mir die Tränen ab.

»Baby?«, fragt er sanft.

Ich lege meine Finger auf das Tattoo mit ihrem Namen. *Lily*. Er schaut nicht hin, aber plötzlich ist Erkenntnis in seinen Augen. »Gott, Baby! Was immer du denkst, du hast ja keine Ahnung.«

In seinem Blick liegt Schmerz, sein Körper versteift sich, er schluckt schwer. Ich merke, dass sein Ständer, der die ganze Zeit gegen mich gepresst war, wie durch Geisterhand verschwunden ist.

Ich sehe, wie er mit sich ringt. Dann wird sein Ausdruck hart. Er zieht seine Hose an, seine Schuhe, sein Hemd, sein Jackett. Ich bin verwirrt. Er geht?

»Ich muss gehen«, sagt er und geht zur Tür.

»Jetzt?«, frage ich ein wenig lahm, aber ich weiß nicht, was ich sonst fragen soll.

Er öffnet die Tür, dreht sich zu mir. »Leg den Riegel vor, wenn ich raus bin.« Und damit ist er weg.

Ich kann es nicht fassen, kein bisschen. Wieso ist er gegangen? Und was ist passiert?

Aber dann ist da noch eine kleine Stimme, die sagt: ›Sei doch froh, dass er dir die Entscheidung abgenommen hat.‹ Mit dieser Erkenntnis lege ich mich aufs Bett und weine bittere Tränen.

Als ich am nächsten Morgen aufwache, sind meine Augen verklebt und geschwollen. Meine Lippen auch von unseren Küssen. Ich fühle mich hundert Jahre alt, wie unter einen Truck gekommen, wie etwas, das die Katze ausgekotzt hat. Ich will gar nicht aufstehen, will der Realität nicht in die Augen blicken.

Ich merke, dass die kleine Stimme nicht recht hatte. Nichts in mir ist froh, alles in mir sehnt sich schon nach Nate. Wie kann man sich denn so schnell an eine andere Person gewöhnen? Ich kenne ihn gerade mal ein Wochenende, habe ihn viermal gesehen, und doch hat er es in dieser unglaublich kurzen Zeit geschafft, sich in mein Herz zu ... küssen.

Ich streiche über meine Lippen, die gestern Abend noch so leidenschaftlich verwöhnt wurden. Mir treten wieder Tränen in die Augen. Alles war doch so perfekt, hat sich so richtig angefühlt. Wie kann das schon wieder vorbei sein?

Und wieso habe ich denn nach drei Tagen Liebeskummer?

Ich ziehe die Decke über den Kopf, will der Wahrheit lieber

nicht in die Augen blicken. Ich gehe jeden Moment mit ihm noch einmal durch, erlebe alles noch einmal und bin am Ende ebenso erschüttert, wie ich es beim ersten Mal war. Es war doch so ... so unglaublich perfekt. Hab ich mir das alles nur eingebildet? Aber es macht auch keinen Sinn, dass er nur Sex wollte. Warum ist er dann vor dem Sex gegangen? Ich kann mir da leider so gar keinen Reim drauf machen.

Irgendwann stehe ich dann doch auf, stelle mich unter die Dusche, lasse eine gefühlte Stunde das warme Wasser über meine müden Glieder laufen. Vier Tage hier und schon im Arsch. Irgendwie hat San Francisco seinen Glanz eingebüßt. Vielleicht sollte ich direkt weiterfahren?

Als ich vor dem Hotel stehe, bemerke ich, dass mir kalt ist, schrecklich kalt. Ich nehme ein Taxi zum Union Square und gehe zu Macy's, um mir eine dicke Jacke zu kaufen. So geht das ja nicht weiter hier. Ich suche mir eine schöne Jacke aus, bezahle sie, ziehe sie sofort an. Die Verkäuferin lächelt wissend und ich lächel ein wenig halbherzig zurück. Warm eingepackt laufe ich durch die Straßen, durch Chinatown, durch viele kleine Gassen. Bergauf, bergab. Gutes Training für den Hintern.

Ich stoppe in einem Coffeeshop, kaufe mir eine Dröhnung Koffein. Nach Essen ist mir nicht zumute. Vielleicht sollte ich es von der positiven Seite sehen. Bei Liebeskummer kann ich nie essen, eventuell nehme ich die zwei Kilo, die ich schon immer abnehmen wollte, auch noch ab.

Das sind so dumme Gedanken, dass ich mir Extra-Sahne auf den Kaffee machen lasse, mit Schokostreuseln. So.

Wie viele Stunden kann man durch San Francisco laufen, frage ich mich, als es langsam dunkel wird. Offensichtlich halbe Tage. Ich fühl mich leer, aber es tut gut, sich zu bewegen. Ich laufe in die ungefähre Richtung des Hotels und komme auch irgendwann an. Ich nehme den Aufzug in die zweite Etage und schlurfe zu meinem Zimmer. Ich biege um die Ecke und bleibe überrascht stehen. Nate sitzt gegen meine Tür gelehnt und scrollt auf seinem Smartphone rum.

Als mein Schatten auf ihn fällt, schaut er auf. »Hi.«

»Hi.«

Er steht auf und ich stecke den Schlüssel in die Tür. Bevor ich sie ihm vor der Nase zuschlagen kann, stellt er seinen Fuß dazwischen. Ich zucke innerlich mit den Schultern und ziehe meine neue, wunderbare Jacke aus, die mir ein Gefühl der Wärme vorgegaukelt hat, auch wenn mein Inneres eiskalt war.

Ich geh ins Bad, um mir die Hände zu waschen. Als ich zurückkomme, sitzt er auf dem Bett.

»Setz dich zu mir.«

Ich setze mich auf den Stuhl, der am Schreibtisch steht. Vielleicht ein bisschen kindisch, aber man muss ja nicht immer erwachsen sein.

Er schnaubt kurz, bevor er sagt: »Ich hab mir das Tattoo stechen lassen, als ich zwanzig war. Da habe ich diese junge, lebenslustige Frau an der Uni kennengelernt. Wir waren sofort hin und weg. Nach vier Wochen sind wir zusammengezogen, nach acht Wochen haben wir in Vegas geheiratet und uns beide die Namen stechen lassen.« Er schaut einen Moment still auf seine Hände, die in seinem Schoß verschränkt liegen. »Nach zwölf Wochen fingen wir an zu streiten. Das waren so ›Alles oder nichts‹-Streits. Mit jedem Streit haben wir uns gegenseitig ein bisschen mehr zerstört.«

Sein Blick zeigt den gleichen Schmerz wie gestern Abend. »Und es wurde immer schlimmer. Wir haben uns die schrecklichsten Dinge gesagt, nur um dann am nächsten Tag wieder Versöhnung zu feiern. Es war wie auf Drogen sein, wie ein immer andauernder Trip. Wir waren süchtig nacheinander, obwohl wir beide wussten, dass wir nicht gut füreinander waren.«

Er steht auf, tigert in meinem kleinen Zimmer auf und ab, fährt sich durch die Haare. »So ging es jahrelang. Totale Zerstörung und dann teilweiser Wiederaufbau. Aber wir wurden immer brutaler miteinander, immer weniger zimperlich, taten uns absichtlich weh. Unser Waffenarsenal wuchs immer weiter, je besser wir uns kennenlernten, je mehr wir voneinander wussten. Als ich zweiundzwanzig war, habe ich sie verlassen. Eines Abends stand sie vor der Tür meiner Mom und zeigte mir ein Röhrchen mit Schlaftabletten, die sie geschluckt hatte. Ich brachte sie ins Krankenhaus, ihr wurde der Magen ausgepumpt. Ich war so erleichtert, und sie nutzte den Moment, mir das Versprechen abzunehmen, es noch einmal zu versuchen.«

Er lehnt sich gegen die Wand. Seine Stimme ist ein wenig monoton, vom Schmerz der Vergangenheit gedämpft. »Es wurde nur noch schlimmer. Nach jedem Streit zog sie aus, vögelte wild in der Gegend rum. Ich war zerbrochen, Marlene, mein Herz war gebrochen. Ich konnte sie nicht verlassen, weil ich nicht wollte, dass sie einen weiteren Selbstmordversuch startete. Ich hatte Angst. Angst vor der Verantwortung. Angst vor den Konsequenzen. Ich war dreiundzwanzig oder vierundzwanzig und war von der Situation überfordert.«

Er setzt sich wieder hin. »Meine Mom hat versucht, mir zu helfen, aber was kann sie schon sagen? Dass es nicht meine Verantwortung ist? Aber das war es. Ich hatte sie geheiratet, hatte ihr Schutz versprochen, in guten wie in schlechten Zeiten, bis das der Tod uns scheidet. Ich wollte mein Versprechen nicht zurücknehmen. Ich fand das nicht richtig. In mir war immer noch ein Funken Hoffnung, dass es besser werden könnte.«

Mein Herz zieht sich bei seinen Worten zusammen, ich spüre seine Pein, seine pure Verzweiflung. Ich setze mich neben ihn, greife nach seiner Hand. Dankbar drückt er sie. Ich lege meinen Kopf an seine Schulter und er küsst mich auf die Haare. ›Was für eine schlimme Geschichte‹, denke ich.

»Wir blieben zusammen und schickten einander durch die Hölle. Sie betrog mich immer und immer wieder, und ich war in der Lage, mit nur einem Wort ihr ganzes Sein zu zerstören. Beste Aussichten für die totale Zerstörung. Als ich sechsundzwanzig war, hat sie mir gesagt, dass sie schwanger ist. Sie hatte keine Ahnung, wer der Vater war.« Eine Träne löst sich aus einem Augenwinkel.

Ich setze mich rittlings auf seinen Schoß, schlinge meine Arme um ihn. Er vergräbt sein Gesicht an meinem Hals, zieht mich eng an sich.

»Aber es war klar, dass ich nicht der Vater war«, sagt er dann mit gebrochener Stimme. »Niemand weiß das, Marlene, nicht mal meine Mom.« Er schaut mich an, und ich nicke, habe verstanden, was er mir damit für ein Vertrauen entgegenbringt. Ich drücke meine Lippen zart gegen seine.

»Ich war fertig mit ihr, habe sie gehasst wie noch nie jemanden zuvor. Aber ich konnte sie nicht verlassen, nicht so schwanger und hilflos. Ich hab mich wie in einer Falle gefühlt, habe gesehen, wie mein Leben an mir vorbeizieht und ich keine Chance hatte, es jemals so zu leben wie andere junge Menschen. Gott, ich hab sie so verflucht! Und ich hab auch das Baby in ihrem Bauch verflucht, weil es mir sie ans Bein kettete.«

Er streichelt einen Moment gedankenverloren meinen Rücken. Ich frage mich, wann es sich geändert hat. Ich habe es mit eigenen Augen gesehen, er liebt Ella mehr als alles andere. Sie ist sein Sonnenschein, das Zentrum seines Universums.

»Und dann kam der Tag von Ellas Geburt. Wie es sich für einen guten Ehemann gehört, war ich dabei. Sie hat sich wegspritzen lassen, hat gar nichts von der Geburt mitbekommen. Und dann hat man mir dieses kleine Etwas gereicht. Ich war geschockt, als mir die Hebamme ein kleines Bündel in die Arme legte. Ich hatte Angst, ihr wehzutun, und gleichzeitig war alles in mir auf Ablehnung gepolt. Aber dann hat sie ihre Augen zum ersten Mal geöffnet, und das Erste, was sie sah, war ich. Sie hat ihre kleine Zunge zwischen ihren winzigen Lippen hervorblitzen lassen, und es war um mich geschehen.«

Er schaut mich an, sucht nach Regungen auf meinem Gesicht. »Sie ist nicht meine biologische Tochter, aber sie ist meine Tochter, verstehst du?«

Ich nicke und lege meine Hände an seine Wangen. »Jeder, der euch zusammen sieht, weiß, dass sie deine Tochter ist.«

Er küsst mich sanft auf die Lippen, bevor er fortfährt. »Lily hat sich kein bisschen um Ella gekümmert. Sie ist ausgegangen, hat Typen kennengelernt, hat ihr Leben weitergelebt, als hätte sie keine Tochter. Ich wollte sie so oft verlassen, aber sie hat mir immer damit gedroht, dass sie mir Ella wegnehmen würde, einen Vaterschaftstest machen würde, aller Welt beweisen würde, dass sie nicht mein Kind ist. Also habe ich es ausgehalten, habe mich von ihr zum Narren halten lassen, immer und immer wieder.« Er schluckt schwer. »Und irgendwann bekam ich dann den Anruf, dass sie bei einem Autounfall tödlich verunglückt ist.« Er schluckt erneut. »Und alles, was ich spürte, war Erleichterung.«

Sein Gesichtsausdruck zeigt eine Ansammlung verschiedener Gefühle. Scham, weil er erleichtert war. Schmerz, weil er sieben Jahre so gelitten hat. Trauer, weil Lily seine große Liebe sein sollte und es einfach nicht war. Erleichterung, dass er eine so wunderbare Tochter hat. Hoffnung, dass er eine zweite Chance auf die große Liebe bekommt.

»Danke«, flüstere ich. Ich küsse ihn, lege meine Lippen auf seine, öffne seinen Mund mit meiner Zunge, lasse sie in seinen Mund gleiten. Unser Kuss ist nicht sanft, sondern sofort voller Feuer, lodernd, glühend heiß. Seine Finger finden den Weg unter meinen Pulli, streicheln meine nackte Haut, bringen mich zum Beben. Ich ziehe sein Jackett aus, ziehe ungeduldig an seiner Krawatte. Mit zitternden Fingern öffne ich sein Hemd und streife es von seinen Schultern.

Er zieht mir den Pullover aus, den BH gleich mit, während sich meine Hände auf Wanderschaft über die Berge und Täler seiner Muskeln begeben. Er steht auf, öffnet meine Hose, streift sie mir mit meiner Unterwäsche ab, dann macht er mit seiner Hose ebenso kurzen Prozess. Er holt einen Gummi aus der Tasche und bettet mich dann sanft auf die Matratze. Er legt sich auf mich, küsst mich leidenschaftlich.

In mir breitet sich Wärme aus, ich spüre, wie erregt ich bin, spüre, wie ich nass werde, wie er mich anturnt. Er lässt seine Hand zwischen meine Beine gleiten, neckt meine Klit mit sanften Bewegungen.

»Mit Vorspiel?«, fragt er und küsst meine Lippen.

Ich schüttel den Kopf. »Ich will dich in mir.«

Er nickt und streift das Kondom über. Er greift nach seinem Schaft und positioniert ihn, um dann langsam in mich zu gleiten. Ich stöhne leise. Er beobachtet meine Reaktionen, nimmt sich Zeit, in mich einzudringen. Er dehnt mich, und dieses Gefühl ist einzigartig. Ich passe um ihn wie ein Handschuh, wie füreinander gemacht. Seine Hand wandert an meinen Busen, knetet ihn leicht, streichelt meine Nippel. Seine Lippen senken sich auf meine und sein Kuss ist leidenschaftlich. Er beginnt langsam in mich zu stoßen. Ich pulsiere um ihn, streichel seinen Rücken, presse meine Finger in seine Schultern. Knabber an seinen Lippen.

Er stoppt und legt schwer atmend seine Stirn gegen meine. »Stopp, Baby«, bittet er. »Ich halte nicht lange durch, wenn du es so perfekt für mich machst.«

Ich grinse und küsse zart seine Lippen. »Du musst auch nicht lange durchhalten.«

»Ich will, dass unser erstes Mal besonders ist.«

Ich lache leise, was dazu führt, dass sich meine Muskeln anspannen, und er knurrt. Ich fühle seinen Schwanz zucken. »Unser erstes Mal ist perfekt, weil du und ich dabei sind.«

»Fuck, Baby!«, grummelt er, während er versucht, die Kontrolle zu behalten.

Ich spanne meine Muskeln an und lasse wieder locker, immer und immer wieder. Er stöhnt, versucht mich dazu zu bringen, stillzuhalten, aber ich lasse mich nicht abhalten. Mit einem lauten Fluch kommt er.

Er löst sich von mir, verknotet den Gummi, wirft ihn in Richtung Mülleimer. Keine Ahnung, ob er getroffen hat oder nicht. Er legt sich neben mich, zieht mich in seine Arme, küsst meine Wange.

»Das war nicht nett, Baby«, murmelt er.

Ich grinse und streichel über seine samtige Haut. »Das war sogar sehr nett. Ich hab dich kommen lassen.«

Er berührt sanft meine Wange. »Aber ich wollte ja gar nicht ohne dich kommen.«

Ich kuschel mich eng an ihn. »Du hast noch die ganze Nacht, um mich kommen zu lassen.«

Er lacht leise. »So, ich hab die ganze Nacht?«

»Yep. Streng dich an.«

Er dirigiert seinen Mund zu meinem. »Oh Baby, du weißt gar nicht, worum du da bittest.«

»Um richtig guten Sex«, grinse ich und küsse ihn hungrig zurück.

Als er sich löst, sagt er: »Du glaubst, Sex mit mir wäre gut, nachdem ich gerade wie so ein vierzehnjähriger Knabe nur drei Sekunden durchgehalten habe?«

Ich lache. »Na ja, ich hoffe, dass du mit Mund und Händen besser bist.«

»Freches Ding.« Er beginnt mich zu kitzeln. Ich quietsche und lache und winde mich unter ihm, versuche vom Bett zu krabbeln. Er greift nach einem Fuß und zieht mich wieder ran.

»Nate, nicht«, lache ich und will ihn abschütteln. Er legt sich auf mich, umfasst mein Gesicht liebevoll mit den Händen und küsst mich wieder und wieder. Er ist so lecker!

Er robbt sich an mir runter, küsst sanft mein Dekolleté, die Rundung meines Busens, flattert mit seiner Zunge gegen meine Brustwarze. Nur diese kleine Berührung entzündet die Lust in mir erneut, wenn sie überhaupt abgeklungen war. Seine Hand findet meinen anderen Nippel, neckt ihn, liebkost ihn, streichelt ihn. Ich stöhne leise, was ihn gegen meine Haut lächeln lässt. Er liegt zwischen meinen Beinen, und ich spüre seine Bauchmuskeln an meiner empfindlichsten Stelle. Ob er es komisch findet, wenn ich ... Ach. Ich presse mein Becken gegen ihn, reibe mich an ihm.

Seine Hände schließen sich um meine Hüften, halten mich still. »Noch nicht.«

Ich gebe einen frustrierten Laut von mir, der ihm einen amüsierten Gluckser entlockt, während er langsam mein Blumentattoo küsst. Seine Zunge fährt zart an den delikaten Gebilden entlang und bringt mich zum Stöhnen.

»Du bist so schön«, murmelt er. Seine Lippen streichen über meinen Bauch, seine Zunge fährt einen kleinen Kreis um meinen Bauchnabel. Er rutscht tiefer, küsst die Sterne, bevor er sich zwischen meine geöffneten Beine legt. Er öffnet mich weiter, pustet leicht gegen mein erhitztes Fleisch. Ich zittere und mir laufen Schauer über den Körper und durch meinen Körper. Mir wird warm, jede Hautzelle scheint ungewöhnlich viel Hitze abzusondern. Am wärmsten ist die Stelle, die er gerade so hungrig betrachtet.

Er streicht sanft mit den Fingern über meine geschwollenen Schamlippen. Meine Klit pocht und pulsiert, mein Körper zuckt unter seinen Liebkosungen, meine Beine zittern, wollen sich schließen.

»Ganz ruhig, Baby«, flüstert er, während er den Eingang meiner Scheide berührt, sanft an ihm entlangfährt.

»O Gott«, flüstere ich heiser.

»Nenn mich ruhig, Nate«, meint er und lässt zwei Finger in mich gleiten. »Deine Muschi fühlt sich so gut an, Baby.«

Ich kralle meine Finger in die Laken, wölbe mich vom Bett, stöhne leise. Seine Finger gleiten rein und raus. Er pustet sanft gegen mich, und alles in mir zieht sich zusammen. Ich krampfe um ihn, drücke mich gegen seine Berührungen, will mehr. Es fühlt sich so gut an, was er mit mir macht.

Langsam tastet er sich an meiner inneren Scheidenwand entlang, sucht nach der kleinen rauen Stelle, die unbeschreiblichen Genuss verspricht. Ich zucke heftig zusammen und er grinst triumphierend. Immer und immer wieder berührt er diesen einen Punkt, der mich in den Wahnsinn treibt. Ich bin nicht mehr die Herrin über meine Bewegungen, über meine Sinne schon mal gar nicht. Er lässt seinen Finger vor und zurück schnellen, einmal, zweimal, dreimal. Mit einem leisen Schrei komme ich.

Er hört nicht auf, treibt mich weiter und weiter. Seine Lippen schließen sich um meine Klit und er saugt an mir. Erst sanft, dann immer kräftiger. Seine Zungenspitze berührt meine Knospe immer und immer wieder, trägt mich in ungeahnte Höhen. Mein Körper wird hin und her geworfen, meine Finger reißen an der Bettwäsche. Mein Rücken drückt sich durch, mein Kopf fällt in meinen Nacken und mein Mund ist in einem stummen Schrei geöffnet.

»Komm noch mal für mich, Baby«, murmelt er. »Ich will dich schmecken, wenn du kommst.«

»Nate, Nate, o Gott«, kommt meine Stimme wie Sandpapier.

Seine Lippen liebkosen mich erneut, seine Finger finden immer und immer wieder diese eine Stelle. Ich spüre, wie sich in mir alles zusammenzieht. Meine Muschi pulsiert, meine Schamlippen pochen. Meine Nippel sind steinhart. Jeder einzelne Muskel in mir ist gespannt, sogar solche, die ich nicht kannte. Mein Herz rast, mein Puls tobt. Ich spüre ihn an so vielen Stellen pochen, nicht zuletzt in meiner Klit. Meine Zehen kräuseln sich, überstrecken sich, ziehen sich wieder zusammen. Meine Beine zittern vor ... ja, vor lauter Anstrengung. Obwohl ich liege, aber es stimmt.

»Nate, bitte«, murmel ich, hoffe, dass er mich erlöst.

Er saugt hart an mir und ich komme. Er zieht seine Finger aus mir, leckt mit seiner Zunge über meine Schamlippen, schmeckt mich.

»Hm«, macht er, und ich hoffe, das ist ein gutes Zeichen.

Mein heftiger Orgasmus lässt mich erschöpft zurück, meine Muskeln relaxen schlagartig. Ich liege schwer atmend auf dem Bett, warte darauf, dass sich mein Herzschlag normalisiert, das Pochen in meiner Halsschlagader aufhört. Nate küsst sich an mir hoch, kitzelt mich mit seinen Bartstoppeln. Ich grinse, als er oben angekommen ist und meine Lippen küsst.

»So sieht eine befriedigte Frau aus«, scherzt er und lässt seine Zunge in meinen Mund gleiten. Ich drehe mich zu ihm und lasse mich in seine Arme ziehen. Sein Kuss wird fordernder, heißer, hungriger. Ich spüre, dass er für eine zweite Runde bereit ist. Meine Hand gleitet zwischen uns und umfasst seinen Schwanz. Ich pumpe mehrmals auf und ab.

Als ich mich mit meinen Lippen in die Richtung aufmache, hält er mich auf. Er drückt mich zurück auf die Matratze, gleitet auf mich, zieht ein Kondom über und dringt dann langsam in mich ein. Ich stöhne leise, aber sein Mund schließt meinen, nimmt alle meine Geräusche auf.

Mein letzter Gedanke ist: ›Ist das gut‹, bevor jeder Sinn mein Gehirn verlässt und ich im Nirwana der Lust verschwinde.

Kapitel 6

Ich rekel mich wohlig in den Laken.

»Vorsicht, Baby«, grummelt es da hinter mir.

Einen Moment bin ich perplex und frage mich, warum da ein Mann in meinem Bett liegt, bevor mir wieder alles einfällt. Nate. Ich drehe mich um und schaue in seine amüsierten Augen.

»Hattest du vergessen, dass ich hier bin?«

»Quatsch«, sage ich und spüre, wie meine Wangen heiß werden.

Er streichelt sanft über selbige und lächelt mich liebevoll an. »Wir waren jetzt gestern nicht essen.«

»Na ja ...«, fange ich an und denke dann: ›Das ist viel zu krass, um das zu sagen.‹

Er zieht eine Augenbraue hoch und fängt dann schallend an zu lachen. »Das wolltest du nicht sagen!«

Ich werde noch röter. »Nein, natürlich nicht! Was du von mir denkst ...« Verschämt blicke ich überall hin, nur nicht in seine Augen. Ich dreh mich um.

Er zieht mich am Arm wieder zurück. »Oh nein, Baby, du entkommst mir nicht. Sprich es aus.«

Ich schüttel den Kopf. »Ich weiß gar nicht, wovon du sprichst.«

Er lacht. »Doch, weißt du. Komm schon, Baby, ein bisschen

Dirty Talk am Morgen, vertreibt Kummer und Sorgen.«

»Auf keinen Fall.«

Er legt seine Hände an mein Gesicht. »Sag's.«

»Nie im Leben.«

»Komm schon, Baby, dann mache ich es heute Abend noch mal.«

»Das ist Erpressung!«, empöre ich mich.

»Sag's.«

Ich winde mich ein wenig und sage dann: »Du hast schon gegessen.«

Er grinst. »Und was?«

»Du bist total unmöglich!«

»Was hab ich gegessen?«, fragt er unermüdlich.

»Pussy.«

Er lacht schallend. »Oh ja, Baby, und es hat mir exzellent geschmeckt.«

»Ich geh jetzt duschen«, meine ich und steige aus dem Bett.

Er zieht mich zurück auf seinen nackten Körper und küsst mich. Trotz Morgenatem und allem. »Ich geh zuerst duschen. Ich muss in zwanzig Minuten los«, meint er dann, lässt mich vorsichtig von ihm gleiten, küsst meine Stirn, steckt die Decken fest.

Ich lächel verliebt vor mich hin und beobachte seinen knackigen Hintern. An den Anblick könnte ich mich gewöhnen.

Nate verabschiedet sich mit einem Kuss und verspricht, mich abends anzurufen.

Als ich ein Weilchen später aufstehe und dusche, überlege ich, was ich heute machen will. Nate muss heute arbeiten und dann muss er auch mal wieder Vater sein. Ella kann nicht jeden Tag woanders schlafen. Aber trotzdem fühle ich mich ein klein wenig einsam.

›Gut, dass ich heute Abend mit Thea in Matts Bar verabredet bin‹, denke ich. Ich beschließe, das Frühstück ausfallen zu lassen und direkt mit dem Mittagessen zu starten. Ich mach mich auf den Weg zum Fisherman's Wharf. Es ist kühl, aber mit meiner neuen

Jacke genieße ich die Temperaturen. Ich mochte es schon immer, warm eingepackt im Winter durch die Gegend zu laufen. Das hat so was Magisches. Nun gut, vielleicht ist es der Schnee und die Weihnachtsbeleuchtung, und nicht September in Kalifornien, aber wer nimmt das schon so genau?

Ich gehe zu Boudin und bestelle Clam Chowder in der Brotschüssel, ein Gericht, auf das sie hier sehr stolz sind. Mal schauen, ob es hier besser schmeckt als in Monterey. Ich finde Platz an einem der Tische drinnen und freue mich, dass ich nicht draußen sitzen muss. Ich muss sagen, die Menschen in dieser Stadt verstehen es, hervorragend zu essen. Die Suppe (oder der Eintopf?) ist schön cremig und ich liebe das Sauerteigbrot dazu. Und ja, sie können mit recht auf diese Delikatesse stolz sein.

Nach meinem Mittagessen zum Frühstück laufe ich die Promenade entlang bis zum weit entfernten Ferry Building am Embarcadero. Ich hab in meinem Reiseführer gelesen, dass man von hier aus für wenig Geld mit einer Fähre durch die ganze Bay fahren kann. Das will ich machen. Ich kaufe mir ein Ticket nach Vallejo und warte auf meine Reise.

Sobald wir San Francisco verlassen haben, wird es warm. Das ist wirklich eine merkwürdige Situation mit den klimatischen Bedingungen in Frisco. Durch die Hügel gibt es in der ganzen Stadt verschiedenes Wetter. Dazu kommt noch, dass die Stadt an drei Seiten von Wasser umgeben ist und daher ständig Nebel kommt und geht. In manchen Stadtgebieten scheint kaum die Sonne, weil der Nebel an den Hügeln festhängt. Und doch macht gerade das auch einen der Reize dieser Stadt aus.

Mein Handy piepst.

Hey, Baby, was machst du? x

Es ist einfach lächerlich, dass ich diesen Mann erst seit ein paar Tagen kenne und trotzdem wie eine Bekloppte grinse, als ich seine Nachricht bekomme.

Ich bin auf der Fähre nach Vallejo.

Was willst du da?

Die Bootsfahrt genießen.

Meine Haut erinnert sich an seine Berührungen, an seine Küsse, an seine Finger. Es beginnt zu kribbeln, und alles, was ich denken kann, ist: ›Ich hoffe, er berührt mich bald wieder.‹ Ich weiß, ich will es langsam angehen, aber ich muss wohl einsehen, dass nur mein Verstand das möchte, alles andere schreit: »Mit Vollgas voraus!«

Du fährst nur nach Vallejo, um auf dem Boot zu sein?

Ja, ganz genau.

Deutsche haben einen Knall.

Ich lache leise vor mich hin und frage mich dann, wie hoch wohl meine Handyrechnung sein wird. Aber man ist nur einmal jung, nicht? Nur einmal jung in San Francisco. Vielleicht sollte ich mir Blumen ins Haar stecken.

Vielleicht.

Auf jeden Fall, Baby. Ich vermiss dich.

Oh's und ah's formen sich in meinem Inneren. Er vermisst mich. Ich vermisse ihn auch.

Ich vermisse dich auch!

Ich schaue mir die Landschaft und die Städte an, die die San Francisco Bay säumen. Ich muss sagen, dass es alles noch viel schöner ist, als ich es mir vorgestellt habe. Ganz eindeutig eine Gegend, in der ich leben könnte. In der Ferne sehe ich Marin County, wo auch Sausalito liegt, das kleine malerische Städtchen – zumindest habe ich gelesen, dass es wunderschön sein soll –, in dem Nate und Ella wohnen. Ob er mich wohl mal zu sich nach Hause einlädt?

Ich muss wieder an die Arbeit, Baby, aber eins noch ... ich hatte schon lange nicht mehr so viel Spaß mit einem Mädchen.

Ich glaube, ich habe kleine Herzchen in den Augen, als ich so auf das Display meines Handys starre. Gleichzeitig wird mein Herz schwer, denn wohin soll das führen? Was kann aus Liebenden werden, die mehr als neuntausend Kilometer voneinander getrennt sind? Hab ich gerade »Liebende« gedacht? ›Ganz ruhig, Marlene, langsam angehen, nicht vergessen.‹

Aber ich merke, dass ich mich Hals über Kopf in ihn verliebe. ›Ganz verkehrt‹, denke ich, während mein Herz beinahe aus meiner Brust hüpfen will. ›Neuntausend Kilometer‹, wiederhole ich wie ein Mantra, ›neuntausend Kilometer.‹

Ich hab auch viel Spaß mit dir. Nate? Ich mag dich.

Und da habe ich die Nachricht schon abgesendet, ohne dass mein Verstand eingreifen konnte. Wieso bringe ich mich immer in so schwierige Situationen, die niemals gut für mich enden können? Ich habe echt großartige Talente.

Langsam wird mir zu warm und ich schlüpfe aus der Jacke. Ich lege den Kopf in den Nacken und schaue in den wolkenlosen Himmel über mir. Ach, hab ich's gut.

Und hattest du schon Sex?

Einen Moment denke ich, dass Nate aber eine blöde Frage stellt, bevor mir auffällt, dass die Nachricht auf Deutsch geschrieben ist. Micha, dieses kleine Wiesel.

In der Tat.

Echt jetzt? Ruf mich an!!!!!!!!!!!! SOFORT!!!!!

Ich grinse und rufe sie an.

»Was? Mit wem hast du geschlafen?«, schreit sie ins Telefon.

»Mal sachte mit den jungen Pferden«, sage ich lachend.

»Auf keinen Fall! Raus mit der Sprache. Wie heißt er? Was macht er? Wie sieht er aus? Und wie groß ist sein Schwanz?«

Typisch Micha. »Er heißt Nate, ist Wahlkampfmanager, sieht richtig super aus, echt, so einen gut aussehenden Mann habe ich noch nie gesehen. Und sein Schwanz ist lang und dick, aber auch nicht zu lang. Echt perfekt.«

»Schätz mal.«

»Hm, so sechzehn, siebzehn Zentimeter?«

»Und Dicke?«

Ich überlege kurz, so wirklich viel habe ich ja nicht mit ihm gespielt. »Wenn ich mit Daumen und Zeigefinger ein O forme, komme ich gerade so drum.«

»Wow! Und kann er mit dem Teil auch umgehen?«, lacht sie und klingt nur ein kleines bisschen neidisch.

»Oh ja! Das kann er. Und mit Zunge und Fingern weiß er sich auch zu helfen. Übrigens muss ich dir für die Begegnung danken.«

»Ach, echt? Wieso habe ich den nicht für mich behalten?«, scherzt sie.

Ich muss auch lachen. »Weil du bald einen anderen heiratest. Ich hab ihn auf dem 17 Mile Drive kennengelernt.«

»Fuck! Echt? Dann habe ich ein Anrecht auf eine Nacht mit

ihm«, neckt sie mich. Obwohl ...?

»Kommt nicht in die Tüte! Nate gehört ganz mir«, erwidere ich bestimmt. Ich wundere mich einen Moment über meinen Tonfall. Na ja, was heißt schon wundern ... Ich hab schon realisiert, dass ich mehr als nur freundschaftliche Gefühle für ihn hege, auch wenn ich das nicht gerne zugebe. Neuntausend Kilometer.

»Bist du in ihn verknallt?«, fragt sie geradeheraus.

»Ich ...«

»Marlene!«

»Nein ... natürlich nicht«, antworte ich.

»Den Tonfall kenne ich, Madame.«

»Ich weiß nicht, wovon du redest.«

»Gott, Lene, echt? Du bist gerade mal ein paar Tage in Frisco, und schon hast du dich verliebt? Wie soll das gehen?« Ihre Stimme ist warm und beruhigend.

Ich seufze. »Keine Ahnung, Micha. Echt. Ich weiß nur, dass ich mich noch nie so gefühlt habe.«

»Wie denn?«

»Wie das schönste Mädchen der Welt, wie das begehrenswerteste Mädch...«

»Mädchen? Was ist aus Frau geworden?«, fragt sie ein wenig fassungslos.

»Ups«, sage ich und grinse. »Nate nennt mich sein Mädchen.«

»Fuck, das ist ja schlimmer, als ich dachte«, murmelt sie. »Hör zu, Süße, ich will dir nicht wehtun, aber wie soll das gehen? Du bist nur ein paar Tage in Frisco und fährst dann weiter ... Du fährst doch weiter, oder?«

»Ja ...«, sage ich gedehnt und frage mich in dem Moment, ob ich das wirklich tun werde. Eigentlich hatte ich geplant, Freitag weiterzufahren, aber das bedeutet, dass ich nur noch drei Tage mit Nate habe. Einen Augenblick fühle ich Trauer und alles in mir schreit: ›Wag es ja nicht, ihn zu verlassen!‹

»Lene ...«, murmelt sie. »Dich kann man auch nicht alleine lassen, ohne dass du dich in Schwierigkeiten bringst.«

»Hm«, mache ich und zucke die Schultern, obwohl sie das natürlich nicht sehen kann.

»Süße, was soll das werden?«

Ich seufze leise. Die Frage stelle ich mir ja auch dauernd. »Ich weiß es nicht, Micha. Ich mag ihn, er ist klug und witzig, der Sex ist super. Ich fühl mich ... ich weiß, es hört sich bescheuert an, aber ich fühle mich angenommen. Als wäre ich genau perfekt, so wie ich bin. So habe ich mich nicht mal bei Jan gefühlt.«

»Ich weiß nicht, was ich sagen soll.«

Ich lache leise. »Das ist ja ein Novum.«

»Ja.«

»Es gibt auch nichts, was du sagen kannst. Ich weiß, dass es Unsinn ist, ich weiß, dass das keine Zukunft hat. Ich weiß das alles. Aber ich mag ihn. Trotzdem.«

»Hm, pass nur auf dich auf. Das hört sich nach einer Garantie für ein gebrochenes Herz an.«

»Ich weiß«, antworte ich ein wenig niedergeschlagen. Überlass es meiner besten Freundin, mich wieder in die Realität zu holen.

Wir verabschieden uns voneinander, sie wünscht mir viel Spaß.

Gerade habe ich mich noch meines Lebens gefreut und jetzt ist ein bisschen die Luft raus. Mein Handy pingt wieder.

Hey, denk an unser Date heute Abend! Ich brauch dich in meinem Team. x, Thea

Ich lächel leicht. Mist, mir wird bewusst, dass ich nicht nur Nate verlassen muss, sondern auch all die anderen netten Leute. Thea und Ella, Mary und Nora. Mein Herz wird das bestimmt nicht aushalten.

Ich schreibe zurück, dass ich da bin, Nate aber keine Zeit hat, was für sie okay ist. Ich lächel leicht. Ich freu mich auf den Abend, freue mich, Zeit mit ihr zu verbringen. Sie ist lustig und intelligent und so herzlich. Ich mag sie wirklich gerne.

In Vallejo laufe ich ein bisschen am Hafen entlang, warte auf die Fähre zurück in die Stadt. Ich esse ein Eis, beobachte die Möwen, die sich um kleine Krümmel streiten.

Mein Handy klingelt. Was ist denn heute los?

»Hallo?«

»Hi, Marlene. Hier ist Mary.«

»Hallo, Mary«, sage ich überrascht. Was will denn Nates Mom von mir?

»Ich hab Nate deine Nummer abgequatscht. Ich wollte wissen, ob du Lust hast, mit mir einen Kaffee zu trinken?«

Nates Mom will mit mir Kaffee trinken gehen? »Ähm, ja?«

Sie lacht. »Keine Sorge. Ich hab keine Hintergedanken. Ich würde nur gerne die erste Frau, die Nate zu Ella mitgenommen hat, besser kennenlernen. Ich weiß nicht, was zwischen euch ist, aber das bedeutet was.«

»Okay, ich bin aber nicht in der Stadt.«

»Wo bist du denn?«, fragt sie leicht verwundert.

»In Vallejo.«

»Was machst du denn da?«, reagiert sie wie Nate.

Offensichtlich hat Vallejo nicht so eine wunderbare Reputation. Oder vielleicht ist es einfach ein bisschen langweilig. »Ich bin mit der Fähre gefahren.«

Sie lacht laut auf. »Du wolltest einfach nur mit der Fähre fahren, das war alles?«

»Ja, das war alles. Ich habe gelesen, dass man so günstig die ganze Bay durchqueren kann. Das wollte ich mal ausprobieren.«

»Und hat dir die Fahrt gefallen?«

Ich nicke. »Ihr wohnt hier schon an einem schönen Ort.«

»Wann bist du wieder da?«

»So in anderthalb Stunden.«

»Kommst du am Ferry Building an?«

»Ja.«

»Ich hol dich da ab und geh mit dir in ein schönes Café im Mission District.«

Ich nicke. »Okay, danke.«

»Bis gleich, Love.«

Ich lege auf. Und frage mich, was das zu bedeuten hat. Wieso will sie mich kennenlernen? Ich versteh das nicht so ganz. Hm ...

Aber vielleicht sollte ich aufhören, alles zu hinterfragen, und die Dinge einfach mal auf mich zukommen lassen. Ich muss nicht auf alles jetzt eine Antwort haben, oder? Vielleicht wird aus der ganzen Sache ja auch nichts. Vielleicht verbringen Nate und ich noch ein paar Tage zusammen und merken dann, dass wir einander doch nicht so interessant finden, wie gedacht. Kann ja alles passieren, oder? Mein Herz sagt mir zwar, dass das nicht passieren wird. Es fühlt sich auch wirklich nicht so an. Aber die Idee, dass wir sehenden Auges in eine Katastrophe rennen, gefällt mir nicht, also klammer ich mich an diesen kleinen Fitzel Vernunft.

Zurück in San Francisco entdecke ich Mary trotz ihrer geringen Größe sofort. Sie umarmt mich herzlich und bringt mich zu ihrem Auto.

»Ich bin mir sicher, dass dir das Café gefällt. Es gibt tolle Kuchen, und der Kaffee ist richtig gut. Es ist an der Valencia Street, knapp an der Grenze zum Castro.«

Wir fahren ein Stück durch die Stadt, bis sie irgendwann parkt. Sie hat die ganze Zeit geredet, mir eine Stadtführung gegeben. Sie weiß alles über San Francisco. Und ich erfahre auch wieso. Sie hat jahrelang als Stadtführerin gearbeitet. Sie wurde mit vierundzwanzig schwanger, und es war hart für sie, als alleinerziehende Mutter einen Job zu finden. Also hat sie jeden Job angenommen, der ihr angeboten wurde. Erst als Nate in die Schule ging, wurde es einfacher, weil sie die Chance hatte, ganz normale Arbeitszeiten einzuhalten. Das hat es leichter gemacht. Sie hat auch noch ein paar Kurse am Community College gemacht, um mehr Qualifikationen zu haben. Schließlich hat sie dann den Job gefunden, in dem sie auch jetzt noch tätig ist. Sie arbeitet als Assistentin des Bürgermeisters. 1989 hat sie den Job bekommen, die Bürgermeister haben seitdem gewechselt, aber sie war die Konstante.

Wir laufen ein kurzes Stück bis zum *Four Barrel* und bestellen Kaffee und Kuchen.

Als wir sitzen, sagt sie: »Nate mag dich.«

Ich verschlucke mich an meinem Kaffee und huste wie bescheuert. Als ich mich beruhigt habe, frage ich wenig geistreich: »Was?«

Sie lacht. »War das zu direkt? Ich hab gehört, die Deutschen sind sehr direkt.«

»Ich ...«

»Mach dir keine Sorgen. Ich unterstütze das vollkommen. Ich find, du bist ein nettes Mädchen, und ich glaube, dass es meinem Sohn guttun würde, wenn er sich endlich mal wieder jemandem öffnet. Hat er dir von Lily erzählt?« Ich nicke. »Er kann nicht noch einmal solch eine Beziehung führen. Das bringt ihn um, und das ist nicht gut für Ella. Er braucht eine erwachsene Frau, die weiß, was sie will, die nett ist, die ein gutes Herz hat.«

»Das geht mir alles zu schnell«, sage ich wahrheitsgemäß, weil es ja stimmt, auch wenn dieser Fakt meinem eigenen Herzen vollkommen egal ist.

Sie nickt bedächtig. »Genau aus diesem Grund glaube ich, dass du die Richtige für ihn bist.«

»Bitte was?«

Sie legt mir die Hand auf den Arm. »Ich weiß, ich mache dir gerade unglaublich Angst, aber Nates Freundin darf kein Feigling sein. Ich würde allem seinen Lauf lassen, aber ihr habt nicht viel Zeit zusammen, bevor du zurück nach Deutschland fährst.«

»Ich kenne ihn gerade mal fünf Tage, Mary. Ich mein, ja, wir haben nicht viel Zeit, aber das geht zu schnell, viel zu schnell. Ich weiß, dass dies alles nicht ideal ist, aber ich kann es nicht ändern. Wenn wir irgendwas überstürzen und uns frühzeitig festlegen, haben wir keine Chance.« Ich trinke einen Schluck Kaffee, während sie mich nachdenklich anschaut. »Ich kenn mich; wenn ich mich unter Druck gesetzt fühle, mache ich zu. Und ich fühl mich schnell eingeengt. Ich kann es nicht mal leiden, jeden Tag mit einer Person zu telefonieren oder Nachrichten zu schreiben.«

»Wenn das zwischen euch was werden soll, musst du Kompromisse machen«, stellt sie fest.

Ich nicke. »Ja, das weiß ich. Aber trotz der Distanz zwischen unseren Wohnorten muss ich in meinem Tempo vorgehen. Nate weiß das und akzeptiert das auch bis zu einem gewissen Grad.«

Sie lächelt. »Ihr habt also schon über die Zukunft geredet.«

»Insoweit, dass er verstanden hat, dass er nicht den zweiten vor dem ersten Schritt tun darf. Es ist ja nicht so, dass ich ihn nicht mag, dass ich ihn nicht attraktiv finde, dass ich mir kein Leben mit ihm vorstellen kann, Mary.«

»Das beruhigt mich ja schon mal ein bisschen.« Sie ist einen Moment still, als würde sie darüber nachdenken, ob sie das Nächste sagen soll oder nicht. »Ich mach mir Sorgen um ihn.«

Ich schaue sie erstaunt an. Nate wirkt nicht wie der Typ Sohn, um den man sich sorgt, eher genau das Gegenteil ist der Fall. »Wieso?«

Sie ist eine weitere kleine Ewigkeit stumm. »Gebrannte Kinder scheuen das Feuer.«

Ich nicke. Ja, das verstehe ich. »Ich weiß, dass seine Beziehung zu Lily nicht so einfach war.«

Sie lacht bitter auf. »Das ist die Untertreibung des Jahrhunderts. Sie hat ihn fast kaputt gemacht.«

Ich nicke, weiß nicht, was ich sagen soll. Muss vielleicht aber auch gar nichts sagen. Jede Geschichte hat drei Seiten, meine, deine und die Wahrheit. Als Nates Mutter sieht Mary alles schwarz-weiß, als Außenstehende nimmt man es vielleicht anders war, und Lilys Familie sieht die Situation eventuell aus einem neuen Blickwinkel.

»Ich will nicht, dass er verletzt wird. In den letzten drei Jahren hat er keine Frau an sich herangelassen. Ja, er versteht sich gut mit den Frauen in Noras Familie, aber geöffnet hat er sich ihnen nicht. Und ich glaube auch nicht, dass er das will. So leid es mir tut, aber er traut Frauen nicht mehr so richtig. Wenn er dich in sein Leben einlässt, ist das bereits mehr, als er irgendjemandem in den letzten Jahren zugestanden hat.«

Ich fühle Traurigkeit in mir aufsteigen, spüre, wie mein Innerstes zieht beim Gedanken an diesen Mann, dessen Herz so gründlich zerbrochen wurde. »Ich habe nicht vor, ihm wehzutun.«

»Um es zu brechen, müsste es erst vorher wieder zusammengesetzt werden.«

Ich nicke langsam. Das macht Sinn. Was keinen Sinn ergibt, ist, dass er so aufs Gas tritt. Eigentlich sollte man doch meinen, dass er vorsichtiger ist.

Als könnte sie meine Gedanken lesen, sagt sie: »Es ist sehr ungewöhnlich. Alles. Dass er dich mir vorgestellt hat, dass er dich Ella vorgestellt hat, dass er uns deine Nummer gegeben hat, damit wir dich kennenlernen können. Das ist alles nicht seine Art. Ich weiß, dass er in den letzten Jahren hin und wieder eine ... hm, Freundin will ich nicht sagen ... eine Bekannte hatte, aber ich weiß nicht, wie sie hießen, geschweige denn, wie sie aussahen.«

Tief in mir prickelt es, und ich spüre, wie mir warm wird. Ich bin tatsächlich etwas Besonderes für ihn. Ein schönes Gefühl, trotz all dem vernünftigen Zeug, das ich erzählt habe. Aber ich weiß nicht, ob ich damit mein Herz nicht in eine vollkommen falsche Richtung lenke.

Sie schaut mich prüfend an. »Auch wenn es dir schwerfällt, bitte ich dich, gib euch beiden eine Chance, eine echte Chance. Lass nicht deinen Verstand über dein Herz triumphieren. Ich bitte dich.«

Ich nicke zögerlich und weiß im selben Moment, dass ich mich in eine schwierige Lage manövrieren lassen habe. Was ist eigentlich aus der guten alten unverfänglichen Beziehung geworden, in die sich keiner einmischte, schon gar nicht SEINE Mutter? Offensichtlich muss mittlerweile alles sofort definiert werden, immer sofort ein Label aufgeklebt werden, alles fein säuberlich in eine Schublade gesteckt werden. Und wehe, du passt nicht rein!

Ich mag Mary, keine Frage, aber dieses ganze Gespräch ist so dermaßen surreal, dass alles in mir schreit: ›Renn, renn, renn!‹ Aber ist das fair? Ist es fair, Nate keine Chance zu geben, weil seine Mutter Grenzen überschreitet?

Und was denkt sie eigentlich, wie ich mich in dieser Situation verhalten soll? Was glaubt sie, in was für eine Lage sie mich bringt, indem sie mir diese Last aufbürdet? Ich weiß gar nicht so recht, wie ich darauf reagieren soll. Ich merke nur, dass mir das zu viel wird, auf einmal. Ich spüre quasi, wie die Last sich auf meine Schultern senkt.

»Ist alles okay, Marlene?«, fragt sie besorgt.

Ich nicke. »Ja, aber bitte misch dich nicht ein. Ich weiß, du meinst es gut, aber ich kann damit ganz schlecht umgehen.«

»Okay, tut mir leid, dass ich mich eingemischt habe.«

Sie sieht dabei so ganz und gar nicht reumütig aus, dass ich sage: »Tut es nicht.«

Sie lacht. »Stimmt. Nate mag zweiunddreißig sein, aber er ist mein Baby. Ich will nur das Beste für ihn und Ella. Und ich glaube, du bist es. Dazu stehe ich, auch wenn es dir die Luft abschnürt.«

»Na ja, so schlimm ist es auch nicht, von der Mutter eines potenziellen Freundes gesagt zu bekommen, dass sie sie mag«, erwidere ich ein wenig spöttisch.

Sie grinst. »Na, dann zieh den Kopf aus dem Sand, und sorg dafür, dass ihr zwei eine Zukunft habt. Und das ist keine Bitte.« Sie zwinkert mir zu. So ernst meint sie es also nicht. Mein Puls, der sich gerade schon wieder beschleunigen wollte, beruhigt sich. Plötzlich kann ich auch wieder leichter atmen.

»Ich mische mich nicht ein, versprochen«, sagt sie. »Ich wollte dir nur sagen, wie ich mich dabei fühle. Das habe ich getan, und damit ist meine Mission erfüllt.«

Wir erzählen noch ein bisschen, sie fragt mich über meine Familie aus, mein Leben, was ich gerne mache, was ich nicht mag. Ich kann Rosenkohl nicht ausstehen, sag ich ihr. Außerdem bin ich vollkommen verrückt nach Büchern, jeden Genres, jeder Form, E-Book oder gedrucktes Buch. Egal. Wenn ich Zeit habe, lese ich. Auch, wenn es nur fünf Minuten in der Bahn sind. Ich habe immer ein Buch oder meinen Reader dabei. Andauernd. Meine Freunde fragen ständig, was ich gerade lese, um zu wissen, wie es mir geht. Wenn ich traurig bin, lese ich was Heiteres. Wenn ich glücklich bin, dann lese ich Liebesromane, wenn ich wütend bin, habe ich meist eine Biografie dabei. Wenn ich mich ausbalanciert und wohl fühle, lese ich einen Thriller. Ja, okay, vielleicht hat das objektiv keine Ordnung, aber für mich stimmt das alles.

Traurig und heiter ist offensichtlich. Wenn es mir gut geht, alles wie am Schnürchen läuft, dann will ich, dass es noch besser wird, also irgendwas Schönes, wo ein Happy End garantiert ist. Biografien bringen einem Menschen näher, die meisten haben ein schweres Leben oder ein trauriges Leben oder ein interessantes Leben oder ein spannendes Leben gehabt (oder haben es noch). Meist merke ich dann, dass es mir doch wirklich im Vergleich gut geht, dass die Dinge, über die ich mich aufrege, im Vergleich mit ihrem Schicksal unbedeutend sind, kleine Staubkörner in den Weiten des Universums. Das beruhigt mich, erdet mich wieder ein bisschen. Und wenn ich mich wirklich wohlfühle, kann ich auch mal einen Thriller lesen, denn dann wirft er mich nicht aus der Bahn, kein bisschen. An anderen Tagen kann es schon passieren, dass ich solche Angst bekomme, dass ich den Kopf nicht mehr unter der Bettdecke hervorziehen kann.

Sie erzählt mir Geschichten von Nate, wie er die Narbe auf seiner Wange bekommen hat (ein Junge in der Grundschule hat einen spitzen Ast nach ihm geworfen, wie gut, dass er nicht ins Auge ging), warum er zwischen all den schwarzen Linien seines Tribals einen winzigen kleinen roten Stern an der Brust unterm rechten Arm tätowiert hat – dieses Tattoo habe ich übrigens noch nicht gesehen – (eine Hommage an seine Heimat Kalifornien, die diesen in der Flagge hat), warum er in der Highschool nicht am Abschlussball teilgenommen hat (er hat mit seiner damaligen

Freundin Hattie einen Frühstart hingelegt, beide wollten nicht bis nach dem Ball warten).

Es ist witzig, solche Geschichten über ihn zu hören, und ich könnte mir vorstellen, dass er nicht unbedingt amüsiert wäre, wenn er erfahren würde, dass Mary mir erzählt hat, dass er bis zehn ins Bett gemacht hat, und sein erstes Mal – da war er fünfzehn – nach ungefähr zehn Sekunden beendet war, wie das Mädchen, Jolene, allen berichtete, die es wissen wollten oder auch nicht.

Ich lache mich halb tot, bin gerührt und fange an, mich in Mary zu verlieben. Mist. Das wollte ich doch sein lassen.

Es ist ein wunderbarer Nachmittag, und ich freue mich, dass sie mich für den nächsten Tag zu einer Stadtrundfahrt einlädt. Statt mit einer offiziellen Tour fahren wir mit den öffentlichen Verkehrsmitteln, und sie zeigt mir die schönsten Stellen. Ich freu mich schon.

Kapitel 7

Um kurz vor acht komme ich am *Juicy's* an. Draußen ist eine lange Schlange, und ich frage mich, wie ich jemals reinkommen soll. Ich stelle mich an und warte und warte und warte. Irgendwann piepst mein Handy.

Wo bist du? Ich dachte, Deutsche sind pünktlich ;-)

Ich grinse, weil ich das normalerweise ja auch bin. Immer pünktlich, nur nicht, wenn ich in dieser Riesenschlange stehen muss.

Ich steh draußen, aber die Schlange ist so lang.

Darauf kommt keine Antwort, aber eine halbe Minute später steht sie vor der Tür und sucht die Menschenmenge nach mir ab.

»Laynie, komm her! Du musst nicht warten«, lacht sie, als sie mich entdeckt.

Unter dem Protest der anderen Wartenden schleiche ich nach vorne und werde in eine feste Umarmung gezogen.

»Hey, schön, dich zu sehen«, sagt sie.

»Ebenso.«

Sie grinst dem Türsteher zu. »Das ist Laynie. Sie gehört zur Familie.«

»Echt, Thea, keine Ahnung, wie riesig deine Familie ist«, lacht er und schenkt mir ein freundliches Lächeln.

Von hinten meine ich so was wie »Ich gehör auch zur Familie« zu hören, aber niemand achtet auf den Ruf.

Thea zieht mich hinter sich her. ›Wow‹, denke ich, als sich meine Augen an das schummerige Licht gewöhnt haben. Das ist mal eine tolle Bar. Gemütlich und gleichzeitig trendy, schick und doch mit dem gewissen Etwas, das sie von anderen Bars unterscheidet.

Sie zieht mich an einen Tisch und sagt dann: »Ladys, das ist Laynie, Nates Freundin.«

»Mein Nate?«, fragt eine wunderschöne Blondine.

Thea lacht. »Quatsch, ich hab keine Ahnung, was mit deinem Nate ist. Nein, Marys Nate, du weißt schon, supersexy Nate.«

»Mein Nate war auch supersexy«, meint die blonde Schönheit ein wenig indigniert.

»Dein Nate war vor allem gut im Bett«, wirft eine dunkelhaarige Frau ein, die ebenso tolle Grübchen wie Matt hat.

»Auch wieder wahr«, lacht die Erste.

Thea zeigt auf sie und sagt: »Das ist Julia, eine von meinen besten Freundinnen und gleichzeitig Toms Schwester.«

Ich hebe die Hand und lächel freundlich. Sie grinst mich an.

»Und das ist Linda, Matts Schwester und ebenfalls eine meiner besten Freundinnen«, stellt mir Thea auch die andere junge Frau vor.

»Hi, schön, dich kennenzulernen«, sagt sie. Sie wirkt ein bisschen zurückhaltender, aber sehr freundlich.

Thea quetscht sich neben Linda auf die Bank, und Julia macht Platz für mich.

»Normalerweise ist hier nur Bedienung an der Bar, aber wir können Matt jedes Mal überreden, für uns eine Ausnahme zu machen«, lacht Julia. »Echt, der sieht mit all den Muskeln nur so gefährlich aus, eigentlich ist er ein wahrer Softie.«

»Das will ich nicht gehört haben«, kommt Matts dunkle Stimme plötzlich. Er stellt ein Tablett mit vier bunten Drinks und vier Shots auf dem Tisch ab und umarmt mich zur Begrüßung.

»Mädels, ich hoffe, ich muss euretwegen nicht wieder die Polizei rufen«, grinst er, als er die Getränke verteilt.

»O Gott, Matt, das war doch nur ein Mal«, meint Linda und verdreht die Augen.

Matt lacht. »Einmal zu viel, würde ich meinen.«

»Sei kein Spielverderber, sonst gehen wir woanders zum Feiern hin«, grinst Julia.

»Oh nein, meine Lieben, ihr bleibt schön unter meiner Aufsicht. Ich will euch nicht im Knast abholen müssen«, scherzt er.

Ich bin überrascht von dem herzlichen und doch neckenden Ton aller Anwesenden. Als wären sie Geschwister, was sie ja nicht alle sind, aber irgendwie doch. So ganz habe ich die Konstellation noch nicht verstanden, aber ich verspüre das dringende Bedürfnis, alles über sie zu erfahren und ein Teil dieser Menschen zu werden.

Julia stupst mich an. »Jetzt erzähl mal, wie du dieses Leckerchen aufgerissen hast.«

Ich lächel leicht. »Er hatte eine Panne und hat gefragt, ob ich ihn mitnehmen kann.«

»Was?«, fragt Linda entsetzt.

»Süße, ehrlich, das kannst du nicht machen«, meint auch Thea besorgt.

Julia lacht. »Nate war okay, mitzunehmen, schließlich ist er megaheiß, aber es hätte ja auch jemand anderes sein können.« Sie wird wieder ernst. »Du musst da echt aufpassen. Ich weiß, in Europa ist das anders, aber Amerika ist wirklich ein gefährliches Land, da kannst du nicht mit deiner europäischen romantischen Art kommen.«

»Ich weiß«, stimme ich zu. »Aber er sah so traurig aus, als ich Nein sagte, da konnte ich dann doch nicht hart bleiben. Echt nicht.«

Thea lacht. »Hat er wie ein kleiner Welpe geschaut?«

»Ja«, grinse ich.

»Das macht er immer, der Spinner. Als ich das erste Mal auf Ella aufpassen sollte, hat er mich eine halbe Stunde so angesehen. Da konnte ich nicht Nein sagen.«

Julia trinkt einen Schluck, bevor sie sagt: »Mich hat er mal so angeschaut, als er wollte, dass ich die Blumendeko für eine Wahlkampfveranstaltung mache. Ich mein, ich wusste nicht mal, dass Politiker auf so was stehen. Aber offensichtlich gibt es da einen Markt.«

»Oh ja, Nate hat uns alle schon dazu gebracht, Dinge zu tun ...«, sinniert Linda.

Wir starren sie alle drei an und sie wird rot. »Nicht, was ihr jetzt denkt.«

»Was denken wir denn?«, fragt Thea schelmisch.

»Na ja, also ... ihr wisst schon. Aber das haben wir nie gemacht. Nur einmal geküsst«, brabbelt sie vor sich hin.

»Was?«, kreischt Julia. »Ich hab ihn so massiv angemacht, aber er hat mir nicht mal einen kleinen Kuss gegeben, und du hast seine Mandeln massiert?«

Wir lachen alle, auch wenn meines ein wenig gezwungen ist.

»Okay, Mädels, vielleicht ist es nicht so nett, Laynie zu erzählen, dass ihr mit ihrem Freund rumgemacht habt«, wirft Thea ein. Ich werfe ihr einen dankbaren Blick zu.

»Aber ich habe ja gar nicht mit ihm rumgemacht«, verteidigt sich Julia. »Das ist ja das Problem.«

In dem Moment erschallt über die Boxen die Stimme eines Mannes, der die Anwesenden zur Quiznight begrüßt. Thea hebt ihr Shotglas und prostet uns zu. Wir tun es ihr nach und trinken alle den Tequila, der mir in der Kehle brennt. O Gott, ohne Salz und Zitrone ist der noch ekeliger. So viel zum Thema, ich hab dem Tequila abgeschworen ...

Matt verteilt Zettel und Stifte an alle Teams. Er zwinkert uns zu, bevor er wieder hinter die Bar geht.

Die Regeln sind einfach. Es gibt vier Runden mit jeweils fünf Fragen. Die Antworten einer Runde werden auf einen Zettel geschrieben mit dem Teamnamen. Nach fünf Fragen wird der Zettel eingesammelt, gezählt, der Zwischenstand verkündet. Wer am Ende die meisten Fragen richtig hat, gewinnt. Das Team trinkt den ganzen Abend umsonst.

Ich frage Thea, ob das bei ihr nicht eh egal ist. Sie lacht und stimmt mir zu. Aber sie hat einfach Spaß, mit ihren Freundinnen hierherzukommen, was zu trinken und dann auch noch die grauen Zellen anzustrengen. Sie haben tatsächlich schon ein paar Mal gewonnen und Matt hat ihr immer einen besonderen Gewinn ausgezahlt, wie sie mir wild zwinkernd mitteilt.

»Bäh, so was will ich nicht wissen«, lacht Linda.

»Da musst du durch«, meint Thea ungerührt, während sich Julia halb totlacht.

Und so verpassen wir die erste Frage, was uns noch mehr zum Grölen bringt.

Aus Runde eins konnten wir nur eine Frage lösen, nämlich die, welche Farbe der Stern auf Kaliforniens Flagge hat. Das wusste selbst ich. Okay, erst seitdem Mary es mir erzählt hat, aber das ist ja wohl erlaubt.

Ich hab zu Hause auch jede Menge Freundinnen, die ich regelmäßig treffe. Es ist immer lustig und supernett. Aber das hier ist anders. Es ist Familie. Sie stehen sich näher als andere Menschen. Und für sie alle drei gehöre ich schon dazu. Als Linda und Thea aufs Klo gehen, beugt sich Julia zu mir.

»Nate ist einer von den Guten«, sagt sie. »Hab keine Angst.«

Einen Moment frage ich mich, woher sie das weiß, aber dann denke ich, dass man in dieser Familie wohl kein Geheimnis für sich behalten kann.

Ich spüre Hände, die sich um mich legen. Ich erschrecke mich, will sie lösen.

»Ich bin's, Baby«, haucht mir Nate ins Ohr.

Ich schmiege mich gegen ihn. »Ich dachte, du hast heute keine

Zeit.«

Er lacht. »Hab ich auch gedacht, bis ich eine Nachricht von Matt bekam, dass ich mich mal um mein betrunkenes Mädchen kümmern muss.«

»Ich bin nicht betrunken«, lalle ich ein wenig. Okay, vielleicht ein bisschen. Ich überlege, was ich in den letzten Stunden alles getrunken habe. Ja, viel zu viel. Okay.

»Nate«, lacht Julia. »Wir haben schon von dir gesprochen, du supersexy Typ, der nicht mit mir rummachen wollte, aber Linda geküsst hat.«

Ich spüre, wie er sich versteift, nicht weiß, wie ich auf diese Erkenntnis reagieren werde.

Ich drehe mich zu ihm. »Kann ich verstehen, sie ist superschön.«

Er grinst erleichtert. »Also, wenn du auch mal willst, tu dir keinen Zwang an. Aber ich will zusehen.«

»War ja klar«, lacht Thea, die in diesem Moment mit Linda zurückkommt, und umarmt ihn. »Jungs sind doch alle gleich.«

Julia grinst sie verschwörerisch an. »Erinnerst du dich, wie geil Will wurde, als wir rumgemacht haben?«

Thea lacht. »Als könnte ich das je vergessen. Matt und Will versuchen mich seitdem ständig zu überreden, es noch mal zu tun.«

»Und Tom?«, fragt Linda.

»Der sagt, ich soll dich küssen«, lacht Thea.

Linda wird ein wenig rot. »Echt?«

»Ach, Süße! Sei doch nicht immer so überrascht, dass dich jemand hübsch findet.«

Linda schaut skeptisch. »Tom? Der Tom? Der best aussehendste Mann der ganzen Stadt findet, dass ich, Linda Baker, gut aussehe?«

»Ja«, nicken sowohl Julia als auch Thea.

»Ach, er hat wahrscheinlich immer noch Schuldgefühle«, meint Linda unsicher.

Thea legt ihr den Arm um die Schultern. »Erzähl keinen

Blödsinn. Er hat Augen im Kopf. Natürlich sieht er, wie heiß du bist.«

»Und warum habe ich dann keinen Freund?«, fragt Linda.

»Hab ich auch nicht«, wirft Julia ein.

Linda grinst plötzlich. »Ja, aber du hast jede Nacht einen anderen.«

Julia schubst sie leicht. »Hey! Nur keinen Neid.«

Das bringt uns wieder zum Lachen. Ich bin einen Moment glücklich. Nate steht hinter mir, umarmt mich, beschützt mich. Um mich herum sind diese drei tollen Frauen, die ich alle unbedingt näher kennenlernen will, und beziehen mich einfach so mit ein. Als wäre ich schon seit Jahren Teil ihres Kreises.

Als ich erfahre, dass sie sich auch erst seit einem Jahr kennen, seit Thea in die WG eingezogen ist, falle ich beinahe vom Glauben ab. Wenn ich denn einen hätte, meine ich. Sie wirken, als wären sie zusammen aufgewachsen. Und bei Julia und Linda stimmt es ja auch. Matt, Will und Tom haben sich mit zehn in der Junior High kennengelernt, und seitdem kennen sich auch die Familien. Sie sind über die Jahre verschmolzen. Aus drei Familien wurde eine, groß, laut und verrückt. Und so liebenswert, dass ich hoffe, sie irgendwann auch als meine bezeichnen zu können.

›Und Nate auch‹, denke ich. Ein wohliges Gefühl zieht sich durch mich. Langsam, peu à peu, scheint sich der Gedanke, dass das mit Nate langfristig sein könnte, in mein Gehirn einzugraben. In mir breitet sich Wärme aus. Können Märchen wahr werden?

Nate fährt mich ins Hotel, verabschiedet sich mit einem langen Kuss von mir, verspricht, sich am nächsten Tag zu melden. Er wartet, bis ich im Foyer verschwunden bin, bevor er losfährt. Richtig süß.

Ich falle todmüde ins Bett. Mann, wieso dreht sich denn alles? Das ist ja blöd.

›Bin ich froh, dass ich nicht arbeiten muss‹, denke ich, als ich die Augen öffne. Öffnen ist übrigens ein Euphemismus, denn so leicht, wie man sich das vorstellt, ist das nicht. Ich hab gestern vergessen, mich abzuschminken, und jetzt sind meine Lider zugeklebt. Ich tapere halb blind ins Bad und schaue in den Spiegel. Scheiße! Ich weiß, ich fluche nicht, aber ganz ehrlich, wie gut, dass Nate nicht bei mir geschlafen hat. Bei diesem Anblick wäre er auf und davon.

Ich nehme eine Kopfschmerztablette und gehe wieder ins Bett. Wie müssen sich da die anderen fühlen? Wie spät ist es eigentlich?

Ich blicke auf mein Handy. Elf. Oh Mann. Drei verpasste Anrufe. Der eine ist meine Mutter, und ich bekomme sofort ein schlechtes Gewissen, weil ich mich noch keinmal bei ihr gemeldet habe. Ich hab nur nach der Landung eine kurze SMS geschrieben, dass ich angekommen bin, sonst nichts. Sie will wahrscheinlich wissen, ob ich noch lebe. Dann hat Nate noch angerufen und Mary ebenfalls.

Ich schreibe Nate eine Nachricht, dass ich gerade erst aufgewacht bin, und rufe dann meine Mutter an, die aber nicht ans Telefon geht. Ich telefoniere anschließend mit Mary, die sich für heute entschuldigt, weil ein Meeting dazwischengekommen ist, aber das ist mir ganz recht, schließlich bin ich heute absolut nicht in Bestform.

Ich kuschel mich für eine zweite Schlafrunde in die Decken. Mit halbem Auge schaue ich *Cupcake Wars* und danach *Pioneer Woman*. Von letzterer bin ich schon lange ein Fan, oder Stalker, wie man es nimmt. Ich besuche ihre Website beinahe täglich, besonders wegen all der tollen Rezepte, die sie dort veröffentlicht. Ganz ehrlich, mein großer Wunsch ist es, sie irgendwann auf ihrer Farm in Oklahoma zu besuchen. Das wäre so toll! Aber obwohl es immer mal wieder Gewinnspiele gibt, die einen Besuch der Lodge versprechen, hätte ich doch nie das Glück, dieses auch zu gewinnen. Aber es wäre wirklich, wirklich supercool.

Als mein Handy klingelt, erwache ich aus dem Halbschlaf.

»Hallo?«, frage ich. Höre ich mich so groggy an, wie ich mich fühle?

»Hey, Baby«, ertönt Nates melodische, tiefe Stimme und sofort geht es mir besser.

»Hi«, schnurre ich in den Hörer.

Er lacht. »Lange Nacht gehabt?«

»Vielleicht«, grinse ich.

»Ich hoffe, du bist sofort ins Bett gegangen, als ich dich abgesetzt habe, Madame«, scherzt er.

»Ja, und ich habe geschlafen wie ein Baby.«

»Sehr gut«, neckt er mich. »Warum ich anrufe ... Hast du Lust, nachher mit Ella und mir Eis essen zu gehen? Es gibt da so eine tolle Eisdiele im Mission District. Ella liebt es da, und ich musste ihr gestern Abend versprechen, dass wir heute dahin gehen, sonst wäre sie nie eingeschlafen. Hast du Lust?«

»Wann denn?«

»So um sechs?«

»Gut, dann habe ich ja noch Zeit, wach zu werden«, meine ich verschlafen.

»Faules Stück. Andere waren so lange auf wie du, nein, länger und haben bereits einen ganzen Arbeitstag hinter sich gebracht.«

»Ich hab Urlaub, da darf ich ausschlafen«, gähne ich.

Er lacht. »Okay, ich hol dich um sechs ab, Baby. Schlaf noch ein bisschen und sei dann hellwach, um mir jeden Wunsch von den Augen abzulesen.«

»Haha, wovon träumst du nachts?«

»Von dir, ehrlich gesagt. Und du willst nicht wissen, was ich letzte Nacht alles mit dir angestellt habe. Wenn du ein liebes Mädchen bist, zeige ich es dir vielleicht mal«, neckt er mich. Wieder habe ich das Gefühl, dass es keine bessere Art gibt, einen Menschen zu behandeln. Mit Respekt und Zuneigung, aber gleichzeitig auch wie einen Kumpel, vor dem man sich nicht verstellen muss. Oder in meinem Fall eine Kumpeline.

»Na, da bin ich ja gespannt«, sage ich.

Er lacht. »Du bist echt eine, Baby.« Als er sich wieder beruhigt hat, sagt er: »Bis nachher. Nimm deine Zahnbürste mit.«

»Wozu?«, frage ich verpeilt.

»Damit du bei uns schlafen kannst«, meint er.

In mir steigt pure Freude auf. Er will mir sein Zuhause zeigen und will, dass ich dort Zeit mit ihm und Ella verbringe! Ich zerspringe beinahe vor lauter Glück. »Ich freu mich«, ist alles, was ich mit vor Emotionen triefender Stimme sagen kann.

»Nicht heulen, Baby«, lacht er. Also ehrlich, zerstört der einfach so diesen gefühlvollen Moment zwischen uns.

Wir legen auf und ich ziehe mir die Decke über den Kopf. Und dann fange ich bekloppt an zu lachen und bin froh, dass ich vollkommen alleine in diesem Zimmer bin, denn sonst müsste ich mich jetzt furchtbar schämen.

Eine Sache, die ich lernen muss, ist, dass mit einem kleinen Kind nichts einfach ist und man gar nichts mal eben so machen kann. Alles dauert lange, und es kommt immer anders, als man denkt. Und manchmal kommt es auch noch faustdick.

Nach dem Eis essen laufen wir ein bisschen durch die Straßen, genießen das schöne Wetter. Nate hat ganz selbstverständlich meine Hand genommen und wir schlendern an den schönen Häusern vorbei. Ella klettert auf kleine Mäuerchen, läuft jede Treppe rauf und runter. Und dann passiert es. Sie fällt unglücklich auf den Arm. Sie schreit und weint, und mir bricht das Herz. Ich frag mich, wie Nate das aushält. Gar nicht vermutlich.

Er nimmt sie hoch und wir eilen zurück zum Auto. Ich setze mich auf die Rückbank, halte Ella im Arm, versuche sie zu trösten, aber die Schmerzen sind offenbar unaushaltbar. ›Die arme kleine Maus‹, denke ich immer wieder.

Als wir im Krankenhaus ankommen, bittet Nate mich, das Auto zu parken, schnappt sich seine Tochter und geht in die Ambulanz. Als ich nachkomme, ist er schon in einem der

Behandlungsräume verschwunden.

Ich setze mich ins Wartezimmer und ... warte. Stundenlang. Mein Herz zieht sich zusammen. Ich bin besorgt um Ella und um Nate, und ich wünschte, ich könnte irgendwas tun, um ihnen zu helfen, aber ich bin vollkommen nutzlos. Ich kann nichts tun, außer zu warten und zu warten und zu warten.

Ich hole mir zwischendurch einen Kaffee am Automaten, aber der ist so widerlich, dass ich ihn nicht runterbekomme. Ich frage regelmäßig am Empfang nach, aber sie dürfen mir keine Auskunft geben, sagen nur, dass die beiden noch nicht fertig sind. Scheiße, verdammte! Zur Untätigkeit verdammt zu sein macht mich offensichtlich aggressiv.

Irgendwann kommt Nate mit Ella auf dem Arm raus. Er lächelt müde, als er mich sieht. Ella hat einen schicken pinken Gips um den Unterarm.

»Gebrochen«, meint Nate und küsst mich auf die Lippen.

Mir kommen die Tränen und ich umarme Ella fest. Sie schlingt den gesunden Arm um mich. Ich küsse ihr kleines Gesichtchen und sie grinst.

»Er ist pink«, teilt sie mit.

»Ja«, lächel ich.

»Ich mag pink.«

»Ich auch.«

»Kannst du was draufmalen?«

Ich nicke. »Klar, was willst du denn?«

»Arielle und Königin Elsa.«

Ich lache. »Das sollte zu schaffen sein.«

Nate greift nach meiner Hand und wir laufen gemeinsam zum Auto. Er setzt Ella in ihren Sitz, dann öffnet er noch mal meine Tür, legt die Hände an mein Gesicht.

»Danke, dass du gewartet hast, Baby. Du weißt nicht, wie viel mir das bedeutet.«

Ich schlucke schwer. Er kann so tolle Dinge sagen.

Wir fahren nach Sausalito. Nate und Ella wohnen in einem

hübschen Häuschen, das sie von Nates Großvater geerbt haben. Nate macht das Licht an und der offene Wohnraum erstrahlt in seiner ganzen Pracht. Man sieht dem Haus sein Alter an, es ist herrlich verwinkelt und ein bisschen verschroben. Es ist hell eingerichtet, hat viele Fenster, einige mit Buntglas verziert, die Dielen sind hell und alt, eine Wand ist unbehandelter Ziegelstein. Ich verliebe mich auf der Stelle in dieses Schmuckstück mit Blick über die ganze Bay. Mit Sicherheit hat man den tollsten Ausblick auf die Stadt, aber momentan ist es dunkel und man sieht nur die Lichter. Ich mag es, wenn Küche, Wohnzimmer und Esszimmer nicht voneinander getrennt sind, sondern zusammenhängen. Mein Blick wandert zu dem großen Bücherregal, und ich kann es kaum erwarten, herauszufinden, was für Bücher er mag. Ich schaue mich um. Es ist freundlich und richtig gemütlich und irgendwie total Nate. Ich hatte mir kein Bild gemacht, wie er leben würde, aber jetzt ist es vollkommen klar, dass es so und nicht anders sein kann.

Wir bringen Ella ins Bett, bevor wir uns mit einem Bier auf die Couch setzen und kuscheln.

Irgendwann fragt er: »Ich will dich um was bitten, weiß aber nicht wie. Es wird all deine Pläne über den Haufen werfen.«

»Ja.«

»Was ja?«, fragt er verwundert.

»Ja, ich kann auf Ella aufpassen, solange sie nicht in den Kindergarten gehen kann.«

Er grinst. »Kannst du Gedanken lesen?«

Ich zucke mit den Schultern. »Eigentlich nicht. Mir fällt es eher schwer, Menschen einzuschätzen und sie richtig zu lesen. Aber ich habe mir gewünscht, dass du mich das fragst.«

Er zieht mich enger an sich. Meine Beine liegen auf seinen, unsere Finger sind verknotet. Es passt kein Blatt mehr zwischen uns. Nicht eines. Ich bin total verrückt nach ihm, wird mir klar. Ach, ihr wusstet das schon vorher? Schöne Freunde seid ihr, mich hier im Unklaren zu lassen.

Als wir später in sein Zimmer gehen, zieht er mich eng an

sich. Seine Lippen finden meine. Sanft leckt er an ihnen, drückt seine Zunge leicht gegen sie, bis ich meinen Mund für ihn öffne. Ich seufze leise, als wir uns berühren. Seine Hände liegen an meinen Hüften, und langsam streichen sie nach oben, über meine Seiten, meine Arme, mein Dekolleté, meinen Hals, bevor sie sich um meine Wangen legen. Sein Kuss wird fordernder, leidenschaftlicher.

Meine Finger wandern unter sein Shirt, streicheln seinen Bauch, bevor ich seinen Gürtel öffne, meine Finger in seine Jeans gleiten lasse und seinen Schwanz umfasse.

Er stöhnt leise, trennt unseren Kuss aber nicht. Ich reibe auf und ab, verteile die Feuchtigkeit der Lusttropfen auf seiner Eichel, massiere sie mit meinem Daumen. Seine Hände wandern wieder gen Süden und er umfasst meinen Busen. Seine Finger necken meine Nippel durch den Stoff meines BHs und des Oberteils. Sie richten sich auf, drängen sich gegen ihn.

»Nate«, murmel ich, vollkommen betört von seinem Duft.

»Was, Baby?«, murmelt er gegen meinen Mund, bevor er anfängt, mein Gesicht mit Küssen zu bedecken, die zielstrebig in Richtung Hals und Ohr unterwegs sind.

»Hm«, mache ich einfach nur, lege den Kopf in den Nacken, genieße seine Liebkosungen, während ich ihn gleichzeitig befriedige.

Er beugt sich zu mir runter, nagt sanft an der Haut an meinen Schlüsselbeinen. Gott, ist das gut! Ich liebe es, wenn er sanft ist, aber mit einem kleinen Kick. Es ist einfach perfekt für mich. Als wüsste er ganz genau, was ich mag, wie ich es mag.

Er drängt mich in Richtung Bett, legt mich sanft hin, bevor er meinen Körper mit seinem bedeckt. Er öffnet meine Beine, legt sich dazwischen. Ich spüre seinen Ständer gegen meine Klit pressen und keuche auf. Unwillkürlich hebe ich mein Becken, drücke mich gegen ihn und beginne, mich langsam an ihm zu reiben.

Seine Hände schieben sich unter mein Shirt, streichen über

meinen Bauch, bevor sie sanft an der Unterseite meines Busens entlangfahren. Er schiebt den Stoff nach oben, hebt mich an, zieht mir das Oberteil aus, bettet mich wieder zärtlich auf die Matratze. Seine Lippen finden erneut meine, und er küsst mich lange und ausdauernd, wobei seine Hände unerträglich sanft an meinen Brüsten spielen. Ich wölbe mich in seine Berührung, will mehr von ihm spüren. Ich fühle seinen Mundwinkel an meiner Haut zucken, aber er ändert nichts daran, wie er mich anfasst, obwohl der Schuft genau weiß, was ich will.

»Nate, bitte«, flehe ich ihn beinahe an.

»Was, Baby?«, fragt er.

»Ich will dich in mir.«

Er grinst und schaut mir in die Augen. Seine Hände streicheln meine verrückten Haare aus meinem Gesicht. »Du bekommst ja auch gleich meinen Schwanz.«

»Jetzt«, bitte ich und schaue ihn mit meinen besten Hundeaugen an.

Er lacht. »Nicht jetzt, gleich. Erst muss ich dich noch in den Wahnsinn treiben.«

Ich funkel ihn an. »Mission erfüllt würde ich sagen.«

»Oh, Baby, noch lange nicht«, murmelt er, bevor er mich wieder küsst. Und es ist so gut! Ich drücke mein Becken erneut gegen ihn, reibe mich an ihm, will mir nehmen, was er mir nicht gibt. Aber er kontrolliert die Situation, gibt mir immer nur so viel, dass ich mehr will, aber nie genug.

Seine Küsse wandern zu meinem Busen und er zieht die Schale des BHs runter, bevor er mir leicht in den Nippel zwickt. Ich stöhne auf, der leise Stich unerwartet. Aber als er loslässt, fließt diese wunderbare Wärme durch mich. Mein Nippel pocht sanft, es ist, als wären meine Nervenenden aufgeweckt worden. Es ist ein unglaubliches Gefühl.

Ich kann mich da nicht weiter aufhalten, weil Nate nun sanft gegen meinen Nippel pustet. Ich spüre, wie die Haut an meinem Busen beginnt zu spannen, sie diese wunderschöne Schwere bekommt, wie immer, wenn ich erregt bin. Seine Lippen finden meine Brustwarze, küssen sie. Er leckt mit seiner Zunge über sie und saugt sie dann in den Mund. Seine Zunge flattert um sie, neckt sie. Ich reibe mich schneller an ihm, aber er hält seinen Körper gerade so eben außer Reichweite, dass ich nicht bekomme, was ich so sehnsüchtig will.

Ich will ihn gerade wieder anflehen, als er mich beißt. Nicht fest, aber auch nicht zart. Durch mich schießt Hitze, die sich an einem Punkt sammelt. An zwei Punkten. Zwischen meinen Beinen und in meinem Nippel, der den Biss abbekommen hat. Meine Hände fassen in seine Haare, ich drücke meinen Oberkörper gegen seinen Mund, stöhne laut.

Er löst sich ein Stück. »Du magst es, wenn ich grob bin«, stellt er fest. Ich gebe keine Antwort, er erwartet aber auch keine.

Er zieht das andere Körbchen runter und widmet sich der Seite ebenso. Küssen, saugen, lecken. Und beißen. Ich stöhne immer lauter. Als er dann in die untere Wölbung meines Busens beißt, ist es um mich geschehen. Ich schreie auf, während ein Orgasmus durch mich rauscht. Er erwischt mich kalt. Ich bin noch nie gekommen ohne Stimulation der Klit.

Er schaut mich überrascht an. »Wow! Und ich wollte dich immer wieder an die Schwelle bringen, dich dann wieder abkühlen.«

Mein Lächeln ist relaxt, denke ich, als ich antworte: »Jetzt geht es mir besser.«

Er lacht. »Du solltest nicht kommen.«

Ich zucke mit den Schultern, rekel mich in den Laken. »*Shit happens*.«

Er lacht und zieht mir den BH aus. Seine Hände öffnen meine Hose, ziehen sie mir aus, ebenso wie mein Höschen. Er greift sich in den Nacken, zieht sein Shirt aus. Ich lecke mir die Lippen. Ich richte mich auf, drücke meine Lippen gegen seine Brust. Er erzittert leicht, und ein unverständliches Murmeln verlässt seinen Mund.

»Leg dich auf den Rücken«, bitte ich und er tut es.

Ich lege mich auf seinen Körper, die Knie neben seinen Hüften auf der Matratze geparkt. Ich umfasse sein Gesicht, küsse ihn mit all dem Verlangen, das ich für ihn spüre. Seine Hände streichen über meinen Rücken, umfassen meinen Hintern, ziehen mich an ihn ran. Ich drücke meinen Busen gegen seine harte Brust, reibe sanft meine Nippel an ihr.

Er drückt seinen Schwanz gegen mich, gibt mir ein kleines bisschen Reibung und ich stöhne leise auf. Ich küsse mich seinen Hals entlang, seine Brust. Ich will jeden Millimeter mit meinen Lippen berühren. Meine Finger suchen seine Brustwarzen und ich kratze sanft über sie. Auf seinem ganzen Körper bildet sich Gänsehaut und ich grinse.

»Das gefällt dir, was?«, fragt er lachend.

»Unheimlich gut, wie alles hier.«

Meine Lippen folgen dem Weg zu seinen Brustwarzen. Ich lecke über sie, sie sind schon zusammengezogen und tun es noch mehr, als ich sie nun liebkose. Dann knabber ich leicht an ihnen. Sein Griff um meinen Hintern wird fester. Offensichtlich mag er es auch, wenn man ihn da berührt. Ich zucke zusammen, als mein Blick auf das Tattoo mit dem Namen seiner toten Frau fällt, aber ich versuche es zu kaschieren, will nicht drüber nachdenken. Ich spüre den Stich tief in meinem Herzen.

Ich küsse mich seinen Bauch entlang, nehme mir die Zeit, jeden Muskel zu küssen, jedes Fleckchen Haut. Ich lasse meine Zunge kurz in seinen Bauchnabel eintauchen, bevor ich der Spur kurzer Haare folge, die auf seinem Unterbauch wie ein Wegweiser in genau eine Richtung weisen. *Happy trail.*

Ich ziehe an seiner Hose, er hebt sein Becken, hilft mir, ihn auszuziehen.

Ich lecke mir die Lippen und schaue nach oben. Er kaut auf einer Ecke seines Mundes. Seine Augen sind verhangen. Er will das.

Vorsichtig nehme ich seinen Schwanz in die Hand, achte auf

seine Reaktionen, die äußerst positiv sind. Ich beuge mich über ihn, knie neben ihm auf der Matratze, recke meinen Hintern in die Luft.

»Komm hierüber, Baby«, murmelt er.

Ich verstehe nicht, was er meint, und schaue fragend auf.

»Ich verrat dir meine Lieblingszahl«, scherzt er und mir geht ein Licht auf.

Ich setze mich verkehrt herum auf seine Brust und beuge mich über seinen Schwanz. Mit beiden Händen zieht er kräftig an mir, sodass meine Muschi an seinem Mund ist. Ich spüre seinen heißen Atem zwischen meinen Beinen und stöhne laut auf.

Ich umfasse seinen Schwanz wieder und nehme seine Eichel in den Mund. Der Winkel ist ungewohnt, als wäre alles nicht am richtigen Platz. Ich lasse die weiche Unterseite meiner Zunge über seine Spitze fahren.

»Was war das?«, keucht er laut auf.

Ich lache leise. »Meine Zunge.«

»Die fühlt sich ganz anders an.«

»Das war die Unterseite.«

»Krass. Mach das noch mal.«

Ich tue es und er stöhnt laut auf. »Fuck, das fühlt sich geil an. Noch mal.«

Ich presse die Zungenspitze gegen meinen Gaumen und lasse seine Eichel an der Unterseite entlangfahren. Es entlockt ihm die schönsten Geräusche, und ich werde irgendwie ein bisschen stolz. Seine Finger bohren sich in meine Hüfte, ganz vergessen, dass er mich lecken wollte.

Ich nehme seinen Schwanz tief in den Mund und beginne an ihm zu saugen. Viel Unterdruck, viel Speichel, viel Saugen, viel Reiben mit den Händen.

»Fuck, Baby, ist das gut«, murmelt er immer und immer wieder.

Und dann erinnert er sich daran, dass er meine Muschi in Reichweite hat, und beginnt, mich zu verwöhnen. Seine Finger reiben über meine Klit, während seine Lippen meine Schamlippen liebkosen. Er zieht mich noch ein bisschen näher und lässt seine Zunge in mich sinken. Gott, das ist ... das ist ... Es fühlt sich so unglaublich gut an! Er lässt sie rein- und rausgleiten, macht sie so steif wie möglich, was nicht wirklich als steif zu bezeichnen ist, aber dafür ist das, was ich im Mund habe, äußerst steif. Und dann möchte ich mich am liebsten schlagen, weil ich so einen Blödsinn denke.

Ich konzentriere mich wieder auf seinen Schwanz, umfahre ihn immer und immer wieder mit meiner Zunge. Ich fasse an seinen Hoden, knete ihn mit äußerster Vorsicht. Er stöhnt gegen mein erhitztes Fleisch, während er meine Schamlippen zwischen seine Lippen nimmt. Ich keuche, wenn seine Zungenspitze gegen meine Klit schlägt. Meine Oberschenkel fangen an zu zittern. Ich kann mich nicht mehr lange halten, bin zu angeturnt, zu angespannt. Er umfasst meine Hüften mit den Händen, hält mich aufrecht und ich kann ein wenig relaxen.

»Lutsch meine Eier, Baby«, murmelt er, während seine Zunge nun ausschließlich meine Klit verwöhnt.

Ich kann mich kaum darauf konzentrieren, ihn weiter zu befriedigen, weil einfach zu viel Action zwischen meinen Beinen stattfindet. Er gibt mir eine Reihe von Küssen mit offenem Mund, bevor er sich wieder auf das kleine Nervenbündel konzentriert. Glaubt mir, ich werde hier langsam auch zu einem Nervenbündel, wenn ihr versteht, was ich meine.

Ich nehme seinen Hoden in den Mund, umfahre ihn immer und immer wieder mit der Zunge, sauge mit gespitzten Lippen an ihm. Seinen Schwanz halte ich in der Hand und fahre locker auf und ab. Dann küsse ich mich seinen Schaft entlang, umfasse ihn fest mit beiden Händen und beginne kräftig an seiner Eichel zu saugen. Meine Lippen schließen sich um ihn knapp unter dem Eichelrand. Meine Wangen werden hohl, meine Zunge presst sich eng gegen ihn.

»Scheiße«, stöhnt er laut, vergisst mich und meine Befriedigung vollkommen. Seine Finger bohren sich in meine Haut, er beißt mir in den Hintern, was mich zucken lässt.

»Ich komm gleich«, stöhnt er.

Ich nicke.

»Wenn du nicht willst, dass ich in deinem Mund komme, dann hör jetzt auf.«

Ich mache weiter.

»Du willst, dass ich in deinem Mund komme?«

Ich nicke.

»Fuck, Baby! So geil!«

Und dann ... dann kommt er in meinem Mund. Sein Hoden zieht sich an seinen Körper und sein Sperma schießt aus ihm heraus. Einen Moment will ich das Gesicht verziehen, aber dann denke ich: ›Ist gar nicht so schlimm. Vielleicht muss man es nur mit dem Richtigen tun.‹

Ich lege seinen noch halb erigierten Penis sanft ab und keuche angestrengt. Mann, ein guter Blowjob ist echt Arbeit!

Ich löse mich von ihm und lasse mich auf die Matratze fallen. Wir liegen noch in der gleichen Stellung und nach ein paar Minuten zieht er mich zu sich, dreht mich um, sodass ich in seinen Armen liege. Seine Lippen pressen sich sanft gegen meine Stirn.

»Das war Wahnsinn, Baby«, murmelt er immer und immer wieder. »Danke.«

Ich nicke nur und genieße es, so eng an ihn gekuschelt zu liegen.

Nach weiteren Minuten lässt er seine Hand zwischen meine Beine gleiten und bringt mich in kürzester Zeit erneut zum Orgasmus. Erschöpft schlafen wir ineinander verschlungen ein.

Geweckt werde ich am nächsten Morgen, weil mir eine Vierjährige den Finger ins Ohr gesteckt hat, und sich kaputtlacht, weil ich immer versuche, die lästige kleine Fliege zu verscheuchen.

»Ella, lass das«, grummelt Nate neben mir und zieht mich fester an sich. Er sorgt dafür, dass wir unter der Decke verborgen sind, schließlich sind wir nackt eingeschlafen.

»Aufstehen«, kräht sie fröhlich, bevor sie mehrmals aufs Bett schlägt.

»Ich hab noch fünfzehn Minuten«, murmelt Nate und küsst mich auf den Hals.

Er reicht Ella die Hand, zieht sie aufs Bett und kitzelt sie. Dabei passt er sorgsam auf ihren verletzten Arm auf.

»Wie findest du es, heute bei Marlene zu bleiben?«, fragt er sie dann und schaut lächelnd zu ihr.

»Ja!«, schreit sie und setzt sich auf mich. »Machst du Pancakes?«

Momentan mache ich erst mal nichts, außer wach werden. Ich bin nicht so die Morgenperson, muss ich gestehen.

»Hm«, mache ich unbestimmt.

Sie pikst mich in die Seite, in den Arm, bevor sie sich auf mir langmacht und vorsichtig mit dem Zeigefinger über mein Gesicht fährt. Nate macht amüsierte Geräusche, während seine Tochter mich foltert. Als sie mit dem Finger an meiner Lippe vorbeifährt, tue ich, als würde ich sie beißen, und sie kreischt vor Vergnügen.

Memo an mich selbst: Kleine Kinder stehen früh auf und interessieren sich nicht dafür, dass du selbst morgens schlecht in die Gänge kommst.

»Ellie, geh doch schon mal ins Bad und putz dir die Zähne. Marlene macht uns dann Frühstück.«

Aha, Marlene macht UNS Frühstück.

Mit einem ohrenbetäubenden Juhu klettert sie aus dem Bett und stürmt davon.

Nate kuschelt sich an mich, lässt seine Hände über mich gleiten, küsst sanft meinen Hals, knabbert an meinem Ohrläppchen. Hm. So werde ich viel lieber wach gemacht.

»Morgen, Baby«, flüstert er mir ins Ohr.

»Morgen«, grummel ich.

Er lacht. »Du bist ein Morgenmuffel«, stellt er fest.

»Hm.«

»Wach auf, Baby«, sagt er zärtlich, legt seine Hand an mein

Kinn, zieht es zu sich und küsst mich sanft auf die Lippen. Während sein Mund meinen verwöhnt, wandert seine Hand zu meinem Busen und streichelt sanft.

»Ich würd dich jetzt gern vernaschen, aber mit Ella geht das nicht«, sagt er bedauernd. Er zieht die Bettdecke weg und küsst mich auf die Brust.

»Spinner«, sage ich und mache mich an die schwere Aufgabe, das Bett zu verlassen.

Er grinst. »Stattdessen werde ich das Frühstück vernaschen, das du uns gleich zauberst.«

Ich zeige ihm den Mittelfinger, was ihn nur noch mehr amüsiert, und schlurfe ins Bad. In Nates Bad. Ella hat ihr eigenes. Amerika. Echt. Ich putze mir die Zähne, versuche, meine Haare in Ordnung zu bringen, und spritze mir ein wenig kaltes Wasser ins Gesicht. Schon ein bisschen besser. Ich ziehe Shorts und Shirt an. Schließlich muss Ella mich nicht unbedingt nackt sehen.

Ich mache mich auf den Weg in die Küche und suche nach Kaffee. Die Maschine sieht aus wie eine zu Hause, so schwer kann das also nicht sein. Ich frage mich, ob Nate was dagegen hat, wenn ich die Schränke, die mit Bildern von Ella beklebt sind, öffne. Aber er will ja Frühstück, oder?

Ich öffne sie also und suche nach Filtern und Kaffeemehl, finde beides und beginne, die Kaffeemaschine zu beladen. Dann öffne ich den Kühlschrank und suche nach Milch, Eiern und Butter für Pancakes. Ich sehe auch eine Packung Bacon und denke: ›Amerikaner essen sowieso alles durcheinander am Morgen.‹

Ich rühre einen dickflüssigen Teig zusammen, suche nach einer Pfanne, besprühe sie mit dem Backspray, das sie hier im Land der unbegrenzten Möglichkeiten so lieben, und mache kleine dicke Pancakes. Dann suche ich nach einem Teller, belege ihn dick mit Küchenpapier, verteile den Bacon in kleinen Röllchen darauf. Noch eine Lage Küchenpapier und dann ab in die Mikrowelle für fünf Minuten. Diesen Trick hab ich von meiner Freundin Maggie. Das Beste des Bacons ohne all den Dreck, den das Braten verursacht.

Ich drehe die Pancakes, decke den Tisch, schneide Obst klein. Bin verwundert, dass es hier tatsächlich jede Menge Früchte gibt. Äpfel, Weintrauben, Erdbeeren. ›Kein typischer Junggesellenhaushalt‹, denke ich. Ich transportiere die Pfannkuchen auf einen Teller und brate weitere, drehe den Bacon um und mache die Mikrowelle für anderthalb Minuten erneut an. Ich rühre Eier mit Salz und Pfeffer zusammen. Wenn schon, denn schon. Ich toaste Brot, finde Orangen und presse sie aus. Ja, ich mag ein kleines bisschen durchgedreht sein, aber in mir ist dieses Bedürfnis, sie beide ein bisschen zu verwöhnen. Logisch weiß ich, dass sie mit Sicherheit täglich verwöhnt werden, aber emotional kommen sie mir wie von der Mutter verlassene Hundebabys vor. Hab ich einen Knall? Auf jeden Fall.

Ella kommt als Erstes in die Küche. »Machst du mir einen Zopf?«

»Einen Moment«, sage ich und drehe die Pancakes. Die Mikrowelle pingt, die Orangen warten aufs Auspressen.

Wie gut, dass ich Food Network schaue und daher weiß, dass man nie in Panik ausbrechen darf, sonst funktioniert gar nichts mehr. Man muss seine innere Barefoot Contessa rauslassen, ruhig in jedem Sturm bleiben und dann schafft man es auch, viel zu viele Dinge gleichzeitig zu erledigen.

Ella zieht an meiner Shorts. »Jetzt!«

»Einen Augenblick, Honey. Ich mach das eben fertig, dann mach ich dir einen tollen Zopf«, verspreche ich und kann noch im letzten Moment verhindern, dass die heiße Pfanne vom Herd fliegt, als Ella schmollend gegen den Griff schlägt.

Mir bleibt fast das Herz stehen! Ich schaue sie entsetzt an und sie erwidert meinen Blick nicht weniger erschrocken. »O Gott, Ella! Das kannst du wirklich nicht machen. Das ist furchtbar heiß!«

Ihre Unterlippe fängt an zu zittern, ihr treten Tränen in die Augen. Und sofort habe ich ein schlechtes Gewissen. Ich knie mich vor sie, nehme sie in die Arme, entschuldige mich, weil ich gemeckert habe. Hab ich nicht, aber vielleicht hat sie das so verstanden. Sie nickt und kuschelt sich gegen mich.

»Alles wieder gut?« Sie nickt.

Ich rieche verbrannten Pfannkuchen und stehe schnell auf, wobei ich mit dem Kopf gegen die offen stehende Schublade komme. Einen Moment durchzuckt mich ein teuflischer Schmerz.

»Aua?«, fragt sie.

Ich nicke und presse meine Hand gegen den Kopf. »Setz dich ... schon ... mal ... hin«, schaffe ich zu sagen und sie tut es ohne Widerspruch.

Als der Schmerz nachlässt, werfe ich die verbrannten Pancakes weg und mache neue, stelle den Kaffee auf den Tisch, weit weg von Ellas Platz, fülle drei Gläser mit Orangensaft. Als der Teig aufgebraucht ist, mache ich die Rühreier, stelle alles auf den Tisch.

»Hast du eine Spange?«, frage ich sie und sie zeigt mir ein lila Gummiband, das sie um ihr Handgelenk hat. »Ich brauche eine Bürste.«

»Daddy kann das ohne«, sagt sie, geht aber in ihr Bad, um mir eine kleine pinke Bürste zu holen, die aussieht wie ein Utensil für Puppen.

Ich kämme ihre Haare durch und mache ihr einen Bauernzopf. Sie läuft zum Spiegel und betrachtet sich.

»Schön«, urteilt sie und ich atme erleichtert aus. Ist es komisch, dass ich mich wie in einer Prüfung fühle?

Nate kommt in einem grauen Anzug in die Küche. Er grinst, als er den vollen Frühstückstisch sieht. »Wow, da will sich aber jemand einschleimen.« Er zieht mich an sich, küsst mich auf den Kopf. Ich zucke zusammen. Mist, genau die Stelle, die ich mir gestoßen habe.

»Alles okay?«, fragt er besorgt.

»Ja, ich hab mir nur den Kopf gestoßen, sonst alles in Ordnung.«

Er fühlt vorsichtig nach, streicht über meine Kopfhaut. »Das gibt eine dicke Beule. Ist dir schlecht, schwindelig?«

Ich schüttel den Kopf. »Nein, so schlimm ist es nicht. Es hat nur ein bisschen gezogen, sonst ist alles gut.«

Er nickt beruhigt und setzt sich hin. Ella klettert auf seinen Schoß.

»Guck, meine Haare«, sagt sie stolz.

Nate betrachtet sie von allen Seiten und antwortet dann ernst: »Sieht super aus. Hat Marlene gut gemacht.«

Ella nickt huldvoll. Beide schauen mich gespannt an. Echt jetzt? Verwöhntes Pack. Ich tue ihnen auf, schütte Nate Kaffee ein, schieße ihm einen bösen Blick zu, was mir ein Hinterntätscheln einbringt. Spinner.

Ella setzt sich zum Essen auf ihren eigenen Platz und kaut zufrieden auf den Pancakes.

Nate grinst sie an. »Und? Besser als Tante Theas?«

Ella zeigt mit dem Zeigefinger nach oben, was Nate zum Lachen bringt. »Der Daumen, Sweetie, der Daumen. So.« Er zeigt mit seinem Daumen nach oben und sie macht es nach.

»Lecker«, lacht sie und isst noch einen.

Nate legt seine Hand auf mein Knie, strahlt mich an. »Find ich auch. Danke, Baby.« Seine Finger wandern höher. Ich öffne meine Beine ein wenig für ihn, was ihm ein zufriedenes Lächeln entlockt. »Aber es wäre nicht nötig gewesen, dass du hier dein ganzes Können zeigst. Einfach nur Frühstück hätte auch gereicht.«

»Ja, vielleicht.«

»Vielleicht?«, fragt er amüsiert nach.

»Ich wollte euch ein bisschen verwöhnen«, gebe ich zu. Er streichelt über meine Wange und ich lehne mich in die Berührung. Es fühlt sich so gut an, so richtig, so ... ›Mann, Marlene, du bist echt verknallt in den Typen.‹

Er lächelt liebevoll. »Danke, dass du das für uns tust. Danke, dass du auf Ella aufpasst. Ich nehm ein Taxi, dann kannst du mein Auto nehmen, wenn du mit Ella einen Ausflug machen willst. Vielleicht holt ihr mich heute Abend ab?«

Ich nicke. ›Wie eine richtige Familie‹, schießt es mir durch den Kopf.

»Ich hab den Weg zur Arbeit in mein GPS eingespeichert, ebenso den Weg zu Mary, zum Kinderarzt und noch ein paar andere Dinge. Ihr könntet euch mit Thea zum Mittagessen treffen. Ihre und Wills Firma sind nur zehn Minuten von hier. Ansonsten fühl dich wie zu Hause, du kannst machen, was du willst. Ich vertrau dir vollkommen, Baby. Sorg nur dafür, dass es Ella gut geht. Du hast meine Nummer, ruf mich an, wenn irgendwas ist. Ich lass mein Handy an, bin für dich immer erreichbar.« Er schaut mich gespannt an, während ich nicke und nicke und nicke.

Er grinst. »Du machst das schon.« Er wirft einen Blick auf die Uhr und steht auf. »Ich muss los.« Er beugt sich zu meinem Ohr und flüstert: »Ich würd allerdings lieber den Tag mit dir im Bett verbringen.« Er leckt sacht an meinem Ohrläppchen, bevor er mich auf die Lippen küsst.

Ella giggelt. »Daddy und Marlene sitzen auf dem Baum und K-Ü-S-S-E-N sich.«

Nate lacht und streicht ihr über den Kopf. »Hör auf Marlene, okay?«

Sie nickt. »Muss ich lieb sein?«

»Könntest du ja mal ausprobieren.«

Sie macht ein angewidertes Gesicht, was uns beide zum Lachen bringt. »Ach, nee.«

Er beugt sich runter, küsst sie auf die Lippen, bekommt einen nassen Kuss zurück. »Bye, Mädels, habt einen schönen Tag.« Ich sehe, wie Ella plötzlich mit den Tränen kämpft, und frage mich, was los ist.

Als er schon fast zur Tür raus ist, rennt ihm Ella hinterher.

»Was, Baby?«, fragt er sie.

Sie weint und flüstert ihm was ins Ohr. Er nimmt sie auf die Arme und kommt zu mir. »Honey, Marlene wird superlieb zu dir sein. Sie mag dich jetzt schon. Versprochen.«

Ich stehe von meinem Platz auf, trete neben sie, streichel

sacht ihren Rücken. »Was ist denn, Sweetie?«

Nate lächelt mich an. »Sie macht sich Sorgen, dass du sie nicht magst.«

»Ich mag dich ja jetzt schon«, sage ich leise. Sie vergräbt ihr Köpfchen an seiner Schulter.

»Süße, nicht weinen. Wir haben einen tollen Tag zusammen, versprochen! Hey, weißt du, was wir machen können? Wir könnten in das Marine Mamal Center fahren, da wollte ich hin.«

Sie schaut auf. »Was ist da?«

Ich lächel. »Da kann man Seeelefanten und Seehunde anschauen. Das ist wie ein Krankenhaus. Wenn sie sich verletzen, werden sie dahin gebracht und gesund gemacht.«

Sie nickt fröhlich. »Okay.«

Nate lächelt mich dankbar an. »Okay, Honey, gehst du dann auf Marlenes Arm? Ich muss jetzt los.« Er gibt sie mir, küsst uns beide, und verschwindet dann wirklich.

Sie ist echt nicht so leicht. Ich setze mich auf meinen Stuhl und sie auf meinen Schoß. Wir kuscheln ein bisschen miteinander. Ich bin erstaunt, wie vertrauensvoll sie ist, aber das liegt wahrscheinlich an der großen Familie, in die sie hineingeraten ist. Da hat sie keine Chance, schüchtern zu sein.

»Marlene?«

»Ja?«

»Wo ist meine Mom?«

Mir stockt der Atem. Panik setzt ein. O Gott, was sage ich ihr? Ich ... ich ... keine Ahnung! Mein Kopf ist leer.

»Sie ist tot«, stellt Ella fest. »Aber was ist das?«

O Gott! Was soll ich denn darauf sagen? Das ist doch keine leichtere Frage! Glaubt Nate an Gott? Würde er sagen, sie ist im Himmel? Oder glaubt er nicht dran? Was sagt man einem vierjährigen Kind, wenn es fragt, was tot sein bedeutet?

»Du solltest das deinen Daddy fragen.« Ich bin erleichtert, dass mir so eine superschlaue Antwort eingefallen ist.

»Daddy ist dann traurig.« Sie schaut mit ihren grünen Augen

zu mir hoch, sieht so zart aus und klein und verletzlich. Unwillkürlich schlingen sich meine Arme fester um sie, wollen verhindern, dass ihr jemals etwas Schlimmes widerfährt.

»Hm, okay.« Ich denke nach. »Wenn man tot ist, dann lebt man nicht mehr.« Klasse Antwort. »Ein lebendiger Mensch, der atmet.« Ich atme ein und aus und sie tut es mir nach. »Wir können uns bewegen.« Ich krabbel mit meinen Fingern an ihrem Arm hoch und kitzel sie leicht in der Halsbeuge. Sie kichert fröhlich. »Wir können essen und singen und malen und lachen.« Sie nickt verständig. »Wenn man tot ist, dann kann man das alles nicht mehr. Alles Leben ist aus uns weg.«

Sie schaut mich überlegend an. »Versteh ich nicht.«

Wie kann ich ihr das erklären? »Schau mal aus dem Fenster. Siehst du die Blätter am Baum?« Sie nickt. »Solange sie am Baum sind, sind sie auch lebendig. Aber wenn sie abfallen, sind sie tot.«

»Fällt bei Menschen auch was ab?«

Ich lächel leicht. »Nein. Menschen sterben anders. Sie hören auf zu atmen, das Blut hört auf, in ihnen zu fließen. Das Herz hört auf zu schlagen.« Ich nehme ihre Hand und lege sie auf mein Herz. »Spürst du das?« Sie nickt. »Wenn du das bei jemandem spürst, dann lebt er.«

»Oh«, sagt sie ehrfürchtig.

Ich nehme ihre Finger und drücke sie gegen meine Halsschlagader. »Spürst du das auch?« Sie nickt. »Das Herz pumpt Blut und man kann es an manchen Stellen spüren.«

»Wo noch?«, fragt sie fasziniert.

Ich lege ihre Finger an mein Handgelenk. Sie lächelt. Ich lege unsere Fingerspitzen aneinander. »Kannst du das auch spüren?« Sie schüttelt den Kopf. »Wir müssen ganz ruhig und leise sein.« Ich spüre unseren Puls kräftig pulsieren, und auf ihrem Gesicht leuchtet die Erkenntnis auf. »Das ist dein Herz und mein Herz.«

Sie legt ihre Hand auf ihr Herz. »Ich kann es fühlen.«

»Gott sei Dank«, scherze ich.

Sie nickt. »Ich lebe.«

Ich nicke. »Du lebst.«

Damit scheint das Thema abgeschlossen zu sein, was mich erleichtert.

»Willst du noch einen Pancake?«, frage ich sie.

Sie schüttelt den Kopf. »Obst?«

Sie nickt. »Erdbeere.«

Ich greife nach den Erdbeeren. Sie macht den Mund auf und ich muss grinsen. »Du kleiner Babypinguin«, necke ich sie und stecke ihr ein Stück Erdbeere zwischen die Lippen. Sie kaut zufrieden und leckt sich den Mund.

»Noch eine.«

Ich fütter sie und mich mit den süßen Früchten, bevor wir beide auf die Couch umziehen und Arielle schauen. Ich liege auf der Seite und sie liegt vor mir, zieht meinen Arm eng um sich. Wir singen beide mit, schließlich ist das unser Lieblings-Disneyfilm.

Irgendwann klingelt mein Handy.

Ich muss aufstehen, es ist in meiner Handtasche, die auf der Arbeitsfläche in der Küche liegt.

»Ja?«, frage ich, ohne auf das Display geschaut zu haben.

»Alles okay bei euch, Baby?«, fragt Nate.

»Ja, alles bestens. Aber sie hat mich gefragt, was es bedeutet, tot zu sein.«

»Was hast du gesagt?«, will er wissen. Er klingt neugierig, in keiner Weise beunruhigt.

»Na ja, erst mal habe ich erklärt, was Lebendigsein bedeutet, ich hab ihr gezeigt, wo man den Puls fühlen kann, und dann gesagt, dass man das alles nicht mehr kann, wenn jemand tot ist. Dann war sie zufrieden und hat nicht weiter nachgefragt. Aber ich bin ganz schön ins Schwitzen gekommen.«

Er lacht. »Ja, manchmal stellt sie komische Fragen. Aber du hast das doch gut gemeistert.«

»Nate?«

»Hm?«

»Glaubst du an Gott?«

Er klingt amüsiert, als er sagt: »Du stellst manchmal auch komische Fragen, Baby. Ihr passt zusammen.«

»Ich mein das ernst. Ich wusste nicht, ob ich ihr sagen soll, tote Menschen kommen in den Himmel oder sie verrotten in der Erde.«

»Sie verrotten in der Erde«, antwortet er und ich bin erleichtert. Was hätte ich Atheistin getan, wenn er gläubig gewesen wäre?

»Gut.«

»Du siehst es also auch so?«

Ich nicke, bevor mir einfällt, dass er das nicht sehen kann. »Ja. Ich sehe das auch so.«

»Mach dir keine Gedanken, Baby, du machst das schon alles richtig. Ich hätte dich nicht mit ihr alleine gelassen, wenn ich mir Sorgen machen würde, dass du sie verderben könntest. Du fluchst ja nicht mal.«

»Na ja, ich versuche es zumindest«, murmel ich verlegen.

»Wieso?«

Ich überlege kurz, ob ich es ihm sagen will. Ich mein, es hört sich albern an. »Ein Exfreund hat mir immer und immer wieder gesagt, dass das nicht das Gebaren einer Lady ist.«

»Was?« Seine Stimme ist eindeutig irritiert. »Ja, und?«

»Er hat mir ... hm ... verboten zu fluchen«, murmel ich verlegen.

»Verboten?«, fragt er und ich höre da eine neue Facette. Wut? »Fuck, Baby, niemand hat dir zu sagen, wie du reden darfst. Klar?«

»Hm.«

»Klar?«, wiederholt er.

Ich weiß nicht, wie ich ihm das begreiflich machen kann. »Ich befürchte, dass man mich ablehnen könnte.«

»Scheiße«, grummelt er. »Hast du Thea reden gehört? Und Julia? Baby, fuck und scheiße und so gehört doch mittlerweile schon fast zum normalen Wortschatz. Mach dir keine Gedanken.«

Und dann wird seine Stimme eine Nuance dunkler: »Mich

turnt das an.«

Ich grinse. »Dich turnt doch alles an.«

»Da hast du aber ein vollkommen falsches Bild von mir, Baby, mich turnt nur alles an dir an.«

Mir wird plötzlich ganz warm. »Ach ...«

»Stimmt aber«, sagt er und ich kann das Schulterzucken praktisch hören. »Besonders dein Stöhnen, wenn ich dich vögel.«

Mir schießt die Hitze in die Wangen. »Wirklich? Bin ich nicht ... zu laut?«, frage ich vorsichtig.

»Nein, gar nicht. Wenn wir mal alleine bei mir sind und Ella bei meiner Mom ist, vögel ich dich so, dass du richtig schreist.« Seine Stimme klingt wie purer Sex. Ich will mich darin einwickeln wie in einen Kokon und nie wieder rauskriechen. Dieser Mann ist doch Sex auf zwei Beinen.

»Mmh«, mache ich und höre ihn lachen.

»Stellst du dir das schon vor, Baby?«, fragt er amüsiert.

»Vielleicht.«

Er lacht. »Ich muss los, Baby. Aber eine Sache noch ...«

»Was denn?«

»Wag es ja nicht, alleine zu spielen. Das ist von jetzt an mein Recht.«

›Daran könnte ich mich gewöhnen‹, denke ich, als ich auflege. Was für eine merkwürdige Wendung das Gespräch doch genommen hat.

Als wir Arielle zu Ende geschaut haben, dusche ich kurz. Sie hat keine Lust, zieht aber ein rosa Kleid an. Ich sage ihr, dass ich ihre Frisur noch mal neu machen kann, aber sie besteht darauf, die Haare nicht nass zu machen. Nate hat mir seinen Autoschlüssel mit den anderen Schlüsseln dagelassen, und wir machen uns auf den Weg.

Ich sehe, dass Nates Alltagswagen wieder da ist. Ella klettert ins Auto und ich helfe ihr beim Anschnallen.

»Ich kann das alleine«, teilt sie mir mit.

»Auch mit dem Gips?«, frage ich.

Sie probiert es, schüttelt dann aber frustriert den Kopf. »Nein. Mach du.«

Ich starte den Wagen und tippe dann die gerade rausgesuchte Adresse ein. Zehn Minuten von hier. Super. Wir hören Disneylieder, die schon eingestellt waren, sonst hätte ich nicht gewusst, wie man das bei diesem Hightechding einstellt.

Dort angekommen, kaufe ich Tickets für eine Führung, die gleich losgeht. Wir schauen uns ein bisschen um, bevor wir uns von einer freiwilligen Helferin alles erklären lassen, was sie hier so machen. Ella ist begeistert, das sehe ich. Die Dame macht es witzig und spannend und erklärt den Kindern alles so, dass sie es verstehen können. Ich sehe allen Kindern an, dass sie sich vornehmen, nie wieder irgendwas auf den Boden zu werfen, aus Angst, dass sich mal ein Tier daran verletzen könnte. Ella schaut auch ganz ernst drein. Sie macht mit bei den Spielen, die sie sich ausgedacht haben, kommt immer wieder zu mir, sucht meine Nähe und meine Bestätigung. Wenn wir zur nächsten Station laufen, nimmt sie meine Hand. Süß.

Als wir dann zu den Tieren kommen, kann man ihr die Freude ansehen. Hier in diesem Center werden die Seehunde und Robben nur gepflegt, bis sie wieder gesund sind, und dann in die Freiheit entlassen. Daher bemühen sich die Mitarbeiter, keinerlei Bindung zu ihnen aufzubauen, damit sie ihre Scheu vor den Menschen nicht verlieren. Man kann also nicht nah an die Bassins gehen, sie nur von oben betrachten. Wir sind auch zur falschen Zeit da, im Herbst sind keine Babys hier. Ella nimmt mir das Versprechen ab, im Frühling mit ihr Babys anzusehen.

Zwischendurch hatte ich Thea getextet, ob sie Mittagessen gehen will. Sie will und hat mir die Adresse eines kleinen Cafés geschickt, zu dem wir jetzt fahren.

»O Gott, was ist passiert?«, ruft sie, als sie Ellas eingegipsten Arm sieht. Sie küsst die Kleine über und über.

»Ich bin hingefallen. Er ist ...« Sie schaut hilfesuchend zu mir.

»Der Arm ist gebrochen.«

»Der Arm ist gebrochen«, wiederholt sie. »Aber schau! Das ist Arielle.«

Sie zeigt Thea die kleine Meerjungfrau, die seit gestern Abend den pinken Gips ziert.

»Das ist aber hübsch«, sagt sie und knuddelt sie noch ein bisschen.

Nate hat mir gesagt, dass ich machen soll, wie ich meine, also essen Ella und ich Fish'n'Chips mit Mayo und zum Nachtisch Eis.

In dem Café gibt es eine kleine Spielecke für Kinder, und nach dem Essen spielt Ella ein bisschen mit dem Puppenhaus.

»Ich bin froh, dass ihr euch so gut versteht«, sagt Thea. »Sie braucht eine Mom.«

Ich verschlucke mich an meiner Cola. »Was?«, keuche ich fassungslos.

Thea lacht. »Ach komm, erzähl mir nicht, dass du nicht bereits an eine Zukunft mit Nate und Ella gedacht hast.«

Ich fühle mich ertappt. »Na ja, nicht ganz.«

»Also hast du dir tausend Gründe ausgedacht, warum es zwischen dir und Nate nicht funktionieren kann, richtig?«

»Woher weißt du das?«, frage ich sie misstrauisch.

»So geht es mir auch immer. Meine Beziehungssituation ist nicht ... nun ja ... konventionell, und es war am Anfang nicht einfach für mich, ihnen zu glauben, dass sie mich wirklich lieben und ich nicht einfach nur eine Bettgeschichte bin, die sie mal ausprobieren wollen. Vor allem, weil sie alle drei absolute Womanizer waren.« Sie grinst mich an.

»Matt liebt dich heiß und innig«, werfe ich ein.

»Das tut er, das tun sie alle drei. Aber mal ehrlich. Wenn dir drei superheiße Jungs sagen, dass sie dich wollen, würdest du dann nicht denken: ›Ja, sie wollen halt mal einen Gangbang ausprobieren?‹«

Ich nicke zögernd. »Irgendwie schon.«

»Keine weiteren Fragen, Euer Ehren«, scherzt sie. »Aber jetzt sind wir seit fast einem Jahr zusammen. Sie beten den Boden unter meinen Füßen an. Ich will nicht eingebildet klingen, aber so ist es. Es gibt immer Gründe, die gegen eine Beziehung sprechen, aber immer genau einen, der sie alle trumpft. Magst du ihn?«

Ich nicke verlegen.

Sie schaut mich zufrieden an. »Na, dann ist alles klar. Jetzt musst du nur noch einen Weg finden, wie ihr zusammen sein könnt. Aber ich bin mir sicher, das schaffst du. Wenn man etwas wirklich will, findet man eine Lösung.«

Ich denke noch darüber nach, als wir schon wieder zu Hause sind. Jetzt sage ich auch schon zu Hause zu diesem Häuschen. Aber es fühlt sich auch so an. Heimelig, gemütlich, zuhausig eben.

Ella ist furchtbar müde, und ich stecke sie ins Bett, auch wenn es erst früher Nachmittag ist, aber nach all der Aufregung gestern ist es ja kein Wunder. Ich texte Nate und frage ihn nach seinem WLAN-Passwort. Er sagt, ich soll einfach seinen Laptop nehmen. Er schaut heute Abend mal, wo er das hat.

Irgendwie ist es ein wenig aufregend, seinen Laptop zu verwenden. Und es zeigt mir, dass er mir wirklich vertraut. Oder dass ich da eh nichts finden kann.

Ich klappe ihn auf und er geht sofort an. Seinen Hintergrund ziert ein Bild von ihm und Ella. Sie lachen beide lauthals und toben miteinander. Das Foto ist wunderschön. Mir treten vor Rührung Tränen in die Augen, die ich schnell wegblinzel.

Könnten sie tatsächlich meine Familie sein?

Dieser Gedanke hat etwas Tröstliches, trotz all der Ängste, die er in mir auslöst, weil ich plötzlich die Mutter eines vierjährigen Mädchens sein soll. Was, wenn wir nicht funktionieren und dann auch Ellas Leben ruinieren? Was, wenn wir genauso dysfunktional sind wie er und Lily? Was, wenn er mich in drei Monaten doch nicht mehr mag und ich jetzt nur gerade ein neues, funkelndes Spielzeug bin? Und wie sollen wir es schaffen, neuntausend Kilometer zu überbrücken? Ich weiß es nicht. Keine Ahnung.

Ich schreibe meiner Mom eine Mail, schreibe Micha. Ich schaue bei Facebook vorbei, kommentiere ein bisschen, lade ein Foto hoch, das ich – komplizierter geht es nicht – per SMS an Micha geschickt habe, die es dann per E-Mail an mich geschickt hat, damit ich es auf Nates Laptop speichern und dann bei FB hochladen kann.

Um halb sechs schläft Ella immer noch, und ich texte Nate, ob er mit dem Taxi kommen kann. Kein Problem, sagt er. Unkompliziert. Das mag ich.

Ich schaue in den Kühlschrank und beschließe, Lasagne zu kochen. Ehrlich, welcher Mann hat denn seine Küche so gut bestückt, dass man einfach mal Lasagne machen kann? Ich schüttel den Kopf und beschließe, dem Mysterium später auf den Grund zu gehen.

Um halb sieben schließt Nate die Tür auf und tritt hinter mich. Er schlingt die Arme um meine Taille und küsst sanft meinen Hals.

»Ich hab dich so vermisst«, murmelt er.

Ich grinse und drehe mich in seinen Armen. Ich lege meine Hände um seinen Nacken und ziehe ihn an mich, um ihn zu küssen.

»Was riecht hier so gut?«, fragt er nach einer Weile und schnuppert.

»Lasagne.«

Er grinst und küsst mich auf die Lippen. »Sei gewarnt, Baby, ich lass dich nicht mehr gehen.«

›Ja, bitte‹, denke ich.

Er zieht sein Jackett aus, lockert die Krawatte und rollt die Ärmel hoch. »Schläft Ella noch?«

Ich nicke.

Er schaut auf die Uhr. »Ich wecke sie mal, sonst schläft sie die ganze Nacht nicht.«

Ein paar Minuten später kommt er mit seiner Tochter auf dem Arm in die Küche. Sie ist total groggy, die arme Kleine. Er küsst sie liebevoll auf den Kopf, streichelt sanft ihren Rücken. Es ist so wunderbar, die beiden zusammen zu sehen.

»Ella-Baby, wach auf, es gibt Lasagne«, versucht er sie dazu zu bringen, die Augen zu öffnen.

Sie murmelt unverständliches Zeug vor sich hin. »Komm schon, Honey, nur ein bisschen essen und dann kannst du wieder schlafen, okay?«

Ella schüttelt den Kopf. »Kein Hunger.«

»Honey, bitte, nur kurz, versprochen, danach darfst du wieder schlafen.«

Ella öffnet die Augen, die wirklich sehr müde aussehen. Ich verteile Lasagne auf drei Teller. Nate versucht sie zum Essen zu bewegen. Nach ein paar Minuten gibt er auf und bringt sie zurück ins Bett.

»War sie schon den ganzen Tag so lethargisch?«

Ich schüttel den Kopf. »Nein, wir waren im Mamal Center und da hat sie alles mitgemacht, war wach und fröhlich. Dann waren wir noch mit Thea was essen, da war auch alles okay. Erst als wir so um drei wieder hierherkamen, wurde sie auf einmal so müde.«

»Hm, das gefällt mir nicht. Ich ruf gleich meine Mom an.«

Wir essen mehr oder weniger schweigend, bevor er telefoniert und ich die Küche aufräume.

»Das musst du nicht machen«, sagt er.

»Schon okay.« Ist es wirklich. Jetzt, da sich Nate Sorgen macht, mache ich mir auch welche. Ich merke plötzlich, wie sehr ich sie bereits ins Herz geschlossen habe. Süße, kleine Ella. Ich hoffe, ihr geht es gut.

»Also meinst du nicht, dass ich mir Sorgen machen muss?«, fragt Nate gerade.

Wie kann man nur so schnell einen anderen Menschen lieb haben? Ich trete neben ihn, lege meinen Kopf an seine Schulter, schlinge meine Arme um seine Taille. Seine freie Hand legt sich auf meine und drückt leicht. Er merkt, dass ich auch besorgt bin.

»Danke, Mom, ich meld mich.« Er legt auf und seufzt leise. »Wir sollen Fieber messen. Ansonsten war es auch einfach anstrengend für sie, sagt meine Mom. Sie glaubt, unsere Sorge ist unbegründet.«

Mein Herz wird von einer warmen Welle durchflutet, weil er so selbstverständlich wir und uns sagt. Ich küsse ihn auf die Schulter.

»Kann ich dich was fragen?«

»Klar.«

Ich reibe meine Wange an seinem Rücken, was ihn zum Lachen bringt. »Willst du, dass ich heute hier schlafe?«

»Auf jeden Fall.«

Ich freue mich über seine Worte. »Ich brauch was zum Anziehen.«

Er nickt. »Baby, ich hab heute über dich nachgedacht.« Er zieht mich vor sich, hebt mein Kinn, küsst mich sanft. »Willst du wissen, was?«

Ich nicke und küsse ihn zurück, lege meine Arme um seinen Hals, drücke meinen Körper gegen seinen.

»Okay, es ist alles deine Entscheidung, aber ich will, dass du meine Meinung zu allem hörst. Ich finde, langsam angehen klappt für uns nicht. Wir kennen uns sechs Tage und ich bin total verrückt nach dir. Und du nach mir.« Er grinst mich frech an, so als würde er mich auffordern wollen, ihm zu widersprechen. Stattdessen nicke ich einfach. »Ich will nicht, dass du morgen wegfährst und dir Kalifornien ansiehst. Ich will, dass du die ganze Zeit hierbleibst, hier bei mir. Ich lasse dich nur ungern wieder nach Deutschland zurück, aber ich befürchte, da hab ich keine Wahl. Also lasse ich dich schweren Herzens gehen. Aber ich will, dass wir es versuchen. Erst mal eine Fernbeziehung, meinetwegen, wenn wir nicht sofort zusammenleben können. Ich will, dass du weißt, dass ich dich will, eine Zukunft mit dir. Ich will dich in meinem Leben und in Ellas. Und ich weiß, dass du das auch willst. Dein ganzes Verhalten mit Ella zeigt mir, dass du sie liebst, dass sie dir ans Herz gewachsen ist. Und sie liebt dich auch schon.«

Er schaut mir liebevoll in die Augen. So viel Gefühl liegt darin, dass ich schwer schlucken muss. »Baby, ich kann mir nicht mehr vorstellen, mein Leben ohne dich zu führen.« Mir kullert eine Träne über die Wange, die er wegküsst. »Hol deine Sachen in dem Hotel ab, check aus und wohn hier.« Sein Blick ist hoffnungsvoll und abwartend, oder vielmehr erwartend. Ich kann nichts sagen, nicke nur, werde mit einem strahlenden Lächeln belohnt und einem heißen Kuss, der meine Knie zum Wackeln bringt.

Nach einer kleinen Ewigkeit sagt er: »Dann geh jetzt, Baby. Ich würd mitkommen, aber ich kann Ella ...«

»Ich weiß«, flüstere ich.

»Ich mach dir Platz in meinem Kleiderschrank«, sagt er und küsst mich noch einmal.

Nate ruft mir ein Taxi. Als ich am Hotel bin und meine Sachen packe, spüre ich tief in mir nach. Ich frage mich, wann die Panik einsetzt, aber es ist alles ruhig. Stattdessen empfinde ich Freude. Das ist ein gutes Zeichen, oder? Ich denke schon.

Ich checke aus, sage, dass ich früher abreise, als geplant. Kein Problem, Geld gibt es nicht zurück. Ich nicke und ziehe von dannen. Ich wuchte meinen pinken Koffer in den Sonic und tippe Nates Adresse in das Navi ein. Immer noch keine Panik. Super.

Als ich bei Nate ankomme, wartet er bereits auf den Stufen. Und ich denke: ›Wow, wie wunderbar ist das.‹ Er strahlt, als ich in seiner Einfahrt parke. Er kommt zu mir, öffnet meine Tür, küsst mich lange, bevor er meinen Koffer rausholt. Hand in Hand gehen wir ins Haus.

»Sie hat kein Fieber«, meint er, als wir an Ellas Zimmer vorbeikommen, und ich drücke seine Hand. Er hilft mir, meine Sachen in seinen Kleiderschrank zu räumen, bringt meinen Koffer in die Garage. Ich putze mir die Zähne, ziehe Shorts und Shirt an. Als ich aus dem Bad komme, sitzt er auf dem Bett, angelehnt ans Kopfteil. Er schaut Food Network. Bobby Flay!

Ich klatsche in die Hände und er lacht. »Du kleine Foodista. Ich dachte mir schon, dass ich dich damit glücklich machen kann.« Er öffnet seine Arme und ich kuschel mich gegen ihn. Gemeinsam beobachten wir, wie Bobby Flay seine Wettbewerber zum Frühstück verspeist.

Kapitel 8

Wir werden um drei Uhr nachts von Ella geweckt, die nun putzmunter ist und bespaßt werden will. Da Nate früh rausmuss, gehe ich mit in ihr Zimmer und spiele vier Stunden lang mit ihren Spielsachen. Um sieben gehen wir in die Küche, um Frühstück zu machen. ›Erst mal einen Riesenpott Kaffee‹, denke ich.

Ich beschließe, dass heute ein Frühstücksflocken-Morgen ist. Wie nicht anders zu erwarten, gibt es auch davon reichlich hier. Natur, mit Schoki, mit Zimt und Nüssen. Ich schneide ein bisschen Obst klein. Als Nate in die Küche kommt, reiche ich ihm eine Tasse Kaffee. Ich selbst hatte schon drei.

Er küsst mich liebevoll. »Danke, Baby, du hast einen gut bei mir.«

Ich halte ihm meine Lippen erneut hin, die er mit seinen bedeckt. »Wann kommst du heute wieder?«

Er schaut mich ein wenig schuldbewusst an. »Es tut mir leid, dass ich dich gleich so vereinnahme.«

»Ich mach das gern.«

»Danke, Baby.«

Ich nicke. »Also, wann kommst du?«

»So um Mitternacht?«, meint er zögernd.

»Oh.«

»Tut mir leid«, sagt er zerknirscht. »Ich kann das nicht

absagen. Aber wenn es dir zu viel ist, kann ich meine Mom ...«

»Nein, schon okay. Wir ... hm ... wir haben doch gestern alles geklärt, nicht?«

Er schenkt mir ein strahlendes Lächeln. »Haben wir, Baby.«

»Ich will das auch alles.«

Er küsst mich erneut. »Du machst mich glücklich.«

»Du mich auch.« Ich schaue auf Ella, die ihre Chocopops löffelt. »Ihr mich auch.«

Er streichelt sanft meine Wange. »Heute ist Freitag, da kommt Mrs. Peters. Von neun bis eins. Wenn ich du wäre, würde ich aus dem Haus verschwinden.«

»Wer ist Mrs. Peters?«, frage ich überrascht.

»Unsere Haushälterin. Sie kommt montags und freitags. Sie kauft für uns ein und kocht normalerweise auch. Aber am Montag hatte sie keine Zeit.«

»Ich hab mich schon gewundert«, grinse ich.

Er zieht eine Augenbraue hoch. »Worüber?«

»Dass deine Küche so gut ausgestattet ist.«

Er grinst. »Ja, das ist Mrs. Peters. Du kannst sie kochen lassen, ihr aber auch sagen, wenn du es selbst machen willst.« Er grinst schelmisch.

Ich versuche meinen Gesichtsausdruck passiv zu lassen, aber es gelingt nicht. Er zieht mich in die Arme und flüstert mir ins Ohr: »Ich liebe, dass du dich um uns kümmern willst.«

›Scheibenkleister‹, denke ich, lächel aber zufrieden.

Nate verabschiedet sich von uns, und Ella und ich machen uns langsam fertig für den Tag. Sie plappert wieder genauso munter wie die anderen Tage. Ich hoffe, dass das gestern Abend einfach nur Müdigkeit war. Mal schauen, wie es heute ist. Ich mein, wir sind immerhin schon ein paar Stunden wach. Einen Mittagsschlaf werden wir bestimmt brauchen.

Wir warten, bis Mrs. Peters da ist, die uns freundlich begrüßt. Ich sage ihr, dass sie die nächsten paar Wochen nicht einkaufen muss, dass ich das übernehme, solange ich hier bin. Sie schenkt mir einen wohlwollenden und auch sehr wissenden Blick. Hat sofort durchschaut, dass ich hier Vater, Mutter, Kind spiele.

Ella und ich verlassen das Haus. Ich schaue auf den Sonic in der Einfahrt und realisiere, dass ich vergessen habe, den Sitz für Ella aus Nates Auto zu nehmen.

»Ella, wir haben keinen Sitz«, sage ich und schaue sie an.

»Hm«, macht sie.

»Und jetzt?«

Ich öffne die Garage mit dem Schlüssel, den Nate mir gegeben hat. Da sie relativ aufgeräumt ist, sehe ich schnell, dass hier kein Sitz ist. Wie blöd. ›So was kann auch nur mir passieren‹, denke ich. Ich schaue zu meinem Mietwagen und sehe einen Zettel an der Windschutzscheibe.

Baby,
ich hab Ellas Sitz in deinen Wagen gestellt. Außerdem habe ich bei der Mietwagenfirma angerufen und deinen Vertrag geändert, sodass Ella auch versichert ist, wenn sie mit dir fährt. Ich hoffe, du bist nicht böse, dass ich das einfach so gemacht habe, ohne dich zu fragen.
x, Nate

Echt jetzt? Ich schaue auf die Rückbank. Da ist Ellas Sitz.

»Dein Daddy ist voll super«, sage ich zu ihr, als ich die Tür öffne.

»Ich weiß«, erwidert sie und klettert ins Auto. Ich schließe den Gurt und setze mich ebenfalls rein.

Wir fahren ins Kinderkino. Ich hab das heute Morgen in der Zeitung gelesen, die Nate abonniert hat. Um zehn Uhr wird jeden Freitag ein Kinderfilm gezeigt. Heute ist es ein Entenhausen-Special mit vielen Filmchen über Mickey, Donald und Co. Wir kaufen Popcorn, obwohl wir gerade erst gefrühstückt haben. Nach ein paar Minuten will sie nicht mehr auf ihrem Sitz bleiben, und klettert auf meinen Schoß. Ich umarme sie und sie lehnt sich an mich.

Wieder einmal bin ich total geplättet, wie schnell wir uns verstanden haben. Sie hat offenbar gar kein Problem damit, mit mir alleine Zeit zu verbringen, auch nicht, wenn es sich um einen ganzen Tag handelt. Ich streichel ihre weichen Haare, die heute zu zwei Zöpfen geflochten sind. ›So fühlt es sich also an, wenn man Mom ist‹, denke ich.

Sie dreht sich auf meinem Schoß und schlingt die Arme um mich, als hätte sie gespürt, dass ich gerade an sie gedacht habe. Sie küsst mich auf die Wange und flüstert dann: »Ich hab dich lieb, Marlene.« Nur können Kinder ja nicht flüstern, sondern sind immer viel zu laut dabei. Ich grinse und küsse sie ebenfalls.

»Ich dich auch«, schreiflüstere ich zurück, was uns Zischlaute von hinten beschert, uns aber nur zum Kichern bringt.

Später gehen wir zusammen einkaufen. Ella läuft neben dem Wagen her und holt wahllos Lebensmittel aus den Regalen. Immer schaut sie mich an und fragt: »Das?« Jedes Mal sage ich ihr, sie soll es zurückstellen. Aber sie will helfen, also sage ich ihr, welche Dinge sie aus den Fächern nehmen soll.

›Es ist schön, Zeit mit ihr zu verbringen‹, denke ich. Sie ist auch wirklich sehr lieb, obwohl sie das ja eigentlich nicht sein wollte. Ich muss noch immer über ihren Spruch grinsen. Nate hat darauf auch so nett reagiert. Ich weiß, alle Welt liebt Bad Boys, und sosehr ich auch seine Tattoos liebe, will ich doch lieber einen netten Mann. So einen wie ihn. Er ist das Beste aus zwei Welten. Er sieht aus wie ein Bad Boy, ist aber ein Good Boy. Perfekt.

Als wir wieder zu Hause sind, kuscheln wir uns in Nates Bett und machen einen Mittagsschlaf. Ella sind im Auto fast die Augen zugefallen und ich bin nach der Nacht auch noch ein bisschen groggy.

Als wir zwei Stunden später wach werden, sprüht sie schon wieder vor Tatendrang. Wir essen Sandwiches und beschließen dann, ein wenig am Wasser entlang zu spazieren. An einer guten Stelle bleiben wir stehen und flitschen Steine über die Bay. Ella versucht es und versucht es, aber sie bekommt es noch nicht hin, also ändern wir das Spiel in »Wer kann die größten Platscher machen«. Darin ist der Wirbelwind wirklich gut. Nach einer halben Stunde sind wir beide durchnässt und wir laufen schnell zurück. Ich lasse Badewasser für sie ein, weil sie doch ein bisschen durchgefroren ist. Ich lege ihr den Gipsschutz an, den Nate mir gezeigt hat und der dafür sorgt, dass alles trocken bleibt.

Sie sitzt in der Wanne und ich daneben. Wir spielen mit dem Schwarm Quietscheentchen, den es in diesem Haushalt gibt. Merkwürdigerweise schwappt das Wasser nur immer in meine Richtung. Ich bin schon genauso nass wie Ella.

Mein Handy klingelt. Ich hatte es aufs Waschbecken gelegt und gehe jetzt dran.

»Hey, Nate«, sage ich lächelnd. Voll verknallt.

»Hey, Baby«, sagt er mit warmer Stimme. »Wie geht es meinen Mädels?«

Wie bekloppt grinsend antworte ich: »Gut. Ella ist in der Wanne und macht mich nass.«

Er lacht. »Na, wenigstens trifft es mal jemand anderen als mich.« Eine andere Stimme ertönt und Nate antwortet was. Als er wieder ins Handy spricht, sagt er: »Sorry, Baby, ich dachte, ich hätte ein paar Minuten mit dir, aber ich muss los. Danke für alles. Ich mach es dieses Wochenende wieder gut, wenn Ella zu ihren anderen Großeltern fährt.«

»Okay«, sage ich, bevor wir auflegen. Dann realisiere ich erst, was das heißt. Die anderen Großeltern sind Lilys Eltern. Hm. So ganz behagt mir die Idee nicht.

Ich setze mich wieder zu Ella und frage sie: »Freust du dich schon auf die Großeltern?«

Sie nickt frenetisch. »Ja! Sie haben ganz viele Tiere. Hunde und Katzen und Kühe und Hühner. Manchmal auch Babys.«

Wie sie so freudig erzählt, wird mir warm ums Herz. Eigentlich ist es ja schön, dass sie Kontakt mit ihnen hat. Nach ihrer Freude zu urteilen, scheinen sie auch nette Menschen zu sein.

Vielleicht kann ich mein Baby doch dahin lassen. Im gleichen Moment schelte ich mich auch schon für meine Gedanken. Mein Baby. Wieder mal fünftausend Schritte zu schnell.

Und doch ... Ich betrachte Ella. Mein Baby passt.

Ich wasche ihre Haare, helfe ihr, sich einzuseifen, spüle alles ab. Dann wickel ich sie in ein dickes Handtuch, sodass nur noch ihr Kopf rausschaut. Sie lacht sich kaputt, als ich ihr sage, nun sehe sie aus wie eine Raupe.

Wir gehen in ihr Zimmer, ziehen schon mal einen Schlafanzug an. Ich kämme ihre Haare, sie kämmt meine. Ich ziehe Shorts und ein Shirt an.

»Magst du Möhren?«, frage ich sie.

Sie nickt.

»Und Kartoffeln?«

Sie nickt wieder.

»Und Eis?«

Sie klatscht vor Begeisterung in die Hände.

Ich lache. »Sollen wir Kartoffel-Möhren-Brei essen und danach das Eis, das wir vorhin gekauft haben?«

»Ja!«

Da sie wieder ein bisschen müde ist, setze ich sie auf die Couch. Sie hört *Meet Emma!* Das ist ein *Read to me Book*, das man auf dem E-Reader lesen und hören kann. So wie ein Hörspiel, aber zum Lesen lernen.

Ich schäle Kartoffeln und Möhren, setze sie auf. Ich hab kleine Würstchen gekauft, die ich dazu brate. Ich schneide und brate ein bisschen Speck für den Geschmack. Als alles fertig ist, matsche ich es durcheinander und stelle zwei Teller auf den Tisch. Ella wäscht sich die Hände und kommt dann zu Tisch. Ich bin gespannt, ob es ihr schmeckt. Mein Herz schlägt ein bisschen schneller, vollkommen idiotisch, ich weiß. Ich fühle mich wie in so einer Kochshow, wenn man von seinem Idol bewertet wird.

»Schmeckt's?«, frage ich und beiße mir gleich darauf auf die Zunge, weil ich es immer gehasst habe, wenn meine Oma das gefragt hat. Man kann ja einfach mal warten, bis jemand sich danach fühlt, Auskunft zu geben.

Sie nickt und beißt in ein Würstchen. Sie lächelt mich an. »Ich mag Würstchen.«

Ich lächel beruhigt. »Ich auch. Magst du die Kartoffeln und Möhren?«

Sie schaufelt sich ein bisschen in den Mund. »Ja, lecker.«

›*Germany twelve points*‹, schießt mir durch den Kopf. Verrückt.

Nach dem Essen setzen wir uns mit dem Eis auf die Couch und schauen ein paar Cartoons, bevor ich sie ins Bett bringe, noch ein, nein, zwei, nein, drei Kapitel lese. Bitte, bitte, noch eins. Ja, gut. Ist es falsch, dass ich ihr keinen Wunsch abschlagen kann? Ist es falsch, dass ich will, dass sie mich lieb hat? Lieber als Thea?

Ich lächel, als ich zurück ins Wohnzimmer gehe. Irgendwie ist es komisch, hier alleine zu sein, also ohne Nate. Ich schließe die Gardinen, mache den Abwasch, stelle Nate einen Teller mit Essen in den Kühlschrank und mit einem kleinen Zettel mit Herzchen.

Dann lege ich mich auf die Couch und schaue fern. Eine halbe Stunde später stehe ich auf, öffne den Kühlschrank und nehme den Herzzettel raus. Ich zerknülle ihn und schmeiße ihn weg. Ist vielleicht doch ein wenig schnell.

Ich lege mich wieder auf die Couch. Zwanzig Minuten später stehe ich auf, nehme einen neuen Zettel und schreibe »Guten Appetit« drauf. Ich befestige ihn am Teller und setze mich wieder vor den Fernseher.

Dreißig Minuten später stehe ich auf, zerknülle den Zettel, nehme einen neuen und schreibe »xoxo«. Ich lege ihn auf den mit Folie bezogenen Teller. Ich bin ganz zufrieden damit. Das ist doch okay? Oder? Das heißt Küsse und Umarmungen. Beides haben wir schon gemacht.

Ich setze mich zurück auf die Couch. Jetzt bin ich nervös, weil ich nicht weiß, wie er darauf reagiert. Vielleicht doch das Herz? Oder lieber was Unpersönliches?

Ich schaffe es tatsächlich eine Stunde lang, bei meiner

Entscheidung zu bleiben, bevor ich aufstehe, den Zettel wegschmeiße und einfach gar nichts am Teller befestige. Ich gehe ins Schlafzimmer, putze die Zähne, will gerade schon das Licht ausmachen, als ich frustriert seufzend wieder in die Küche husche und doch noch mal ein Herzchen male. Jetzt reicht es aber!

Ich geh ins Bett, und es muss die richtige Entscheidung sein, weil ich sofort tief und fest einschlafe. Ich wache auf, als Ella versucht, ins Bett zu krabbeln. Aber für diese hohen amerikanischen Betten ist sie noch zu klein. Sie flüstert meinen Namen, bis ich ihr die Hand reiche und sie hochziehe.

Sie kuschelt sich gegen mich. »Knuddel mich.«

Ich grinse, küsse sie aufs Haar und ziehe sie fest in meine Arme. So schlafen wir wieder ein. Tief und fest. Mein letzter Gedanke ist: ›Daran könnte ich mich gewöhnen.‹

Als Nate ins Bett kommt, legt er sich hinter mich. »Hey, Baby«, flüstert er mir ins Ohr und küsst mich sanft auf die weiche Haut.

»Hey«, murmel ich.

Er streicht Ella liebevoll über den Kopf. »Hattet ihr einen schönen Tag?«

Ich nicke. »Wir haben dich vermisst.«

Er küsst meine Wange. »Ich hab dich auch vermisst. Ich hab die ganze Zeit daran gedacht, wie es ist, in dir zu sein.«

Er fasst mir von hinten zwischen die Beine und streichelt mich sanft.

»Nicht, Nate«, murmel ich.

»Ich weiß, Baby, keine Sorge. Ich vögel dich nicht, während meine Tochter im Bett ist«, lacht er.

»Nate, kann ich was fragen, ohne dass du böse wirst?«

»Das ist immer eine ganz schlechte Einleitung«, meint er und fährt mit seinen Fingern über meine Schamlippen.

Ich schlucke leicht. »Sind Ellas Großeltern nett? Gut zu ihr?«

Er zieht seine Hand zurück und dreht mich um, sodass er im Licht der Straßenbeleuchtung, die durch das Fenster fällt, weil ich vergessen habe, die Vorhänge zu schließen, mein Gesicht sehen kann. »Sie sind nette Menschen. Sie haben eine kleine Farm etwa zwei Stunden von hier. Ich fahr Ella morgen früh hin und hole sie Sonntagabend wieder ab. Du kannst mitfahren, wenn du magst, dich selbst überzeugen, dass es deinem kleinen Liebling dort gut geht.« Er lächelt mich an, während er sanft über meine Wangen streichelt.

»Danke«, flüstere ich.

»Ich hab zu danken. Ich liebe, dass du mein Baby liebst.« Er küsst mich, sanft und dann leidenschaftlich. »Und du weißt ja, was es heißt, wenn wir das ganze Haus für uns alleine haben.«

Ich nicke aufgeregt. Er grinst und fährt sacht mit den Fingern an meiner Kehle vorbei, bevor er mich dort küsst.

»Danke für das Abendessen, Baby«, murmelt er dann. »Du bist ein Schatz.« Er schaut mich prüfend an. »Mein Schatz.«

Ich küsse ihn, bevor er mich wieder umdreht, um mich zu löffeln. Ich ziehe Ella wieder ein bisschen näher an mich, was sie mit einem zufriedenen Seufzer quittiert, der uns beide lachen lässt.

»Ich will nicht zu forsch sein, Baby. Ich weiß, das geht alles zu schnell für dich, aber ich mag dich wirklich sehr, und meinetwegen kannst du für immer bleiben.« Er küsst mich sanft.

Mein Herz pocht im Stakkato. Für immer. Er hat mir gerade praktisch gesagt, dass er mich liebt!

»Hast du ... hast du Gefühle für mich?«, frage ich ihn und denke: ›Ich hab einen Knall, dass ich das so fragen muss.‹

»Ja«, sagt er einfach nur.

Ich schlucke, schließe kurz die Augen. »Ich ... ich auch für dich.«

Er fährt sanft Kreise an meinem Bauch. »Ich liebe dich.«

Da ist es. Er liebt mich! Er liebt mich. »Ich liebe dich auch«, flüstere ich und werde fester in seine Arme gezogen. »Ich will auch für immer bleiben.«

»Fuck, Baby«, flüstert er und drückt sich eng gegen mich. »Du machst mich so glücklich.«

Er streichelt meinen Bauch, küsst meinen Hals, meine Wange, meinen Kopf. Und irgendwann schlafen wir beide glücklich und zufrieden ein.

Am nächsten Morgen machen wir uns fertig, ich mach Sandwiches für die Reise, und wir fahren Ella zu ihren Großeltern. Sie sind wirklich nett und sie lieben Ella. Ich meine, es ist eh unmöglich, sie nicht zu lieben, aber ich kann sofort erkennen, dass sie in guten Händen ist, in sehr guten Händen. Meine kleine Süße hat so viele Menschen in ihrem Leben, die sie mögen. Das macht mich froh.

Sie sind freundlich zu mir, auch wenn ich glaube, dass es ihnen wehtut, Nate mit einer neuen Frau zu sehen. Ich frage ihn später im Auto danach.

»Kann schon sein«, antwortet er. »Aber sie wissen auch, dass Lily und ich nicht gut füreinander waren. Sie haben gesehen, dass wir uns gegenseitig zerstört haben, zusammen mehr so das Gefahrenpotenzial einer Neutronenbombe hatten. Sie haben mir mehr als einmal geraten, Lily zu verlassen, weil sie gesehen haben, wie sehr es mich mitgenommen hat, dass sie mich immer und immer wieder betrogen hat.« Er wischt sich übers Gesicht.

Ich lege meine Hand auf sein Bein und er drückt sie dankbar. Ich weiß nicht, was ich sagen soll, aber es ist klar, dass ich gar nichts sagen muss. Für manche Dinge gibt es einfach keine Worte, die beschreiben, was sie in dem Moment ausdrücken sollen. Manche Sachen sind wie eine weiße Seite Papier – oder besser noch, wie eine endlose Rolle Papier, kein Anfang, kein Ende, keine Beschreibung.

»Ich bin vielleicht manchmal etwas eifersüchtig«, sagt er plötzlich.

Ich schaue überrascht auf, war in meinen eigenen Gedanken versunken. »Wie bitte?«

Er atmet tief ein. »Es mag sein, dass ich manchmal etwas zu eifersüchtig bin.«

»Okay.«

»Es ist nicht so, dass ich glaube, dass es richtig ist, aber manchmal kommt diese Angst, dass andere Frauen ebenso sind wie Lily.«

»Aber ... hm ... also so irrational?«

Er streicht sich die Haare aus dem Gesicht. »Schon ein bisschen.«

Ich drehe meine Hand auf seinem Bein und seine Finger verweben sich mit meinen. »Auch wenn man dir keinen Grund gibt?«

Er nickt. »Ist schon vorgekommen.«

»Gab es nach Lily eine andere?«

Er zuckt mit den Schultern. »Nichts Ernstes, aber ich bin ein-, zweimal mit anderen Frauen weg gewesen. Hab mit der einen oder anderen geschlafen. Wenn mir eine etwa von einem Exfreund erzählt hat, dann habe ich gespürt, wie ich eifersüchtig wurde.«

»Ich hab auch Exfreunde«, sage ich.

Er lacht. »Dachte ich mir.«

»Also darf ich sie nie erwähnen?«

»Probieren wir es aus.«

»Ausprobieren?«

»Ja, erzähl mir was von deinem letzten Ex.«

Was gibt es da schon zu erzählen? »Was denn?«

»Wie habt ihr euch kennengelernt?«

Ja, das ist einfach. »Meine Eltern hatten mir zum Uniabschluss eine Reise nach Mallorca geschenkt. Er war da auch.«

»Wie lange wart ihr zusammen?«

»Vier Jahre.«

»Du bist ja nicht sehr auskunftsfreudig«, stellt er belustigt fest.

»Ich finde es irgendwie komisch, mit dir über meinen Ex zu sprechen«, gebe ich zu.

»Wieso?«

Ich zucke mit den Schultern. »Na ja, weil es vorbei ist. Und es gibt auch Gründe, warum es vorbei ist.«

»Was für welche?«

»Na ja, er wollte eine Pause machen, weil er nicht mehr wusste, ob er mich liebt. Das ist sechs Monate her, er hat sich nicht mehr gemeldet, also werte ich das mal als das Ende. Davor hat mein Freund mit meiner Mitbewohnerin rumgemacht, der davor war in Spanien, und uns beiden war klar, dass wir nicht weitermachen würden, wenn ich wieder zurück in Deutschland wäre ...« Ich breche erschrocken ab.

Er beißt sich auf die Lippe. Mann, sieht das sexy aus.

»Was denkst du?«

Er streichelt meine Finger. »Es wird nicht leicht, dich gehen zu lassen.«

Ich nicke. »Es wird auch nicht leicht zu gehen.«

»Werden wir je zusammen sein?«, fragt er.

»Ich ... keine Ahnung«, sage ich. »Wie lange wirst du warten?«

»So lange, wie ich muss.«

Mir läuft eine kleine Träne die Wange runter. »Dann werden wir eine Lösung finden.«

»Versprochen?«

»Versprochen.«

Er lässt meine Hand los und streichelt meine Wange. »Lass uns die drei Wochen, die wir noch haben, genießen, ja? Ich hab Montag noch eine wichtige Veranstaltung. Danach habe ich den Rest der Woche frei. Wir können zusammen wegfahren. Irgendwo an den Strand oder nach Sonoma oder meinetwegen auch woanders hin.«

»Wirklich?«, frage ich und strahle über das ganze Gesicht.

»Wirklich.«

Wir fahren nicht zu ihm nach Hause, sondern halten vor einem Tattoostudio.

Ich schaue ihn überrascht an und er sagt: »Es wird Zeit, mit der Vergangenheit abzuschließen.«

Ich schaue ihn entsetzt an. Was ... was heißt das?

»Komm, Baby.«

Gemeinsam gehen wir rein und ein kleiner, dünner Typ, der

über und über voller Tattoos ist, begrüßt uns. »Hey, Mann, alles klar?«

Nate schlägt in die dargebotene Hand. »Alles klar. Und bei dir?«

»Alles super.« Er schaut mich an und hebt gelangweilt die Hand. Ich winke zurück.

»Das ist Dave. Das ist Marlene«, stellt Nate mich vor, aber das scheint keine Information zu sein, die der Tätowierer unglaublich wichtig findet.

»Was kann ich für dich tun?«

»Ich will ihren Namen übertätowieren.«

»Na endlich«, ist sein Kommentar und wir gehen mit ihm in einen der abgetrennten Räume.

Er will *Lily* wegmachen lassen? Ich bin ein wenig geschockt. Ich mein, er hat dieses Tattoo seit zwölf Jahren, sie war seine Frau!

»Nate«, flüstere ich.

Er schaut mich an. »Was, Baby?«

»Tu das nicht.«

Er schaut mich überrascht an. »Damit hätte ich jetzt nicht gerechnet.«

»Sie war deine Frau, du hast sie einmal sehr geliebt.«

Er schaut mich nachdenklich an. »Es ist so schnell den Bach runtergegangen, dass ich nicht mehr glaube, dass ich je über die Phase der Verliebtheit hinweggekommen bin. Wenn das, was ich für Lily gefühlt habe, Liebe war, dann weiß ich nicht, warum alle so ein Geschiss drum machen.«

Seine Worte machen mich traurig. Ich lege meine Hand auf sein Herz. »Was immer du jetzt auch denkst, es gibt einen Grund, warum du dieses Tattoo bekommen hast. Und wenn es nur für fünf Minuten war, du hast sie geliebt.«

Er legt seine Hand auf meine. »Das mag sein. Aber wenn ich an unsere gemeinsame Zeit denke, dann sehe ich nur die schlechten Dinge, nichts Positives mehr. Es gab auch gute Momente, keine Frage, aber sie waren selten und winzig klein.«

Ich weiß nicht, warum ich so vehement dagegen bin, dass er dieses Tattoo entfernen lässt, schließlich hat es mich unglaublich verstört, als ich es das erste Mal gesehen habe. »Aber sie hat dir Ella geschenkt.«

Er legt beide Hände an mein Gesicht. »Ganz ehrlich, Marlene, ohne Scheiß. Wie fühlst du dich, wenn du den Namen einer anderen Frau auf meiner Brust siehst?«

Ich senke den Blick, weiß, dass er den Schmerz in meinen Augen sehen kann.

Er nickt. »Ich lasse es wegmachen.«

»Nicht für mich!«, rufe ich empört aus.

»Für uns. Ich mag gestern Abend schon reichlich kaputt gewesen sein, aber ich erinnere mich noch gut an unseren Wortwechsel. Ich lass es für uns wegmachen. Ich will die Frau, die ich liebe, nicht jedes Mal verletzen, wenn ich mich ausziehe«, sagt er lapidar.

»Nate ...«

»*Der Worte sind genug gewechselt, lasst uns endlich Taten sehen*«, zitiert er amüsiert.

Ich grinse. »Wirklich? Goethe?«

Er nickt. »Sorry, ich bin nur ein ignoranter Ami, daher kenne ich nur den einen deutschen Dichter.«

Ich schlinge meine Arme um seinen Hals. »Damit kennst du *den* deutschen Dichter, das ist okay.«

Er streichelt sanft meine Wangen, dann flüstert er leise in mein Ohr, so leise, dass ich denke, mich zu verhören. »Lily ist keine Konkurrenz für dich. Ich liebe dich bereits mehr.«

Über meinen ganzen Körper verbreitet sich Gänsehaut. Ich küsse ihn, erbitte Einlass in seinen Mund. Er öffnet ihn und ich lasse meine Zunge hineingleiten. Unser Kuss ist heiß und verspricht so viel mehr. Ich liebe das Gefühl von Nate. Wie er schmeckt, wie er seinen Körper an meinen presst, wie seine Hände über meinen Rücken streichen. Wie sich die vorwitzigen Haarsträhnen anfühlen, die leicht gegen meine Wangen flattern, wie sich seine Lippen auf meine legen.

Hm, ich wünschte, wir wären bei ihm zu Hause. Jetzt. Im Bett. Nackt.

»Du denkst an Sex«, meint er grinsend, als er sich von mir löst.

»Ich kann es nicht erwarten«, flüstere ich ihm zu.

Der kleine missmutige Tätowierer kommt zurück, und Nate zieht sein T-Shirt aus, bevor er sich auf den Stuhl legt.

»Wie willst du es?«

»So, dass es in das Tattoo blendet.«

Das Männlein nickt. »Wir könnten diese Spitze einfach verlängern, dann bedeckt sie alles.«

Nate nickt. »Mach einfach.«

»Das ist die richtige Entscheidung«, meint Dave. Ich frage mich, woher er das wissen will, aber so wichtig ist mir die Antwort auf diese Frage auch nicht.

Nate hebt seine Hand und ich trete näher. »Ja?«

Er lacht leise. »Halt meine Hand.«

Ich greife nach seiner, schließe beide Hände um sie. Er zieht sie an seinen Mund und küsst sie.

»Schau nicht so ängstlich. Du hast selbst Tattoos, du weißt, es bringt mich nicht um«, scherzt er.

Dave schaut mich zum ersten Mal interessiert an. »Du bist geinkt?«

Ich nicke.

»Cool. Wenn du mal was Neues brauchst, kannst du herkommen.«

Das denke ich nicht, sage aber: »Danke.«

Während Dave alles vorbereitet, sehe ich mich zum ersten Mal hier um. An den Wänden hängen Fotos von Tattoos, die er gestochen hat. Mein Mund bleibt offen stehen, als ich all die Kunstwerke sehe. Er ist ein echtes Genie! Besonders gefallen mir die Brusttattoos nach einer Mastektomie. Mit unglaublich filigranen und wundervollen Blumengebinden hat er die Narben dieser Operation bedeckt. Und es sieht wirklich unglaublich aus.

Ich bin gerührt. Dieser komische kleine Kauz gibt dieses großartige Geschenk an Frauen in ihren schwärzesten Momenten.

Er sieht meinen Blick. »Solche Tattoos sind kostenlos.«

Und damit hat er mich gekillt. Ich weiß nicht, wie es passiert ist, aber im nächsten Augenblick bin ich ihm um den Hals gefallen, küsse seine Wange und sage: »Danke.«

Es ist ihm sichtlich unangenehm, aber gleichzeitig sieht man ihm an, dass er auch gerührt ist, dass das keine Reaktion ist, die er je erwartet hat, je bekommen hat. Er tätschelt ungeschickt meinen Rücken und ich lasse ihn los. Nate grinst mich an, als ich seine Hand wieder ergreife.

»Was hast du an meiner Geschichte über meine irrationale Eifersucht nicht verstanden?«

Ich mache eine wegwerfende Handbewegung. »Ach, du.«

Er lacht noch, als Dave schon angefangen hat, *Lily* zu übermalen. So ein verrückter Kerl.

In der Garage nimmt mich Nate auf die Arme. Ich gebe einen erschreckten Laut von mir. Meine Freunde waren bisher eher kleiner, keiner ist je auf die Idee gekommen, mich hochzuheben. Aber Nate macht nicht den Eindruck, als würde er unter meiner Last zusammenbrechen. Er trägt mich hoch in sein Bett, legt mich zärtlich auf die Matratze und zieht mir mit einer raschen Bewegung den Pulli über den Kopf. Er legt sich zwischen meine Beine und ich umschlinge seine Hüften.

Seine Lippen legen sich sanft auf meine. Er streicht zärtlich über sie. Er löst sich kurz von mir, schaut mir in die Augen. »Gott, bist du schön, Marlene.« Ich schließe einen Moment die Lider, bin es nicht gewöhnt, dass mir ein Mann solche Sachen sagt.

»Schau mich an, Baby«, flüstert er. Seine Finger liegen auf meinen Wangenknochen, streicheln mich zärtlich. »Wieso schaust du weg?«

Ich bin ein wenig verlegen, lege eine Hand vor die Augen. Er zieht sie weg, küsst die Finger. »Baby, sprich mit mir.«

Ich schüttel den Kopf und er schnaubt ein bisschen. Das macht er immer, wenn er frustriert und ratlos ist. »Okay, dann rate ich«, sagt er und streichelt mit der einen Hand mein Gesicht, während die andere meine hält. »Du kannst nicht mit Komplimenten umgehen.«

Ich nicke.

»Wieso nicht?«

Ich zucke mit den Schultern. »Mir wurden nie viele gemacht.«

»Nicht von deinen Freunden?«

Ich lache humorlos auf. »Von denen am allerwenigsten, und wenn, dann nur, wenn sie gerade in mir waren.«

Sein Ausdruck wird betrübt. »Ach, Baby, ich wünschte, du hättest mich am Anfang deines Lebens kennengelernt.«

Das bringt mich zum Lachen. Seine Lippen legen sich noch einmal kurz auf meine.

»Du bist wunderschön. Du bist eine tolle Frau, intelligent, witzig, interessant und du siehst scheißegut aus. Ich liebe alles an dir. Deine warmen Augen, deine küssenswerten Lippen, deine Stupsnase, deine rundliche Gesichtsform, deine perfekten Ohren.« Seine Lippen markieren alles, was er nennt. »Dein Kinn, deinen schlanken Hals, hier die kleine Kuhle und die hier. Deine Titten sind der Hammer, Baby.« Er legt beide Hände auf sie. »Sie passen perfekt, nicht zu groß, nicht zu klein, schön fest und doch so unglaublich weich. Deine Nippel, die sofort auf mich reagieren. Alles, Baby, alles liebe ich an dir. Deine Tattoos, deine Ohrlöcher, sogar deinen kleinen Finger.« Er beißt spielerisch in ihn und bringt mich zum Lachen.

»Du bist pure Perfektion, Baby, ich bin so unglaublich verrückt nach dir.«

Um das zu untermalen, küsst er mich, zärtlich erst, wird aber rasch leidenschaftlicher. Seine Hände legen sich um mein Gesicht, streicheln, liebkosen meine Haut. Ich lege meine Finger um seine Handgelenke, will ihn so nah wie möglich haben. Er fühlt sich einfach so gut an.

Er löst sich, küsst meine Nasenspitze und sagt: »Ich bin so unglaublich scheißglücklich, dass mein Auto kaputtgegangen ist.« Wir lachen beide über seinen Scherz, der gar keiner ist, weil es wirklich ein wunderbarer Zufall war.

»Nate?«

»Hm?«

»Du bist so heiß.«

Er lacht. »Ja, das bin ich, aber nicht so heiß wie du.«

Er dreht uns um, sodass ich auf ihm liege. Seine Hände legen sich um meinen Hinterkopf und er hält mich für einen langen Kuss voller Begierde fest.

Meine Finger gehen auf Wanderschaft, finden den Saum seines Pullis, schieben sich darunter. Ich fahre über seine Bauchmuskeln, spüre jede Erhebung und jedes Tal, streiche weiter nach oben, fahre über seine ausgeprägten Brustmuskeln. Seine Nippel ziehen sich zusammen, als ich sie berühre, und ich kratze leicht mit den Fingernägeln über sie. Er stöhnt in meinen Mund, lässt aber nicht von unserem Kuss ab. Meine Hände wandern wieder runter, öffnen die Knöpfe seiner Jeans, und ich lasse eine Hand in seine Hose gleiten. Seine Boxershorts trennen mich noch von seinem Schwanz. Ich fummel ein bisschen am Saum rum, komme nicht sofort unter das Gummiband. Es flitscht mehrmals weg. Ich spüre das Lachen in seiner Brust, aber selbst da hört er nicht auf, mich zu küssen. Aber er löst kurz seine Hände, um seine Jeans runterzuziehen.

Als ich endlich in seiner Unterwäsche bin, umfasse ich seinen Schaft. Ich pumpe auf und ab, streiche mit dem Daumen über seine Spitze, pumpen, streicheln. Er stöhnt wieder. Ich merke, dass er die Kontrolle fast verliert. Hm, das gefällt mir. Aber noch habe ich ihn nicht so weit, noch schafft er es, durchzuhalten.

Ich fahre mit den Fingernägeln an seinem Schaft entlang, sanft zuerst, dann ein wenig fester. Seine Muskeln spannen sich an, sein Kuss wird langsamer. Ich wander tiefer, streiche über seinen Hoden, nehme ihn in die Hand.

Er unterbricht unseren Kuss, legt den Kopf in den Nacken und stöhnt. Was für ein schöner Laut. Ich küsse seinen Hals, schiebe seinen Pulli hoch, küsse seine Brust, seine Brustwarzen, umkreise sie mit der Zunge, sauge sie in meinen Mund, knabber sacht an ihnen. Ich passe auf, dass ich nicht an sein neues Tattoo komme.

Seine Hände sind in meinen Haaren, streicheln meine Kopfhaut. Ich küsse seinen Bauch entlang, lasse meine Zunge in seinen Bauchnabel dippen und komme schließlich zum V seiner Lenden. Ich küsse die Muskelstränge hinab, ziehe an seiner Jeans. Er hebt seine Hüften an, sodass ich sie ihm ganz ausziehen kann, entferne direkt die störenden Boxershorts. Er sieht so lecker aus. Mir ist schon vorher aufgefallen, dass er beschnitten ist, und ich muss sagen, auch wenn ich das vorher nicht kannte, das sieht schon geil aus.

Ich knie mich zwischen seine Beine. Sein Penis liegt prall und schwer auf seinem Bauch. Die Haut über seinen Hoden ist gespannt. Ich stütze mich auf den Ellenbogen ab, lecke mir die Lippen, was ihm ein dunkles Knurren entlockt. Ich schaue zu ihm auf. Er lehnt am Kopfteil, um beste Sicht zu haben. Ich lächel leicht, nehme dann seinen Schwanz in die Hand. Ich pumpe zwei-, dreimal hoch und runter und fahre dann mit seiner Eichel meine geschlossenen Lippen entlang. Er knurrt wieder. Und dieser Sound ist noch besser als sein Stöhnen. Er zeigt mir, dass ich ihn unglaublich anturne, dass ich ihn wild mache. Ein schönes Gefühl.

Ich lasse seine Eichel zwischen meine Lippen gleiten, nur so viel, um sie ein wenig anzufeuchten, bevor ich wieder mit meinem Mund über sie streiche. Ich schaue auf, sehe seinen verhangenen Blick, seine gerunzelte Stirn. Seine Hände liegen an seinen Seiten, fassen in die Laken. Die Knöchel sind weiß. Ich reiche ihm meine Hand und er drückt sie sanft.

»Baby, die Necknummer hast du voll drauf«, grummelt er. Seine Stimme klingt gestresst, angespannt, ein bisschen heiser vor lauter Vorfreude.

»Hm«, mache ich und lecke mir einmal mehr über die Lippen. Und dann nehme ich seine Eichel in den Mund, reibe sie an der weichen Wangeninnenseite, schließe meine Lippen um sie, lecke an ihr. Bevor er sich daran gewöhnen kann, sauge ich ihn tiefer. Mein Mund fährt auf und ab, schneller und immer schneller.

Er verliert die Kontrolle. Seine Hände schießen zu meinem Kopf, halten mich, streicheln mich, flehen mich an, ihm mehr zu geben. Ich tue es, baue mehr Unterdruck auf, bewege meine Lippen schneller, flatter immer und immer wieder mit meiner Zunge um seine Eichel. Ich drücke meine Zunge in die kleine Vertiefung an der Spitze, schmecke seine Lusttropfen, streiche über die sensible Stelle an der Unterseite seines Schwanzes.

»Baby ...«

»Hm?«, frage ich.

»Ich komm gleich. Ich will nichts voraussetzen, nur weil du beim letzten Mal geschluckt hast. Wenn du es nicht willst, ist das okay«, flüstert er heiser.

Ich bewege den Kopf auf und ab.

»Du willst, dass ich in deinem Mund komme?«

Ich nicke.

Er gibt ein solch animalisches Knurren ab, dass ich spüre, wie ich nass werde. Gott, wie macht mich dieser Mann an!

Ich sauge fester und fester.

»Baby, ich mag's härter, setz ein bisschen die Zähne ein.«

Ich bin einen Moment irritiert, aber dann tue ich es. Ich schabe sacht an seiner Samthaut entlang und er flippt beinahe aus. Seine Hände schließen sich fest um meinen Kopf und er hält mich jetzt in Position. Ich kann nur noch kleine Bewegungen machen, das Meiste sind jetzt Zunge und Zähne. Er stöhnt und keucht und ... und dann kommt er mit einem tiefen, dunklen Knurren. Und wieder bin ich überrascht, dass ich sein Sperma gar nicht ekelig finde.

Er löst seine Hände aus meinen Haaren, fällt zurück in die Kissen, hat die Augen geschlossen und ein verzücktes Lächeln auf den Lippen. Ich küsse ihn auf die Spitze, lege ihn vorsichtig auf seine Beine und krabbel dann nach oben. Er hat seinen Arm schon für mich ausgestreckt, sodass ich schnell hineinschlüpfen kann. Er zieht mich eng an sich.

Er hält mich für einen langen Moment einfach nur fest, nichts weiter. Seine Lider sind geschlossen, sein Gesicht friedlich.

»Jetzt sag schon«, meine ich irgendwann.

Überrascht öffnet er die Augen. »Was denn?«

»War das gut oder nicht so?«

Er lacht und zeigt mir einen Vogel. »Zum einen ist selbst der schlechteste Blowjob noch fantastisch, zum anderen bin ich explosionsartig in deinem Mund gekommen. Drittens – und ich weiß, ich hätte mit meiner Aufzählung anders anfangen müssen – kann eine verliebte Frau gar nicht schlecht blasen.«

»Wieso nicht?«

Er küsst mich auf den Kopf. »Weil ein Großteil nicht Technik ist, sondern andere Dinge. Du hast dabei gelächelt, mir in die Augen geschaut, man hat dir angesehen, dass du es wirklich gern machst, dass du mich verwöhnen willst, du warst enthusiastisch. Alles so viel wichtiger als Technik. Und dann war die auch noch grandios, was denkst du, was das für ein Genuss war?«

Ich grinse leicht. »Ach, das sagst du nur so.«

Er dreht uns, bis er auf mir liegt. »Ja, genau, ich sag das nur so, weil ich will, dass du dich besser fühlst.«

»Gemein.«

Er lacht schallend. »Es war fantastisch, Baby. Ich hatte nie einen besseren BJ.«

»Lügner.«

»Echt wahr.«

Ich sonne mich in seinem Kompliment. Was er sagte, stimmt. Ich hatte viel Spaß dabei, ihm etwas Gutes zu tun. Ich habe es geliebt.

Er küsst mich, als plötzlich sein Handy klingelt.

»Sorry«, murmelt er, aber ich winke ab. Schon okay.

Er sucht auf dem Boden nach seinen Jeans und holt das Handy aus der Tasche.

»Ella-Baby, was ist?«, fragt er. »Nicht weinen, Süße.«

Mein Herz zieht sich zusammen, und ich setze mich auf, schaue ihn an, warte auf Infos. Warum weint die kleine Maus? Hat sie sich wieder wehgetan?

»Ach, Baby, auf einer Farm werden Tiere zum Essen geschlachtet.«

Ohhhhh ... Das Gespräch. Die Arme.

»Gib mir mal Gran«, sagt er und fährt sich durch die Haare.

Er sieht mich an, schenkt mir ein schiefes Lächeln und flüstert: »War wohl nichts mit unserem Wochenende alleine.«

»Hey, Helen.« Er streichelt über meine Wange und ich schmiege mich gegen ihn. Witzig, dass er da fast nackt steht, er hat nur noch seinen Pulli an, während dies das einzige Kleidungsstück ist, das ich nicht mehr trage. Ich lehne meinen Kopf an seinen Bauch und er streichelt durch meine Haare.

»Ach ja, das gibt sich auch wieder. Mach dir keine Gedanken.« Seine Finger massieren leicht meinen Nacken. Ich schlinge meine Arme um seine Hüfte. »Okay, dann hol ich sie wieder ab. Sag ihr, dass ich jetzt losfahre.«

›War wohl nichts mit unserem Wochenende zu zweit‹, denke ich und wiederhole seine Worte in meinem Kopf.

»Mach dir keine Vorwürfe, Helen. Jedes Kind kommt in so eine Phase. Das hat nichts mit dir zu tun. Du hast nichts verkehrt gemacht. Ich mach mich jetzt auf den Weg. Bis später.«

Er legt auf und schaut mich ein wenig reumütig an. »Ich hatte mich auf ein Sexwochenende mit dir gefreut, aber Ella hat herausgefunden, dass die süßen kleinen Tierchen gegessen werden.«

Ich schaue zu ihm auf. Er legt beide Hände um mein Gesicht. »Ist okay, Autofahren mit dir macht auch Spaß.«

Er lacht. »Ich hatte mich so darauf gefreut, keine Rücksicht nehmen zu müssen. Zu hören, wie laut du sein kannst, wenn man dich in den Wahnsinn treibt. Ich wollte jedes Fleckchen deines Körpers kennenlernen, wollte dir Lust schenken, dir zusehen, wie du kommst ...«

Ich grinse ihn an, küsse ihn auf den nackten Bauch. »Wir gehen jetzt deine Tochter retten.«

Er lacht. »Ist ja gut! Aber heute Nacht schläft sie in ihrem Bett, da kannst du dir sicher sein.«

Ich stehe vom Bett auf und er nimmt mich fest in die Arme. »Kommst du mit? Oder schläfst du ein bisschen vor, weil du heute Nacht nicht dazu kommen wirst?«

Ich lache und hebe mein Gesicht für einen Kuss, den ich auch bekomme. Wir knutschen wild rum, bevor er sich schicksalsergeben losreißt.

Er zieht seine Hose an und dann zieht er mich noch mal an sich. »Danke für den geilen BJ. Ich mach's wieder gut.«

Ich schüttel den Kopf und er schaut mich fragend an. »Nein, wir rechnen nicht auf. Ich will, dass du die Dinge machst, weil du sie machen willst, nicht, weil du denkst, dass du mir was schuldest.«

Er schaut mich belustigt an. »Geht nicht beides?«

»Nein!«

»Also gut, Baby, du hast es so gewollt. Ich lecke dich nur, wenn ich es will.«

Irgendwie habe ich das Gefühl, den Kürzeren gezogen zu haben. »Okay«, sage ich tapfer.

Er lacht, gibt mir einen Klaps auf den Hintern und zieht mich mit sich. Ich kann gerade eben noch nach meinem Pulli greifen. »Sei froh, dass ich es liebe.«

Ich seufze theatralisch. »Das bin ich, Geliebter.«

Er drückt mich im Flur gegen die Wand, küsst mich noch mal. »Du bist reichlich frech, Baby.«

»Du liebst mich frech.«

Er küsst meine Nasenspitze. »Ich liebe dich, wie du bist.«

Ich schlinge meine Arme um seinen Hals und ziehe ihn nah an mich. »Ich bin so froh, dass ich dich mitgenommen habe, und du kein Serienmörder bist.«

»Hast du schon im Keller nachgeschaut? Vielleicht hab ich da ein paar Leichen versteckt«, scherzt er.

»Bäh«, mache ich und werde wieder geküsst.

Wir gehen in die Garage, steigen ins Auto. Wir halten an einem Drive-in, kaufen Kaffee und Donuts. Ich ziehe meine Schuhe aus und lege meine Füße auf das Armaturenbrett. Nate legt seine Hand auf mein nacktes Knie und streichelt sanft. Die Sonne scheint, und ich blinzel, wenn ich ihn ansehe. Er sieht so wunderschön aus. Ich streichel sanft über seine Wange. Er lächelt leicht. Dann nehme ich seine Hand in meine beiden. Alles, was ich denken kann, ist, dass ich glücklich bin. Sehr sogar.

Wir hören Rage against the machine, Imagine Dragons, Billy Talent, RED, Biffy Clyro ... Jede Menge coole Songs, die wir alle mitsingen können – was wir auch tun. Wir beide haben das Bedürfnis, ein bisschen Rock zu tanken, bevor auf der Rückfahrt jede Menge Kinderlieder gespielt werden.

Auf der Farm angekommen, weint Ella schon wieder oder immer noch. Sie wirft sich ihrem Dad in die Arme, als wäre er der große strahlende Held. Ihre Oma sieht total traurig aus, irgendwie fertig mit den Nerven. Ich lege ihr die Hand auf die Schulter, zögerlich, weil ich nicht weiß, ob sie das überhaupt so will. Sie legt ihre auf meine und lächelt mich müde an.

»Danke, Kind«, murmelt sie.

»Sie können da nichts für«, sage ich, weil ich nicht weiß, was ich sonst sagen soll. »Kinder kommen irgendwann alle in diese Phase.«

Sie schüttelt den Kopf. »Nein, ich hab das einfach unterschätzt. Ich hab nicht gedacht, dass sie die Verbindung von Fleisch zu Tier noch nicht gezogen hat. Wir haben Hank ein Sandwich gebracht, und er war gerade dabei, Hühner zu schlachten. Als sie das gesehen hat, hat sie angefangen, wie am Spieß zu schreien. Ich hab's einfach nicht bedacht.«

»Sie kommt schon drüber hinweg.«

»Sie haben den Ausdruck des Horrors nicht in ihren Augen gesehen. Sie wird uns das nie verzeihen.«

»Doch, das wird sie ganz bestimmt.«

Sie schüttelt den Kopf. »Ach, Kind, ich befürchte wir haben heute das Einzige verloren, was uns von unserer Lily geblieben ist. Sie war kein schlechter Mensch, auch wenn sie den armen Nate durch die Hölle geschickt hat. Sie waren beide noch so jung und alles ging viel zu schnell.«

Und damit trifft sie einen wunden Punkt. Es geht auch bei Nate und mir alles viel zu schnell. Nun gut, mit neunundzwanzig und zweiunddreißig sind wir nicht mehr so jung, aber wir lassen uns auch keine Zeit. Ich glaube schon, dass es Liebe auf den ersten Blick geben kann, aber was, wenn wir in einem Desaster enden wie Nate und Lily? Und was wird dann aus Ella?

»Ella, Gran und Gramps lieben dich. Sie wollten dich nicht verletzen«, erklärt gerade Nate geduldig.

»Sie tun Babytieren weh.« Ihre Stimme ist hoch und entsetzt und laut und erinnert ein klein wenig an eine Kreissäge. Man merkt ihr an, wie sehr sie das mitgenommen hat.

»Menschen essen Fleisch von Tieren«, versucht er es, aber mir ist schon klar, so ein logischer Ansatz ist bei einem emotionalen Thema, was es offensichtlich ist, nicht von Erfolg gekrönt.

»Nein!«, schreit sie. »Nein, sie sollen das nicht tun!«

»Das ist ihr Beruf, Ella. Davon leben sie.«

»Sie sind gemein.« Große Tränen kullern über ihr Gesicht. Nate kniet vor ihr, hält ihre kleinen Hände, und ich sehe, wie ihm gerade das Herz bricht.

Ich weiß, ich sollte mich nicht einmischen, aber sie beide brauchen ganz offensichtlich Hilfe. Ich knie mich neben sie. Ella schaut mich an, ihre Unterlippe zittert, ihre Augen sind riesig in ihrem blassen Gesicht.

»Darf ich?«, frage ich Nate und er nickt.

Ich streiche ihr sanft über die Haare und sie fällt mir

schluchzend um den Hals. Ich halte sie einen langen Moment, warte, bis sie sich wieder etwas beruhigt hat. »Süße«, flüstere ich ihr ins Ohr, »war deine Granny jemals böse zu dir?« Sie schüttelt den Kopf. »Weißt du, wie lieb sie dich hat?« Sie nickt. »Wie lieb?«

Sie streckt die Arme ganz weit auseinander aus. »Ja, so lieb hat sie dich. Sie würde nie etwas tun, um dich zu verletzen. Das weißt du, oder?« Sie nickt. »Ihr müsst nicht einer Meinung sein.«

Sie löst sich. »Was heißt das?«

»Ihr müsst nicht das Gleiche denken. Sie kann das eine denken und du das andere.«

Sie schaut mich überlegend und ein wenig fragend an. »Mag dein Dad Football?«

Sie nickt.

»Magst du Football?«

Sie schüttelt den Kopf.

»Siehst du, ihr habt andere Meinungen.«

Sie schaut mich an, als würde sie es verstehen. »Aber sie tun Babytieren weh«, flüstert sie.

Ich schüttel den Kopf. »Nein, Süße, wenn Tiere auf einer Farm geschlachtet werden, dann geht das ganz schnell, ohne Schmerzen.«

»Aber ...«

»Ja?«, frage ich liebevoll.

Sie überlegt wieder. »Aber warum?«

»Weil es Menschen gibt, die Fleisch mögen.«

»Du auch?«

Ich nicke. »Ich auch.«

Sie denkt nach, und es ist wirklich das zuckersüßeste Gesicht, das man machen kann. Sie ist wirklich zauberhaft. »Ist Würstchen Fleisch?«

Ich nicke. »Ja, das sind sie.«

»Ich mag Würstchen.«

Ich lächel leicht. »Ich auch.«

»Dad auch«, sagt sie und schaut wieder zu Nate, der erleichtert nickt. »Und Gran auch.«

Ich ziehe sie eng an mich und flüstere ganz leise: »Deine Gran hat dich so lieb, und sie ist ganz traurig, weil du traurig bist. Willst du sie nicht umarmen?«

Sie nickt zögernd und schaut zu ihrer Oma. Langsam geht sie ein paar Schritte auf sie zu, und als Helen sieht, dass sie zu ihr kommt, kommen ihr die Tränen. Sie kniet sich hin und Ella fällt ihr fast in die Arme.

Nate steht auf, reicht mir die Hand und zieht mich dann in seine Arme. »Fuck, Baby, danke! Du hast was gut bei mir. Schon wieder. Ich wüsste nicht, wie das hier ausgegangen wäre, wenn du nicht gewesen wärst.«

Ich kuschel mich gegen ihn, freue mich, dass ich helfen konnte. »Sie war so traurig.« Ich schaue zu ihm auf. »Weil Ella das Einzige ist, was sie noch von Lily hat.«

Er schaut mich mit einer Mischung aus Entsetzen, Traurigkeit und Erkenntnis an. »Darüber habe ich nie nachgedacht«, sagt er dann. »Lily ist ... war ihre Tochter. Sie spüren den Verlust stärker als ich oder als Ella, die sich gar nicht an ihre Mutter erinnert. Fuck.«

Ich stimme dieser eloquenten Äußerung durchaus zu. »Ich weiß, es geht mich nichts an, Nate, aber was immer passiert, du musst dafür sorgen, dass die Verbindung zwischen Ella und ihren Großeltern nicht abbricht.«

Er nickt. »Das realisiere ich jetzt gerade erst so richtig. Danke.« Er küsst mich auf den Kopf, bevor er seine Wange an ihn lehnt.

Ella, die wieder lachen kann, sagt, dass sie sich von den Tieren verabschieden geht, und wir drei gehen mit in den Hof. Helen drückt meine Hand und streichelt mir in einer Geste, die bei jedem anderen absolut deplatziert wäre, über die Wange. Dankbar, liebevoll, irgendwie ein bisschen mütterlich.

»Danke«, sagt sie leise. »Das ist schon außergewöhnlich.«

Ich schaue sie an, weiß nicht, was sie meint. Aber sie schüttelt nur den Kopf und dreht sich zu Ella um. Was hat sie mir damit sagen wollen? Was ist außergewöhnlich?

Nate fragt Ella, ob sie nicht doch bleiben will, aber sie sagt Nein, dass sie aber wiederkommen will. Helen fragt, ob wir zum Essen bleiben wollen, aber da sie Kanincheneintopf geplant hat, denkt Nate, dass es besser ist, wenn wir nicht bleiben. Ich stimme ihm da zu, würde das aber nie äußern.

Als wir im Auto sitzen, sagt Ella: »Ich hab Hunger, Daddy.«

Nate schaut kurz in den Rückspiegel und fragt: »Worauf denn?«

Sie klatscht in die Hände und ruft: »Pizza!«

»Was sagst du dazu, Baby?«, fragt er mich.

»Pizza geht immer.«

Er lacht und fährt an einer Ausfahrt raus, die ein *Papa John's*-Schild hat. Ich war bisher noch nicht bei dieser Kette, weiß nur, dass sie existiert. Ella hadert einen Moment mit sich und der Welt, will dann aber eine Salamipizza, obwohl ihr klar ist, dass das von Tieren kommt. Na ja, so schnell kann die Welt auch wieder in Ordnung sein.

Wir bestellen eine Salamipizza und eine mit Peperoni und Extrakäse.

»Daddy?«, fragt sie irgendwann, als sie ihr Pizzastück aufgegessen hat.

»Hm?«, murmelt Nate mit vollem Mund.

»Bist du böse?«, fragt sie mit großen Augen.

Er schluckt runter und schaut sie überrascht an. »Böse auf dich?« Sie nickt, und es sieht aus, als würde ihr das wirklich zu schaffen machen.

»Natürlich nicht«, sagt er und streichelt über ihren Kopf. »Du bist mein Baby.«

Ein kleines Lächeln umspielt ihre Lippen. »Okay. Ich hab dich lieb, Daddy.«

»Ich hab dich auch lieb, mein Engel.«

Sie klaut noch ein Stück Salami von der Pizza, isst es mit

Genuss. Ich grinse. Einfach süß die Kleine.

»Hast du einen Bikini dabei?«, fragt er mich.

»Ja.«

»Dann könnten wir morgen in den *Water Park* nach Fremont fahren. Da gibt es Rutschen und so was. Hast du Lust?«

Ich nicke. »Ich liebe Wasser in jeder Form.«

Er grinst. »Eine kleine Wasserratte.«

»Auf jeden Fall. Ganz mein Element.«

»Willst du morgen auch schwimmen gehen?«, fragt er Ella, die ein bisschen müde in den Seilen hängt. Das war auch alles ein bisschen viel in den letzten Tagen.

»Mit den Reifen?«

»Ja, genau, mit den Reifen.«

»Okay.« Sie steht auf und klettert auf Nates Schoß. Sie kuschelt sich an seine breite Brust.

›Da würde ich jetzt auch gerne sein‹, denke ich ein wenig neidisch. Nate grinst und zieht mich an sich.

Er flüstert mir ins Ohr: »Du bist auch mein Baby.«

Ein wohliger Schauer rennt über meinen Rücken. Ich schaue ihn erstaunt an. »Woher wusstest du das?«

»Das hab ich dir angesehen.«

Ich lege meine Hände an sein Gesicht und küsse ihn zärtlich. Dann fällt mir Ella ein und ich flüstere: »Ist das okay?«

Er küsst mich zurück. »Da muss sie durch.«

Ich schmiege mich an ihn. Er küsst erst mich auf die Lippen, dann Ella auf den Kopf. »Na, dann kommt, meine Mädels, fahren wir nach Hause.«

Er trägt Ella und greift nach meiner Hand. Wir lächeln uns an. Ich fühle mich wie in einem Disneyfilm. Es fehlen nur noch singende und tanzende Menschen um uns, um das Gefühl perfekt zu machen.

Ella schläft den ganzen Weg über. Nate und ich unterhalten uns leise, über Musik, seine Reisen in Europa, Surfen ... Es ist leicht, sich mit ihm zu unterhalten. Es fühlt sich immer so an, als würden wir uns schon ewig kennen.

»Hast du Lust, am Montag mit mir auf ein Konzert zu gehen?«, fragt er mich.

»Klar«, sage ich. »Wer spielt denn?«

»Ein Kumpel von mir hat eine Rockband. Sie sind wirklich gut. Haben vor zwei Monaten bei einem großen Label unterschrieben. Sie wollen noch ein letztes kleines Konzert spielen, bevor sie dann nur noch in ausverkauften Stadien stehen«, scherzt er.

Ich streiche über seinen Oberschenkel. Meine Hand liegt da schon eine halbe Ewigkeit. »Klingt gut. Was ist mit Ella?«

»Meine Mom passt auf sie auf. Das ist schon abgesprochen.«

»Gut.« Ich schaue ihn einen Moment an. »Deine Mom hilft dir viel.«

Er nickt. »Ja, wo sie kann. Und jetzt haben wir ja auch die anderen. Wann immer ich einen Babysitter brauche, kann ich mich vor Anfragen nicht retten. Nicht nur Nora und Thea, auch jedes andere Mitglied dieser Familie, oder Familien, springt ein, wenn ich sie brauche. Das ist echt Luxus.«

»Das ist schön.«

»Es macht es vor allem leichter, auch ein Leben zu haben. Nicht nur von einem Termin zum nächsten zu hetzen, immer zu befürchten, dass Ella auf der Strecke bleibt. Du kannst mir glauben, ich hatte schon mehr als einmal ein schlechtes Gewissen. Ich hab sie manchmal sträflich vernachlässigt. Meine Mom hat geholfen, wo sie konnte, aber sie hat auch einen Job. Ella war bei Nannys und Tagesmüttern. Ich darf gar nicht darüber nachdenken, sonst habe ich sofort einen Kloß im Hals.«

»Wieso denn?«, frage ich verdutzt.

»Weil ich mein Baby wildfremden Menschen anvertraut habe.«

»Okay. Aber du hattest ja keine andere Wahl, Nate. Mach dich deswegen nicht fertig. Und Ella ist ein tolles Kind. Ich hab zwar nicht viel Ahnung von Kindern, aber sie ist großartig. Du musst also so einiges richtig gemacht haben.«

Er drückt meine Hand, verwebt unsere Finger. »Ich hatte da immer nur so einen Horror vor. Ich weiß nicht, wieso. Es ist nicht so, dass ich den Leuten nicht vertraue, die ich dafür bezahle, aber mir geht es besser, wenn ich Ella bei Menschen lasse, die ich kenne, die ich mag.«

»Dann fühle ich mich sehr geehrt, dass du sie mir anvertraut hast.«

Er lächelt leicht. »Immer, Baby. Ich würde sie dir immer wieder anvertrauen. Und das ist komisch, oder? Ich kenne dich kürzer als manche der bezahlten Babysitter, und trotzdem ist es so.«

»Vielleicht bekommt man extra Bonuspunkte, wenn man mit jemandem schläft«, scherze ich.

Er grinst. »Also für deinen BJ bekommst du eine Million Bonuspunkte.«

Ich will ihm ins Bein kneifen, aber ich muss feststellen, dass das nicht funktioniert, wenn das Bein quasi nur aus Muskeln besteht und nicht auch noch teilweise aus Speck. Er lacht über meine Bemühungen. Ich schnaube frustriert, und er legt mir seinen rechten Arm um die Schultern und zieht mich zu sich rüber. Er küsst meinen Kopf.

»Ich liebe dich.«

Mein Herz setzt einen Moment aus. Da ist es wieder. Er liebt mich.

»Nate?«

»Hm?«

»So was fragt man eigentlich nicht.«

»Okay.«

»Aber ich will dich nicht verletzen.«

»Okay, jetzt bekomme ich Angst.«

Ich kuschel mich an ihn, will nicht, dass er mich von sich schubst, wenn ich sage, was ich sagen will. »Wenn du mir das sagst oder wenn ich dir das sage, sagen wir das dann immer sofort zurück? Oder ist es okay, wenn wir beide es dann sagen, wenn wir es fühlen?«

Er ist einen Moment perplex, das kann ich spüren. »Fühlst du es denn jetzt nicht?«, fragt er dann vorsichtig.

»Doch, tue ich. Die ganze Zeit. Und ich will es dir auch sagen, aber ich ... hm ... ich mag nicht, wenn es so ein Ritual wird. Verstehst du?«

»Du willst nicht, dass wir uns verpflichtet fühlen, es auch zu sagen, wenn der andere es sagt?«

»Genau.«

»Das ist okay.«

Ich hebe meinen Kopf. »Ja?«

Er lächelt. »Ja, aber es ist nicht okay, dass du nicht mehr an meiner Schulter lehnst.«

»Oh«, sage ich und kuschel mich erneut gegen ihn.

Er lacht leise und küsst mich.

»Nate?«

»Ja?«

»Ich liebe dich.«

Sein Griff wird fester, und ich spüre, wie er lächelt.

Kapitel 9

»Ella-Baby, du musst mit Marlene da lang gehen«, meint Nate und zeigt auf den Gang mit dem Symbol einer Frau.

»Ich will aber mit euch beiden gehen«, jammert sie.

»Wir treffen uns direkt nach dem Umziehen wieder«, sagt er.

»Du kannst auch mit deinem Dad gehen«, werfe ich ein.

»Nein, mit euch beiden«, sagt sie stur.

Nate schaut sie an, hebt sie hoch, küsst sie auf den Kopf und reicht sie mir. Er gibt mir einen Klaps auf den Hintern, grinst, als ich empört schaue, und marschiert in die Herrenumkleide.

»Daddy, Daddy«, kreischt sie auf meinem Arm.

Er dreht sich um und ruft: »Wer als Erster fertig ist, Ella-Baby. Jungs oder Mädchen.« Er grinst frech.

Sie hört auf zu schreien und sagt: »Schnell jetzt.«

Ich lache, und wir beeilen uns ganz schnell. Ganz schnell mit einer Vierjährigen ist aber eher Schneckentempo. Ella will ja alles alleine machen und wird zickig, wenn man ihr Dinge abnehmen will, die sie kann. Sie schenkt mir einen so bitterbösen Blick, dass mir die Knie anfangen zu zittern. Nur kleine Kinder können so böse schauen.

Sie hat einen pinken Badeanzug. Ich bin froh, dass sie keinen Bikini hat. Ich finde kleine Mädchen mit Bikinioberteil total albern, aber in den USA macht man das so. Zu Hause reicht eine

Badehose, hier sexualisiert man auch schon Kleinkinder. Ich finde gut, dass Nate ihr als Alternative einen Badeanzug gekauft hat.

Ich selbst habe einen schwarzen Bikini, der raffiniert geschnitten ist, sodass er sexy ist, aber bei meiner üppigen Oberweite nicht obszön aussieht.

»Du hast auch Bilder«, sagt sie.

Ich verstehe sie einen Moment nicht ganz. »Was meinst du?«

Sie pikst mit dem Finger gegen den Stern, der aus meinem Höschen blitzt. »Da.«

»Ja, dein Daddy hat auch welche, nicht?«

Sie nickt. »Kann ich auch welche?«

Was sag ich jetzt? »Das musst du deinen Dad fragen.« Ich bin so froh, dass mir diese beste Antwort aller Menschen, die Fragen von Kindern beantworten müssen, die nicht die eigenen sind, eingefallen ist.

»Okay«, sagt sie. Ich creme sie ein, wie Nate es mir aufgetragen hat. Sie greift nach ihrer Schwimmweste (›Diese Amis‹, denke ich nicht zum ersten Mal) und wir gehen aus unserer Kabine, schließen alles in den Schrank.

»Warte, Ella«, sage ich, als sie schon loslaufen will. »Wir müssen vorher noch das hier anlegen.« Das hier ist der Wasserschutz für ihren Gips. Ich lege ihn ihr an. Ellas Arm ist jetzt zwar blau und riesig, aber der Gips ist geschützt.

Dann gehen wir zu den Duschen. Sie mag nicht auf dem Boden stehen und Wasser abbekommen. Also hebe ich sie hoch und wir stehen gemeinsam unter dem Wasserstrahl. Sie lacht und spritzt mit dem Wasser rum. Sie ist echt die süßeste Kleine auf diesem Planeten. Als wir fertig sind, gehen wir Hand in Hand raus. Nate lehnt bereits an einem Baum und wartet auf uns. Gott, sieht er gut aus! Seine Muskeln sind nass noch heißer als trocken. Ich bin nicht die Einzige, die bemerkt, wie gut er aussieht. Die Barrakudas schauen ihm alle hinterher, verschlingen ihn mit den Augen. Als er uns sieht, grinst er und kommt auf uns zu. Ella umarmt sein Bein und mich zieht er in die Arme.

»Fuck, Baby, sehen deine Titten geil in dem Bikini aus. So geht das aber gar nicht.« Er küsst mich, zieht mich eng an sich. Markiert sein Revier. Denn auch ich habe den ein oder anderen Blick abbekommen.

Er nimmt Ella auf den Arm und mich an die Hand. »Gehen wir rutschen, Ellie?«

»Ja«, jubelt sie und hüpft auf seinem Arm auf und ab. Wir gehen zu dem Rutschturm und stellen uns in die Schlange.

»Ich will auch Bilder«, sagt Ella plötzlich.

»Was, Honey?«

Sie pikst gegen seine Schulter. »Ich will auch Bilder.«

»Tattoos«, sage ich.

Nate lacht. »Nein, jetzt noch nicht. Später.«

»Wenn ich groß bin?«, fragt sie.

»Ja.«

»Okay.«

Eigentlich hasse ich es, wenn man Kindern sagt: »Das darfst du erst, wenn du groß bist«, weil man das meist in Situationen sagt, in denen man selbst was vollkommen Bescheuertes macht, wie Rauchen oder zu viel Trinken oder so. Aber wenn sie das schon von alleine anbietet?

Ella schlingt ihre Arme um seinen Hals und schaut sich die Gegend über seine Schulter hinweg an. Ich sehe ein Schild, das besagt, dass kleine Kinder eine Schwimmweste tragen müssen.

»Ich hab solche Schwimmwesten in Deutschland noch nie gesehen«, sage ich.

»Was haben kleine Kinder da an?«

»Schwimmflügel oder Schwimmreifen.«

»Auch auf Rutschen?«, fragt er nach.

Ich zucke mit den Schultern. So genau kenne ich mich damit nicht aus. »Das weiß ich nicht.«

»Ella kann schwimmen, aber mir ist es lieber, wenn sie die Weste trägt«, sagt er.

»Ich kann schon gut schwimmen«, grinst Ella.

»Wirklich?«, frage ich neckend.

Sie nickt vehement. »Schon lange.«

Nate grinst. »Sie hat vor einem Jahr schwimmen gelernt.«

»Mit drei?«, frage ich erstaunt.

»Ja, sie ist ein Naturtalent«, sagt er, während sie immer weiter nickt.

Ich grinse und sage scherzend: »Dann kommt sie nach mir. Ich hab es auch mit drei gelernt.«

Nate lacht und zieht mich enger. »Offenbar scheint Genetik da vollkommen egal zu sein.«

Ich grinse und küsse ihn auf die Schulter.

Als wir oben sind, zieht Nate Ella die Weste an und fragt sie, mit wem sie rutschen will. Sie kuschelt sich gegen ihn und flüstert in sein Ohr, dass sie mit ihm rutschen will. Ich lache. Ich finde es so süß, wie vernarrt Ella in ihren Dad ist. Ist ja nicht so, als könnte ich das nicht nachvollziehen. Geht mir ähnlich.

Nate schaut mich an, als wollte er fragen, ob das okay ist. Mein Herz quillt fast über vor Freude, dass er mich so einbezieht in sein Leben mit Ella. Ich nicke. Sie lassen mir den Vortritt. Ella quietscht, als ich von dem Schwimmbadmitarbeiter angeschubst werde. Es ist cool, und ich schreie leise, weil es Spaß macht. Unten klatsche ich in den Pool und grinse wie bescheuert. Ich drehe mich um und warte auf die beiden. Ich kann Ellas Kreischen und Nates Lachen hören, bevor ich sie sehe.

Sie kommen aus der Rutsche gehüpft, und ich kann die Freude in ihren Gesichtern sehen. Nate dirigiert sie zu mir, und ich umarme Ella, die aufgeregt von diesem Erlebnis berichtet und unbedingt noch mal möchte.

Wir stellen uns wieder an und wieder und wieder. Ella fährt abwechselnd mit Nate und mir. Ich kann es gar nicht fassen, dass sie auch mit mir fahren will. Sie behandelt mich, als würde ich schon ewig zur Familie gehören.

Irgendwann beschließen wir, uns ein bisschen auszuruhen. Nate holt unsere Handtücher und Decken aus dem Spind, und Ella und ich knuddeln so lange ein wenig am Beckenrand. Sie ist gleichzeitig anhänglich und freiheitsliebend. Irgendwie habe ich noch nicht herausgefunden, wann sie was ist, sodass ich immer ein wenig perplex bin, wenn sie mit mir kuscheln will.

Als Nate wiederkommt, hilft er uns aus dem Becken, und wir gehen gemeinsam zur Liegewiese, um uns ein wenig in die Sonne zu legen. Nate cremt Ella noch einmal ein, bevor er sich neben mich legt, den Arm für mich ausstreckt und ich mich hineinkuschel. Ella macht das auf der anderen Seite auch und kichert.

»Was?«, frage ich sie und stupse ihr leicht gegen die Wange.

»Du bist auch Daddys Baby«, grinst sie.

Nate lacht leise und ich sage: »Sieht so aus, was?«

Als Ella hungrig wird, gehen wir in den Essensbereich, bestellen klassisch Burger und Pommes. Ella schafft drei Bissen von ihrem. Ich schaue ein wenig wehleidig auf den fast ganzen Burger, den wir gleich wegwerfen werden. Ich hasse es, wenn man Essen so verschwendet.

Wir lachen und scherzen, und es ist wirklich so, als wären wir schon immer zusammen. Es fühlt sich so ... so ... normal an. Im guten Sinne. Im richtig guten Sinne. Bisher war es mit meinen Freunden immer irgendwie komisch am Anfang. Als wir das erste Mal miteinander geschlafen haben, waren wir ... keine Ahnung ... peinlich berührt. Es war komisch, den Menschen dann angezogen wiederzusehen. Oder noch nackt, wenn wir die Nacht miteinander verbracht haben und dann am nächsten Morgen zusammen aufgewacht sind.

Man traute sich nicht wirklich hinzusehen, was ja albern ist, schließlich hatte man nur ein paar Stunden vorher alles angefasst, geküsst, geleckt und was sonst noch alles. Und jetzt auf einmal wurde man plötzlich ... schüchtern? Das hat für mich noch nie zusammengepasst. Aber die bisherigen Männer in meinem Leben waren alle so. Da wollte ich ja nicht aus der Reihe fallen und so tun, als wäre ich nicht so. Das waren immer ein wenig merkwürdige Situationen. Ich hab mich immer sehr gefreut, wenn wir diese Phase verlassen haben und in eine andere geschlüpft sind, in der man sich schon an den Anblick der nackten Person in seinem Leben gewöhnt hatte, aber noch nicht so weit war, dass man alles vor ihr tat. Ihr wisst, was ich meine.

Mit Nate war es von Anfang an anders. Wir haben ja schon nackt – oder beinahe nackt – im selben Bett geschlafen, bevor wir Sex miteinander hatten. Und es war nicht komisch. Nicht eine Sekunde lang. Es war schön und ... ja ... normal. Als wir dann miteinander geschlafen haben, war Nate absolut ungekünstelt. Er war sich sicher in seiner Haut, er war sich sicher, dass ich mich mit ihm gut fühlte. Kein Grund für falsche Scham oder irgendwelche Ideen, dass wir uns in einer bestimmten Weise zu verhalten hatten. Wir hatten Sex, wir waren nackt, die Erde drehte sich weiter.

Und so war es immer. Nicht nur, wenn wir miteinander schliefen, sondern auch im Alltag. Er bezieht mich in alles ein. Für Ella ist offenbar auch alles klar, sonst würde sie ja nicht mit mir alleine bleiben. Normal halt. Im guten Sinne. Im richtig guten Sinne.

Nate greift nach Ellas Burger und isst auch noch die Hälfte von diesem. Ich bin ein bisschen erleichtert.

»Was?«, fragt er belustigt.

»Ich hasse es, wenn Lebensmittel verschwendet werden.«

Er nickt. »Ja, das ist typisch amerikanisch. Ich mag das auch nicht. Auf der anderen Seite ist die Mentalität, alles aufessen zu müssen, auch für'n Arsch. Das macht Menschen nur dick.«

Ich überlege kurz und denke: ›Da ist was dran.‹ »Vielleicht hast du recht, aber es muss doch einen Mittelweg geben. Einfach nicht so viel kaufen, dann braucht man nicht so viel wegschmeißen.«

Er grinst. »Na ja, ich kauf Ella immer einen eigenen Burger, weil ich weiß, dass ich noch mindestens die Hälfte essen werde. Momentan klappt das noch. Wer weiß, was ich mache, wenn sie ihr Essen irgendwann tatsächlich aufisst.«

Ich lache. »Dann bist du wohl der Mann, der sich zwei Burger bestellt.«

Er streicht zufrieden über den flachen Bauch. »Solange man es mir nicht ansieht, ist alles okay.« Diese Geste ist so typisch Mann-der-sich-nie-um-sein-Aussehen-Sorgen-machen-musste, dass ich grinse.

»Was?«, fragt er neugierig.

»Du warst schon immer gut aussehend und wusstest es auch schon immer, oder?«

»Vielleicht«, antwortet er grinsend. Dann beugt er sich näher zu mir. »Ich bin sehr froh, dass du mich ebenso attraktiv findest wie ich dich. Versteh mich nicht falsch, dein Aussehen ist gewiss nicht das Wichtigste, aber ich mag auch das.«

»Was ist das Wichtigste?«, frage ich.

Er legt mir die Hand aufs Herz. »Dein Herz, dein Verstand, dein Humor.«

Ich grinse. »Gib es zu, du wolltest mir nur an den Busen greifen.«

Er lacht und nimmt seine Hand weg. »Erwischt, verdammt.«

Wir spielen eines der Spiele, die Nate für Ella eingepackt hat, schwimmen noch eine Runde in der Wildwasserbahn, die nicht wirklich wild ist, und beschließen dann, nach Hause zu fahren. Nate ist mit Ella schon ein paar Schritte vorangegangen, als ich heftig von einem Typen angerempelt werde.

»Pass doch auf, Schlampe«, knurrt er mich an und schubst mich.

Einen Moment bin ich perplex, dann sage ich: »Wag es ja nicht, so mit mir zu sprechen!«

Er grinst auf diese ekelige Art, wenn ein Mann denkt, er wäre dir überlegen. »Was willst du tun, Schlampe?« Er schubst mich wieder. Bevor er mich berührt, ergreife ich sein Handgelenk, verdrehe es auf seinem Rücken und knalle ihn gegen die Spinde.

»Ich sagte, rede so nicht mit mir.«

»Marlene? Alles okay?«, fragt Nate mit einer Mischung aus Belustigung, Sorge und Beschützerinstinkt.

»Ja, alles okay.« Ich lächel ihn an. Dann wende ich mich wieder an dieses Ekelpaket. »Wenn du das nächste Mal jemanden anrempelst, dann sagst du freundlich ›Entschuldigung‹ und gehst weiter, ist das klar?« Ich drücke ein wenig fester zu, spüre seine Schmerzen.

»Ja, ja, klar«, haucht er beinahe.

Ich lasse ihn los und sage: »Das will ich doch hoffen.« Ich schenke ihm meinen härtesten Blick und er verzieht sich.

Ich sehe, dass ich so einige Zuschauer habe, die mich bewundernd (oder so) anschauen. Nate steht da mit Ella im Arm und weiß gar nicht, was er sagen soll. Ich greife nach seiner Hand und wir gehen ein paar Schritte.

»Wow«, sagt er irgendwann.

Ich lächel ein wenig verlegen. »Sorry. Ich wollte nicht ...«

»Nein, Quatsch! Das war ... heiß!«, grinst er. Er streicht mir eine Strähne aus dem Gesicht.

»Echt?«

»Ja, total. Mein Mädchen ist Wonder Woman.«

Ich grinse schief. »Und sie war doch eindeutig die Heißeste von allen.«

Er zieht mich in die Arme. »Ganz ohne Frage.« Er küsst mich kurz auf die Lippen. »Wo hast du das gelernt?«

»Mein Vater wollte, dass ich Selbstverteidigung lerne. Es gab keinen bestimmten Anlass, er wollte nur, dass ich mich verteidigen kann, wenn mal was passiert. Aber es hat so viel Spaß gemacht, dass ich nicht nur so ein paar Kurse gemacht habe, sondern mit Wing Chun angefangen habe, was auch als Kung Fu bezeichnet wird, obwohl technisch gesehen Kung Fu als Oberbegriff für verschiedene Kampfsportarten verwendet wird. Irgendwann bin ich dann zu Qwan Ki Do gekommen, einer Mischung aus chinesischem und vietnamesischem Kung Fu.«

»Habt ihr auch so ein Gürtel-System?«, fragt er interessiert.

Ich nicke.

»Und welchen hast du?«

Ich schaue ein wenig unsicher. »Den zweithöchsten.«

Er grinst. »Wonder Woman.«

»Du findest das nicht doof?«, frage ich.

»Nein, gar nicht. Ich find das voll cool«, lacht er.

Er schlingt den Arm um mich und wir gehen zu den Umkleiden. Ella kommt wieder mit mir und wir treffen Nate draußen. Sie schläft beinahe im Stehen ein und Nate nimmt seine Tochter in die Arme. Ich trage die Tasche, auch wenn er sie mir eigentlich abnehmen wollte. Aber es ist doch nur fair, wenn ich ihm einen Teil der Last abnehme.

Er setzt Ella in den Kindersitz, schnallt sie an. Bevor ich einsteigen kann, presst er mich mit dem Rücken gegen das Auto und küsst mich hungrig.

»Gott, Baby, dich den ganzen Tag mit den gepushten Titten zu sehen und dich nicht anfassen zu dürfen, war die Hölle!« Er knabbert an meiner Unterlippe, bringt mich zum Zittern und zum Beben. ›Er ist so unglaublich sexy‹, denke ich nicht zum ersten Mal.

Ich drücke mich gegen ihn, ziehe ihn näher an mich, zeige ihm, dass ich ihn auch will. Dass es nicht nur er ist, der verrückt nach mir ist, sondern ich auch verrückt nach ihm bin. Er grinst, während wir uns weiterküssen. Seine Hand stiehlt sich kurz zu meiner Brust, greift einmal zu, bevor wir uns lösen und schwer atmend ins Auto einsteigen, während Ella seelenruhig in ihrem Sitz schläft.

Wieder zu Hause angekommen, bringen wir Ella ins Bett und uns gleich auch. Es ist zwar erst sechs, aber wir haben beide so viel Lust aufeinander, dass wir es kaum aushalten können. Auf der einstündigen Fahrt haben wir uns heiße Blicke zugeworfen, uns an Ampeln geküsst, ich hatte meine Hand die ganze Zeit auf seinem Oberschenkel, weit oben. Seine Hand lag auf meiner. Es war eine süße Qual.

Nate zieht mich ins Schlafzimmer, schließt die Tür und mich in seine Arme. Ich stelle mich auf die Zehenspitzen, um ihn zu küssen, und seine Lippen krachen auf meine. Ich stöhne leise und öffne meinen Mund. Seine Zunge schlüpft hinein und beginnt, meine in ein wildes Spiel zu verwickeln. Meine Finger vergraben sich in seinen Haaren, seine schieben sich unter meinen Pulli, streichen über meinen nackten Rücken.

»Ich will dich so sehr«, flüstert er, während sich seine Hände in meine Hose schieben, meinen Hintern umfassen, mich hochheben. Er drückt mich gegen die Tür, ich schlinge meine Beine um ihn. Gott, ist das gut! Seine Hände ziehen den Pulli über meinen Kopf. Er löst mich kurz von der Tür, öffnet meinen BH, streift ihn mir von den Schultern. Seine Finger schließen sich um meinen Busen, seine Daumen necken meine Brustwarzen, die sich zusammenziehen wie Kiesel und aufrichten.

»Du bist so wunderschön«, sagt er, als er sich kurz löst, mein Gesicht betrachtet, es sanft streichelt. Sein Blick ist warm und liebevoll. Und ehrlich. Unter diesem Blick fühle ich mich wie die schönste Frau der Welt. In diesem Moment merke ich, dass nie eine Frau mehr begehrt wurde als ich, nie eine Frau mehr geliebt wurde als ich, nie eine Frau schöner gefunden wurde als ich. Dieser eine Blick ist der, den jede Frau einmal auf sich spüren sollte, denn dieser bindet uns für immer an einen Mann.

In diesem Augenblick wird mir klar, dass ich nur diesen einen Mann will. Ich will Nate. Für immer und ewig. Ich will mein Happy End, auch wenn ich das immer albern fand, aber so ist es. Ich will mit ihm alt werden, vielleicht noch ein Kind haben. Ich will ihn jeden Morgen als Erstes sehen und ihn jeden Abend als Letztes sehen. Ich will seine Hand in meiner spüren, will, dass er mir sagt, wie sehr er mich liebt.

Wenn mir jemand anderes all das erzählen würde, wäre ich entsetzt über so viel Kitsch, aber jetzt, da ich in meiner eigenen RomCom gefangen bin, will ich eigentlich nur Popcorn. Und ich will 3-D, High Definition und Extra-Überlänge.

Nates Lippen finden erneut meine, bevor er sich hungrig bis zu meinem Busen küsst. Sein Mund umschließt einen Nippel, saugt kräftig an ihm. Ich lasse den Kopf gegen die Tür fallen, stöhne leise, massiere seine Kopfhaut mit meinen Fingern. Er entlässt die Brustwarze klatschnass aus dem Mund und findet die andere. Die kühle Luft prickelt auf meiner nassen Haut.

Ich spüre, wie er sanft die Zähne einsetzt, liebevoll an meinen Brustwarzen knabbert. Er macht kleine Laute der Lust, die mich dazu bringen, meine Muschi an ihm zu reiben.

»Gleich, Baby«, murmelt er. Er trägt mich zum Bett, legt mich hin, zieht meine Hose und mein Höschen aus. Er zieht seinen Pulli über den Kopf, enthüllt den Blick auf seine unglaubliche Muskellandschaft. Ich lecke mir die Lippen und warte, dass er seine Hose auszieht.

Stattdessen legt er sich zwischen meine Beine, bettet sie auf seinen Schultern und fährt sacht mit den Fingern an meinen pochenden Schamlippen entlang. Ich will gerade wohlig stöhnen, als er ohne Vorwarnung seine Finger in mich stößt. Ich keuche überrascht auf, bevor sich alles in mir vor Begierde zusammenzieht. Seine Kuppen stoßen gegen diese kleine raue Stelle, die mir die größte Lust bringt. Ich fasse an das Kopfteil des Bettes, muss mich festhalten. Meine Beine zittern.

»Sch«, murmelt er beruhigend und streicht mit der freien Hand über meinen Bauch. »Alles okay, Baby.«

Er küsst mich sanft auf die Klit, bevor er sie zärtlich mit der Zunge umfährt. Ich wölbe mich vom Bett, stöhne leise, kralle meine Finger um die Gitterstäbe. Gott, ist das gut!

»Du schmeckst so gut, Baby«, flüstert er gegen meine erhitzte Haut. Er zieht seine Finger langsam aus mir, leckt mit flacher Zunge über meine Muschi und dringt dann mit der Zunge in mich ein. Vor ihm hat das noch nie ein Mann gemacht! Und ich hatte ja keine Ahnung, was ich verpasse! Er lässt seine Zunge rein- und rausgleiten. Er ist nicht tief in mir, aber die Reizung an meinem Eingang, die leichte Rauheit seiner Zunge, sein Atem auf mir machen mich wahnsinnig.

Seine Finger ziehen die Haut von meiner Klit und necken sie. Er ist sehr sanft, aber jede Berührung sendet eine Schockwelle durch mich. Mein Stöhnen wird lauter und immer lauter. Ich denke an Ella, greife mir ein Kissen und beiße in es hinein, um die Geräusche zu dämpfen.

Er schaut kurz auf, als er mich nicht mehr hören kann, und grinst dann. Er zieht mir das Kissen weg. »Ich will dich hören, Baby.«

»Aber Ella ...«, keuche ich.

»Sie schläft tief und fest.«

»Ich will sie nicht wecken.«

Er lacht. »Tust du nicht. Und deine Gedanken sollten gerade nur mir gelten, Baby«, grinst er und lässt zwei Finger in mich gleiten, die in einem gleichmäßigen, aber intensiven Stakkato gegen meinen G-Punkt stoßen. Ich stöhne laut, viel zu laut, und vergesse dann alles um mich herum. Sein Mund schließt sich um meine Klit, er baut Unterdruck auf, saugt sie so tief es geht ein. Seine Zunge umspielt sie, nicht mehr zärtlich, sondern fest und hungrig und fordernd. Ich kann nichts mehr denken, mir ist alles egal. Egal, wer mich hört, egal, was er tut, nur aufhören darf er nicht, egal, was kommt. Ich bin verrückt nach diesem Mann, so dermaßen verrückt.

»Komm, Baby«, murmelt er leise, bevor er wieder an mir saugt. Mein Orgasmus lässt nicht lange auf sich warten, als würde mein Körper seinem Befehl gehorchen. Ich weiß natürlich, dass es andersrum ist, dass er spürt, dass ich so weit bin, und es mir daher sagt. Aber in diesem Moment fühlt es sich alles anders an. Ich lasse mich in dieses dumpfe Pochen hineinfallen, vergesse mich in der Spirale meiner Lust, die mich emporträgt, bis ich den Höhepunkt erreiche.

Alles in mir zieht sich zusammen. Ich spüre Muskeln, die ich noch nie kannte, ich bin gleichzeitig so wach und so vernebelt. Dieser Zustand hat schon etwas Rauschhaftes. Als ich komme, schließe ich die Augen so fest, dass ich Sternchen sehe, drücke den Rücken durch, schiebe mein Becken näher an ihn, will mehr, brauche mehr in diesem Augenblick. Er versteht und bewegt seine Finger kräftiger in mir, immer schneller und schneller. Ich schreie leise, krampfe die Hände um das Kopfteil. Meine Muskeln zittern von der Anstrengung. Ich bin vollkommen ausgelaugt. Mein Gott, so was habe ich noch nie erlebt. Er drückt seine flache Hand gegen meine Muschi, spürt, dass ich noch ein wenig Druck brauche, es nicht schaffe, ohne weitere Berührung von meinem Hoch runterzukommen.

Ich keuche leise, mein Atem geht noch zu schnell, mein Herz pocht aufgeregt. Ich wische mir den Schweiß von der Stirn. Langsam löst sich Nate von mir und kommt zu mir nach oben. Er hat sich den Mund abgewischt und dreht mich auf die Seite, sodass wir uns gegenüberliegen. Seine Lippen finden meine und er küsst mich sanft.

»Das war so gut, Nate«, murmel ich. »Danke.«

»Lass den Scheiß«, flüstert er zurück.

Ich schaue ihn fragend an. »Bedank dich nicht.«

Ich nicke und lächel ihn leicht an.

»Nimmst du die Pille?«, fragt er.

Ich nicke.

»Hm, ich bin sauber. Ich spende regelmäßig Blut.«

›Aha‹, denke ich, ›das unvermeidliche *Können wir den Gummi weglassen*-Gespräch.‹ »Bist du sicher?«

Er nickt. »Ich hab nur mit Lily ohne Gummi geschlafen.«

»Kein gutes Zeugnis.«

Er schaut mich verständnislos an, denkt in eine vollkommen falsche Richtung.

»Nein, ich meine, sie ist schwanger geworden«, erkläre ich schnell, weil ich ihn nicht im Unklaren lassen will, bevor mir einfällt ... o Gott! Wie konnte ich das sagen? Ich schlage mir die Hand vor den Mund. »Nate, es tut mir leid!«, flüstere ich total schockiert. »Das ... das ...«

Er lächelt leicht. »Schon gut, Baby. Mach dir keine Gedanken.«

Er zieht mich in die Arme, streichelt meinen Rücken. Ich zitter, aber dieses Mal nicht vor Erregung, sondern vor Scham, weil ich ihn daran erinnert habe, dass Ella nicht seine Tochter ist.

»Es tut mir so leid«, murmel ich.

»Alles okay, Marlene, wirklich. Irgendwie ist es auch ... hm ... positiv, dass du es vergessen hast. Das bedeutet, dass ich offensichtlich einen überzeugenden Vater darstelle.«

Ich höre den Hauch von Bitterkeit, spüre, er gilt nicht mir, streiche sanft sein Gesicht. »Du bist kein Vaterdarsteller, Nate. Du bist ihr Vater. Sie ist vollkommen in dich vernarrt, vertraut dir voll und ganz, spricht immer nur mit großen Augen von dir. Du bist ihr Held, Nate, ihr verdammter Held.«

Er grinst. »Verdammt ist schon mal ein guter Anfang für deine Flucherziehung.«

Ich lache leise. »Hm, vielleicht hattest du ja auch recht.«

»Ach, meinst du?«, neckt er mich.

»Du bist dir auch sicher, dass es dir nichts ausmacht?«, frage ich unsicher.

Er legt seine Hände an mein Gesicht. »Es ist scheißegal, was ich denke. Wichtig ist allein, was du denkst, Baby. Ich hab dir nichts zu sagen und zu befehlen, du bist eine erwachsene Frau. Du bist eine starke, erwachsene Frau und kannst selber bestimmen, wie du redest, wie du dich kleidest, was du tust, was auch immer. Da habe ich dir nicht reinzureden.«

Ich lächel leicht. »Aber wenn ich deinen Rat will?«

Er küsst mich sanft. »Du bekommst immer meinen Rat, Marlene, aber entscheiden musst letztendlich du. Nur du kannst die Führung über dein Leben übernehmen, niemand sonst.«

Ich nicke. »Danke.«

Er verdreht die Augen. »Fuck, lass das!«

Er rollt mich auf den Rücken, legt sich auf mich, zieht meine Knie nach oben, klemmt sie unter seiner Brust ein. Seine Schwanz reibt sich an meiner Muschi.

»Kann ich ohne Gummi in dich?«, fragt er und ich nicke.

Er umfasst seinen Schwanz, bringt seine Eichel in Position und schiebt sich langsam in mich hinein. Zentimeter für Zentimeter nehme ich ihn in mich auf. O Gott, das ist so gut! Ich kann nur meinen Kopf und meine Arme bewegen, der Rest ist unbeweglich, weil er auf mir liegt. Er dringt tiefer und tiefer. Seine Augen blitzen vor Verlangen, sein Mund lächelt leicht. Ich spüre seine Lust, spüre, dass er mich will. Gott, was er mit mir macht!

Als er in mir ist, lässt er kurz seinen Kopf hängen, genießt das Gefühl, dann greift er nach meinen Händen, führt sie ans Kopfteil, gibt mir zu verstehen, dass ich sie nicht wegbewegen soll.

Er greift an meine Knie, befreit sie, drückt sie auseinander, legt seine Hände auf sie. Er geht leicht auf die Knie. »Halt dich fest«, raspelt er. »Du machst mich wahnsinnig, mit deiner süßen Muschi vollkommen nackt um meinen Schwanz. Ich will dich so unglaublich, Baby, will dich besitzen, will nicht zärtlich sein, sondern dich ficken. Sag Ja, bitte, Baby, sag Ja.«

»Ja«, sage ich, ohne zu zögern, weil ich es auch will. Ich will nicht, dass er zärtlich ist, sondern dass er grob ist, dass er mich durch die Lust treibt, mir zeigt, wie verrückt er nach mir ist, ich ihm zeigen kann, wie sehr ich ihn jetzt schon liebe. All das will ich, und so kommt meine Antwort ohne Verzögerung. Sie kann nur Ja lauten, immer nur Ja, was immer er auch will. Ich vertraue ihm. Voll und ganz. Mit meinem Körper, meinem Herzen, meiner Seele. Ich weiß, ich komme gerade aus einem verkitschten Film, aber es ist, wie es ist. Manchmal darf man kitschig sein; wenn nicht in so einer Situation, wann dann?

Er lächelt mich dankbar an, drückt meine Knie weiter auseinander, sodass es kurz vor unangenehm ist. Er zieht sich weit aus mir raus und mit einem kräftigen Stoß trifft er tief in mich. Meine Finger verkrampfen sich, halten fest, könnten sich gar nicht mehr lösen, selbst wenn sie es wollten. Die Knöchel werden schon weiß. Bei seinem Stoß ging ein Ruck durch meinen Körper, und ich spürte, dass ich mich wirklich dringend festhalten muss. Ein kleiner Schrei liegt auf meinen Lippen, aber er entkommt nicht, denn da trifft der nächste Stoß in mich. Meine Muschi krampft sich wild um ihn zusammen, versucht, es ihm recht zu machen, versucht, ihn aufzunehmen, seine ganze Länge, seine unglaubliche Dicke, die meine Scheidenwände stimuliert. Stoß nach Stoß folgen. Ich spüre die Kraft, die er aufwendet, nicht nur in der Macht, mit der mein Schwanz in mich fährt, sondern auch in der Grobheit seiner Finger, die sich in das weiche Fleisch oberhalb meiner Knie bohren, um mich schön weit offen zu halten.

Meine Augen schließen sich, als könnte ich so seine Stöße aushalten, aber im Gegenteil, es wird intensiver und intensiver. Meine Muskeln zucken um ihn, schließen sich fest um ihn, bilden die Enge, die ihn verrückt macht, verrückt machen soll! Ich will, dass er immer und immer wieder zu mir zurückkommt, zu diesem Punkt, zu Sex mit mir. Ich will, dass er mich für den besten Fick seines Lebens hält, immer und immer wieder.

Als ich meine Augen öffne, merke ich, dass sein Blick auf meinem ruht. Mit schier unmenschlicher Anstrengung rammt er seinen Schwanz in mich, aber sein Blick ist ruhig, kein bisschen angestrengt. Ihm läuft Schweiß über die Wangen, seine Muskeln sind angespannt, aber er schaut mir in die Augen mit Wärme und Liebe. Totales Kontrastprogramm.

Er keucht leise, gibt aber sonst kein Zeichen, müde zu werden. Und dann hört er einen Moment auf, lässt meine Knie los, legt seine Hände zärtlich um mein Gesicht und küsst mich mit so viel Sanftheit, dass mir die Tränen kommen. Er wischt sie mit den Daumen ab und küsst mich weiter. Seine Zunge ist vorsichtig und liebevoll, seine Lippen warm auf meinen. Ich lasse meinen Emotionen freien Lauf, lasse meine Tränen fließen. Ich löse meine Hände vom Kopfteil und umarme ihn so fest ich kann.

Er murmelt süße Worte gegen meinen Mund, sagt mir, wie sehr er mich liebt, wie glücklich ich ihn mache, wie verrückt er nach mir ist. Er sagt mir, dass ich das toll mache, dass er es liebt, mich so zu nehmen und zu wissen, dass ich es auch mag, dass es mir gefällt. Er flüstert, dass er sich nicht vorstellen kann, mich gehen zu lassen, dass er nicht will, dass ich gehe. Seine Finger streicheln mich, liebkosen mich. Ich gebe mich ihm hin, lasse ihn tief in mich blicken, öffne mich für ihn.

Ich weiß, er hat gesagt, dass es nicht nur Lilys Schuld war, dass er ebenfalls dazu beigetragen hat. Hat gesagt, ein Wort von ihm konnte sie zerstören. Ich weiß das alles und doch ... ich habe nie einem anderen Mann mehr vertraut als ihm in diesem Augenblick, nicht einmal meinem Vater. Ich weiß felsenfest, dass Nate mich niemals verletzen wird. Er wird mich gut behandeln, mich auf Rosen betten, wenn ich das verlange, würde die Welt für mich aus den Angeln heben. Hatte ich nicht noch gedacht, ich will, was Matt und Thea haben? Ich habe es. Nate würde alles für mich tun.

Nach diesem süßesten Kuss aller Zeiten löst er meine Hände, legt sie zurück um die Holzstäbe, geht wieder in seine Position und vögelt mich härter, als ich je gevögelt wurde. Und besser. Ich komme so hart und schnell und oft wie noch nie. Ich stöhne, schreie, keuche, seufze und gebe eine Million Laute von mir, die noch nie gehört wurden und daher nicht akkurat beschrieben werden können. Aber sie zeugen alle nur von meiner Lust. Als ich das letzte Mal komme, lässt er meine Beine los, stützt sich neben meinem Kopf auf den Ellenbogen ab, lehnt seine Stirn gegen meine. Und mit einem letzten kräftigen Stoß kommt er. In mir.

Er knurrt zufrieden.

Er bleibt auf mir und in mir, liegt relaxt auf meinem Körper, sein Kopf auf meinem Busen.

»Halt mich«, murmelt er. »Bitte halt mich, Baby, das war intensiv.«

Das war es. Ich schlinge meine Arme um ihn, schließe meine Beine um seine Hüften, umwickel ihn so gut ich kann mit meinem Körper. Er braucht die Verbindung jetzt. Und zum ersten Mal wird mir klar, dass es auch ihm jede Menge abverlangt, wenn ich mich ihm so hingebe. Es ist eine große Verantwortung, die er nicht nur für sein Leben und sein Wohlergehen trägt, sondern in dem Moment auch für mich.

»Ich liebe dich, Nate«, flüstere ich und streiche über seine angespannten Schultermuskeln, die sich langsam unter meiner Berührung entspannen. Ich spüre sein Lächeln, den zarten Kuss, den er mir auf den Busen drückt, bevor ich ein paar Minuten später seine gleichmäßigen Atemzüge spüre. Ich liege nicht gerade bequem, er dafür umso mehr. Ich will ihn nicht wecken, daher lasse ich nur meine Beine zur Matratze sinken, während ich sanft seinen Körper streichel. Mein Nate.

Kapitel 10

Als ich aufwache, liege ich alleine im Bett. Ich strecke mich wohlig.

»Und immer lockt das Weib«, meint Nate amüsiert. Er steht fertig angezogen neben dem Bett. Als er meinen nackten Busen erblickt, legt er seine Hand besitzergreifend auf ihn. Er knetet sanft.

»Wie gern würd ich zu dir ins Bett kommen«, murmelt er bedauernd. Er beugt sich über mich, küsst meine Lippen. »Könntest du heute Abend so um sieben Ella bei meiner Mom abgeben und dann direkt zum Konzert kommen? Ich hab dir die Adressen aufgeschrieben, sie liegen in der Küche.«

Ich nicke und höre Ella ins Zimmer tapsen. Ich ziehe die Decke um mich. Nate grinst anzüglich, bevor er Ella aufs Bett hilft, die sich an mich kuschelt.

»Gott, Mädels, ihr macht mich fertig«, grummelt er, küsst uns beide und geht dann arbeiten. Einer muss das schließlich tun.

Ella kuschelt sich eng an mich. »Kalt«, jammert sie. Sie kriecht unter die Decke und schlingt ihren Arm um meinen Hals. ›Was soll's‹, denke ich. Ich umarme sie fest und sie kichert leise.

Wir schlafen beide noch eine Runde ein. Irgendwann wache ich wieder auf, ziehe mich an, betrachte die schlafende Maus und geh in die Küche, um uns Frühstück zu machen. Es ist witzig, wie schnell ich Nates Haus als mein Zuhause betrachtet habe. Ich gehe ein und aus, verhalte mich wie zu Hause. Und er mag das auch. Ich sehe es jedes Mal, wenn ich einen Schrank öffne, jedes Mal, wenn ich auf der Couch liege, als würde ich hier wohnen.

Als ich zurück ins Schlafzimmer gehe, öffnet Ella gerade verschlafen die Augen. Ich beuge mich über sie, küsse ihr Gesichtchen, streichel über ihre Haare. Sie lächelt leicht, schlingt die Arme um mich.

»Ich hab dich lieb«, flüstert sie leise.

»Oh Baby, ich hab dich auch so lieb«, flüstere ich zurück. Ich nehme sie hoch, setze sie mir auf die Hüfte, obwohl sie mir eigentlich zu schwer ist, aber ich will sie bei mir haben. Meinen kleinen Liebling.

Ich laufe in die Küche, setze mich auf einen Stuhl und halte sie in den Armen. »Marlene?«

»Ja, Honey?«

Sie schaut ein wenig unsicher. »Hast du ... hast du meinen Daddy lieb?«

Ich nicke. »Sehr lieb.«

»Hast du auch mich lieb?«

Ich küsse sanft ihre Wange. »Ich hab dich sehr lieb, Baby.«

Ihre Unterlippe zittert ein wenig, und es sieht aus, als würde sie Mut für die nächste Frage sammeln. »Wohnst du jetzt bei uns?«

Ich bin überrascht. »Möchtest du, dass ich das tue?«

Sie nickt. »Ja.«

Ich streichel über ihren Kopf, ihren Rücken. »Wir müssen mal schauen, Honey. Ich wohn ja weit weg.«

»Ich will nicht, dass du gehst«, murmelt sie traurig.

»Noch nicht sofort, ich hab noch Zeit.« Das ist das Einzige, was mir einfällt. Mein Herz wird schwer, wenn ich daran denke, dass ich in wenigen Wochen wieder in einen Flieger steigen werde, der mich von ihr, von ihnen wegbringt. Ich kann mir nicht vorstellen, auch nur eine Sekunde von ihnen getrennt zu sein.

»Trotzdem.« Sie küsst mich auf die Wange und ich zerschmelze.

Ich atme tief ein und aus, versuche, die Emotionen in Schach zu halten. »Lass uns jetzt nicht darüber nachdenken, okay? Wir machen heute irgendwas Schönes zusammen, du und ich.«

Sie nickt und schmiegt ihr Gesicht gegen meins. »Gehen wir in den Zoo?«

Ich nicke und küsse ihr Köpfchen. »Okay, Honey. Das machen wir. Jetzt frühstücken wir und dann machen wir uns zum Abflug bereit.« Ich kitzel sie leicht in der Seite und sie quietscht vergnügt.

Wir essen unsere Frühstücksflocken, debattieren kurz, ob sie zumindest ein Stück Apfel isst, sie gewinnt und isst keins. Dann dusche ich, helfe ihr beim Anziehen. Sie kämmt meine Haare, macht mir einen Zopf. Etwas unordentlich, aber geht schon. Auch die pinke Schleife ist okay. Na ja. Sie freut sich. Ich kämme ihr die Haare und flechte ihr einen Kranz um den Kopf. Sie besieht sich fasziniert im Spiegel und ist noch begeisterter, als ich eine pinke Glitzerspange in ihrem Haar feststecke.

Gerade als Mrs. Peters kommt, machen wir uns auf den Weg. Sie blickt uns wohlwollend hinterher. Ich meine, sie murmeln zu hören: »Wie Mutter und Tochter.«

Und irgendwie ... gibt mir das ein gutes Gefühl.

Wir fahren in den Golden Gate Park, in dem der Zoo beheimatet ist. Wir schauen uns Löwen und Tiger, Gorillas und Giraffen an. Am liebsten haben wir beide aber das Faultier, weil es uns an uns erinnert.

Wir essen Eis und spazieren durch die angenehm warme Luft. ›Erstaunlich, wie sich das Wetter hier immer ändert‹, denke ich mal wieder. Und irgendwann wird es Zeit fürs Mittagessen. Für ein spätes Mittagessen.

»Was isst du am allerliebsten?«, frage ich sie.

»Spaghetti«, antwortet sie wie aus der Pistole geschossen.

»Mit Tomatensoße?«

»Und Bällchen.« Ich nehme an, dass sie Fleischbällchen meint, und bin froh, dass der Vorfall mit dem Schlachten wieder vergessen ist. Oder zumindest im Großen und Ganzen nicht so schlimm war.

Wir fahren noch in den Supermarkt, kaufen alles für das Mittagessen ein. Während ich koche, spielt sie mit ihrem Puppenhaus. Sie denkt sich Geschichten aus, führt Gespräche. Ich lächel, wenn sie ganz besonders süße Dialoge erfindet.

Mein Handy klingelt. »Hi, Nate«, sage ich liebevoll.

»Beste Begrüßung der Welt«, meint er belustigt. »Wie geht's euch?«

»Gut, wir waren im Zoo, haben Eis gegessen. Ich koch gerade Mittagessen.«

»Was gibt's?«

»Spaghetti mit Fleischklößchen«, antworte ich und rühre die Pfanne mit der Soße um.

»Das klingt gut. Baby, tut mir leid, mir ist was dazwischengekommen. Ich kann heute Abend nicht.«

In mir breitet sich Enttäuschung aus. »Oh, okay.«

Er seufzt. »Es tut mir furchtbar leid. Ich würde den Abend lieber mit dir verbringen, aber David braucht mich heute auf einer Veranstaltung. Ab morgen habe ich aber vier Tage frei. Dann muss ich Samstag arbeiten und hab noch mal vier Tage frei. Verzeihst du mir?«

Ich lächel. »Natürlich.«

»Danke, Baby. Bringst du Ella trotzdem zu meiner Mom?«

»Ich kann auch auf sie aufpassen«, sage ich leicht irritiert.

Er lacht. »Ich weiß, Baby. Aber meine Mom freut sich, wenn sie Ella hat.« Und dann fügt er mit dunkler Stimme hinzu. »Und wir haben dann das Haus für uns alleine.«

Ein wohliger Schauer rinnt durch mich. »Das ist ein Argument.«

»Dachte ich mir, Baby. Ich muss Schluss machen. Wir sehen uns heute Abend im Bett. Sei nackt«, fügt er belustigt hinzu.

›Hm‹, denke ich und grinse. »Okay«, hauche ich verführerisch.

»Fuck«, grummelt er und legt auf.

Zeit mit Ella zu verbringen, ist einfach. Sie ist lieb und nett, pflegeleicht. Stur, lässt sich nichts sagen und ist einfach unglaublich witzig. Hätte ich gewusst, dass Kinder so witzig sind, hätte ich vielleicht nicht immer so viel Angst vor ihnen gehabt.

Um halb sechs fahren wir los zu Mary.

Ella hüpft auf ihre Oma zu, die in der Tür steht. Sie wird geherzt und geküsst. Mary lächelt mich an. Sie umarmt mich und lädt mich ein, noch reinzukommen.

»Wann triffst du dich mit Nate?«, fragt sie, als wir auf ihrer Couch sitzen.

Ich schüttel den Kopf. »Gar nicht. Er muss länger arbeiten.«

Sie blickt mich erstaunt an. »Und was wolltest du dann jetzt tun?«

Ich zucke mit den Schultern. »Lesen oder so.«

Sie schaut mich streng an. »Das kommt gar nicht in die Tüte! Du verbringst doch den Abend nicht alleine. Du kommst mit uns. Nicht, Elle?«

Ella klatscht sofort begeistert in die Hände und kuschelt sich gegen mich. Ich muss mich daran gewöhnen, dass Amis alle Namen abkürzen oder verändern. Thea hat aus Marlene ja schon Laynie gemacht, Ella wird Elle oder Ellie genannt, Nate ist kurz für Nathan, Thea für Theodora. Manchmal machen sie auch andere Kombis. Jemand, der David Julian heißt, könnte zum Beispiel DJ abgekürzt werden. Oder ein Thomas James wäre ein TJ oder ein Tom, das ginge auch.

»Sie mag dich«, stellt Mary zufrieden fest.

»Ich mag sie auch«, flüstere ich und hoffe, dass man mir meine Emotionalität nicht anmerkt.

Mary streichelt über meine Hand. »Habt ihr schon darüber geredet, was werden soll?«

Ich schüttel den Kopf. »Wir wollen erst mal unsere Zeit zusammen genießen.«

»Okay«, sagt sie und lächelt. Ich muss sie wohl aus traurigen

Augen anschauen, denn sie tätschelt mir die Wange. »Das wird schon, Love.«

Ein paar Minuten später brechen wir auf. Ich hab keine Ahnung, wohin, frage aber auch nicht. Ich bin ein bisschen froh, dass ich den Abend nicht alleine verbringen muss. Jetzt, da ich so viele wunderbare Menschen kennengelernt habe, kann ich mir nicht mehr vorstellen, wie es ist, einen Abend alleine zu sein.

Unterwegs holen wir noch Nora ab, die einen Termin beim Friseur hatte, aber natürlich eigentlich mit Mary zusammenwohnt. Es dauert nicht lange, bis wir durch ein Viertel fahren, dem man den Reichtum ansieht. ›Wow‹, denke ich, ›so kann man hier also auch leben.‹ Wir kommen an einem alten Haus vorbei, das irgendwie fehl am Platz aussieht. Ich lächel leicht. So fühle ich mich auch gerade: fehl am Platz.

Wir parken auf der Straße vor einem großen Haus. Überall stehen Autos in verschiedenen Größen herum. Mir wird mulmig zumute. Ich bin nicht angezogen, um unter Menschen zu gehen! Wer weiß, was mich hier erwartet.

Eine kleine, quirlige Frau öffnet die Tür. Sie muss älter als Nora sein, aber sie wirkt so jung, weil sie strahlt und uns sofort mit lautem Hallo begrüßt. Ella wird geknuddelt, was sie sich gefallen lässt. Sie gibt Tante Miranda, wie sie sie nennt, einen Kuss und lässt sich wegen ihres Gipsarmes bemitleiden. Die kleine Kröte will einen Nachtisch rausschlagen.

Die Frau begrüßt Mary und Nora herzlich und schaut dann neugierig zu mir. Ich bin ganz eindeutig underdressed. Jeans und Pulli kommen nicht gegen die Eleganz, die diese Frau ausstrahlt, an.

»Das ist Marlene«, stellt mich Mary vor. »Sie ist Nates Freundin.«

Miranda schaut mich überrascht an. Ich halte ihr die Hand hin und sie lacht. »So ein Unsinn, Mädchen!« Sie zieht mich in die Arme, und ich stelle fest, dass sie für so eine kleine Frau erstaunliche Kräfte hat. »In dieser Familie umarmen wir uns. Und als Nates Freundin gehörst du jetzt dazu.«

»Na ja, eigentlich haben wir unsere Beziehung noch nicht definiert«, wende ich ein, was aber mit einer fahrigen Handbewegung abgeschmettert wird.

»So sind sie, die Männer.«

Sie nimmt mich an die Hand und bringt mich in ein Speisezimmer voller Menschen.

»Alle mal herhören! Das ist Marlene, sie ist Nates Freundin!«

Überraschtes Gemurmel ertönt, bevor ich Theas Stimme höre: »Laynie!« Sie kommt auf mich zu, umarmt mich und grinst mich an.

»Hi«, sage ich vollkommen überwältigt von der Vielzahl an Personen, die sich hier tummeln.

Julia und Linda kommen ebenfalls, um mich zu umarmen, und ich bin erleichtert, dass ich wenigstens schon mal ein paar Personen kenne. Matt zwinkert mir zu, und ich hebe zögernd meine Hand, um in seine Richtung zu winken. Das ist also die berühmte Großfamilie, die Mary, Nate und Ella adoptiert hat. Die Höhle des Löwen.

Ich werde von bestimmt fünfzehn Menschen umarmt und soll mir auf einmal jede Menge Namen merken, die sich aber nur wie eine breiige Masse durch meinen Kopf ziehen, statt sich korrekt einem Gesicht zuzuordnen. Sie sind alle freundlich, sehr interessiert an mir und meiner Verbindung zu Nate.

Nach einer halben Ewigkeit sind alle so weit zufrieden, dass wir uns an den Tisch setzen können.

»Elle-Baby, neben Thea ist ein Platz für dich frei«, sagt Miranda und zeigt in die Richtung.

Ella schüttelt den Kopf, greift nach meiner Hand. »Ich bleib bei Marlene.«

Erstaunen macht sich im Raum breit, bis eine tiefe, melodiöse Männerstimme ruft: »Da hat dir jemand den Rang abgelaufen, Baby.«

Thea zwinkert mir zu und erklärt dann vergnügt: »Ella darf ihre Stiefmutter ruhig lieber haben als mich. Solange ich an Position zwei komme.«

Ich huste entsetzt, was zu Gelächter führt.

Die alte Dame, Rosa-Irgendwas, fragt: »Was ist das eigentlich für eine Generation von Frauen, die Angst hat, Mutter zu werden?«

»Eine kluge«, wirft Miranda ein.

Ella schaut mich an. Ihre Lippen formen eindeutig das Wort *Mom*, als würde sie es ausprobieren.

»Okay, Laynie, dann setz dich hierhin. Ella kann da sitzen«, meint Miranda, und sehr effizient arrangiert sie mich, wie sie mich haben will.

Ich bin überwältigt. Ich schaue den Tisch entlang und weiß nicht, was ich tun soll. Ich bin aufgeregt, als wäre ich in einer Prüfung. Das ist Nates Familie! Gott, was, wenn sie mich nicht mögen? Was, wenn Nate mich nicht mehr mag, weil seine Familie ihm sagt, dass sie mich blöd findet? Und dann sitze ich auch noch in Jeans und Pulli unter diesen Menschen, die alle schick aussehen. Fast alle Männer haben Anzüge an, bis auf Matt und ein Mann. Fast alle Frauen sind frisiert und geschminkt, und ich hab meine Haare noch in dem Zopf, den Ella mir heute Morgen gemacht hat, und alles, was ich auf dem Gesicht habe, ist Tagescreme. Ich habe mich noch nie im Leben so underdressed gefühlt.

Normalerweise ist mir so was egal, aber doch nicht vor Nates Familie! Ich will, dass sie mich mögen.

»Du hast wahrscheinlich gerade nicht alle Namen behalten«, sagt mir plötzlich dieser gut aussehende blonde Mann, den ich auf Theas Fotos schon einmal gesehen habe. »Ich bin Tom.« Er lächelt mich an. Wie kann ein Mann nur so gut aussehen? Das ist doch unfair.

»Hi«, sage ich und weiß nicht, was ich noch sagen soll.

Er lacht. »Keine Sorge, sie wirken nur wie hungrige Hyänen, sind aber eigentlich harmlos.«

Ich zucke leicht mit den Schultern. »Kommt auf den

Blickwinkel an. Als Löwe sehen sie harmlos aus, als kleine Zwergantilope erschreckend«, antworte ich leise.

Er lacht. »Ich bin mir nicht sicher, ob mir das schmeicheln sollte. Ganz offensichtlich hast du keine gute Beobachtungsgabe, wenn du dich selbst als kleine Zwergantilope siehst. Vielleicht denkst du nur, ich sei ein Löwe, und in Wirklichkeit bin ich ein Nilpferd.«

Das bringt mich auch zum Lachen. »Dich könnte niemand für ein Nilpferd halten.«

Ein Mann, der eine ältere Version von ihm sein könnte, wendet ein: »Ein Nilpferd vielleicht nicht, aber er könnte durchaus als Steppenpavian durchgehen.«

Tom seufzt auf. »Du wirst nie damit aufhören, oder?«

»Nein, mein Sohn, wirklich nicht.« Er schaut zu mir und sagt: »Ich bin James.«

»Angenehm«, sage ich lächelnd.

»Also, Laynie, mein Sohn hatte eine sehr empfindliche Haut. Als Baby hatte er immer einen Windelausschlag und einen knallroten Hintern. Cindy und ich haben ihn immer liebevoll Pavian genannt.«

Tom verdreht gespielt entrüstet die Augen und ich muss lachen. Ella zupft an meinem Ärmel und ich beuge mich zu ihr. Sie flüstert mir zu, dass sie auf die Toilette muss, aber nicht alleine gehen will.

Ich schaue auf und Tom meint: »Zweite Tür rechts, wenn du rausgehst.« Ich lächel ihn dankbar an und entschuldige mich. Ich warte vor der Tür auf sie. Sie kann das nämlich eigentlich alles alleine, nur manchmal bekommt sie einen Knopf nicht auf. Aber jetzt trägt sie ein Kleid und eine Strumpfhose, das sollte funktionieren.

Als sie rauskommt, lächelt sie mich an. Sie umarmt meine Beine und ich lege ihr meine Hände auf die Schultern.

»Was, Honey?«

»Hm«, druckst sie herum.

»Du kannst mir alles sagen.« Sie schüttelt den Kopf.

Ich knie mich vor sie hin. »Sag's mir, Baby.«

»Ich will nicht, dass du wieder gehst«, bricht es aus ihr raus und sie weint bittere Tränen.

Ich schließe sie in die Arme, tröste sie, so gut ich kann, und frage mich, woher dieser plötzliche Ausbruch kommt. »Ich geh doch nicht sofort.«

»Du sollst gar nicht gehen«, weint sie an meiner Schulter.

Es zerreißt mir beinahe das Herz. Ich höre Schritte hinter mir und Mary kniet sich neben uns.

»Was hast du, Ellie?«, fragt sie liebevoll und streichelt ihren Kopf. Aber Ella dreht sich weg, kuschelt sich gegen mich.

»Du hast gesagt, Marlene soll nicht hier sein«, schluchzt sie.

Marys Augen füllen sich mit Schuld. »So meinte ich das nicht, Ellie. Marlene wohnt nicht hier. Sie muss irgendwann wieder nach Deutschland.«

»Nein!«, ruft sie laut und wütend. »Sie soll hierbleiben.«

»Honey, ich bleib noch fast drei Wochen hier. Das ist ganz viel Zeit – versprochen.«

»Für immer«, sagt sie trotzig und schaut mich mit nassen Wangen und rot geweinten Augen an.

Ich streichel sanft über ihr Gesicht. »Das müssen wir sehen. Das kann man jetzt noch nicht entscheiden.«

»Doch!«, sagt sie rigoros. »Ich hab dich lieb. Du sollst nicht gehen.«

Wie erklärt man einem vierjährigen Kind, dass man ja gar nicht gehen will, dass man sie lieb hat und bei ihr bleiben will, dass man aber gar keine Ansprüche auf sie hat? Da hat Nate schließlich auch noch ein Wörtchen mitzureden.

»Ella, ich verspreche dir, wir reden da noch drüber«, versuche ich es.

Sie schaut mich verletzt an. »Du hast mich nicht lieb.«

Es ist wie ein Schwert, das durch mich durchfährt. »Doch, ich hab dich unglaublich lieb.«

»Dann bleibst du bei mir«, sagt sie. Und es hört sich in Kinderlogik so einfach an, und in Erwachsenenlogik ist es viel komplizierter und ich kann nicht einfach alles stehen und liegen lassen.

»Honey, ich hab dich lieb, aber das kann ich jetzt nicht versprechen«, sage ich.

Ihre Augen füllen sich mit Tränen. Ich will nach ihr greifen, sie trösten, aber sie stößt meine Hände weg, dreht sich um, läuft den Gang entlang. Ihre Schultern sind zusammengesackt, ihre ganze Haltung zeugt von der schweren Bürde, die sie gerade tragen muss.

»Es tut mir leid«, sagt Mary und legt mir eine Hand auf den Arm. »Ich hab nur gesagt, dass du noch drei Wochen hier bist und dann nach Deutschland zurückgehst. Ich hab nicht gedacht, dass ...« Sie bricht ab.

»Schon gut. Wir hatten nur das Thema heute schon«, meine ich, stehe auf, bemerke, dass wir noch mehr Zuschauer haben.

Ich frage Miranda: »Ist es okay, wenn ich Ella hinterhergehe?«

Sie schaut mich verwundert an. »Ja, sicher.«

»Ich mein, ich will nicht eure Privatsphäre stören.«

Sie kann ein Lächeln nicht ganz unterdrücken. »Schon okay. Familie ist Familie.«

Ich zucke zusammen und gehe Ella dann hinterher.

Sie liegt in einer Ecke auf dem Teppich und weint. Ihr Anblick bricht mir das Herz. Sie soll nicht so traurig sein.

Ich setze mich neben sie, ziehe sie trotz ihres Protests in meine Arme und halte sie. »Baby, ich hab dich unglaublich lieb. Ich möchte so gerne bei dir bleiben. Glaub mir.«

Sie schluchzt: »Ich will meinen Daddy.«

›Ich will deinen Daddy auch‹, denke ich. »Dein Daddy ist noch arbeiten.«

»Ich will meinen Daddy«, weint sie wieder und wieder. Sie steigert sich immer mehr hinein, lässt sich nicht mehr beruhigen, dass ich keinen anderen Ausweg weiß, als ihn anzurufen.

»Baby, ich kann jetzt nicht«, meldet er sich und klingt furchtbar gestresst.

»Aber Ella ...«

»Ist sie verletzt?«, fragt er alarmiert.

»Nein.«

Er atmet erleichtert aus. »Kümmer dich drum ... Hey, nicht da hin, das muss auf die andere Seite«, ruft er jemandem zu. »Bitte, Marlene, was immer mit Ella ist, du machst das schon. Bitte, ich brauch deine Hilfe.«

Er legt auf und ich bin perplex.

»Ella«, versuche ich es wieder.

Sie strampelt in meinen Armen. »Nein, nein!«

»Bitte hör auf zu weinen. Ich muss auch weinen, wenn du weinst.« Und wirklich, mir treten bereits Tränen in die Augen. Meine Wimpern sind schon feucht und ich blinzel.

Sie stockt kurz und schaut mich an. Ihr Gesichtchen rot geweint, fleckig vor lauter Tränen, ein bisschen knautschig vor lauter Anstrengung. Sie fährt mit dem Zeigefinger die Spur der Träne nach, die sich gerade löst.

»Nicht weinen«, flüstert sie und klammert sich an mir fest. Sie drückt ihr Gesichtchen gegen meins, küsst mich auf die Wange. Ich halte sie ganz dicht an mich gedrückt.

»Ella, ich hab dich lieb und will dich nie verlassen«, flüstere ich ihr zu. »Wir verbringen jeden Tag den ganzen Tag zusammen, solange ich hier bin, ja? Ich sprech mit deinem Daddy, dass du nicht wieder in den Kindergarten gehst, während ich hier bin, okay?« Sie nickt und drückt ihren kleinen Körper gegen meinen. »Und danach telefonieren wir und ich komme ganz oft, und du kannst mich auch besuchen kommen, okay?« Sie nickt wieder.

Ich bedecke ihr Gesichtchen mit Küssen, bin so erleichtert, dass sie nicht mehr weint.

»Vergisst du mich?«, fragt sie plötzlich.

»Nie, Baby, ich könnte dich nie vergessen. Du bist meine beste Freundin.«

Sie lächelt, und es ist, als würde die Sonne nach langem Regen aufgehen. »Wirklich?«

Nicht wirklich, weil du so viel mehr für mich bist als eine Freundin, aber ich nicke. »Wirklich.«

Ich wische die Tränen ab, stehe auf, hebe sie hoch und gehe mit ihr ins Bad, wo wir uns beide die Gesichter waschen. Sie hält mir die Arme hin, damit ich sie wieder hochnehme, und gemeinsam gehen wir zurück in den Speisesaal. Die Gespräche verstummen, als wir wieder reinkommen.

»Alles okay?«, fragt Thea besorgt.

Ich nicke und setze mich mit Ella auf meinen Stuhl. »Alles okay. Ich muss nur herausfinden, wo man ein Einhorn kaufen kann.«

Ella lacht leise, sie will es nicht, aber sie tut es. Ich kitzel ihre Seite und sie kann es nicht mehr zurückhalten und kreischt vor Freude los. Erleichterung hängt in der Luft. Mary schaut mich dankbar an, dann kommt sie und umarmt mich fest.

Ella weicht den ganzen Abend nicht mehr von meiner Seite. Wenn ich sitze, sitzt sie auf meinem Schoß, wenn ich stehe, ist sie auf meinem Arm oder umarmt meine Beine. Nicht mal zu Tante Thea will sie gehen, die ihr ganzes Repertoire auspackt, um Ella doch noch zu überzeugen, ihr eine Chance zu geben. Aber nichts da.

Ich unterhalte mich mit Tom und James. Letzterer arbeitet für einen Gitarrenhersteller, und wie sich herausstellt, war er 1976 und 1977 Roadie bei The Clash. Er hatte eigentlich nur die Winterferien bei Verwandten in England verbringen sollen, ist dann aber irgendwie auf die Band getroffen, die zu dem Zeitpunkt noch vor dem großen Durchbruch war. Er ist dageblieben, weil er an sie und ihre Musik geglaubt hat. Am 4. Juli haben sie dann ihr erstes Konzert als Vorgruppe der Sex Pistols gespielt und kurz darauf haben sie bei einem großen Label unterzeichnet.

»Wow«, sage ich. »The Clash. Die gehören mit den Sex Pistols und den Ramones zu den einflussreichsten Punkbands der

Geschichte. Und du hast einen Teil miterlebt. Wow, du bist mein Held.«

Er lacht leise und streicht sich verlegen über das Gesicht. »Na ja, damals war das alles noch nicht so wie heute. Die Zeit war wilder, es war okay, Dinge auszuprobieren. Es war nicht das Ende der Welt, wenn man mal einen Sommer ausgestiegen ist. Was Verrücktes machen, gehörte irgendwie dazu.«

Tom grinst. »Mein Dad war ein Rockgroupie.«

»Roadie«, sagen James und ich wie aus einem Mund. Wir lachen.

»Ist das die Musik, die du auch magst?«, fragt James mich.

Ich nicke. »Ich liebe die Ramones und ich höre gerne punkige Sachen, auch so Dinge, die in Richtung Pop-Punk gehen wie Blink 182. Aber ich bin eher ein Rockchick.«

Er lacht leise.

»Woher kommt dein Akzent?«, fragt Tom plötzlich.

»Deutschland.«

Er schaut mich überrascht an. »Das hätte ich nicht gedacht. Ich hätte gedacht, dass du öfter umgezogen bist oder so. Aber Deutsch hört es sich ganz und gar nicht an.«

Ich lächel leicht. »Nate hat gesagt, dass ich verschiedene Worte in verschiedenen Akzenten sage.«

Tom nickt. »Tust du auch. Das hört sich total nett an.«

»Hörst du auch deutsche Sachen?«, fragt James.

Ich nicke. »Ja, vor allem Die Toten Hosen.«

Er schaut einen Moment perplex und sagt dann: »Von denen hab ich doch schon gehört.« Er zieht sein Handy raus und spielt ein Lied. *Pushed Again*.

Ich grinse. »Ja, das sind sie. Aber eigentlich singen sie Deutsch.«

»Ich mag die Musik«, sagt er und schaltet sein Handy wieder aus. »Sie hat Kraft, ohne erdrückend zu sein. Die Balancen sind sehr gut. Die Stimme des Sängers wirklich sehr passend für diese Musik. Er kann soft sein, aber auch Vollgas geben.«

»Er wollte mal Schlagzeuger werden«, sage ich und er lacht.

»Echt?«

»Ja, als sie die Rollen verteilt haben, wollten alle Schlagzeuger sein, er hat verloren und wurde Sänger.«

Tom und James grinsen. »Ich hätte nicht gedacht, dass der Sänger jemals die Verliererrolle sein würde«, meint James belustigt.

»Sie machen halt alles anders.«

Ellas Kopf liegt auf meiner Schulter und sie schläft. Sie wird mir langsam zu schwer, aber ich will sie auch nicht loslassen. Ich bin viel zu gerührt von der Tatsache, dass sie mich nach so kurzer Zeit schon so sehr liebt, dass es sie so unglaublich traurig macht, dass ich gehen könnte.

Der Abend ist schön. Sie sind nett, es ist egal, dass ich nur Jeans anhatte. Niemand hat über die pinke Schleife in meinem Haar gelacht, weil alle sie als das wahrgenommen haben, was sie ja auch ist: ein Symbol, dass ich Ella ins Herz geschlossen habe.

Eigentlich sollte Ella bei Mary schlafen, aber ich nehme sie mit nach Hause. Ich ziehe sie aus, ziehe ihr ihren Schlafanzug an, will sie ins Bett legen. Aber sie ist nach wie vor anhänglich, will nicht alleine bleiben. Schulterzuckend nehme ich sie mit in Nates Bett. Sie kuschelt sich eng an mich, legt ihre Hände auf meine, die ihren kleinen Körper halten. Sie schläft ein. Das ruhige Atmen, das gleichmäßige Geräusch lässt auch meine Augen zufallen.

Ich wache erst auf, als Nate nach Hause kommt.

Er macht Licht an. Ich blinzel erschrocken, und als er sieht, dass Ella bei mir ist, macht er das Licht wieder aus.

»Du Arsch«, murmel ich.

Er zieht sich bis auf die Boxers aus und legt sich hinter mich. »Ich hab gedacht, ich hätte mich klar ausgedrückt, dass ich dich nackt und alleine in meinem Bett will.« Seine Hände ziehen mich nah an seinen Körper. Er küsst mein Haar, meinen Hals, meine Schultern.

Ella bewegt sich und er seufzt. Er steht wieder auf, nimmt

Ella auf die Arme und bringt sie in ihr Bett. Dann kommt er wieder zu mir, legt sich auf mich. Ich öffne meine Beine für ihn, er legt sich zwischen sie.

»Was ist passiert?«, fragt er und küsst sanft meine Lippen.

»Mary hat mich zu eurem Familienessen mitgenommen.«

Sein Kopf fährt überrascht hoch. »Was?«

Irgendwas an seinem Tonfall bringt mich dazu, mich zu verteidigen. »Tut mir leid, ich wollte eigentlich nur Ella da abgeben, und dann hat sie mich eingeladen. Was hätte ich tun sollen? Ich wusste nicht, dass du nicht willst, dass ich dort bin.«

»Das meinte ich gar nicht. Aber *ich* wollte dich das erste Mal mitnehmen. Du solltest durch so was nicht alleine müssen. Sie sind laut und verrückt und neugierig, und sie fragen dich aus, bis sie alles genau wissen. Ich wollte nicht, dass das passiert.«

»Na ja, Pech.«

»Ich wollte mein Mädchen vor den Hyänen beschützen«, murmelt er und weiß genau, was seine Worte in mir auslösen.

Ich schüttel mich. »Das ist jetzt egal. Jedenfalls hat dann Mary zu Miranda gesagt, dass ich bald wieder weg bin, und Ella hat das gehört. Sie ist in Tränen ausgebrochen und konnte sich gar nicht mehr beruhigen. Sie hat nach ihrem Vater gerufen, den das aber ja nicht interessierte.« Gut, vielleicht bin ich unfair. Na ja, nicht nur vielleicht. Und ich wollte es auch eigentlich ganz anders sagen, aber das hat nicht geklappt.

Er rollt sich von mir runter, setzt sich an den Rand des Bettes. Ich hab ihn getroffen. Ich springe auf, knie mich hinter ihn, schlinge meine Arme um ihn. Er kommt mir nicht entgegen, stößt mich aber auch nicht weg. Ich lege meinen Kopf an seine Schulter.

»Es tut mir leid. So meinte ich das gar nicht. Es sollte nicht so hart klingen. Tut mir leid, Nate. Wirklich. Es war einfach nur so schlimm, sie weinen zu sehen, ihr nicht helfen zu können. Und dann hat sie mir noch vorgeworfen, dass ich sie nicht lieb haben würde, und mir ist fast das Herz gebrochen.« Tränen laufen über mein Gesicht, tropfen auf seine nackte Schulter. Seine Hände finden meine, streicheln sie.

»Baby, schon gut«, murmelt er leise. Er versucht uns umzuarrangieren, aber ich halte ihn fest.

»Nein, es ist nicht gut. Ich bin nicht so.«

»Wie bist du nicht?«, fragt er und versucht immer noch, mich auf seinen Schoß zu ziehen. »Marlene, lass los, und komm her!«

Aber ich kann gerade nicht. »Ich bin niemand, der Dinge sagt, um andere zu verletzen. So will ich auch nicht sein. Es tut mir leid.«

Er steht auf, geht einen Schritt nach vorne, sodass ich loslassen muss. Er zieht mich in seine Arme, setzt sich wieder und hält mich fest, während ich mein tränennasses Gesicht an seinem Hals vergrabe.

»Alles ist okay«, murmelt er in mein Ohr, wiegt mich sanft hin und her. »Mach dir keine Gedanken, Baby. Alles ist in Ordnung.«

»Ich wollte nicht gemein sein.«

»Ich weiß.« Seine Hände streicheln mich, halten mich, beschützen mich.

»Es tut mir leid.«

»Ich weiß, Baby. Alles okay.«

Als ich aufhöre zu weinen, legt er seine Hand an mein Kinn und hebt mein Gesicht. Seine Lippen sind warm, als sie auf meine treffen. Ich seufze leicht und er lächelt.

»Danke, dass du auf meine Tochter aufgepasst hast«, sagt er dann und schaut mir fest in die Augen. »Ich weiß, ich war kurz angebunden. Ich weiß, Ella ist nicht deine Verantwortung, sondern meine.« Ich versteife mich kurz, er spürt es, geht aber nicht darauf ein. »Ich hätte niemand anderen als dich mit dieser Situation allein gelassen. Weil ich dir vertraue. Es mag verrückt sein, aber ich vertraue dir mehr als jedem anderen Menschen in meinem Leben, mit Ausnahme meiner Mutter vielleicht. Ich weiß, du liebst Ella. Ich weiß, du würdest nie zulassen, dass ihr etwas passiert. Ich weiß, du würdest alles tun, damit es ihr gut geht. Ich vertraue dir.« Ich nicke an seinem Hals. »Ich habe gerade gesagt, dass Ella meine Verantwortung ist, nicht deine. Das stimmt auch, aber ich will nicht, dass es so bleibt.« Er schaut mich an, sieht mir fest in die Augen.

»Ja, wir wollten alles langsam angehen, ja, wir wollten warten bis zum Ende deines Urlaubs, bevor wir eine Entscheidung treffen. Aber meine Entscheidung steht fest. Ich will dich in meinem Leben. Ich kann mir nicht vorstellen, wie es ist, ohne dich zu sein. Ich will, dass du mit uns zusammen bist. Ich weiß nicht, was du willst, weiß nicht, was du für Pläne hast. Ich weiß nur, dass ich nicht einen Tag von dir getrennt sein will.«

Ich schlucke. »Ich will das auch. Aber ich weiß nicht, wie wir das schaffen können.«

Er streichelt mir über das Gesicht. »Zieh zu uns.«

Mir wird das Herz schwer. »Ich hab mein Leben in Deutschland.«

Er schaut mich einen Augenblick nachdenklich an, dann küsst er mich. »Du musst entscheiden, was dir wichtiger ist. Ich kann hier nicht weg. Ella hat ihr Leben hier. Ich kann sie nicht fortreißen.«

Ich nicke. Das verstehe ich ja auch alles, aber irgendwie verstehe ich nicht, warum ich alles aufgeben muss. »Ich ... Das ist nicht so einfach.«

»Doch, Baby, es ist einfach. Du musst einfach nur auf dein Herz hören. Das kennt die Antwort.«

Ich lecke mir die Lippen. »Aber ich liebe auch die anderen Menschen in meinem Leben.«

Er nickt. »Ich weiß. Hör zu, du musst nicht jetzt einen Entschluss fassen, aber ich will, dass du weißt, was ich mir wünsche. Was sich auch Ella wünscht. Wir können für eine gewisse Zeit eine Fernbeziehung haben, aber das kann nicht ewig sein. Daher ist das alles nur ein Hinauszögern der Entscheidung. Wenn du dir gar nicht vorstellen kannst, hierherzuziehen, dann können wir es auch gleich sein lassen. Und ich sag das nicht, um dich zu verletzen. Nichts läge mir ferner, aber ich bin realistisch. Ohne eine Zukunftsperspektive sind wir zu Ende, bevor wir angefangen haben.«

Seine Worte treffen mich mitten ins Herz. »Ich weiß«, murmel ich. Auch wenn ich daran zu knabbern habe, dass er von mir erwartet, dass ich mein Leben umkrempel, er aber nicht dazu bereit ist, weiß ich, dass er grundsätzlich recht hat. Also stellt sich die Frage: Kann ich mir vorstellen, in die USA zu ziehen, mein Leben hier mit ihnen zu verbringen? Mein Herz schreit Ja, mein Verstand will alles überdenken.

Er schaut mich prüfend an und sagt dann: »Wir müssen das nicht heute entscheiden. Ich wollte nur, dass du weißt, wie es um mich steht.«

Ich nicke. »Okay.«

Er legt seine Hände an mein Gesicht, streichelt sanft über meine Schläfen. »Ich liebe dich, Marlene. Ich habe noch nie jemanden geliebt, wie ich dich liebe.«

Ich lege meine Hände an seinen Nacken und ziehe ihn zu mir, sodass sich unsere Münder vereinigen. Ich liebe ihn auch. Ich will mein Leben mit ihm und Ella verbringen, aber ich will meine Familie nicht verlassen. Wieso kann ich nicht beides haben? Ihn und mein Leben in Deutschland? Ich weiß, dass er dabei an Ella denkt. Ich bin mir fast sicher, dass er nicht so rigoros sagen würde, dass ich zu ihm ziehen muss, wenn es nicht um seine Tochter gehen würde. Wieso ist das nur so schwer?

Ich küsse ihn lange und ausdauernd. Wir legen uns hin, miteinander verschlungen. Ich liege auf ihm, mein Bein über seine Hüfte gelegt. Ich greife in seine Boxershorts, pumpe seine Länge entlang. Ich ziehe seine Shorts runter, meine ebenfalls, setze mich auf seine Hüften, umfasse seinen Schaft und führe ihn langsam ein. Er zieht meinen Oberkörper runter, zieht mir das Top aus. Hilft mir wieder hoch. Seine Hände umfassen meinen Busen, drücken und kneten, während ich ihn reite. Schneller und immer schneller. Ich lasse meine Hand zwischen meine Beine gleiten, massiere meine Klit. Als ich komme, dreht er uns um, und mit ein paar schnellen, harten Stößen ergießt er sich in mir.

Ich werde in seine Arme gekuschelt, dränge mich eng an ihn.

Streichel über seine Arme. Mir wird klar, dass ich es nicht überleben würde, ihn nicht bei mir zu haben. In Gedanken plane ich meinen Umzug nach San Francisco ...

Nate hat vier Tage frei, und wir beschließen, zum Lake Tahoe zu fahren. Freunde von ihm haben dort ein kleines Haus, das sie uns für die Zeit zur Verfügung stellen. Als wir ankommen, stellt sich heraus, dass das kleine Haus ein halbes Schloss ist. Ella tanzt durch das Wohnzimmer. Sie lacht und sieht wieder so glücklich aus wie all die anderen Tage. Das gestrige Drama scheint zunächst mal vergessen. Sie greift nach meiner Hand und wir hüpfen gemeinsam durch das Wohnzimmer.

»Daddy, komm«, ruft sie lachend. Nate grinst, als er zu uns kommt und mit uns tanzt. Ella hebt die Arme, will hochgenommen werden. Nate zieht mich an sich und Ella legt uns beiden einen Arm um den Hals.

›Wie eine Familie‹, schießt es mir durch den Kopf.

Später sitzen wir auf der Terrasse, genießen den Blick über den See. Ella malt hingebungsvoll in ihrem Disney-Malbuch. Nate grillt Würstchen und Steaks. Ich trete hinter ihn, schlinge die Arme um seinen Bauch.

»Hey, Baby«, murmelt er und streichelt über meine Finger.

Ich beiße ihm leicht in die Schulter, was ihn eindeutig amüsiert. »Hungrig?«, neckt er mich.

Ich drehe mich zu Ella, aber sie beachtet uns nicht. Ich lasse meine Hand in seinen Schritt gleiten und drücke leicht zu. Sein Schwanz regt sich sofort.

»Du kleine Hexe«, murmelt er.

Ich grinse leicht, lasse meine Hand in seine Shorts gleiten und umfasse ihn.

»Da bettelt doch jemand um ein Spanking«, lacht er, tut aber nichts, um mich aufzuhalten.

»Ich will dich«, hauche ich an seinem Nacken und sehe, wie sich seine Härchen aufstellen, er über und über Gänsehaut bekommt.

»Ich will dich auch, Baby«, antwortet er. »Den Beweis hältst du in Händen.«

»Daddy?«

»Ja, Baby?«, fragt er zurück. Ich nehme meine Hand aus seiner Hose.

»Welche Haarfarbe hat Belle?«

»Wer ist Belle?«

Ich lache und Ella stimmt ein. »Daddy weiß nicht, wer Belle ist«, juchzt sie.

»Keine Ahnung, dein Dad«, grinse ich. »Belle hat braune Haare.«

»Ach ja.« Sie widmet sich wieder ihrem Bild.

»Wer zum Teufel ist Belle?«, fragt Nate mich.

»*Die Schöne und das Biest*.«

»Ich bin froh, dass du da bist und ich mich mit so einem Scheiß nicht befassen muss«, meint er.

»Scheiß?«, frage ich entsetzt. »Das ist Disney!«

»Sag ich doch«, lacht er.

Mit einem bösen Funkeln in den Augen drehe ich mich zu Ella. »Honey, wollen wir nach dem Essen einen Disneyfilm mit deinem Dad schauen?«

Er gibt mir einen Klaps auf den Hintern, der mich hüpfen lässt.

»Ja«, jubelt Ella.

»Du Biest«, murmelt er mir ins Ohr, bevor er einmal in die zarte Haut an meinem Hals beißt. Sofort beschleunigt sich mein Atem. Er wirft mir einen »Dieses Spiel können zwei spielen«-Blick zu. Ich lege meine Arme wieder um ihn, kuschel mein Gesicht an seine Schulter.

»Ich liebe dich«, flüstere ich. Er löst langsam meine Finger, dreht sich um und zieht mich dann in eine enge Umarmung. Er küsst meinen Kopf, lehnt seine Wange an ihn, hält mich so fest, als wollte ich davonlaufen.

»Ich liebe dich, Marlene«, sagt er leise.

Ich hebe mein Gesicht, und er streicht sanft mit seinen Lippen an meinen vorbei, küsst den einen Mundwinkel und dann den anderen, bringt sie zum Zucken, bevor er zärtlich an meiner Unterlippe knabbert und Einlass in meinen Mund begehrt. Ich mache einen zufriedenen Laut, als seine Zunge auf meine trifft. Für eine sehr, sehr lange Zeit stehen wir knutschend am Grill, bevor wir uns lösen, weil es furchtbar verbrannt riecht.

Wir müssen beide lachen. Nate küsst mich noch mal. »Wie zwei Teenager«, grinst er, bevor er sich daran macht, unser Abendbrot zu retten.

Später schauen wir tatsächlich *Die Schöne und das Biest.* Nate sitzt in der Mitte und hat je einen Arm um seine Mädels gelegt. Ella und ich singen die Songs mit und machen, was man eben so macht bei einem Disneyfilm: lachen, quietschen, klatschen.

»Ich hab gedacht, nur kleine Mädchen sind so verrückt nach Zeichentrickfilmen«, flüstert er mir ins Ohr.

»Große Mädchen auch, aber dieses Mädchen hier freut sich mehr über den Porno, der gleich im Schlafzimmer läuft«, flüster ich zurück.

Seine Hand schließt sich augenblicklich besitzergreifend um mich. Ich kuschel meinen Kopf gegen seine Schulter und er lehnt seinen gegen meinen.

»Komm, Ella-Baby«, versucht Nate sie am nächsten Tag zum Weitergehen zu bewegen. »Es ist nicht mehr weit.«

»Nein«, jammert sie und setzt sich auf den Boden am Wegesrand.

Sie gibt eine traurige Gestalt ab. Aber der Weg, den wir gehen, ist auch schwierig, gerade wenn man so kurze Beine hat. Sie hat echt lange durchgehalten, aber jetzt kann sie einfach nicht mehr.

»Kannst du den Rucksack tragen, Baby?«, fragt er mich. Als ich nicke, reicht er ihn mir. Dann hebt er seine müde Tochter hoch und setzt sie sich auf die Schultern. Sie vergräbt ihre Hände in seinen Haaren und schaut glücklich durch die Gegend.

Wir laufen nebeneinander weiter. Die letzten paar Meter sind richtig steil und ich komme auch ins Schwitzen. Oben angekommen, werden wir von einer fantastischen Aussicht entschädigt. Bäume und Wasser, so weit das Auge reicht. Einfach herrlich.

Ich lege meinen Arm um seine Hüfte, Ella trifft mich beim Rumhampeln auf seinen Schultern mit dem Fuß, aber alles ist okay. Ich stehe hier mit diesen beiden Menschen, die ich vor zwei Wochen nicht einmal kannte, und heute bedeuten sie die Welt für mich.

Nate lehnt sich für einen Kuss zu mir. Ich bin glücklich, richtig glücklich.

Wir gehen noch ein paar Schritte weiter und ich breite die mitgebrachte Decke auf der Wiese aus. Nate lässt Ella runter. Ich packe den Rucksack aus, hole die Sandwiches raus, die ich heute Morgen geschmiert habe. Es gibt auch Obst und ein paar Kekse, was zu trinken.

»Käse oder Truthahn?«, frage ich Ella. Sie nimmt Käse. Für ein paar Minuten picknicken wir schweigend. Die Sonne scheint, um uns sind die Laute der Natur, Vogelgezwitscher, man kann das Brummen von Hummeln und Bienen hören, der Wind raschelt in den Bäumen. ›Es ist wirklich ein wunderbarer Ort‹, denke ich.

Ich muss wohl verträumt durch die Gegend geschaut haben, denn irgendwann spüre ich Nates Hand an meiner Wange. Ich schaue zu ihm, er lächelt mich liebevoll an.

»Was denkst du, Baby?«

»Ich wünschte, Köln und San Francisco wären Nachbarstädte«, sage ich wahrheitsgemäß.

Er zieht mich mit sich auf die Decke, umarmt mich fest. »Wenn du mir sagst, dass wir eine Perspektive haben, irgendwann zusammenleben werden, dann schaffen wir alles, Baby. Versprochen. Aber ich muss wissen, dass du zu uns kommen wirst, egal wie lange es dauert.«

Ella setzt sich auf ihn drauf. »Daddy?«

»Ja, Baby? Was gibt es?«, fragt er belustigt.

»Wo kommen die Babys her?«

Er grinst. »Weißt du doch. Aus dem Bauch der Mutter.«

Sie starrt auf meinen Bauch, legt ihre Hand darauf. »Da war ein Baby drin?«

Er schüttelt den Kopf. »Nein, Marlene hat noch kein Baby bekommen. Hast du doch nicht, oder?«, fragt er dann mit zusammengezogenen Augenbrauen. Ich schüttel den Kopf.

»Hm.« Sie denkt einen Moment nach. Auf ihrer Stirn ist eine kleine Falte. »Was ist eine Ziefmutter?«

»Eine was?«

»Ziefmutter.«

»Meinst du Stiefmutter?«

Sie nickt. »Ja, Stiefmutter. Was ist das?«

»Wo hast du das Wort gehört?«, fragt Nate.

»Tante Thea hat das gesagt.«

Er streicht sich durch die Haare, sieht irgendwie nicht so ganz glücklich aus. »Das ist so was wie eine neue Mutter. Wenn die richtige Mutter nicht mehr da ist, dann kümmert sich die Stiefmutter um das Kind.« Sehr vereinfacht dargestellt.

Sie schaut nachdenklich. »Aber die sind immer böse.«

»Nein, sie sind nicht immer böse. Wie kommst du darauf?«

»Cinderellas Stiefmutter ist böse.«

»Ja, aber nicht alle sind so, Ellie«, sagt er liebevoll.

»Ich will keine böse Stiefmutter«, sagt sie dann.

Nate lacht. »Du bekommst auch keine böse Stiefmutter, Honey.«

»Versprochen?«

»Versprochen.« Er hält ihr die Hand für einen *High Five* hin und sie klatscht glucksend ein.

Dann wird sie still und denkt wieder nach.

»Was hast du noch auf dem Herzen, Ellie?«, fragt er.

Sie schaut unsicher, schaut auf mich, schaut zu ihm. »Tante

Thea hat gesagt ... ähm ... dass Marlene meine Stiefmutter ist.«

Nate schaut mich einen Moment überrascht an und ich zucke mit den Achseln. »Okay«, sagt er.

»Stimmt das?«

Ich sehe ihm an, dass ihn die Situation gerade ein kleines bisschen überfordert, weil er nicht weiß, wie ehrlich er mit seiner vierjährigen Tochter sein kann, ohne ihr vielleicht wehzutun, wenn es doch nicht alles so klappt, wie er sich das erhofft. Und ich es mir auch wünsche, keine Frage.

»Wir kennen Marlene noch keine zwei Wochen, Baby. Warten wir doch einfach ab«, sagt er dann, obwohl ich ihm ansehe, dass er die Antwort hasst. Er will seiner Tochter keinen Schmarrn erzählen, nur weil sie noch nicht alles begreifen kann. Er ist schon ein toller Typ.

»Aber ... aber ...« Ihre Unterlippe beginnt zu zittern.

»Was denn, Ellie?«, fragt er. Er zieht sie in seine Arme, legt sie zwischen uns und knuddelt sie fest.

»Sie soll bei uns wohnen.«

Drama doch nicht vergessen.

»Willst du das?«, fragt er sie.

Sie nickt und dann flüstert sie beinahe unhörbar: »Sie soll meine Zief... Stiefmutter sein.«

Ich muss kräftig schlucken, um nicht sofort in Tränen auszubrechen.

»Okay, Baby, wir werden eine Lösung finden, versprochen«, flüstert er ihr zu. Sie kuschelt sich an ihn, glücklich, dass ihr Held das Problem lösen wird.

Nate schaut mich lange unverwandt an. Dann zuckt er minimal mit den Schultern, als wollte er »Entschuldigung« sagen.

Ich streiche mit meinem Finger über seine Wange, um zu sagen: »Ist schon gut, was anderes hätte ich auch nicht gesagt.«

Als wir zurück ins Haus kommen, dusche ich schnell, bevor ich mich in Shorts und Shirt ins Wohnzimmer setze, während Nate und Ella zusammen lesen. Mein Handy klingelt und ich gehe ran.

»Hallo?«

»Marlene!«, ruft meine Mutter ins Telefon und bricht in Tränen aus.

Ich setze mich augenblicklich gerade hin. »Was ist passiert?«, kreische ich beinahe.

Nate schaut auf, zieht die Augenbrauen zusammen.

»Michaela hatte einen schlimmen Motorradunfall. Sie liegt auf der Intensivstation. Die Ärzte wissen nicht, ob sie durchkommt.« Ihre Stimme ist gebrochen.

O Gott! Micha! Mein Herz zieht sich zusammen, ich spüre so eine Enge in der Brust, als wäre ein Stahlseil um meinen Brustkorb geschlungen.

»Nein«, hauche ich.

»Du musst nach Hause kommen, Süße. Sie braucht dich, wir brauchen dich.«

Ich nicke und gehe im Kopf bereits alles durch, was ich jetzt erledigen muss. Aber alle Gedanken sind wirr, so verdammt durcheinander. Meine beste Freundin stirbt vielleicht. Junge Menschen sterben doch nicht so einfach. Ich kann es nicht verstehen, nicht nachvollziehen. Es sickert nur langsam in mein Bewusstsein.

»Ja«, sage ich einfach nur und lege auf. Ich sinke in die Kissen, starre mit großen Augen vor mich hin. Was muss ich tun?

»Baby?« Nate kommt zu mir, setzt sich neben mich, legt seine Hand auf meinen Arm.

Ich schüttel den Kopf.

»Was ist passiert? Du bist ganz blass. Geht es dir gut?«

Ich schüttel den Kopf. »Ich muss nach Hause, Nate. Meine beste Freundin hatte einen Unfall.« Ich krächze die Worte eher, als ich sie spreche. Sie wollen nicht so wirklich aus meinem Mund raus, ersticken mich beinahe.

»Geht es ihr gut?«, fragt er besorgt.

Ich schüttel mit dem Kopf. »Nein.«

Er schaut mich einen Moment unsicher an. »Lebt sie noch?«

Ich nicke. »Aber die Ärzte wissen nicht, ob sie überlebt.«

Er zieht mich in seinen Arm, will mich trösten, aber ich bin gerade nur so ein Eisklotz. Nach ein paar Minuten gibt er auf.

»Hast du dein Flugticket hier?«

Ich nicke und suche in meinem Handy nach der Mail mit der Flugbestätigung. Er nimmt es und ruft mit seinem Telefon jemanden an.

»Hey, Anita. Meine Freundin muss sofort zurück nach Deutschland. Kannst du das für sie erledigen? Ich schicke dir die Mail mit den Flugdetails jetzt zu. So schnell wie möglich von San Francisco.« Er hört zu, tippt auf meinem Handy rum, bei dem er gestern Abend das WLAN-Passwort eingegeben hat. »Ja, okay. Danke, Anita.« Er legt auf.

»Ella, geh bitte in dein Zimmer und pack deine Sachen ein. Wir müssen zurück.«

Sie verschränkt die Arme vor der Brust und schaut ihn böse an. »Nein, wir bleiben noch hier.«

»Keine Diskussionen. Tu, was ich sage«, sagt er mit fester Stimme.

Sie schenkt ihm zwar vernichtende Blicke, aber gehorcht dann doch.

»Baby, komm mit ins Schlafzimmer. Du musst dich anziehen. Ich pack unsere Sachen.« Ich nicke, mache aber keine Anstalten, aufzustehen.

Er hebt mich hoch, trägt mich ins Schlafzimmer, setzt mich auf dem Bett ab.

»Zieh dich an, Marlene«, sagt er streng, aber seine Worte dringen nicht so wirklich durch den Nebel in meinem Kopf.

Ich höre ihn seufzen, bevor er mir Sachen aussucht und zu mir kommt. Er zieht mein T-Shirt aus, hilft mir in meinen BH, zieht mir ein Höschen an, dann Jeans und ein Oberteil. Meine Füße steckt er in meine Sandalen. Ich bleibe sitzen, während er unsere Klamotten einpackt, die er schon ins Auto bringt. Ich höre ihn mit

Ella rumdiskutieren, die gar nicht angetan davon ist, dass sie mal gehorchen soll.

»Ella, jetzt ist gut«, sagt er in einem Tonfall, der keine Widerrede duldet. Sie ist entsetzt und beginnt zu weinen. Und dieses Geräusch reißt mich aus meiner Lethargie. Ich stehe auf und gehe in den Flur, wo Ella herzzerreißend weint und Nate sich frustriert durch die Haare streicht. Ich lege meine Hand auf seinen Arm und lächel ihn zaghaft an.

Augenblicklich ist er weniger nervös. Ella wirft sich an mein Bein, umklammert es. Nate löst sie von mir und schließt sie fest in die Arme.

»Ella-Baby, wir müssen jetzt los. Es tut mir leid. Wir wiederholen das ein anderes Mal. Ich verspreche es dir. Aber jetzt geht es nicht anders, okay?«

»Du hast mich angemeckert«, weint sie.

»Tut mir leid. Ich hab mir Sorgen gemacht«, antwortet er. »Verzeihst du mir?«

Sie nickt und schließt ihre Ärmchen um ihn. Der pinke Gips ist mittlerweile mit allen möglichen Zeichnungen und Unterschriften verziert.

»Gut, dann los, Mädels.« Er setzt Ella ins Auto, öffnet mir die Tür und geht dann noch einmal schauen, ob wir auch nichts vergessen haben.

Die Fahrt ist schweigsam. Ich hänge meinen Gedanken nach, Ella ist noch ein wenig eingeschnappt, und Nate ist angespannt.

Ich mache mir furchtbare Sorgen um Micha. Und ich mache mir Vorwürfe, dass ich sie in den letzten Tagen über Nate und Ella vollkommen vergessen habe. Aus den Augen, aus dem Sinn. So wollte ich nie sein, und jetzt muss ich mir eingestehen, dass ich ganz offensichtlich genau so bin. Wie kann man denn über einen Mann seine beste Freundin vergessen? ›Ich bin wirklich eine miese Freundin‹, denke ich.

Nate legt seine Hand auf mein Bein, ein warmer Fleck auf meinem kalten Körper. Ich drücke sie dankbar. Es ist schon spät, als wir wieder zu Hause sind. Er hat zwischendurch noch einmal mit seiner Assistentin Anita gesprochen. Mein Flug geht morgen früh um acht. Mary wartet schon auf uns. Nate hält es für besser, wenn Ella nicht mit zum Flughafen fährt. Er will eine Szene vermeiden.

Er hat sie allerdings nur vorgezogen, denn Ella weint und schreit und ist ganz und gar böse auf die Welt, als sie sich von mir verabschieden soll. Es bricht mir das Herz. Ich verspreche ihr, wiederzukommen, ich verspreche, sie jeden Tag anzurufen, ich verspreche, dass wir uns bald wiedersehen, aber sie glaubt kein Wort. Kein einziges. Sie ist sauer und trommelt mit ihren kleinen Fäusten auf mein Bein, weil ich sie einfach verlassen will, sie nicht lieb habe, sie kein bisschen leiden kann, sonst würde ich ja nicht gehen.

Sie beruhigt sich nicht mehr, auch Nate kann da nichts ausrichten. Es hat keinen Sinn, sie jetzt zu Mary zu schicken. Stattdessen gehe ich mit ihr. Ich packe meine Sachen zusammen, verabschiede mich von Ella, die mich keines Blickes würdigt. Mein Herz bricht in viele, viele kleine Stücke. Nate küsst mich, entschuldigt sich für das ganze Drama, dafür, dass er mich nicht zum Flughafen bringen kann.

Es tut weh, aber er muss für Ella da sein. Sie ist seine Priorität. Und genauso muss es auch sein. Würde er anders handeln, wäre er nicht der Mann, in den ich mich verliebt habe, wäre er nicht der Mann, in den ich mich überhaupt verlieben könnte.

Ich bin schweigsam auf dem Weg zu Mary. Sie fährt meinen Mietwagen, weil Nate nicht geglaubt hat, dass ich ihn fahren kann. Damit hat er auch recht. Ich bin ganz sicher nicht in der Lage, jetzt ein Auto zu lenken. Ich bin viel zu fahrig, viel zu nervös.

Mary und Nora tun alles, um es mir für diese eine Nacht so angenehm wie möglich zu machen, aber es nutzt nichts. Ich mache mir Sorgen um Micha, Sorgen um Ella, weil sie so traurig ist, und ich vermisse Nate, der neben mir liegt, mich in den Armen hält, mir das Gefühl gibt, der wichtigste Mensch auf diesem Planeten zu sein.

Mein Handy piept.

Es tut mir so leid, Baby. Ich hab ein furchtbar schlechtes Gewissen.

Ich überlege, was ich schreiben soll.

Ich liebe dich, Nate. Ich wünschte, es wäre anders.

Nicht einmal zehn Sekunden nach meiner Nachricht ruft er an.

»Wie meinst du das?«, fragt er entsetzt.

Ich bin überrascht. »Ich mein, ich wünschte, ich müsste nicht gehen, ich wünschte, ich würde neben euch wohnen, ich könnte alles zusammen haben, statt mich entscheiden zu müssen.«

»Fuck«, murrt er. »Du hast mir mit deinem Satz einen Herzinfarkt beschert.«

»Wieso?«, frage ich verdutzt.

»Ich liebe dich, aber ich wünschte, es wäre anders?«

Ich stocke. Hab ich das tatsächlich so geschrieben? »Tut mir leid. Das war mir nicht bewusst, das wollte ich nicht schreiben. Ich wollte sagen, dass ich nicht weg will, aber dass ich weg muss.«

»Ich weiß«, sagt er leise. »Aber Baby, komm zu mir zurück. Bitte, komm zu mir zurück. Ich liebe dich so sehr, ich will nicht ohne dich sein.«

»Nate ...«, flüstere ich heiser. Irgendwie habe ich keine Tränen mehr. Ich hab seit dem Anruf meiner Mutter nicht geweint, nicht ein Mal.

»Ich weiß, du hast dafür jetzt keinen Kopf«, seufzt er frustriert.

»Wie geht es Ella?«, frage ich.

Er schnaubt. »Sie hat bis vor zehn Minuten geschrien und geweint und ist gerade vor Erschöpfung eingeschlafen.«

»Es tut mir so leid, Nate. Wir haben alles falsch gemacht, oder?«

»Nein, Baby. Es ist genau richtig so. Ella wird sich wieder einkriegen.«

»Sie hasst mich«, sage ich stockend.

»Sie liebt dich, das ist das Problem.«

»Sie hat mich geliebt, und jetzt hasst sie mich.«

Er seufzt. »Baby, sie liebt dich. Mach dir keine Gedanken. Das war nur die Show eines Kindes, das nicht bekommt, was es will.«

Wir sind einen Moment still. »Ich liebe dich«, sage ich dann.

»Ich liebe dich, Baby. Ruf mich an oder schreib mir, wenn du in Deutschland bist, ja?«

Ich verspreche es und lege auf. Mein Herz bricht noch ein bisschen mehr.

Kapitel 11

Die letzten vierundzwanzig Stunden habe ich wie in Trance verlebt. Meine Gefühlswelt ist vollkommen durcheinander. Angst um meine Freundin, Liebeskummer wegen Nate und Ella, Ungewissheit, was das jetzt für uns heißt. Ist das das Ende? Jede Faser meines Körpers ist angespannt. Ich fühle mich wie eine zusammengezogene Feder aus einem Kugelschreiber. Jeden Moment kann ich explodieren.

Als ich auf mein Gepäck warte, schicke ich Nate eine kurze Nachricht, dass ich in Deutschland bin. Meine Eltern warten am Ausgang auf mich. Sie haben beide rot geränderte Augen. Kein Wunder, Micha gehört, seitdem wir sechs sind, quasi zur Familie. Sie schließen mich in die Arme, sagen mir, wie leid es ihnen tut, wie sehr sie mich lieben, fragen, ob sie was für mich tun können.

»Gibt es was Neues?«, frage ich nervös.

Sie schütteln den Kopf.

»Ich möchte sofort ins Krankenhaus«, sage ich und sie nicken. Mein Dad nimmt meinen pinken Koffer und gemeinsam gehen wir ins Parkhaus.

»Sollen wir mit reinkommen, Liebling?«, fragt meine Mom.

»Nein, ihr braucht auch nicht zu warten. Ich bleib so lange sie mich da sein lassen. Würdet ihr mein Gepäck zu mir nach Hause bringen?«

Meine Mom schaut mich überrascht an. »Ich dachte, du würdest erst mal nach Hause kommen.«

Ich rolle innerlich mit den Augen, bemühe mich aber, ruhig zu bleiben. »Mama, bitte! Ich will das nicht immer und immer wieder diskutieren. Ich bin fast dreißig und wohne schon seit zehn Jahren nicht mehr bei euch. Meine Wohnung ist mein Zuhause.«

»Ich mein es ja nur gut mit dir«, murmelt sie.

Ich lege ihr den Arm auf die Schulter. »Ich weiß, Mama. Tut mir leid. Aber ich bleibe so lange es geht bei Micha und dann brauche ich ein bisschen Zeit für mich. Wir sehen uns morgen, okay?«

Sie nicken. Mein Vater gibt mir einen Kuss, meine Mama umarmt mich. Ich gehe ins Krankenhaus, frage nach Micha und werde zur Intensivstation geschickt. Dort muss ich mir OP-Kleidung, Handschuhe, Haube und Mundschutz anziehen und kann dann zu ihr.

Ich bin entsetzt, als ich sie sehe. Das soll meine Micha sein? Sie sieht vollkommen anders aus. So ... zermatscht. Überall aus ihr kommen Schläuche, man kann kaum ihre Haut sehen, weil sie entweder verbunden oder sie voller blauer Flecke ist. Sie sieht gruselig aus. Ein Schluchzer löst sich aus meiner Brust, aber immer noch kommen keine Tränen. Ich kann nicht weinen, meine Brust ist wie zugeschnürt.

Ich setze mich an ihr Bett, nehme vorsichtig ihre Hand in meine. Sie ist schlaff, als wäre schon alles Leben aus ihr gewichen. Ich bin furchtbar entsetzt, hätte nicht damit gerechnet, dass es so schlimm ist. Ich sitze stundenlang da.

Irgendwann sagt eine Schwester neben mir: »Ihre Eltern wollen sie jetzt sehen.«

Ich nicke und gehe mit ihr raus. Draußen stehen Gabi und Frank, Michas Eltern. Sie sehen schlecht aus. ›Wenn das einzige Kind verletzt ist, muss in einem selbst etwas zerbrechen‹, denke ich. Mir geht es so, wenn ich an Ella und ihr Leid denke, und sie ist nicht mal meine Tochter.

Ich umarme sie, wir haben alle keine Worte, wissen nicht, was man sagen kann. Eines ist klar: Es gibt keine Worte, die dafür sorgen, dass es einem von uns besser geht. In so einer Situation sind Worte gänzlich inadäquat. Buchstaben aneinandergereiht mögen keinen Trost spenden, wenn dann noch die Sprache des Herzens, aber auch die ist schwach in den dunkelsten Stunden.

Ich setze mich auf die Bank im Wartebereich. Irgendwann kommt Can, Michas Freund. Er sieht auch nur noch aus wie ein Schatten seiner selbst, wie eine verzerrte Fratze des fröhlichen Menschen, der er einmal war. In einem anderen Leben vielleicht. Er umarmt mich und bricht zusammen.

Micha, Can und ich kennen uns beinahe unser ganzes Leben. Micha und ich haben uns in der Grundschule kennengelernt. Am ersten Tag wurden wir nebeneinander gesetzt, und das war es. Freunde für immer, für die Ewigkeit und darüber hinaus. Als wir ins Gymnasium kamen, trafen wir auf Can. Es war, als hätten wir unseren Aramis gefunden. Von da an waren wir immer zusammen. Es wurde ein wenig merkwürdig, als Micha und Can begannen, sich füreinander zu interessieren. Da waren sie so vierzehn. Noch merkwürdiger wurde es, als sie dann anfingen, miteinander zu schlafen, etwa ein Jahr später, und ganz besonders merkwürdig wurde es, als sie vor drei Monaten verkündeten, dass sie heiraten wollen.

Für mich war das immer ein bisschen inzestuös, das Verhältnis der beiden. Schließlich ist Micha wie meine Schwester und Can wie mein Bruder. Wenn das nicht verboten ist. Aber ich freue mich für sie. Wie kann man sich nicht für jemanden freuen, der schon in so jungen Jahren seine andere Hälfte gefunden hat?

Ich schlinge meine Arme um ihn, halte ihn. Er weint – und Can weint nie. In den fast zwanzig Jahren, die ich ihn kenne, habe ich ihn nie weinen sehen. Micha auch nicht, wie sie mir mal sagte. Aber jetzt laufen ihm die Tränen die Wangen runter. Wenn ich nicht schon immer gewusst hätte, dass er sie über alles liebt, dann wäre es mir jetzt wie Schuppen von den Augen gefallen. Aber Can ist so ein Typ, der einem immer zeigt, woran man bei ihm ist. Wenn er dich liebt, dann weißt du es. Wenn er dich hasst, dann weißt du es. Er kann seine Gefühle nicht verbergen, und er will es auch nicht. Und doch ist er auch gleichzeitig so unemotional. Er hat nicht mal bei *Hachiko* geweint, und JEDER hat dabei geweint.

»Danke, dass du zurückgekommen bist«, murmelt er. »Ich wüsste nicht, wie ich es ohne dich schaffen sollte, Lene.«

Ich schlinge meine Arme um ihn, halte ihn fest, ganz fest.

»Was ist denn passiert?«, frage ich irgendwann.

Er setzt sich auf, wischt sich die Tränen ab. »Wir waren mit den Bikes unterwegs. Der Tag war super, wir hatten viel Spaß. Wir brauchten mal einen Tag weg von all den Hochzeitsvorbereitungen. Wir waren schon fast wieder zu Hause, als in einer Kurve ein Auto ein anderes überholt hat. Er hat Micha nicht gesehen und sie einfach über den Haufen gefahren, mit voller Geschwindigkeit, nicht mal ein wenig abgebremst hat er.«

Er verzieht sein Gesicht vor lauter Schmerzen. »Diese Scheißautofahrwichser! Denken, die Straße gehört ihnen, und es ist ihnen scheißegal, wenn sie damit Leben zerstören.«

In dem Moment kommen Michas Eltern in unsere Richtung.

»Was willst du hier?«, kreischt Gabi plötzlich los.

Ich bin perplex. Eigentlich lieben Gabi und Frank Can.

»Gabi, es tut mir so leid«, versucht es Can. Er steht auf und geht auf sie zu.

»Verschwinde! Du hast beinahe mein Baby getötet! Ich will dich hier nicht sehen!« Ich schaue von einem zum anderen. Was ist hier los?

»Bitte, ich liebe sie«, sagt er. »Sie ist mein Ein und Alles. Ich leide auch. Ebenso wie ihr.«

Gabi schaut ihn abschätzig an. »Deinetwegen hat sie ein Motorrad, nur deinetwegen! Du hast sie auf dem Gewissen! Wenn sie nicht aufwacht, dann bist du schuld!«

»Gabi!«, rufe ich entsetzt. »Micha liebt Motorradfahren, das hat sie nicht wegen Can angefangen, das ist nur etwas, das sie beide gemeinsam machen. Und auch wenn, Can kann da nichts für!«

»Sie ist mein Baby!«, schluchzt sie.

Ich nehme sie in den Arm, während ihr Körper verzweifelt auf und ab hüpft. »Ich weiß, Gabi. Sie ist dein Baby. Sie ist auch mein Baby und Cans Baby. Er liebt sie ebenso wie wir.«

Sie vergräbt ihren Kopf an meiner Schulter, krallt ihre Fäuste in meinen Pulli.

Can kommt näher und legt ihr die Hand auf den Rücken. Sie versteift sich kurz, lässt es dann aber zu. Und dann zieht er sie in seine Arme und sie verbirgt den Kopf an seiner Brust. So muss es ja auch sein. Die Menschen, die sie am meisten lieben, sollten sich gegenseitig stützen, statt sich Vorwürfe zu machen. Frank legt den Arm um mich und küsst mich auf die Stirn.

»Danke, dass du sofort nach Hause gekommen bist, Mäuschen.«

Ich schaue ihn an. »Nichts hätte mich aufhalten können.«

Wir sitzen noch ein wenig zusammen, bevor Frank Gabi nach Hause bringt. Es ist zu viel Aufregung für sie. Zuvor geben sie uns beide noch als Familienmitglieder an, sodass wir sie besuchen und die Ärzte nach Informationen löchern dürfen.

Ich bin müde, jetlagig, entsetzt von Michas Aussehen in dem sterilen Raum. Vor dem Weiß der Umgebung setzt sich ihre geschundene Haut noch stärker ab. Ich sitze an ihrem Bett. Ich habe Can überredet, schlafen zu gehen. Er ist nur unter Protest nach Hause gegangen, aber er braucht Schlaf. Niemandem ist geholfen, wenn er zusammenklappt.

Was, wenn sie nicht mehr aufwacht? Mir wird plötzlich ganz kalt. Was, wenn sie nicht mehr zu mir zurückkommt? Wie soll ich mein Leben bestehen, wenn meine kluge, witzige, freundliche Micha nicht mehr an meiner Seite ist, die mir auch mal ordentlich in den Hintern treten kann, wenn ich es brauche? Und dann schäme ich mich. Hier sitze ich und denke darüber nach, was das für mich bedeutet. Dabei sollte ich doch an sie denken, nicht an mich. Wann bin ich eigentlich so egoistisch geworden?

Ich traue mich gar nicht wirklich, sie zu berühren. Sie sieht so zerbrechlich aus. Ich mein, sie ist auch gerade mal 1,60 und wiegt höchstens fünfzig Kilo. Aber normalerweise kann sie nichts schrecken. Große Klappe, versteckt sich nicht, wenn es brenzlig wird, legt sich auch mit Typen an, die dreimal so groß sind wie sie. Sie wirkt immer sehr viel größer, als sie ist. Dabei vergisst man wohl manchmal, dass sie eigentlich in einem winzig kleinen Körper wohnt.

Ich streichel über ihre Finger, hoffe, dass sie es spüren kann. Sie wirkt so ... entschwunden, als wäre sie schon tot. Wieder schnürt es mir die Brust ein. Wieder kann ich nicht atmen. Wieder spüre ich Panik in mir aufsteigen. Meine Micha. Verdammt!

Ein paar Stunden später kommt Can zurück, und ich nehme mir ein Taxi nach Hause. Todmüde falle ich ins Bett und schlafe sofort ein.

Als ich irgendwann erwache, ist schon helllichter Tag. Ich fühle mich wie vom Lastwagen überrollt, auch wenn mir im gleichen Moment klar wird, dass es angesichts der Situation doch ein wenig makaber ist, so etwas zu denken. Ich schleppe mich ins Bad, stelle mich unter die Dusche. Es tut so gut, wieder sauber zu werden. Nach einer Flugreise habe ich eh immer das Gefühl, vollkommen dreckig zu sein. Dazu kommen noch die ganzen Bakterien im Krankenhaus und man fühlt sich wie eine Petrischale.

Ich schlinge mir ein Handtuch um den Kopf und ein anderes um den Körper. Ich suche nach meinem Handy und bemerke, dass ich vergessen habe, es nach dem Krankenhaus wieder anzustellen. Ich hole das nach. Es sind drei Anrufe von Nate eingegangen und fünf Textnachrichten. Trotz der traurigen Situation zaubert allein der Gedanke an ihn ein Lächeln auf meine Lippen.

Wie geht es deiner Freundin? Hat sich was geändert?

Wie süß, dass er sich direkt nach Micha erkundigt. Aber was

anderes wäre ja auch gar nicht möglich gewesen, er ist viel zu toll, um auch nur für eine Sekunde anders zu handeln.

Ich denk an dich, Baby. Melde dich. Ich vermisse dich.

Ich liebe dich, Marlene. Vergiss das nicht.

Die anderen beiden Nachrichten sind von Can und meiner Mutter. Letztere will nur wissen, wann ich komme. Es ist etwas mühsam, ihre Nachrichten zu lesen, weil sie immer wieder vergisst, wo die Leertaste ist. Ich schaue auf die Uhr, elf. Ich schreib zurück, dass ich zum Mittagessen da bin.

Can fragt, ob ich nachmittags wieder zu Micha kommen könnte. Er hat einen dringenden Termin, den er nicht absagen kann. Ich schreibe zurück, dass ich um vier da bin.

Dann schreibe ich Nate:

Alles unverändert bei Micha. Ich liebe dich auch und vermisse dich so sehr. Wie geht es Ella? Hasst sie mich noch?

Ich geh zurück ins Bad, um mir die Zähne zu putzen, aber da klingelt mein Handy. Als ich sehe, dass es Nate ist, bin ich verdutzt, immerhin ist es zwei Uhr morgens in Kalifornien.

»Hey, was bist du so spät noch auf?«, frage ich erfreut.

Er grinst. »Ich kann nicht schlafen, weil mein Bett so leer ohne dich ist.«

»Schmerzende Hoden?«

Er lacht. »Das auch.«

Wir sind einen Moment still. »Ich vermisse dich, Marlene. Ich hätte nie gedacht, dass man sich in nicht mal zwei Wochen so sehr an eine andere Person gewöhnen kann.«

»Ich vermisse dich auch, euch auch. Wie geht es Ella?«

Er seufzt leise. »Sie ist traurig.«

Es bricht mir das Herz. »Es tut mir so leid.«

»Mir auch, Baby, mir auch.«

Wieder schleicht sich ein Augenblick Stille in unser Gespräch. »Wie geht es deiner Freundin?«

»Unverändert. Sie sieht so furchtbar aus. Überall Schläuche und ihre Haut. Alles nur voller Abschürfungen und Druckstellen. Aber am schlimmsten ist, dass sie so leblos aussieht, so als wäre jeder Kampf schon verloren.« Ich schlucke hart, kämpfe gegen das Band um meine Brust.

»Es tut mir so leid, Baby. Ich wünschte, ich wäre bei dir«, sagt er leise. Ich spüre, dass es tatsächlich so ist, er will bei mir sein, will mich trösten, für mich da sein.

»Ich wünschte, ich wäre bei dir«, flüstere ich.

»Wir haben kein Glück, was?«, fragt er und seine Stimme klingt traurig.

Ich bin ein wenig geschockt. »Was meinst du?«

»Ich weiß nicht so genau. Es fühlt sich nur ... hm ... nach Trennung an.«

Eine eiserne Faust schließt sich um mein Herz. »Was?«

»Vielleicht sollten wir realistisch sein«, meint er leise.

»Oh.«

Er flucht vor sich hin. »Ich liebe dich so sehr, Baby. Aber vielleicht haben wir einfach auch die Distanz unterschätzt. Vielleicht haben wir unterschätzt, was es heißt, im Grunde immer getrennt zu sein. Ich mein ... Fuck! Du bist am Boden zerstört, und ich bin zehntausend Kilometer weit weg und kann nichts tun, um dir zu helfen. Du musst damit alleine klarkommen. Es bricht mir das Herz! Und ich kann das nicht. Ich bin nicht der Typ, der einfach nur danebensteht, wenn es anderen schlecht geht. Schon gar nicht, wenn es dabei um die Liebe meines Lebens geht. Ich fühl mich so scheißhilflos, Baby! Alles, was ich will, ist, dich in die Arme zu nehmen, dich zu halten, wenn es dir schlecht geht, aber ich kann nicht, weil ich auf der anderen Seite der Welt bin. Vielleicht ist es einfach unfair von mir, zu verlangen, dass du dieses halbe Leben mit mir lebst, wenn du doch ein ganzes mit jemandem haben kannst, der nur drei Straßen weiter wohnt.«

Während seiner Rede bin ich durch eine Plethora an Gefühlen geeilt. Schock, dann wieder Hoffnung, dann irgendwie Freude, und jetzt? Jetzt will er mich loswerden?

»Wir sind gerade mal einen Tag getrennt«, meine ich.

»Das ist schon viel zu lange«, meint er. Ich kann die Prise Humor hören, die eingewebt ist.

Aber ich kann darauf nicht reagieren. »Nate, willst du das nicht? Willst du es nicht probieren?«

Er ist einen Moment still. »Was soll die Scheiße? Wir sind zusammen. Ende der Diskussion. Es macht mich nur wahnsinnig, weil ich dich vermisse, weil Ella dich vermisst. Und ich meine nicht Sex mit dir. Ich meine deine Anwesenheit. Das Haus fühlt sich leer an ohne dich.«

Ich atme erleichtert aus. »Nate, so ein Scheiß macht mich fertig!«

»Was?«, fragt er verwundert.

»Dass du mir hier den Schrecken meines Lebens einjagst und ich denke, dass du mit mir Schuss machst!«

»Was?«, fragt er entsetzt. »Bist du bescheuert? Hab ich dich vielleicht als Liebe meines Lebens bezeichnet?«

»Was weiß ich, Nate! Du hast von Trennung gesprochen und Realismus ...«

»Ich wollte nur aufzeigen, dass es schwer ist, nicht, dass wir nicht zusammengehören. Wag es nicht, das noch mal zu denken!«

»Du willst mich also?«, frage ich hoffnungsvoll.

»Jede Sekunde und mehr als alles andere.«

Und jetzt fließen die Tränen doch wieder. Ich lege mich aufs Bett und weine, weil ich dachte, ich würde Micha *und* Nate verlieren. Dabei kann er nur einfach nicht reden, sodass man ihn versteht.

»Baby, nicht weinen«, murmelt er. »Das ist genau das, was ich meine. Du weinst und ich bin tausende Kilometer weit weg. Das ist doch scheiße.«

»Ja«, nuschel ich.

»Mein süßes Mädchen, bitte wein nicht. Das macht mich fertig.«

»Ich hab gedacht, du wolltest mich nicht mehr«, schluchze ich.

»Fuck, Marlene! So einfach wirst du mich nicht mehr los.«

Ich lächel leicht. »Ich will dich nicht loswerden. Ich will mein Leben mit dir verbringen.«

Einen Moment ist er still, dann fragt er so hoffnungsvoll: »Du wirst also zu mir ziehen?«

Ich nicke. In diesem Moment wird mir klar, dass ich genau das will, genau das tun werde. Ich liebe ihn, ich liebe Ella. Ich will mein Leben mit ihnen verbringen.

»Marlene?«, fragt er nach, und mir wird klar, dass ich nicht hörbar geantwortet habe.

»Ich hab genickt.«

»Das kann ich nicht sehen«, erklärt er mir.

»Ja, ich komme zu euch.«

Er lacht. »Fuck, Baby, du machst mich so unglaublich glücklich!«

»Aber es geht nicht sofort.«

»Nein, natürlich nicht. Du musst darauf warten, dass deine Freundin aufwacht, und dann musst du für sie da sein, musst ihr helfen, zu genesen. Vielleicht in einem Jahr.«

Ich bin erleichtert, dass er es versteht, dass es okay für ihn ist. »Das ist okay?«

»Ja, Baby. Ich musste nur wissen, dass für dich die Reise in die gleiche Richtung geht. Dass wir irgendwann zusammen leben, zusammen wohnen, ein richtiges Leben haben. Jetzt kann ich warten.« Er lacht leise.

»Ich liebe dich«, flüstere ich.

»Ich dich auch. Warte mal kurz.« Ich höre Gemurmel.

»Marlene?«, fragt dann plötzlich Ella.

Mir treten sofort Tränen in die Augen. »Hi, meine Ella.«

Sie weint auch. »Ich vermiss dich.«

»Ich vermisse dich auch, Baby. Ich hab dich so lieb. Ich weiß gar nicht mehr, wie ich ohne dich leben soll.«

»Ich hab dich lieb«, sagt sie. »Kann ich dich sehen?«

»Gib mir deinen Dad eine Sekunde.«

»Ja?«

»Skype?«

»Okay. Mein Name ist natethegreat.«

Ich kicher. »Gar nicht eingebildet.«

»Kein Stück.« Er legt auf, und ich hole meinen Laptop, um mit ihnen zu skypen.

Als alles funktioniert, sehe ich Ella, die gespannt vor dem Laptop sitzt. Dann winkt sie plötzlich und lacht.

»Hey, Ellie-Baby«, sage ich und winke auch.

»Laynie!«, kreischt sie und greift nach dem Bildschirm.

»Ellie, du kannst sie nicht anfassen«, grinst Nate.

»Ich will sie küssen.«

Ich sehe, wie ihre Lippen näher kommen, bevor sie verschwinden. Offensichtlich weiß sie noch nicht, wo die Kamera ist.

Nate lacht. »Die Kamera ist da.« Er zeigt auf sie, und Ellie küsst mich noch einmal. Dann wartet sie gespannt, also mache ich das auch.

Sie lacht laut auf und klatscht in die Hände.

»Sie wird heute niemals wieder einschlafen«, meint Nate amüsiert.

»Dann könnt ihr euch Gesellschaft leisten«, meine ich. »Baby, wie geht es dir?«

»Gut«, sagt sie und lächelt.

»Was macht dein Arm?«

Sie hält den Gips hoch. »Gran hat versucht, Elsa zu malen.«

Ich lache. »Aber tut nicht weh?«

»Nein, alles gut.«

»Was hast du gemacht?«

Sie zuckt mit den Schultern. »Mit Dad gespielt, Fernsehen

geschaut, in meinem Buch gelesen.« Sie schaut zur Kamera. »Und geweint.«

»Oh, Baby, nicht weinen. Schau, wir können immer miteinander reden und uns sehen.«

»Das ist nicht genug.«

Da hat sie leider recht. »Ich weiß, aber besser als nichts.«

»Ellie, Marlene kommt irgendwann wieder und dann bleibt sie.«

»Für immer?«, fragt sie mit leuchtenden Augen.

Ich nicke. »Für immer.«

Sie jubelt, bevor sich ihre Stirn runzelt. »Bist du dann meine Stiefmutter?«

Nate umarmt sie fest. »Sie ist dann deine Mommy.«

»Ehrlich?«, fragt sie ehrfurchtsvoll. »Aber ich war nicht in ihrem Bauch, oder?«

Nate lacht. »Nein. Aber du bist in ihrem Herzen.«

Die beiden sind so süß miteinander, ich kann es kaum aushalten. Ella schaut zufrieden und gähnt. »Ich bin müde, Daddy.«

»Ich bring sie kurz ins Bett, bleib da«, sagt er zu mir, und ich sehe, dass er sie in ihr Bett trägt.

Ich bemerke, dass ich noch meinen Turban trage, und schäme mich einen Augenblick. Aber na ja, was soll's. Ist ja der Mann meines Lebens. Trotzdem entferne ich das Handtuch und kämme mit den Fingern durch meine Haare.

Als er zurück ist, sagt er: »So, Baby, jetzt zeig mir deine schönen Titten.«

»Was?«, rufe ich laut.

Er lacht. »Runter mit dem Handtuch!«

Ich öffne es langsam und sehe, wie sein Atem aussetzt, bevor er schneller weiteratmet.

Als ich oben ohne vor der Kamera hocke, sagt er: »Umfass deine Titten und push sie ein bisschen nach oben.«

Ich tue es. »Fuck, Baby, das sieht viel zu geil aus, als dass das wirklich erlaubt sein könnte.«

»Pack deinen Schwanz aus und pump auf und ab«, sage ich und wundere mich einen Moment über mich selbst.

Er grinst, zieht seine Boxers runter, umfasst seinen steifen Schwanz und pumpt auf und ab. »Willst du es so?«, fragt er.

Ich lecke mir die Lippen. »Reib mit dem Daumen über die Eichel, verteil die Lusttropfen.«

Einen Moment hören seine Bewegungen auf. »Du kannst sehen, dass es schon aus mir tropft?«

Ich grinse. »Ja, das sehe ich deutlich. Aber ich wusste es auch.«

Er grinst, lehnt sich auf der Couch zurück. »Siehst du so alles?«

»Ja, perfekt.«

»Okay, Baby, nimm das Handtuch ganz weg, knie dich breitbeinig hin«, sagt er, während er sich streichelt.

Ich folge all seinen Anweisungen.

»Beine weiter auseinander. Noch weiter, noch weiter. So ist's gut. Kannst du die Kamera auf deine Muschi richten?« Ich klappe den Laptopdeckel ein wenig nach vorne. »Ja, perfekt. Dring mit einem Finger in dich ein.«

Ich lasse meine Hand an mir heruntergleiten, fahre über den Venushügel, berühre mich an den Schamlippen, bevor ich an meiner Nässe angekommen bin. Langsam führe ich einen Finger ein.

»Zieh ihn wieder raus und zeig mir, wie nass du bist«, murmelt er heiser.

Ich tue es.

»Fuck!«, knurrt er. »Steck ihn wieder rein und stoß in dich.«

Seine Stimme ist schon etwas abgehakt. »Noch einen Finger, Baby.«

»Ich will deinen Schwanz im Mund haben«, stöhne ich plötzlich.

»Fuck, Baby! Du weißt gar nicht, wie sehr ich ihn dir in den Mund und deine entzückende Muschi stecken will.« Er stöhnt leise, während sich sein Griff verstärkt. »Nimm noch einen Finger und fick dich schneller. Mach es so, wie es mein Schwanz macht.«

Ich tue es, stoße meine Finger hart und schnell vor und zurück. Ich stöhne und keuche. Die Finger meiner anderen Hand wandern zu meiner Klit.

»Nein, Baby, Finger weg da. Das kommt erst gleich.«

Ich nehme meine Finger weg, obwohl es mir schwerfällt, denn ich bin schon so angeturnt, dass ich mehr brauche, mehr Stimulation.

»Nate, bitte«, murmel ich.

»Fick dich mit den Fingern, nichts weiter.« Er stöhnt leise. »Macht dich das an, Baby? Stellst du dir vor, dass es mein Schwanz wäre?«

»Ja, oh ja. Er ist so viel größer und besser als meine Finger. Ich will dich so gerne in mir«, hauche ich.

»Wie würde ich dich ficken?«

»Hart und schnell. Du würdest mich nehmen, mich richtig rannehmen.«

Er grinst. »Fuck, Baby! Du kannst davon ausgehen, dass ich dich als Erstes hart ficke, wenn wir uns wiedersehen. Wie fühlt sich mein Schwanz in dir an?«

Ich starre auf seine Hand, die seinen Schwanz massiert, und verspüre Neid. Ich will das machen, besser noch mit meinen Lippen. Ich will ihn in den Wahnsinn treiben, will der Grund sein, dass er kommt. »Er ist so lang, aber besser ist, dass er so dick ist. Er füllt mich so unglaublich aus, berührt alle Punkte in mir, die mir Lust schenken. Er ist so gut.«

Sein Grinsen wird dreckiger. »Stell dir vor, ich stecke ihn dir rein.«

Ich stöhne leise, keuche. »So gut, Nate. Ich wünschte, du wärst in mir.«

»Ich auch, ich will so unglaublich unbedingt in dir sein.«

Ich starre auf seine Eichel. Seine Finger verteilen seine Lusttropfen und dann gleitet er mit der Hand wieder auf und ab. Ich lecke mir die Lippen, was er nicht sehen kann, aber ich stöhne.

»Das sieht so gut aus, Nate! Ich bin so neidisch auf deine Hand, weil sie macht, was ich machen will.«

»Sobald du wieder hier bist, wirst auch nur noch du das machen. Ich werd mir nie mehr einen runterholen, stattdessen steck ich ihn dir in den Mund.«

Seine Worte machen mich so unglaublich an. Ich spüre, wie ich feuchter werde, wie meine Finger besser flutschen.

Er zieht die Luft hart ein. »Fuck, Baby, du bist so nass, es läuft dir die Oberschenkel runter.«

»Ja«, hauche ich und pumpe schneller und schneller.

Er legt den Kopf in den Nacken und stöhnt laut. »Die Finger der anderen Hand zur Klit und schön kräftig reiben.« Ich tue, was er sagt.

»Ich will, dass du es rauszögerst, Baby. Komm nicht sofort. Wenn du es fühlst, versuch es zu kontrollieren.«

›Scheiße‹, denke ich. Als ich spüre, dass ich kurz vor dem Höhepunkt stehe, höre ich auf, mich zu streicheln. Keuchend knie ich vor der Webcam, meine Hände zwar noch auf mir, aber vollkommen still.

»Gut so, Baby, kontrollier es. Komm nicht.«

Ich schmiede Mordpläne, aber ich weiß nicht, ob für ihn oder für mich. Als es abgeflaut ist, beginne ich erneut. Mit der einen Hand ficke ich mich, mit der anderen reibe ich meine Klit.

Er stöhnt laut. »Beste Live-Sex-Show, die ich je gesehen habe«, scherzt er. »Fick wieder härter, Baby. Stell dir vor, es ist mein Schwanz, der sich durch deine Enge schiebt. Du willst es doch gut für ihn machen?«

»Ja, ja«, keuche ich und führe beides mit mehr Kraft aus. Ich spüre, dass der Höhepunkt mit Lichtgeschwindigkeit näher kommt. Mit einem kleinen Fluch stoppe ich meine Bewegungen.

»Ja, Baby, du machst das großartig«, murmelt er. »Nicht kommen.«

»Pump schneller«, sage ich lächelnd.

»Nope. Ich will mit dir zusammen kommen.«

Als ich abgekühlt bin, nehme ich die Arbeit wieder auf. Ich stoße meine Finger vor und zurück, reibe meine Klit so kräftig, wie ich sie noch nie behandelt habe. Gott, und es ist so gut.

»Härter, Baby, härter«, stöhnt er. Seine Hand fährt nur langsam auf und ab, während ich richtig ordentlich Hand anlegen muss, um seine Wünsche zu erfüllen. Zum dritten Mal stehe ich kurz vor dem Orgasmus. Jedes Mal fällt es mir schwerer, aufzuhören, aber ich tue es, weil Nate es will. Ich sehe, wie es ihn anmacht, wenn ich mir selbst den Orgasmus vorenthalte. Ich weiß, dass er sich vorstellt, dass er es ist. Ich höre auf.

»Ja, Baby, du machst das sehr gut. Gleich noch mal«, knurrt er.

Ich versuche, meinen Atem zu beruhigen, meinen Herzschlag wieder zu verlangsamen. Als sich das Gefühl verändert hat, beginne ich wieder.

»Gut, mach es dir gut. Stell dir vor, ich bin es, der das für dich tut. Ich kann es dir so gut machen.«

»Ja, du bist der Beste«, stöhne ich.

Ich drücke mein Becken zu meinen Händen, beginne, die Bewegungen mitzumachen.

»Fuck, ja, Baby, weiter so. Fick deine Hand. Zeig mir, wie du mich ficken würdest, wenn es mein Schwanz in dir wäre.«

Ich lasse den Kopf nach hinten fallen, stöhne laut, mache korpulierende Bewegungen. Ich vergesse alles um mich herum, will nur die Berührung, will nur die Erlösung.

»Stopp, Baby, nicht kommen«, ertönt seine Stimme.

Ich stöhne frustriert auf.

»Marlene, kontrollier es!«

Ich stoppe, höre auf, mich zu streicheln. Ich sitze mit geschlossenen Augen und zitterndem Körper vor der Kamera. Ein Mann auf der anderen Seite des Globus schaut auf meine Muschi und sagt mir, was ich tun soll. Es hört sich skurril an, aber es ist so geil.

»Okay, Baby, weiter. Fick dich wieder. Du machst das toll.«

Ich beginne erneut.

»Fester, Baby, mach es richtig schön hart, so wie ich es machen würde.«

Ich tue es, rasend schnell baut sich der Höhepunkt auf, aber ich beruhige meine Finger, die mich so hektisch zum Orgasmus bringen wollen.

»Ja, Baby, du bist ein gutes Mädchen. Beim nächsten Mal darfst du kommen. Zeig mir, wie schnell du kommen kannst, Marlene. Zeig es mir!«

Ich beginne erneut mit meinen Berührungen, reibe mich schneller, bewege mein Becken vor und zurück. Vor und zurück. Er stöhnt laut, seine Bewegungen werden schneller und schneller. Seine Hand fliegt beinahe über seinen Schwanz, und ich werde wieder neidisch, weil ich ihn im Mund haben will.

»Komm, Baby, komm jetzt«, murmelt er. Er leckt sich über die Lippen, seine Laute werden geiler und lauter. Er turnt mich so an. Als mein Höhepunkt erneut kommt, lasse ich ihn zu. Ich reibe mich durch den Orgasmus, empfange ihn in all seiner Intensität. Es ist so gut, so unglaublich gut! Ich schreie leise, stöhne laut.

Zitternd komme ich wieder runter. Meine Muskeln relaxen wieder, ich bin vollkommen fertig.

»Zieh die Finger raus und zeig sie mir, Baby«, murmelt er. Am Rande nehme ich wahr, dass er auch gekommen ist. Und ich hab es verpasst!

»Klapp den Deckel wieder höher, sodass ich dein Gesicht sehen kann.« Ich tue es mit dem Ellenbogen. »Leck dir schön genüsslich die Finger ab.«

Ich grinse, als ich langsam den Zeigefinger in den Mund stecke, ihm meine Zunge zeige, die an meinem Finger schleckt. Dann verfahre ich ebenso mit Mittel- und Ringfinger. Nate stöhnt leise.

»Fuck, das war so geil. Schenk mir noch eine Großaufnahme von deinen gepushten Titten, Baby.« Ich halte sie noch einmal in die Kamera und höre ein erneutes »Fuck!«.

Dann ziehe ich das Handtuch vor mich. Irgendwie fühle ich

mich jetzt nackt.

Er grinst. »Ist okay. Bedeck dich jetzt ruhig. Du hast das wirklich gut gemacht, Baby.«

»Tu nicht so gönnerhaft«, grinse ich.

Er lacht. »Du warst ein ganz braves Mädchen.«

»Boah, ich muss kotzen!«

Er zwinkert mir zu. »Komm schon, Baby, lass mich dich ein bisschen aufziehen, wenn ich dich schon nicht an mich ziehen kann.«

»Du bist total unmöglich«, murmel ich. Mein Blick fällt auf die Uhr. »Scheiße, Nate! Ich muss los!«

»Warte, Baby!«

»Was?«

»Ich liebe dich. Schick mir einen Kuss.«

Ich grinse, beuge mich vor, küsse meine Handfläche und puste den Kuss zu ihm. Dann öffne ich mein Handtuch, lasse ihn noch mal meinen Busen sehen und schließe den Deckel des Laptops, als ich ein lautes »Fuck!« höre. Ich kicher und laufe ins Bad. Ich hab nur noch eine Viertelstunde, bevor ich die Bahn zu meinen Eltern nehmen muss.

Als ich in der Bahn sitze, wird mein Herz wieder schwer. Mein Onlinesex mit Nate hat mich von der Realität abgelenkt, aber nach der schönen Stunde ist Micha immer noch auf der Intensivstation. Wir wissen immer noch nicht, ob sie durchkommt. Es hat nichts geändert. Obwohl ich gestehen muss, dass die Tatsache, dass Nate und ich beschlossen haben, dass ich in einem Jahr oder so zu ihnen ziehe, mir einen kleinen Stein vom Herzen genommen hat.

Meine Mutter hat das Mittagessen fertig, als ich zur Tür reinkomme. Ich hab immer noch meinen Haustürschlüssel, darf kommen und gehen, wie ich will.

»Jemand zu Hause?«, rufe ich von der Haustür wie immer. Schließlich will ich meine Eltern nicht beim Sex überraschen. Keine Ahnung, ob sie es noch tun. Nein, ich will es auch nicht wissen.

Wenn sie es noch tun, super für sie, aber ich muss das nicht unbedingt live mitbekommen. Live-Sex-Shows mache ich lieber mit Nate ...

»In der Küche, Liebling«, ruft meine Mutter zurück.

Ich ziehe die Jacke aus. Hier in Deutschland ist es doch ein wenig kälter als in Kalifornien. Als ich in die Küche komme, stellt meine Mutter gerade eine Schüssel mit Kartoffeln auf den Tisch. Ich merke, dass ich Hunger habe.

Meine Mama küsst mich auf die Wange und sieht mich prüfend an: »Wie geht es dir, Liebling?«

»Na ja, ist schon hart.«

Ich setze mich hin und sie stellt einen Teller vor mich. »Gibt es irgendwas Neues?«

Ich schüttel den Kopf. »Soweit ich weiß, nicht.«

»Wie fühlst du dich, Engel?«, fragt mein Vater.

»Als wäre ein Teil von mir verletzt«, sage ich leise.

Er schaut mich liebevoll an. »Ihr wart ja auch ein bisschen das Doppelte Lottchen.«

»Sie darf nicht sterben«, murmel ich und mir läuft eine Träne die Wange runter. Merkwürdig, dass es Nate brauchte, um mich zum Weinen zu bringen. Also, ich mein das als was Positives. Tränen reinigen und helfen bei der Trauer, man braucht sie. Wenn man nicht weinen kann, dann lässt man nichts raus, frisst quasi alles in sich hinein. Und das ist falsch, so falsch.

»Was denkst du?«, fragt meine Mutter mich prüfend.

»Dass ich bisher noch nicht einmal um Micha geweint habe.«

Sie schaut mich an. »Nicht? Und dabei bist du doch so eine Heulsuse.«

Ich zucke mit den Schultern. »Es ging irgendwie nicht. Ich war wie ... tot, denke ich. Gerade das war meine erste Träne für meine beste Freundin.«

»Na, dann bin ich ja froh, dass du wieder weinen kannst.« Sie streicht mir zärtlich über den Kopf. »Tut mir leid, dass dein Traumurlaub jetzt so kurz war.«

Ich winke ab. »Ist okay. Ich hätte keine Sekunde länger bleiben können.«

»Natürlich nicht. War der neue Flug sehr teuer?«

Ich schüttel den Kopf. Da fällt mir ein, dass ich Nate gar nicht gefragt habe, wie viel ich ihm schulde. »Nein, ich hab einen Teil des alten Tickets wiederbekommen.«

»Das ist gut«, sagt sie. »Willst du von der Reise erzählen?«

Ich schüttel den Kopf. »Nein. Es waren ein paar wunderschöne Tage, aber jetzt kann ich das nicht würdigen. Und ich will nicht, dass diese fabelhaften Erinnerungen versaut werden.« *Und ich will euch noch nicht von Nate erzählen ...*

Ich weiß nicht einmal, wieso nicht. Aber es fühlt sich falsch an. Ich will jetzt auch nicht über so etwas Schönes sprechen, als würde die negative Gegenwart abfärben. Ich vermisse ihn sowieso schon genug. Da brauche ich nicht auch noch zusätzlichen Druck aufzubauen.

»Wie geht es Oma?«, frage ich.

»Unkraut vergeht nicht«, sagt Papa.

Ich lächel leicht. »Hart wie Kruppstahl, was?«

»Ganz genau«, antwortet er.

Meine Oma ist neunzig, und sie lebt noch alleine in ihrer kleinen Wohnung, etwa dreißig Kilometer von Köln entfernt in einem kleinen Dorf. Sie weigert sich strikt, ins Altenheim oder ins betreute Wohnen zu gehen oder sonst etwas, obwohl ihr das Meiste zunehmend schwerer fällt. Meine Eltern fahren einmal die Woche hin, gehen einkaufen, putzen die Wohnung. Meine Mutter dreht ihrer Schwiegermutter auch immer die Haare auf. Ich muss das auch machen, wenn ich sie besuche. Ich liebe sie sehr, sie war die perfekte Oma. Man konnte allen Unsinn mit ihr machen.

Ich hab als Kind gerne ›Die Schnorchels‹ geschaut und hab dann immer mit meiner Oma Schnorchelfresser gespielt. Im Grunde ist das Fangen, aber man muss gruselige Laute dabei machen. Einmal haben Micha und ich das Wochenende bei ihr verbracht und wir wollten eine Hütte auf einem Hügel im Wald bauen. Meine Oma, die auch da schon keine junge Oma mehr war, konnte nicht auf den Hügel klettern. Daher haben wir ihr einen Strick um den Bauch gebunden und sie nach oben gezogen.

Und dann war da noch das eine Mal, als wir drei spazieren waren. Wir wurden von einem schlimmen Gewitter überrascht, der das Feld, über das wir zurückgelaufen sind, in einen wahren Matschtümpel verwandelt hat. Micha war einen halben Kopf kleiner als ich und ist bis zur Hüfte eingesunken. Mit Müh und Not haben wir sie da wieder rausbekommen. Voll am Weinen die Kleine. Wir waren alle drei von oben bis unten voller Schlamm. Sogar in den Ohren, die tagelang nicht sauber wurden. Aber Oma ist die Beste und hat uns heiße Schokolade gemacht. Irgendwie macht Kakao alles besser, oder?

Sie hat so viel für mich getan, und später hat sie Micha einfach ganz selbstverständlich miteinbezogen. Sie hat auch Can an Enkelstatt angenommen, aber er durfte nicht so häufig mit. Seine Eltern waren immer ein wenig schüchtern, darauf bedacht, uns nicht zur Last zu fallen. Ich glaube, das hat was mit ihren türkischen Wurzeln zu tun. Was vollkommener Unsinn war, denn unsere Eltern haben da keinen Unterschied gemacht.

Sie war die perfekte Oma, ganz ehrlich. Ich hätte keine so schöne Kindheit gehabt, wenn sie nicht gewesen wäre. Versteht mich nicht falsch, meine Eltern waren und sind toll, aber meine Oma war sozusagen die Kirsche auf dem Sahnehäubchen.

Es macht mich traurig, zu sehen, dass sie nicht mehr so kann, wie sie gerne will. Wir versuchen, ihr so viel wie möglich abzunehmen. Ich schaffe es nie so häufig wie meine Eltern zu ihr, aber ich bin alle zwei Wochen da. Wir haben alles getan, um ihr Leben so leicht wie möglich zu gestalten. Ein Pflegedienst kommt, sie hat *Essen auf Rädern*. Fußpflege und Friseur kommen nach Hause. Wir kaufen ein und putzen, es gibt seit zwei Jahren einen Treppenlift, damit sie die steilen Stufen in die erste Etage nicht mehr erklimmen muss. Aber trotz allem merkt man ihr an, dass sie einfach nicht mehr richtig kann. Es bricht mir das Herz, zu realisieren, dass meine Oma nicht ewig leben wird.

Wir wissen alle drei nicht so recht, was wir reden sollen. Eigentlich blubbern wir ununterbrochen, erzählen Witze, ziehen einander auf. Es ist immer Leben in der Bude. Aber heute ist es so, als wäre ein Schleier über allem, der alles ein wenig fade erscheinen lässt, alles ein wenig dumpfer klingen lässt. Kein Wunder, wir alle lieben Micha.

Als ich um vier Uhr ins Krankenhaus komme, wartet Can schon ungeduldig.

»Danke«, sagt er und küsst mich auf die Wange.

Ich setze mich an Michas Bett und hänge meinen Gedanken nach. Ich erinnere mich an unzählige Geschichten, die Micha und ich erlebt haben. Mit sieben wollten wir von zu Hause weglaufen, aber wir sind nur drei Straßen weitergekommen, bevor mein Vater uns gefunden hat, mit uns Eis essen war und uns so überzeugt hat, dass es zu Hause doch am schönsten ist. Oder das eine Mal mit etwa neun, als wir uns ganz viel süßes Kaugummi gekauft haben, weil wir lernen wollten, wie man Blasen macht. Alles, was wir gelernt haben, war, dass einem davon schlecht wird, wenn man Unmengen im Mund hat.

Als wir zehn waren, haben wir das Make-up von Michas Mutter wiederentdeckt. Wir haben wirklich versucht, es akkurat aufzutragen, aber wir sahen so ein bisschen aus wie verprügelt. Ich erinnere mich an unzählige Stunden, die wir gemeinsam Pferd gespielt haben und durch den Garten meiner Eltern gerannt sind, so getan haben, als wären wir in einer Reitstunde. Meine Eltern wollten nie, dass wir nachmittags fernsehen. Wenn wir alleine bei uns waren, haben wir immer heimlich geschaut und den Fernseher rechtzeitig ausgemacht, damit man nicht fühlen konnte, dass er an war. Um das zu unterbinden, sind meine Eltern dazu übergegangen, die Fernbedienung mitzunehmen, aber man konnte einen Fernseher ja damals auch über die Knöpfe am Gerät bedienen. Irgendwann haben sie dann immer die Kabelantenne mitgenommen. Aber Micha hatte sich von ihrem Cousin eine aus dem Baumarkt besorgen lassen.

Ja, irgendwie waren wir schon kleine Racker. Wir haben wie Pech und Schwefel zusammengehalten, immer und überall. Wir haben unsere Eltern manchmal zur Verzweiflung getrieben. Aber so im Nachhinein muss man sagen – und sagen unsere Eltern ja auch –, wir waren coole Kinder.

Ich hole mir einen Kaffee, lasse Micha ein paar Minuten alleine. Als ich an dem kleinen Wartezimmer vorbeikomme, sitzt da ... Jan.

»Marlene«, sagt er warm.

Ich stehe unschlüssig im Weg, bevor ich denke: ›Ach, was soll's.‹ »Hi, Jan«, sage ich und gehe auf ihn zu.

Er umarmt mich. »Ich hab zufällig Michas Eltern getroffen, und sie haben mir gesagt, was passiert ist. Wie geht es dir?«

»Na ja, wie soll es mir da schon gehen? Scheiße«, sage ich achselzuckend.

»Kann ich irgendwas für dich tun?«, fragt er und streichelt meinen Arm.

Ich ziehe ihn weg, versuche es nicht zu offensichtlich zu machen. Aber das gelingt wohl nicht so, denn er hat einen verletzten Ausdruck im Gesicht. Er überspielt es.

»Wie wäre es, wenn wir mal zusammen essen gehen würden? Wir sollten vielleicht auch mal über alles reden«, meint er.

Ich will nicht mit ihm essen gehen, aber wissen, warum er sich wie ein Arsch verhalten hat, will ich schon. Also stimme ich zu. Ich mache eine mentale Notiz, Nate davon zu erzählen, damit er keinen Grund für Eifersucht hat. Obwohl man ja sagen muss, dass ich bisher noch nicht gemerkt habe, dass er wahnsinnig eifersüchtig ist.

Wir verabreden uns für den kommenden Abend. Er will in unser Lieblingsrestaurant gehen. Eigentlich will ich nicht, lass mich dann aber überzeugen, weil es da die besten Penne in Salbeibutter gibt, die ich je gegessen habe. Man kann auch ein platonisches

Treffen bei einem romantischen Italiener haben, oder?

Als ich so um elf zu Hause bin und mein Handy anschalte, sehe ich die Nachricht von Nate, die er mir um neun Uhr morgens Ortszeit geschickt hat.

Ich liebe dich, Baby. Glaub nicht, es geht mir nur um Sex mit dir! Ich vermisse alles. Wie du dich in meinen Armen anfühlst, wie du mich ansiehst, als wäre ich der einzige Mann auf Erden, den du je lieben könntest, wie du mich anlächelst, als wäre ich dein Held. Ich liebe, dass du Ella in dein Herz geschlossen hast, dass meine ganze Familie dich liebt, dass meine Mutter mir sagte, dass du die Frau für mich bist und dass ich es nicht versauen soll. Du bist mein Mädchen. Für immer.

Ich könnte ja jetzt schon wieder heulen, aber ich tue es mal nicht. In mir wird es warm und feurig und es strömt Liebe durch meine Adern statt Blut. Oder vielleicht ist das einfach das Gleiche. Ich ziehe das T-Shirt zum Schlafen an, das Nate gehört. Er hat es mir eingepackt, damit ich in seiner Umarmung schlafen kann. Es riecht nach ihm, männlich und nate-ig. Ich fühle mich gleich viel wohler, wenn ich von seinem Duft umgeben bin.

Ich vermiss am meisten deinen riesigen Schwanz. ;-)

Ich kuschel mich ins Bett, schaue noch ein wenig fern. Mein Handy piepst.

Jetzt liebt dich meine Familie noch viel mehr. Will hat deine Nachricht gesehen und sie sofort an alle gesendet ...

Ich grinse. Das passt zu dieser verrückten Familie.

Sag ihm, dass Neid eine ganz schlimme Sache ist ...

Ich warte auf eine Antwort von ihm, aber es kommt keine. Stattdessen kriege ich plötzlich eine Nachricht von einer unbekannten amerikanischen Nummer.

Hey, M. Hier ist Will. Nates Handy ist in die Bay gefallen. Und du solltest wirklich mal meinen Schwanz sehen. Dann wüsstest du, Neid ist fehl am Platz.

M? Diese Amis und ihre Abkürzungen.

Nein, danke. Zum einen glaube ich nicht, dass Thea das so gut fände, zum anderen gibt es nur einen Schwanz, den ich mir genauer anschauen will.

Matts?

Ich lache plötzlich los. Der hat doch einen Knall! Wieso müssen die Männer in dieser Familie nur alle witzig sein?

Nein. NATES! Das ist der einzige Schwanz, mit dem ich spielen will.

Ist das zu gewagt? Aber jetzt habe ich es geschrieben, also muss ich damit leben.

Das freut mich zu hören. Er sitzt wie so ein liebeskranker Welpe neben mir und hofft, dass ich ihm mein Handy gebe, damit er mit dir sprechen kann.

Als ich noch über eine Antwort nachdenke, klingelt mein Telefon.

»Ja?«

»Hey, M«, lacht Will. »Ich geb dir mal Nate. Aber bitte keinen Telefonsex, ich sitz daneben.«

»Okay«, ist alles was ich sagen kann.

»Hey, Baby«, höre ich dann Nates warme Stimme.

»Hi«, sage ich so verführerisch wie möglich. »Wie geht's?«

»Nach der Live-Sex-Show habe ich geschlafen wie ein Baby.« Will macht im Hintergrund Würgegeräusche und Nate boxt ihm in die Rippen. Jungs. Unmöglich.

»Nate!«

»Ja, Baby?«

»Gut, dass du anrufst. Ich muss dir was erzählen.«

»Ist Micha aufgewacht?« Er spricht den Namen Mischa aus, was irgendwie süß ist.

»Nein, alles unverändert. Aber mein Ex ist heute im Krankenhaus aufgetaucht.«

»Der mit der Pause?«, fragt er und seine Stimme klingt ein klein wenig angestrengt.

»Ja. Er hat Michas Eltern getroffen, und sie haben ihm gesagt, was passiert ist. Daher war er im Krankenhaus, um sie zu besuchen. Er hat mich zum Essen eingeladen.«

Er bleibt einen Moment stumm. »Und?«, fragt er dann. Seine Stimme klingt ganz und gar nicht nach ihm.

»Ich denke, ich geh hin.«

»Hm«, macht er.

»Er will mir erklären, warum er gemacht hat, was er gemacht hat.«

»Klar.«

»Doch, das hat er gesagt. Er will noch mal über alles reden, als Abschluss.«

»Er will dich ins Bett bekommen.«

Im Hintergrund höre ich Will: »Klar, alle Männer wollen sie ins Bett bekommen, sie ist heiß.«

»Du hilfst nicht«, sagt Nate zu ihm und er lacht.

»Nate, da ist nichts.«

Er schnaubt. »Ich weiß. Aber er will wieder bei dir landen.«

»Nein, wirklich nicht.« Will Jan mich zurück? Nie im Leben. Er hat mich weggeworfen wie ein geschmackloses Kaugummi.

Nate lacht humorlos auf. »Worum wetten wir?«

»Du musst dir keine Sorgen machen.«

Er lacht jetzt tatsächlich. »Ich mach mir keine Sorgen, Baby. Nur über deinen mangelnden Sinn für die Realität.«

»Thea hat auch keinen Sinn für Realität. Oder für Logik«, wirft Will ein, aber Nate ignoriert ihn einfach.

Ich grinse vor mich hin. »Okay, worum willst du wetten?«

»Wenn ich gewinne, feiern wir Weihnachten bei mir.«

Auf meinem Gesicht geht die Sonne auf. Er will Weihnachten mit mir verbringen!

»Ey, Alter, kannst du dir vielleicht mal was Männliches wünschen? Was ist das denn?«, zieht ihn Will auf, und ich höre wieder einmal das Geräusch einer Faust, die auf Fleisch trifft.

»Und wenn ich gewinne?«, frage ich nach.

»Feiern wir Weihnachten bei dir.«

Wundert es irgendwen, dass ich Tränen in den Augen habe?

»Pussy«, lacht Will.

»Das sagt der Richtige«, antwortet Nate. »Wer hat denn in eurer Beziehung die Hosen an?«

Will lacht. »Thea natürlich. Ich liebe es ganz besonders, wenn sie pink sind und glitzern.«

Nate meint amüsiert: »Thea trägt doch keine pinken Hosen.«

»Doch, wenn sie für uns strippt, tut sie das schon.«

»Zu viele Infos«, schreie ich in den Hörer, und beide fangen an, schallend zu lachen.

»Also, abgemacht, Baby?«, fragt Nate.

»Deal!«

Den nächsten Tag verbringe ich bei Micha im Krankenhaus. Es gibt immer noch keine Veränderungen. Ich frage den Arzt aus, und er sagt, dass es in Michas Fall nicht einmal schlecht ist, dass sie im

Koma liegt, weil sich ihr Körper dann erst mal von den Strapazen erholen kann. Je länger sie ohne Bewusstsein ist, desto kritischer wird es, aber zu diesem Zeitpunkt kann man noch nichts weiter sagen.

Ich treffe mich mit Jan bei dem kleinen Italiener. Er küsst mich zur Begrüßung auf die Wange, richtet mir den Stuhl. Ich frage mich, in welchem Film er das gesehen hat.

Wir plaudern erst ein wenig unverfänglich. Als unser Essen kommt, schaut er mich ruhig an.

»Zu gehen, war der schlimmste Fehler in meinem Leben«, sagt er.

Ich bin einen Moment überrascht. In der nächsten Sekunde ist alles, was ich denken kann: ›Fuck, Nate hat gewonnen!‹ »Es kam auch ein wenig überraschend«, antworte ich, als klar ist, dass er auf eine Antwort wartet.

»Es tut mir leid, Lene. Ich weiß nicht, warum ich eine Pause vorgeschlagen habe.« Er sieht ganz zerknirscht aus.

Ich stocher in meinen Nudeln rum. »Du hast dich ein halbes Jahr nicht gemeldet. Du hast gesagt, wir machen eine Pause, und dich dann nicht mehr gemeldet. Du hattest nicht mal den Mut, mir Schluss zu machen. Ach, was! Den Mut! Du hattest nicht einmal den Respekt, mir einen Schlussstrich anzubieten. Stattdessen hast du mich im Unklaren gelassen, Woche um Woche.«

Er schaut auf seinen Teller. »Ich dachte irgendwie, das kann nicht alles gewesen sein. Aber ich habe dich geliebt, ich wollte dich nicht verlieren, während ich mich ausprobiere.«

Ich starre ihn an. »Was soll das heißen, du wolltest dich ausprobieren?«

»Ist doch egal«, murmelt er.

»Du wolltest andere Frauen vögeln?«

Er wird rot. Bingo. Er sagt nichts weiter.

»Ich bin gerade so was von enttäuscht. Damit hätte ich nicht gerechnet.«

»Kannst du das nicht verstehen? Ich hatte nur dich.«

Das überrascht mich. »Du hast mir doch gesagt, dass du vor mir mit vier anderen Frauen geschlafen hast.«

Er scheint sich ganz besonders für seine Pizza zu interessieren. »Das war gelogen. Ich hatte vor dir keinen Sex.«

Das muss ich erst mal verdauen. »Du hast mich also die ganze Zeit angelogen?«

»Das ist doch keine große Sache.«

»Wieso hast du dann gelogen?«

»Weil es mir peinlich war. Weil du schon mit so vielen Typen gevögelt hast und ich die kleine Jungfrau war.«

Ich kann es nicht fassen. »Ist ja auch egal. Du wolltest also eine Pause, um mit anderen Frauen zu vögeln, aber dir die Option offenhalten, irgendwann zu mir zurückzukehren, wenn du genug gevögelt hast?«

»So ungefähr«, murmelt er.

»Und wie viele hast du gevögelt?«

»Keine«, gibt er zu.

»Wieso nicht?«

Er schaut mir zum ersten Mal seit Längerem wieder in die Augen. »Weil ich dich liebe – nur dich. Weil ich ein Idiot war, dich wegzuschieben. Weil das der größte Fehler in meinem Leben war, und ich bereue ihn unglaublich.« Er greift nach meiner Hand. »Ich will dich wiederhaben, Lene. Ich liebe dich.«

Ich ziehe meine Hand weg. »Du hast mich verletzt. Du hast mich unglaublich verletzt, ohne jeden Grund?«

»Es tut mir leid«, sagt er schwach.

»Ja, mir auch«, sage ich geistesabwesend.

»Dann haben wir eine Chance?«, fragt er hoffnungsvoll.

Ich schüttel den Kopf. »Nein, haben wir nicht. Ich hab jemanden kennengelernt.«

Er schaut mich verletzt an. »Du hast jemanden kennengelernt und willst deswegen wegschmeißen, was wir zwei haben?«

Ich schüttel den Kopf. »Wir zwei haben nichts. Du hast

kaputtgemacht, was wir hatten. Und ich hab jetzt was Neues.«

»Du bist also fremdgegangen«, stellt er fest.

»Wenn du es so sehen willst.«

»Wir hatten nur eine Pause. Wir hatten nicht Schluss gemacht.«

»Tut mir leid, dass sich für mich eine sechsmonatige Funkstille wie Schlussmachen angefühlt hat.«

»Du willst also diesen neuen Kerl nehmen, den du noch nicht lange kennen kannst, von dem du daher kaum was wissen kannst, und deine langjährige Beziehung beenden?«, fragt er und hat die Frechheit, verletzt zu klingen.

»Genau«, antworte ich.

»Habe ich dir je etwas bedeutet?«, fragt er mit Tränen in den Augen.

Ich bin entsetzt, wie er versucht, mich zur Bösen zu machen. »Ja, du hast mir lange Zeit sehr viel bedeutet, deswegen hat mich dein Verrat auch so mitgenommen.«

»Wer hier wen verraten hat, ist ja wohl klar. Du bist fremdgegangen.«

Ich lege mein Besteck zur Seite. »Es tut mir leid, dass du das so siehst. Ich hab gedacht, dass wir in Ruhe über alles reden können, einen Schlussstrich ziehen und dann beide mit unserem Leben weitermachen. Aber das ist offensichtlich nicht möglich. Daher gehe ich jetzt und wünsche dir ein schönes Leben.« Ich stehe auf, greife nach meiner Jacke und meiner Tasche, bezahle das Essen und gehe hinaus.

Ich krame mein Handy raus.

Offensichtlich verbringe ich Weihnachten bei dir. Xoxo

Kapitel 12

Ich bin meine restlichen Urlaubstage bei Micha im Krankenhaus. Es geht ihr nicht schlechter, aber auch nicht besser. Sie wacht nur einfach nicht aus dem Koma auf. Die Ärzte wissen nicht, woran es liegt, können sich keinen Reim darauf machen.

Ich bin ausgelaugt, emotional ausgelaugt. Mein einziger Lichtblick sind die Skypesessions mit Ella und Nate. Seit sie mich wenigstens einmal am Tag sehen kann, ist sie wieder viel fröhlicher, aber sie vermisst mich immer noch, und ich verstehe sie nur zu gut. Ich vermisse sie auch. Sehr sogar. Und Nate ebenso sehr.

Abends sitze ich meist in meiner Wohnung und bin einfach nur erledigt. Emotionaler Stress ist so viel schlimmer als physischer, muss ich gerade feststellen. Ich weine viel, um Micha. Aber auch, weil ich Nate so vermisse. Ich vermisse seine Arme um mich, seine Küsse, seinen Atem, der mich im Nacken kitzelt. Ich vermisse, ihn berühren zu können, vermisse, mit ihm zu schlafen, vermisse, mit ihnen beiden im Bett zu liegen und zu kuscheln.

Ich weiß, dass wir uns nur einen winzigen Moment kennen und dass es eigentlich albern ist, jemanden so zu vermissen, dem man erst vor so kurzer Zeit begegnet ist. Aber auch wenn man es pathetisch nennen mag, es ändert nichts daran, dass es einfach so ist.

Ich sitze auf meinem Bett und starre mein Handy an. Ich hab

Nate vor zehn Minuten eine Nachricht geschrieben, dass ich jetzt Zeit habe, dass ich jetzt online bin. Normalerweise braucht er nicht lange und schon gar nicht, wenn wir so um den Dreh verabredet waren. Auch das komische Zeichen hinter seinem Namen wird nicht grün.

Vielleicht ist was dazwischengekommen? Ich rufe ihn an, aber es geht nur die Mailbox ran. Ich rufe auf dem Haustelefon an, aber da geht auch nur der AB an. Macht es Sinn, Mary anzurufen? Oder Thea? Ich schüttel den Kopf. Ich hab doch einen Knall. Wie würde ich mich fühlen, wenn Nate meine Eltern anruft, weil ich mal einen Abend nicht zu Hause war? Ja, eben.

Ich kuschel mich in meine Decke, denke an ihn, träume vor mich hin. Es ist ja nicht mehr so lange bis Weihnachten. Ich kann es kaum erwarten, ihn wiederzusehen. Und Ella. Aber bisher hat er noch nicht gesagt, dass ich buchen soll. Das macht mir ein bisschen Sorgen. Vielleicht will er gar nicht, dass ich komme?

›Doch, doch‹, beruhige ich mich. Nate liebt mich, da bin ich mir sicher.

Nur, wo ist er?

Er hat sich an dem Abend nicht gemeldet. Auch nicht am nächsten oder übernächsten. Nach drei Tagen habe ich es nicht ausgehalten und habe Mary angerufen, aber sie ist nicht ans Telefon gegangen, dann habe ich es bei Thea versucht, aber kein Erfolg. Ich habe es sogar bei Will versucht, denn die Nummer hatte ich ja auch. Aber sie alle gingen nicht an ihr Telefon! Es muss was passiert sein! Er würde mich doch nicht absichtlich im Unklaren lassen?

Ich schreibe Thea eine Mail. Ich schreibe sogar Will und Matt, weil ich im Internet nach ihnen gesucht habe, aber sie antworten nicht. Ich mache mir unglaubliche Sorgen, kann kaum noch schlafen, esse nichts mehr. Jetzt bin ich nicht nur wegen Micha angespannt, sondern auch wegen Nate. Ich kann es nicht fassen, dass er das tut.

Ich fahre zu meiner Oma, gehe für sie einkaufen, putze die

Wohnung, versuche mich abzulenken. Ich verabrede mich mit meiner Mutter zum Essen, aber auch das hilft nicht. Ich habe so ein ungutes Gefühl. Ich hätte es nie für möglich gehalten, aber Nate hat sich einfach aus dem Staub gemacht. Einfach so. Ich fühle mich verraten und verkauft. Wie konnte er das tun? Und wie konnte ich zum zweiten Mal auf so jemanden hereinfallen? Jan hatte nicht den Arsch in der Hose, mit mir Schluss zu machen, und Nate auch nicht?

Am vierten Tag bin ich mir sicher, dass es aus ist. Das war's. Er will mich nicht mehr. Er hat bestimmt eine andere kennengelernt, die drei Straßen weiter wohnt, die perfekt zu ihm passt. Ich liege auf dem Bett und weine, esse Schokolade und trinke Rotwein. Im Fernsehen läuft *Lovestory*, und so kann ich wenigstens so tun, als wären die Tränen ein Resultat des Films.

Plötzlich klingelt es an der Tür. Ich schaue auf die Uhr. Halb elf. Wer kann das sein? Ich wohne in einem der Häuser, die keine Gegensprechanlage haben, also habe ich keine andere Wahl, als aufzudrücken, wenn ich wissen will, wer da ist.

Ich öffne die Tür, und in dem Moment biegt ein Mann um die Ecke.

»Nate«, flüstere ich überrascht. Er hat einen Koffer in der Hand und die schlafende Ella auf dem Arm.

Er sieht müde aus, abgekämpft, jetlagig. Er lächelt mich an, seine Augen schauen warm zu mir.

Ich öffne die Tür weiter, lasse ihn rein. »Leg sie ins Bett«, sage ich und zeige ihm, wo das Schlafzimmer ist. Wenn es ihn wundert, dass Schokoladenpapier und eine Flasche Rotwein auf dem Nachttisch stehen, dann sagt er nichts dazu.

Ich beuge mich über die schlafende Ella und küsse sie.

»Wir lassen sie erst mal so. Nachher können wir ihr einen Schlafanzug anziehen«, sagt er. Wir gehen aus dem Raum. Ich lass die Tür angelehnt, damit wir sie hören können. Vielleicht hat sie Angst, weil sie den Raum nicht kennt, wenn sie aufwacht.

Ich gehe ihm voran ins Wohnzimmer. Er greift nach meinem

Arm, zieht mich fest an sich.

»Jetzt begrüßt du deinen Mann, der scheißlang unterwegs war, um hierherzukommen, erst einmal anständig«, grinst er, bevor seine Lippen auf meine krachen.

Seine Zunge schiebt sich in meinen Mund und ich öffne ihn sofort. Wir knutschen so heftig, dass unsere Zähne manchmal im Weg sind. Wir bleiben beide atemlos zurück, als wir unseren Kuss beenden.

»Was machst du hier?«, frage ich ihn. Ich streichel sanft über sein Gesicht, muss ihn anfassen, um zu glauben, dass er wirklich hier ist.

»Ich kann nicht mehr ohne dich sein. Ella kann nicht mehr ohne dich sein. Wir wollen dich in unserem Leben. Jetzt sofort. Und wenn du momentan nicht kommen kannst, weil es deiner Freundin schlecht geht, dann muss ich eben zu dir kommen. Aber eins ist sicher: Wir verbringen keine Minute mehr getrennt.«

Mir treten Tränen in die Augen. »Und dein Job?«, frage ich.

»Gekündigt.«

Ich schlage die Hand vor den Mund. »Was?«

Er lächelt mich an. »Baby, wir haben jede Menge Zeit, uns über alles zu unterhalten. Aber jetzt ... bitte ... ich brauche eine Dusche, was zu essen und Schlaf. Bitte, ich kann nicht mehr.«

Ich küsse ihn auf den Mund, bringe ihn ins Bad, gebe ihm Handtücher und eile in die Küche, um ihm was zu essen zu machen. Ich mache ein paar Sandwiches, bevor ich in mein Schlafzimmer gehe und Ella betrachte. Mein Liebling schläft tief und fest in meinem Bett.

Nate hat den Koffer schon geöffnet, also suche ich nach ihrem Schlafanzug, ziehe sie um und decke sie dann gut zu. Ich küsse sie auf die Stirn, streichel ihren Kopf.

Mir kommen Tränen, weil ich so glücklich bin, weil sie hier sind! Hier bei mir! Wirklich. Ich kann es nicht fassen, kann es nicht glauben. Er ist zu mir gekommen, weil er nicht mehr ohne mich leben will.

Seine Arme schlingen sich um mich, als ich so dastehe und Ella betrachte. Ich streichel über seine Haut, die so warm ist und weich.

»Ich liebe dich«, murmelt er in mein Ohr.

Ich nicke. »Ich bin sprachlos.«

Er lacht leise und beißt mir ins Ohrläppchen. »Ich hab Hunger.«

Ich lächel, dreh mich um, will in die Küche gehen. Aber er hält mich fest, nimmt mein Gesicht in beide Hände. Seine Lippen drücken sich sanft auf meine. »Ich liebe dich, Baby.«

Ich lächel, schlucke schwer und flüster: »Ich dich auch. Ich liebe dich so sehr, Nate! Danke, danke, danke!«

Wir gehen in die Küche, er setzt sich, isst die Sandwiches. Aber er kann kaum die Augen offen halten. So ähnlich ging es mir auch, als ich vor ein paar Wochen aus den USA zurückkam.

Wir gehen ins Bett, ich räum noch schnell den Wein und das Schokopapier weg. Er liegt schon auf der Matratze und schaut mich an. Sein Lächeln ist warm, aber er ist so furchtbar müde. Ich lege mich zu ihm, aber er zieht mich auf die andere Seite, zwischen ihn und Ella. Dann bringt er mich dazu, mich auf die Seite zu legen, löffelt mich. Er küsst mich sanft auf den Hals.

»Schlaf gut, mein Leben«, murmelt er.

Ich nehme Ella in die Arme, liebe es, sie beide so nah bei mir zu haben. Ich liege noch einen langen Augenblick wach da, während Ella und Nate friedlich schlafen. ›Mann, bin ich glücklich‹, denke ich, bevor ich mich auch in Morpheus' Welt begebe.

Ella wacht um vier Uhr morgens auf und fängt an zu weinen. Ich schlage sofort die Augen auf, nehme sie in die Arme.

»Sch, Baby, alles okay«, murmel ich und gebe ihr kleine Küsse auf die Wange.

»Marlene?«, flüstert sie mit tränenschwangerer Stimme.

»Ja, Baby, ich bin's. Du bist hier bei mir in meinem Bett.«

Sie dreht sich zu mir, schlingt mir die Arme um den Hals. Der

Gips ist ab, wie ich sehe. »Ich hab dich lieb.«

Ich küsse sie noch einmal. »Ich hab dich auch lieb, Baby.«

Sie drückt ihren kleinen Körper an meinen und ich nehme sie fest in die Arme. »Ich will nie mehr ohne dich sein«, murmelt sie, bevor sie einschläft.

›Ich auch nicht‹, denke ich und lächel. Und ich hab schon ewig nicht mehr gelächelt ...

Das nächste Mal wache ich auf, weil kleine Finger durch meine Haare fahren. Leider bleiben sie dabei immer in den Knoten hängen, die sich wie durch ein Wunder jede Nacht bilden.

»Au«, grummel ich und Ella kichert. Ich öffne ein Auge, sehe ihr vergnügtes Gesicht und kann nicht böse sein.

»Ich muss mal«, sagt sie.

Ich nicke, stehe mit ihr auf, zeige ihr, wo das Bad ist. Da es schon sieben ist, gehe ich in die Küche und koche Kaffee. Heute ist Samstag. Ich schau in den Kühlschrank, sehe, dass ich nicht so wirklich was zu essen dahabe. Aber alles für Pfannkuchen habe ich. Ich bereite schon mal den Teig zu.

»Laynie?«, ruft Ella durch den Flur. Ich stecke den Kopf durch die Tür und sie kommt zu mir.

»Hast du die Hände gewaschen?«, frage ich.

Sie hält sie mir hin, als könnte man das wirklich sehen. »Ja.«

Ich schaue sie streng an und sie grinst. »Doch.«

Sie kommt mit in die Küche. »Ich hab Durst«, sagt sie.

»Wasser?«

»Kakao?«

Ich nicke. »Warm oder kalt?«

»Kalt.«

Ich rühre Kaba in kalte Milch und gebe ihr die Tasse. Als sie die Tasse absetzt, hat sie einen Kakaobart. Ich lächel und wische ihren Mund ab.

»Küsschen«, sagt sie und hält mir ihre Lippen hin.

Ich küsse sie auf die Wange, aber das ist offenbar nicht, was sie wollte. Denn sie schaut mich missmutig an. Dann küsse ich sie sanft auf die Lippen und sie ist zufrieden.

»Morgen, Mädels«, kommt Nates amüsierte Stimme. Er steht nur mit Boxershorts bekleidet im Türrahmen.

»Hi, Daddy«, quietscht Ella und hält ihm auch den Mund hin. Er küsst sie, bevor er mich in die Arme nimmt und fest an sich zieht. Seine nackte Haut ist warm vom Schlafen, seine Haare durcheinander. Dieser Typ ist Sex auf zwei Beinen. Ich spüre, wie mich allein seine Gegenwart anturnt.

»Hast du gut geschlafen?«, frage ich ihn.

Er nickt. »Wie ein Stein. So gut hab ich das letzte Mal geschlafen, als du bei mir warst.«

Ich kuschel mich gegen ihn, will am liebsten in ihn reinkriechen.

Er dreht sich zu Ella. »Baby, willst du nicht was spielen? Ich hab deine Puppen ausgepackt.«

Sie nickt begeistert und sucht das Schlafzimmer.

Nate grinst mich an. Seine Lippen finden meine und er küsst mich schwindelig. ›Oh Mann, kann er küssen‹, denke ich mal wieder. Er setzt sich auf einen Stuhl, zieht mich auf seinen Schoß.

»Lass uns reden«, meint er dann. »Ich fang an.«

Ich nicke und frage mich, was jetzt kommt.

»Es tut mir leid, wie die Situation mit Ella war, als du gefahren bist. Ich wollte die letzte Nacht mit dir verbringen, wollte dir noch so viele Dinge sagen, wollte dir zeigen, wie sehr ich dich vermissen werde. Es tut mir leid, dass du stattdessen bei meiner Mom schlafen musstest. Ich wollte nie, dass du dich ungeliebt fühlst.«

Ich nicke und verstecke mein Gesicht an seinem Hals. »Ich versteh das. Ella ist deine Tochter, sie ist die höchste Priorität.«

»Ja, das ist sie. Aber deswegen muss ich dir ja nicht das Gefühl geben, dass du gar keine Priorität hast. Ich liebe dich, wirklich. Voll und ganz. Ich will mein Leben mit dir verbringen, will keinen Tag mehr von dir getrennt sein.«

Ich schau ihn an. »Ich hab das verstanden. Das war okay.

Anders konnten wir es nicht tun.«

Er streicht mir eine Strähne aus dem Gesicht. »Vielleicht nicht, aber ich habe trotzdem ein furchtbar schlechtes Gewissen.«

»Musst du nicht. Das ist okay. Und dann hast du mir noch geschrieben und mich noch angerufen. Du hast mir nicht das Gefühl gegeben, gar keine Priorität zu sein. Wirklich nicht. Aber Ella brauchte dich in dem Moment mehr als ich.«

Er lehnt seine Stirn an meine. »Ich war so dämlich«, murmelt er.

»Inwiefern?«, frage ich überrascht.

»Gott, Baby, statt die ganze Zeit von dir zu verlangen, dass du dein Leben umkrempelst, hätte ich einfach von Anfang an machen sollen, was ich jetzt gemacht habe. Dann hätten wir dieses ganze Drama nicht gehabt, weil Ella dann schon gewusst hätte, dass du nicht für immer gehst. Es tut mir leid. Ich ... keine Ahnung. Irgendwie hatte ich wohl das Gefühl, dass ich in der Angelegenheit die Hosen anhaben muss.«

»Und jetzt hast du verstanden, dass ich sie trage?«, frage ich ihn absolut ernsthaft.

Er lacht. »Dein Hintern sieht so saftig in Jeans aus, Baby. Wie könnte ich nicht wollen, dass du sie trägst?«

Ich küsse seine Lippen. »Ich wäre gekommen, Nate. Und ich ziehe auch mit euch in die USA. Aber ich bin so unglaublich froh, dass du hier bist. Dass du mich für wichtig genug hältst, zu mir zu kommen.«

Er streichelt über meinen Kopf. »In dem Moment, als du zugestimmt hast, zu uns zu ziehen, hab ich's verstanden. Deswegen musste ich kommen. Du musst wissen, dass ich alles in meinem Leben ändern würde, wenn ich dafür dich haben könnte. Na ja, außer Ella, aber das weißt du ja.«

Ich nicke. »Ich liebe Ella.«

Er nickt. »Das sieht jeder.«

»Laynie?«, fragt Ella da gerade und kommt um die Ecke.

»Ja, Honey?«

»Kann ich fernsehen?«

»Oh, Baby, du wirst das Fernsehen hier nicht verstehen, aber ich kann dir einen Film anmachen?«

Sie nickt. »Hast du Arielle?«

»Hey, natürlich!«

Ich stehe auf und gehe mit ihr ins Wohnzimmer. Ich schließe meinen Laptop mit einem HDMI-Kabel an den Fernseher, suche in meiner Online-Videothek nach Arielle in Originalversion und mache sie an.

»Hast du Hunger?«, frage ich. Sie nickt. »Soll ich Pfannkuchen machen?«

»Ja«, jauchzt sie.

Ich küsse sie auf den Kopf, wickel sie in eine Wolldecke ein und gehe zurück in die Küche. Nate hat sich schon Kaffee genommen.

»Zucker?«, fragt er.

Ich öffne den Schrank und reiche ihm Zucker. »Ich will, dass ihr euch zu Hause fühlt. Es gibt keine Geheimnisse, ihr könnt alles aufmachen, wie ihr wollt. Okay?«

»Okay.«

»Nate?«

»Hm?«

»Du hast wirklich gekündigt?«

Er nickt. »Ja, aber David stellt mich wieder ein, wenn ich in die USA zurückkomme. Außerdem hat er mir über Kontakte bereits einen Job hier besorgt. Ich fang im neuen Jahr an.«

»Einen Job?«, frage ich überrascht.

Er grinst. »Hast du gedacht, dass ich dir auf der Tasche liegen werde?«

Ich zucke mit den Schultern. »Irgendwie schon.«

Er zieht mich in die Arme. »Nein, Baby, ich glaube nicht, dass eine Beziehung langfristig halten kann, wenn einer von dem anderen abhängig ist. Du würdest das nicht wollen und ich auch nicht.«

Ich stelle mich auf die Zehenspitzen und küsse ihn. »Du bist perfekt. Was ist das für ein Job?«

»Beim Freiwilligenprogramm der Vereinten Nationen. Ich bin als Koordinator eingestellt. Bin für die Organisation der Freiwilligen zuständig, für die Plattform, die Informationen und so weiter aus einer Hand anbietet. Ich freu mich drauf, wird bestimmt interessant. Das Beste ist aber natürlich, dass es hier bei dir ist.«

»Dann können wir gemeinsam zur Arbeit fahren«, sage ich. »Wow, das ist unglaublich. Und David hat einfach ein paar Fäden gezogen?«

Er grinst. »David ist der Sohn eines Beraters des Präsidenten. Normalerweise achtet er stets penibel darauf, auf Vitamin B zu verzichten, weil er es alleine schaffen will. Aber für mich hat er einen Gefallen eingefordert, weil er nicht wollte, dass ich weiterhin wie ein liebeskranker Welpe durch die Gegend laufe.«

Ich grinse und küsse ihn wieder. »Wir bleiben also erst mal in Deutschland?«

Er nickt. »So lange, bis du mit uns in die USA kommen kannst.«

»Okay, das ist annehmbar.«

Er gibt mir einen leichten Klaps. »Hexe.«

»Okay, ich mach jetzt Pfannkuchen, danach müssen wir einkaufen gehen, weil ich nichts zu essen habe. Dann können wir zu IKEA fahren, um ein Bett und so was für Ella zu kaufen.«

»Wo willst du das Bett aufstellen?«, fragt er.

Ich grinse verschmitzt. »Komm.« Ich reiche ihm meine Hand und führe ihn durch den Flur am Wohnzimmer vorbei. Ich öffne eine Türe, und wir stehen in einem Raum, den ich eigentlich als Arbeitszimmer nutzen wollte, aber bisher noch nicht so wirklich dazu gekommen bin. Ich bin erst vor ein paar Monaten hier eingezogen, weil ich nicht in der Wohnung wohnen bleiben wollte, in der ich so glücklich mit Jan war.

»Wieso hast du ein leeres Zimmer?«, fragt er irritiert.

»Ich wollte das als Büro nutzen, bin aber nicht dazu

gekommen.«

Er lacht leise. »Du hast also ein Kinderzimmer, ohne zu wissen, dass du auch das Kind dazu bekommst?«

Ich lache auch. »Na ja, passt doch gut.«

»Passt sehr gut.«

Er küsst mich lange, bevor er ruft: »Ellie-Baby, komm mal her!«

Sie tapert über den Holzboden. »Daddy?«, ruft sie irritiert. Sie ist wahrscheinlich erst zur Küche gegangen.

Er geht in den Flur. »Hier, Baby.«

Sie läuft auf ihn zu und gemeinsam kommen sie ins leere Zimmer. »Welche Farbe sollen deine Wände haben?«

Sie schaut sich mit großen Augen um. »Das ist mein Zimmer?«, fragt sie dann ehrfürchtig.

Ich nicke. »Du bleibst doch ein bisschen hier wohnen, oder?«

Sie nickt. »Ja. Hm. Pink.«

Nate lacht. »Pink dann.«

»Oder wie wäre es, wenn wir die Wände weiß lassen, aber ich mal dir Disney-Szenen an die Wand?«

Ihre Augen werden noch größer. »Arielle?«

Ich nicke. »Ja, Arielle, Sebastian und Fabius kommen hier an diese Wand.« Ich zeige auf die Wand mit den Fenstern. »Und auf diese hier könnten wir Elsa, Anna und Olaf malen.«

Sie klatscht begeistert in die Hände. »Oh ja! Und was da hin?«

»Vielleicht Belle und das Biest?«

Sie schüttelt den Kopf. »Das Biest ist zu gruselig.«

»Dann vielleicht Aladdin? Oder Rapunzel?«

»Rapunzel«, sagt sie fröhlich.

»Okay, dann machen wir das. Und wir kaufen dir ein Bett und so.«

Ich schaue Nate an, der mich belustigt betrachtet. »Was?«

»Da hast du dir Arbeit aufgebürdet, Baby. Weil sie das in Sausalito auch haben wollen wird.«

Ich grinse. »Egal. Ich bin froh, sie wieder lachen zu sehen.«

Ich drücke ihr einen dicken Schmatzer auf die Wange, der sie Lachen lässt.

Wir bringen Ella zurück ins Wohnzimmer, und ich fange jetzt wirklich mit den Pfannkuchen an, obwohl Nate sein Bestes tut, mich abzulenken.

»Es gibt englische Kindergärten in Bonn«, sage ich, während er meinen Hals küsst.

Seine Hände schließen sich um meine Brüste und kneten sie sanft. »Das ist auch geregelt, Baby.«

Ich bin beeindruckt. »Wow, du hast ja schon alles durchgeplant.«

Er zuckt mit den Schultern. »Wenn ich etwas will, dann ziehe ich das durch.«

Seine Hand schiebt sich in meine Shorts, besitzergreifend legt er mir die Hand auf den Venushügel. »Und du willst mich?«

Zwei Finger finden den Weg in mich. »Unbedingt.«

Ich höre auf, den Teig zu rühren, streichel an seinen Seiten entlang, während er mich mit seinen Fingern fickt. Ich stöhne leise, fahre über seinen knackigen Hintern, der in karierten Boxershorts steckt. Er presst seinen Ständer gegen mich.

Ich lege meinen Kopf an seine Schulter und er beginnt an meinem Ohr zu lecken. Ich lege den Kopf zur Seite, um ihm besseren Zugang zu geben.

»Laynie?«

»Was, Baby?«, frage ich und muss mich zusammenreißen, nicht zu stöhnen.

Nate lässt seine Hände, wo sie sind, bewegt sie aber nicht weiter.

»Ich hab Hunger.« Sie kommt zu uns, stellt sich neben mich, legt ihren Kopf an mein Bein.

»Ich mach jetzt Pancakes«, sage ich und streichel ihren Kopf.

Sie schaut vertrauensvoll zu mir auf, nicht im Mindesten interessiert, warum Nate eine Hand in meinen Shorts und eine an meinem Busen hat.

»Kann ich Sirup haben?«, fragt sie.

»Ich befürchte, ich hab keinen Sirup, Süße. Wir gehen nachher welchen kaufen. Mit Puderzucker und Erdbeermarmelade? *Frau Holle*-Pfannkuchen?«

»Frau Holle?«, fragt sie grinsend.

»Sie schüttelt immer die Betten aus und dann schneit es. Nein?«

Sie schüttelt den Kopf. »Kenn ich nicht.«

»Schmeckt aber lecker«, sage ich. »Geh wieder zu Arielle. Wir kommen auch gleich.«

Sie küsst mich aufs Bein, dann Nate und verschwindet im Wohnzimmer.

»Du hättest ruhig deine Hände weniger eindeutig platzieren können«, murmel ich.

Er lacht. »Baby, sie hat keine Ahnung, was Sex ist.«

»Aber ...«

»Nichts aber. Sie weiß nicht, was ich hier mit meinen Händen mache. Sie glaubt, ich umarm dich halt.«

»Hm.«

Er lacht und beißt mir ins Ohrläppchen. »Du weißt, dass ich recht habe. Das schmeckt dir gar nicht.«

»Kein bisschen.«

Offensichtlich hat er auch Hunger, denn er lässt mich die Pancakes machen, ohne mich weiter abzulenken. Ich lege sie auf drei Teller, siebe Puderzucker drüber, kleckse Marmelade in die Mitte und bringe sie ins Wohnzimmer. Nate folgt mit zwei Tassen Kaffee und einer Tasse Kakao. Wir kuscheln uns auf die Couch und schauen Arielle zu Ende.

Ich leihe mir das Auto von meinem Nachbarn und wir gehen einkaufen. Die beiden finden deutsche Supermärkte winzig, außerdem fragen sie sich, wieso es so wenig Auswahl gibt. Ich sag ihnen, sie hätten einen Knall.

Ella sucht sich Chocopops aus und Tierkekse. Danach fahren

wir in den Baumarkt und holen Farben und Pinsel, sodass wir malen können. Und dann fahren wir noch zum schwedischen Möbelriesen, um Möbel für Ella zu kaufen. Ein Bett, einen Schrank, einen Schreibtisch und ein paar Regale. Wir lassen das liefern. Bis das kommt, schläft Ella eben in unserem Bett. Ich hoffe, dass sie danach überhaupt in ihrem Bett schlafen will.

Nachmittags fahre ich zu Micha, aber ihr Zustand ist immer noch unverändert. Mittlerweile sind die Ärzte auch nicht mehr so zuversichtlich. Sie liegt jetzt schon wochenlang im Koma. Das ist einfach kein gutes Zeichen. Man kann sie wieder erkennen, was irgendwie ein kleiner Trost ist, trotz allem. Ich halte ihre Hand, erzähle ihr von Nate und Ella. Und habe ein schlechtes Gewissen, weil ich seit gestern Abend so glücklich bin. Ich fahre mir übers Gesicht, bin frustriert, weil Micha immer noch nicht aufwacht, weil sie mich hier alleine lässt.

Es ist nicht anders als all die anderen Tage zuvor. Es ist ein furchtbarer Zustand zwischen Hoffen und Bangen. Man ist so ein bisschen im Limbus gefangen, hat ein Leben in Wartestellung. Man kann nicht vorwärts und nicht zurück. Es ist qualvoll. Wir warten nur auf eine Änderung, die einfach nicht eintritt.

Ihre Eltern haben keine Hoffnung mehr, dass sie jemals wieder aufwacht. Can klammert sich an der Hoffnung fest, aber mit jedem Tag, der verstreicht, verliert er sie ein bisschen mehr. Ich bin die Einzige, die noch an Micha glaubt. An ihre Stärke, an ihren unbändigen Wunsch, jede Sekunde dieses kostbaren Lebens auszukosten. Sie würde niemals ohne Kampf gehen. Und ich sehe ihr an, dass sie fightet. Sie kämpft um ihr Leben, will nicht gehen, will den Wettstreit nicht verloren geben.

Wie immer küsse ich sie auf die Wange, bevor ich gehe. Aber dieses Mal flüstere ich ihr ins Ohr: »Du bist eine verdammte Scheißkriegerin! Also tritt wem auch immer in den Arsch und komm zu mir zurück!« Wenn sie durch den Schreck, mich fluchen zu hören, nicht aufwacht, dann weiß ich auch nicht mehr.

Als ich nach Hause komme, erwartet mich eine Überraschung. Meine Eltern sitzen mit Nate und Ella im Wohnzimmer.

»Wir haben versucht, dich anzurufen!«, kommt sofort ein Vorwurf meiner Mutter. Sie meint es nicht so, aber manchmal hört es sich danach an.

»Entschuldigt, ich war bei Micha.«

Ich weiß nicht genau, wo ich mich hinsetzen soll, entscheide mich dann aber für den Platz neben Nate. Ich küsse ihn flüchtig.

»Ihr habt euch also schon kennengelernt«, stelle ich fest.

»Na ja«, schnaubt mein Vater. »Er spricht ja kein Deutsch.«

»Du kannst doch Englisch«, antworte ich.

Er zuckt mit den Achseln. »Aber doch nur drei Worte.«

»Wieso hast du uns nicht gesagt, dass du Besuch hast?«, fragt meine Mutter und beäugt Nate, der entspannt neben mir sitzt. Man merkt ihm nicht an, dass er kein Deutsch spricht.

»Laynie«, flüstert Ella. »Ich versteh nichts.«

Ich lache leise und beuge mich über Nate, um sie zu küssen. »Ich weiß, Baby. Sie sprechen Deutsch.«

»Was sprech ich?«

»Englisch.«

»Und du?«

»Ich kann beides.«

Sie schaut mich erstaunt an. »Kann ich das auch?«

»Klar«, nicke ich. »Wenn du in deinen Kindergarten gehst, wird da auch Deutsch gesprochen.«

Damit ist sie erst mal zufrieden.

»Mama, sie sind gestern Abend aufgetaucht, ich hatte keine Ahnung, dass sie kommen würden.« Ich zeige auf Nate. »Das ist Nate, das ist Ella«, stelle ich sie vor. Dann sage ich zu Nate und Ella: »Das sind meine Eltern, Karin und Peter Stein.«

»So weit waren wir schon, Baby«, meint Nate belustigt. »Ich bin froh, dass sie nicht die Polizei gerufen haben.«

»Er nennt dich Baby?«, fragt meine Mutter ein wenig indigniert.

Ich hole tief Luft. »Ich habe Nate in San Francisco kennengelernt. Ich hab mich in ihn verliebt und er sich in mich. Und jetzt ist er hier.«

Sie schaut mich zweifelnd an. »Um dir auf der Tasche zu liegen?«

»Natürlich nicht. Er fängt im Januar seine neue Stelle in Bonn an, bis dahin hat er genug Geld, um sich und Ella zu finanzieren.«

»Mir gefällt das nicht«, sagt sie. »Das ist viel zu schnell.«

Ich zucke mit den Schultern. »So ist es aber nun mal.«

»Kann er nicht im Hotel wohnen?«, versucht sie es noch einmal.

»Nein, kann er nicht.«

»Wieso nicht?«

»Weil ich ihn bei mir haben will.«

Sie schaut ihn an. »Er kann nicht mal Deutsch.«

»Er wird es lernen.«

»Was für ein Vater reißt sein Kind aus seiner gewohnten Umgebung?«

»Ein Vater, der sich verliebt hat und der weiß, dass seine Freundin in die USA ziehen wird, bevor seine Tochter in die Schule kommt.«

»Wie bitte?«, fragt sie entsetzt.

»Ich werde irgendwann mit ihnen nach San Francisco ziehen«, sage ich ruhig, obwohl ich weiß, dass ich eine wahre Bombe platzen lasse.

»Nein, das erlaube ich nicht«, stottert meine Mutter.

»Mama«, sage ich geduldig und sie reißt sich am Riemen.

»Wie sollen wir ihn denn kennenlernen, wenn wir nicht mit ihm reden können?«

Ich schaue sie ruhig an. »Ja, das ist schwer, aber es ist, wie es ist. Ich liebe ihn.«

»Bei dir geht das immer alles so schnell, Kind«, murmelt sie.

Auch wenn Nate nichts versteht, spürt er die Anspannung im Raum. Er greift nach meiner Hand und streichelt sie sanft. Ich blicke ihn dankbar an.

»Atmen, Baby«, sagt er leise.

Ich nicke und atme tief ein und aus. »Ich bestreite nicht, dass es schnell geht, aber wir sind ja nun mal auch in einer besonderen Situation. Wir wohnen nicht nebeneinander, und daher müssen wir halt versuchen, das Beste draus zu machen. Ich bin froh, dass Nate zu mir gekommen ist, weil er mir damit zeigt, dass es ihm ebenso ernst ist wie mir. Ihr solltet euch freuen, dass ich endlich mal einen Mann gefunden habe, für den ich so wichtig bin, dass er sogar zu mir zieht. Zum ersten Mal bin ich für jemanden oberste Priorität.«

Meine Mutter schaut mich an. »Du lügst dir was in die Tasche, Kind. Sie ist seine höchste Priorität, nicht du.«

Ich streiche mir eine Strähne aus dem Gesicht. »Ella ist außer Konkurrenz.«

»Was ist denn mit Jan?«, fragt sie.

Ich schaue sie verständnislos an. »Jan?«

»Ja, ihr habt doch nur eine Pause eingelegt, seid noch zusammen. Wie wird er es finden, wenn er herausfindet, dass du ihn betrügst?«

Ich schließe einen Moment die Augen. »Du willst, dass ich zu einem Typen zurückgehe, der nicht den Mut hatte, mit mir Schluss zu machen?«

»Er liebt dich.«

»Er wollte andere Frauen vögeln!«

Sie schaut mich pikiert an. »Wie bitte?«

»Ja, er wollte mich nicht verlieren, daher hat er nicht mit mir Schluss gemacht, aber er wollte andere Frauen vögeln, daher wollte er eine Pause haben.«

»So ein Arsch«, schimpft sie.

Ich lächel. »Yep.«

»Hm«, macht sie.

»Hm«, mache ich.

»Also ... wir reden noch mal über San Francisco«, sagt sie dann.

»Okay«, sage ich, weiß aber, dass es da nichts zu reden gibt. Ich habe meine Entscheidung schon längst getroffen.

Sie umarmen mich, reichen Nate die Hand. Als sie weg sind, kuschel ich mich eng gegen Nate. Er zieht mich an seinen großen Körper und küsst meinen Kopf, bis es mir wieder besser geht.

»Alles okay?«, fragt er nach einer Weile.

Ich nicke. »Ich hatte ihnen noch nicht von dir erzählt.«

»Wieso nicht?«

Ich zucke mit den Schultern. »Ich wollte nicht, dass es beschmutzt wird.«

»Wie meinst du das?«

»Die Zeit mit dir war so schön, es war perfekt in San Francisco. Und als ich dann in die hiesige Hölle kam, war es plötzlich so, dass alles mit einem ekeligen Film belegt war. Nichts war mehr so gut, wie es in meiner Erinnerung war. Ich mochte meinen Job immer, aber jetzt ist er nur öde, ich hatte immer ein gutes Verhältnis zu meinen Eltern, aber momentan ist es schwierig, weil ich schwierig bin, ich weiß. Irgendwie hat alles seinen Glanz verloren, verstehst du? Ich wollte nicht, dass das auch mit uns geschieht. Deswegen habe ich es wie einen Schatz gehütet, beschützt. Ich konnte nicht zulassen, dass meine Erinnerungen an dich, an uns ihren Glitzer verlieren.«

Er küsst mich sanft auf die Lippen. »Es hätte die Situation leichter gemacht, wenn sie wenigstens gewusst hätten, dass es mich gibt.«

Ich nicke. »Ich wollte euch morgen vorstellen. Ich wusste nicht, dass sie heute kommen wollten.«

Wir schweigen einen Moment. »Deine Mom ist nicht begeistert von mir.«

»Sie hat nichts gegen dich per se«, meine ich. »Sie war nur überrascht.«

»Ich will nicht, dass sie mich hassen.«

Ich streichel seine Wange. »Tun sie nicht.«

»Hm.«

»Das einzige Wichtige ist doch aber, dass ich …« Ich küsse ihn zart. »… dich …« Noch ein weiterer Kuss. »… wie verrückt liebe.« Meine Lippen streichen seine erneut.

Er lächelt. »Sie hassen mich also doch.«

Ich lache leise. »Unsinn, sie haben noch nie jemanden gehasst.«

Wir essen gemeinsam zu Abend, bringen Ella ins Bett. Nate liest ihr noch was vor, und dann kommt er zu mir auf die Couch.

»Hey, Baby«, murmelt er und beginnt mich zu küssen.

»Schläft sie?«, frage ich.

Er nickt und seine Zunge findet den Weg in meinen Mund. Ich stöhne leise, als wir uns endlich richtig küssen, ohne uns zurückzuhalten in irgendeiner Weise. Ich kletter rittlings auf seinen Schoß, drücke mich gegen ihn, küsse ihn mit allem, was ich habe. Ich vergrabe meine Finger in seinen Haaren, knabber sanft an seiner Lippe.

Ich ziehe meinen Pulli aus. Seine Finger tasten sich meinen Rücken hoch bis zum Verschluss meines BHs, öffnen diesen, streifen ihn von meinen Schultern. Seine Lippen streichen über meinen Hals, seine Hände schließen sich zärtlich um meine Brüste. Er berührt meine Nippel, die sich ihm entgegen recken. Sein Mund wandert abwärts, hinterlässt eine feuchte Spur auf meiner Haut. Ich finde den Saum seines Pullis, ziehe ihm den über den Kopf. Meine Finger streichen an seinem Bauch, seiner Brust entlang. Er fühlt sich so gut an! Ich liebe seine Wärme, liebe das Gefühl seiner harten Muskeln unter meinen Fingern.

Ich wandere tiefer, bin am Bund seiner Jeans, streichel über seinen Ständer. Ich öffne den Gürtel, während er einen Nippel in den Mund saugt. Ich werfe den Kopf in den Nacken und stöhne vor lauter Wonne.

»Deine Titten sind so geil, Baby«, murmelt er, wandert mit seinen Lippen zur anderen Seite und lässt der anderen Brustwarze die gleiche Behandlung zukommen. Ich atme schwer, versuche seine Knöpfe zu öffnen, was sich als schwer herausstellt, weil ich zu aufgeregt bin.

Er greift nach meinen Händen, schaut mir in die Augen. »Baby, ganz ruhig. Wir hatten schon mal Sex.«

Ich grinse. »Ich kann mich so gerade erinnern.«

Er lacht und küsst meinen Mund. »Warum bist du dann so nervös?«

»Vorfreude.«

»Oh, Baby«, grinst er mich an. »Da hast du wirklich Grund, nervös zu sein.«

»Hilf mir mit den Knöpfen«, bitte ich ihn.

Er lässt meine Hände los, öffnet seine Hose. Ich starre auf seinen Schritt, lecke mir die Lippen. Ich rutsche von seinem Schoß, knie vor ihm. Er öffnet seine Beine, sodass ich näher kommen kann. Er zieht seine Hose runter, seine Boxershorts ebenso. Groß und dick ragt sein Schwanz vor mir auf und ich ergreife ihn mit beiden Händen. Nate knurrt leise, als er meine Finger auf seiner Haut spürt.

Ich schaue ihn an, meine Zunge befeuchtet meine Lippen. Sein Atem stockt einen Augenblick. Meine Hände fahren an ihm auf und ab. Ich genieße das Gefühl seiner samtweichen Haut um den harten Kern. Ich kann es nicht erwarten, ihn gleich zu schmecken. Ich beuge mich nach vorne, nehme seine Eichel in den Mund, lasse meinen Speichel über sie laufen, mache sie nass. Ich rücke näher an ihn, lasse ihn los, packe ihn zwischen meine Brüste, die ich festhalte.

Seine Augen werden groß. Ich bewege mich auf und ab, lasse seinen Schwanz zwischen meinen Brüsten hoch- und runtergleiten. Ich strecke meine Zunge raus, lecke jedes Mal über seine Eichel. Sein Atem wird schwerer, sein Kopf liegt im Nacken, seine Finger streicheln über meine Nippel. Er schaut durch halb geschlossene Lider zu mir, betrachtet mein Dekolleté, die Stelle, an der sein Schwanz zwischen meinen Brüsten klemmt. Ich pausiere immer mal wieder, um seine Eichel ganz in den Mund zu nehmen. Ich lasse meine Zunge um die Spitze seines Schwanzes flattern, freue mich, als ich seine Lusttropfen schmecke.

»Fuck, Baby, das ist so gut!«, murmelt er.

Ich drücke meine Zungenspitze gegen die kleine Öffnung, was ihm heisere Laute entlockt. Ich schnalze sie gegen sein Bändchen und sein Stöhnen wird lauter. Ich knabbere sanft an seinem Eichelrand und er flucht leise.

Als ich merke, dass er kurz vorm Kommen ist, lasse ich seinen Schwanz aus meinem Mund gleiten. Ich drücke meinen Busen enger zusammen, bewege mich schneller.

»Ja, Baby, härter«, knurrt er. Ich versuche, es so gut wie möglich für ihn zu machen. Ich küsse sanft seine Spitze und er kommt. Sein Sperma spritzt aus ihm hinaus, auf meinen Busen, auf meinen Hals, auf mein Gesicht. Er setzt sich nach vorne, will besser sehen können. Ich kann sehen, wie geil es ihn macht, seinen Samen auf meiner Haut zu sehen.

Ich lecke sanft über seine Eichel, bevor ich meine Brüste loslasse. Er nimmt seinen Pulli, wischt seinen Saft ab und zieht mich dann wieder auf die Couch. Seine Lippen streichen über meine, bevor er mich hungrig küsst.

»Scheiße, Baby, das war fantastisch«, murmelt er, als er mir eine kurze Atempause gibt.

Er drückt mich in die Kissen, zieht mir den Stoff von den Beinen, legt sich auf mich. Wir knutschen wild, und nach ein paar Minuten spüre ich, dass er erneut hart wird. Ich schiebe meine Hand zwischen uns, umfasse ihn, reibe auf und ab, bringe ihn dazu, vollständig hart zu werden. Dann führe ich ihn ein. Er knurrt leise, dreht seine Hüften, um sich in mich zu schieben. Ich lasse seinen Schaft los, massiere sanft seinen Hoden, drücke meine Fingerspitzen gegen seinen Damm.

»Fester, Baby«, murmelt er in mein Ohr, bevor er zärtlich an diesem leckt.

Er stößt nicht ganz rein, gibt mir Platz, um seine Prostata zu stimulieren, stützt sich leicht auf den Ellenbogen ab. Er hält still in mir, genießt meine Berührungen. Mit der anderen Hand fahre ich seinen Arm entlang, kratze ihn sanft mit meinen kurzen Fingernägeln. Er stöhnt laut auf.

»Das reicht, Baby«, murmelt er.

Ich nehme meine Hand weg, umschlinge ihn fest, und er beginnt in mich zu stoßen. Sein Schwanz berührt jedes Fleckchen in mir, ist tief in mir. Ich atme lauter, je tiefer er sich in mir versenkt. Er zieht ein Knie an, klemmt es unter seiner Brust ein, streichelt meine Haut. Seine Lippen finden meine, seine Zunge dringt in mich ein.

»Hm«, hauche ich, fahre mit meinen Fingernägeln seinen Rücken entlang, sanft und zärtlich, ohne ihm wehzutun, nur um Gänsehaut zu produzieren.

»Du fühlst dich so gut an«, flüstert er gegen meine Haut. »Ich hab dich so vermisst, meine Marlene.«

»Ich dich auch.«

Ich bewege mich im Rhythmus mit ihm, unsere Körper im Einklang. Seine ganze Länge ist in mir, aber statt raus- und reinzustoßen, bleibt er die ganze Zeit tief in mir, jede Bewegung bringt ihn tiefer in mich.

Wir küssen uns wieder, er zieht eine meiner Hände von sich, verwebt unsere Finger und legt sie neben meinen Kopf. Ich wölbe mich gegen ihn, immer und immer wieder. Mein Busen presst sich gegen ihn, seine Brust reibt über meine Nippel. Ich spüre, wie unsere Haut feucht wird. Meine freie Hand greift an seinen Hintern, zieht ihn enger an mich.

Er füllt nicht nur meinen Körper aus, sondern meine Gedanken, meine Gefühle. Es ist nicht nur Sex, sondern auch eine emotionale Verbindung, die wir knüpfen, ein enges Band, das uns zusammenschweißt.

»Ich liebe dich«, sage ich leise, beinahe nur ein Hauchen.

Seine Augen leuchten auf, er küsst mich erneut, intensiver, fordernder, mit so viel Verlangen, dass ich kaum weiß, wie ich es aushalten kann. Mein Herz schwillt an, alles in mir jubiliert, weil ich endlich wieder mit ihm schlafe, weil wir uns entschieden haben, unser Leben gemeinsam zu verbringen, weil er zu mir gekommen ist. Er ist zu mir gekommen! Zu mir! Ich bin überwältigt von seiner Liebe, seinem Vertrauen, seinem Glauben an eine gemeinsame Zukunft.

Ich spüre die Verantwortung. Spüre den unbändigen Wunsch, ihn jeden Tag so glücklich zu sehen wie heute. Ich hoffe, dass ich ihn für immer und ewig so sehe wie in diesem Augenblick.

Er löst unsere Hände und schiebt seine zwischen uns, reibt sanft meine Klit, bringt mich dazu, schneller zu atmen. Ich spüre den Höhepunkt auf mich zukommen, spüre, wie er mich in die Arme meines Orgasmus treibt. Als ich zu zucken beginne, küsst er mich auf diese unnachahmliche Weise, die meine Knie schwach werden lässt.

Er nimmt all meine Lustlaute auf, fügt eigene hinzu, als er sich tief in mir ergießt. Schwer atmend liegen wir auf der Couch, in den Armen des anderen. Er lehnt seine Stirn an meine, schließt die Augen, versucht seinen Atem zu regulieren.

»Baby, du machst mich so unglaublich glücklich«, sagt er heiser.

Ich küsse sein Gesicht, streichel seine Wangen.

»Baby, ich sage dir das nicht, weil ich noch in dir bin. Ich sage dir das nicht, weil ich eine Aufenthaltsgenehmigung brauche, denn die brauche ich nicht. Ich habe ein Arbeitsvisum für ein Jahr. Ich sage dir das, weil ich dich liebe, mehr liebe als jede andere Frau, die ich je kennengelernt habe. Heirate mich.« Er hebt den Kopf, schaut mir bei den letzten Worten direkt in die Augen.

Ich bin überrascht, das kommt schnell, aber da ich mir schon Gedanken darüber gemacht habe, wie ich in den USA leben kann, bin ich nicht vollkommen von den Socken.

Ich lecke mir die Lippen. Und nicke. »Ja«, flüstere ich. »Ja.« Mir laufen Tränen die Wangen runter.

Er küsst sie weg, lächelt mich warm und liebevoll an. »Ich liebe dich.«

»Ich dich auch, Nate. Ich liebe dich so sehr, ich will dich so sehr. Ich will auch Ella so sehr!«

Seine Lippen drücken sich gegen meine und er gibt mir den perfekten ersten Kuss als Verlobte.

Kapitel 13

Den Sonntag verbringe ich in Ellas Zimmer, bemale die Wände. Nate hilft beim Ausmalen der Flächen. Ella sitzt in dem mit Folie ausgekleideten Raum, malt Bilder, die wir in der Küche an die Schränke kleben. Als sie mir ihr neues Bild zeigen will, patscht sie mit ihrer blau-grünen Hand gegen mein Bein und lacht sich halb scheckig, als sie den Abdruck sieht.

»Oh, das findest du lustig?«, grinse ich und stupse ihr meinen Pinsel auf die Nase.

Sie schaut mich empört an, überlegt einen Moment, ob sie lachen oder weinen soll. Dann funkeln ihre Augen amüsiert und sie patscht wieder und wieder gegen meine Haut, gegen mein T-Shirt, gegen meine Shorts.

Nate lacht, taucht beide Hände in lila Farbe, nähert sich mir von hinten und legt seine Hände auf meine Brüste. Ich kreische und Ella lacht sich kaputt. Sie nimmt den Pinsel, den ich fallen gelassen habe, und malt damit auf Nates Bein.

»Hey, du kleine Hexe«, lacht er, hebt sie hoch und muss ihrem Pinsel ausweichen. Ich male ihr ein kleines Herz aufs T-Shirt und sie gluckst. Sie legt ihre Hände an mein Gesicht und freut sich, als sie die Spuren der Farbe auf meinen Wangen sieht. Nate küsst sie auf das Köpfchen und zieht mich an sich. Er küsst mich sanft. Ella patscht uns beiden ins Gesicht und Nate revanchiert sich mit einem lila Punkt auf ihrer Wange. Sie quietscht und hält dann ihre Lippen für einen Kuss hin. Sie lacht, als wir sie abwechselnd küssen.

Nach ein paar Minuten Albernheit machen wir uns wieder an die Arbeit. Irgendwann will Ella aus dem Zimmer raus.

»Ella, stopp!«, rufe ich ihr hinterher. Ich fange sie ein, als sie schon ein Stück den Flur runter ist. Ihre Füße haben bunte Spuren auf dem Holzboden hinterlassen. Außerdem hat sie den Pinsel so in der Hand, dass er einen bunten Strich an die weiße Wand malt. Ich fange sie ein, und sie jauchzt, als ich sie hochhebe und durch die Luft wirbel. Ich bring sie ins Bad, wasche ihr Füße und Hände und nehme ihr den Pinsel ab. Sie lacht.

Ich hole einen Lappen aus der Küche, um die Fußspuren aufzuwischen.

»Tut mir leid, Baby, einen Tag hier und schon zerstört sie deine Wohnung«, meint Nate zerknirscht und deutet auf den bunten Strich an der Wand.

Ich grinse und umarme ihn dann. »Ach, das ist doch egal. Das können wir irgendwann übermalen oder auch nicht.«

Er legt den Kopf schief. »Echt?«

»Ja, Hauptsache, sie hat Spaß und es geht ihr gut. Was interessieren mich die Wände? Jeder der reinkommt, wird sofort sehen, dass hier ein fröhliches Kind wohnt. Perfekt.«

»Wow«, meint er verwundert, »ich hätte nicht gedacht, dass du noch großartiger werden könntest.«

Er küsst mich lange, bis uns ein lautes Scheppern stört. Gleich darauf setzt Weinen ein; und so eilen wir beide ins Wohnzimmer. Ella ist eine Schale aus Keramik runtergefallen und sie steht weinend in den Scherben.

»Bleib stehen, Ellie-Baby«, sagt Nate. »Nicht bewegen.« Er geht vorsichtig zu ihr, hebt sie hoch und bringt sie aus der Gefahrenzone. Ich hole einen Besen und ein Kehrblech, hebe die Scherben auf. Ich staubsauge noch einmal drüber, um sicherzugehen, dass wir auch weiterhin gefahrlos mit nackten

Füßen durch die Gegend laufen können. Wozu gibt es denn eine Fußbodenheizung? Und wer sich jetzt fragt, Fußbodenheizung, aber keine Gegensprechanlage? Ja, genau! Frag ich mich auch.

»Honey, ist nicht schlimm.« Ich trete zu Ella und Nate. »Alles in Ordnung.«

»Nicht böse sein«, jammert sie.

Ich streichel ihren Kopf. »Nein, Baby! Dinge gehen kaputt, das ist okay. Du hast es ja nicht absichtlich gemacht.«

Sie verneint und beruhigt sich langsam wieder. »Alles okay, ich bin nicht böse.«

»Wirklich?«, fragt sie nach.

»Wirklich.«

Sie lächelt wieder ein bisschen.

»Siehst du, Baby, alles wieder okay«, meint Nate.

Ich lächel sie an. »Ihr seid hier beide nicht zu Gast. Das ist auch eure Wohnung. Kapiert?«

Sie nicken beide mit demselben konzentrierten Ausdruck auf dem Gesicht. Und wieder einmal wird mir klar, dass vieles gar nicht Genetik, sondern Sozialisation ist. Die beiden sind sich so ähnlich, das ist schon fast unheimlich.

Am nächsten Morgen bin ich die Einzige, die aufstehen muss. Nate grummelt, als er den Wecker hört. Normalerweise drücke ich fünfmal auf den Timer, um noch weiterschlafen zu können, aber das will ich den beiden nicht antun, und so quäle ich mich aus dem Bett, geh duschen, zieh mich an. Und merke, dass ich noch dreißig Minuten Zeit habe. Also decke ich den Frühstückstisch für sie, suche für Nate einen Wohnungsschlüssel raus, lege all mein Geld auf den Tisch, weil er noch keine Euros hat. Das Taxi hatte er mit Kreditkarte bezahlt.

Als ich mir gerade die Jacke anziehe, kommt Ella aus dem Schlafzimmer getapst.

»Wo gehst du hin?«, fragt sie besorgt.

»Ich muss zur Arbeit«, sage ich.

Sie kommt zu mir, umarmt meine Beine. »Aber du kommst wieder?«, fragt sie mit bebendem Stimmchen.

Ich knie mich zu ihr, nehme sie in die Arme. »Natürlich, Baby. Ich geh nie wieder weg.«

Sie reibt ihre Wange an meiner. »Gut.«

Ich lächel sie an, küsse ihre Wange. »Geh wieder ins Bett, schlaf noch ein bisschen.«

»Ich muss Pipi.«

»Dann geh ins Bad. Kommst du alleine klar?«

Sie nickt.

»Tschüss, Baby.«

»Tschüss, Laynie.«

Zuckersüß. Verdammt.

Nach der Arbeit fahre ich im Krankenhaus vorbei. Can ist da, hält ihre Hand, flüstert mit ihr. Ich will nicht stören, also klopfe ich nur kurz an, winke. Aber er hält mich auf.

Er kommt raus, umarmt mich. »Ihre Eltern überlegen, die Maschinen abzustellen.«

Ich bin geschockt. Mir war klar, dass sie keine Hoffnung mehr haben, aber ich hätte nie gedacht, dass sie die Maschinen abstellen würden. Meine Augen füllen sich mit Tränen.

»Ich halte es auch für das Beste. Sie soll sich nicht mehr quälen.« Seine Stimme ist tonlos, vollkommen leer irgendwie, als wäre etwas in ihm gestorben.

»Nein, bitte nicht«, murmel ich.

»Lene, es sind jetzt fast drei Monate.«

Meine Tränen fließen immer schneller. »Nein, nein! Ihr könnt die Maschinen nicht abstellen. Sie kämpft, sie kommt zurück! Das ist Micha, sie ist eine Kämpferin.«

Er steht einfach nur da, tut nichts, hört sich meine Tirade einfach nur an. Seine Augen ... Gott, seine Augen sind tot. Ich kann es nicht ertragen und wende mich ab. Aus den Augenwinkeln sehe ich eine Bewegung. Mein Gesicht fliegt in die Richtung und ich erstarre.

»Can«, flüstere ich. »Ihre Hand.«

Er dreht seinen Kopf in die Richtung und sieht einen zuckenden Finger. Ein beinahe unmenschlicher Schluchzer kommt aus seinem Hals und er stürzt ans Bett. Ich renne zum Schwesternzimmer, hole einen Arzt, der mit mir zu Michas Bett eilt. Ihre Finger zucken, ihre Augenlider flattern.

»Sie kommt zu sich«, murmelt er. Und dann wendet er sich an uns: »Sie dürfen nicht zu viel erwarten, auch wenn sie jetzt aufwacht, kann es sein, dass sie nicht mehr die gleiche Person ist. Es können Teile des Gehirns verletzt sein, die wir bisher nicht auffinden konnten. Ich kann das nicht abschätzen. Machen Sie sich nicht zu viel Hoffnung.«

Aber wir haben ihm beide nicht zugehört, achten nur auf Micha. Wir stehen an ihrem Bett, jeder hält eine Hand, und es ist eine absolute Scheißwohltat, ihre Finger in meinen zucken zu spüren.

»Micha«, flüstere ich heiser. »Micha, wach auf.«

»Komm schon, Süße«, murmelt Can, in den plötzlich wieder Leben eingekehrt ist.

Und dann macht sie die Augen auf. Sie kann noch nichts erkennen, die Lider fallen wieder zu.

»Komm schon, Micha!«, flehe ich sie an. »Mach die Augen auf!«

Sie öffnen sich erneut. Sie kann nicht fokussieren, und sie schließen sich wieder. Das Spielchen wiederholt sich ein paarmal. Plötzlich wird sie panisch, weil sie den Widerstand in ihrem Hals spürt. Sie will sich an den Tubus fassen.

»Ganz ruhig«, sagt der Arzt. »Ich werde jetzt den Tubus ziehen. Versuchen Sie ganz ruhig zu bleiben. Es ist unangenehm, aber danach können Sie wieder atmen.«

Sie scheint zu verstehen, und der Arzt löst vorsichtig die Pflaster ab. Er schaut ihr ernsthaft in die Augen und zieht dann den Beatmungsschlauch aus ihr raus. Sie keucht und würgt, und es hört sich so furchtbar schlimm an, aber dann atmet sie. Von alleine.

Einen Moment liegt sie erschöpft in den Seilen. Dann öffnet sie ihre Augen erneut und schaut mich an. Erkennen liegt in ihrem Blick. Sie öffnet den Mund.

Ich lege ihr den Finger an die Lippen. »Nein, Süße, nicht reden.«

Sie drückt meine Finger, ein leichtes Lächeln zeigt sich. Dann wandern ihre Augen zu Can, dem die Tränen in wahren Sturzbächen die Wangen runterlaufen. Er küsst sie auf die Lippen. Auch ihre Augen werden feucht.

»Baby«, flüstert er immer und immer wieder. »Du bist zu mir zurückgekommen.«

Der Arzt untersucht sie, ihre Pupillen, ihre Reflexe, ihre Atmung, ihren Herzschlag. Er sagt uns, dass wir nicht allzu lange bleiben dürfen, dass sie sich erholen muss.

Ich lasse die beiden kurz alleine, darf vom Schwesternzimmer ihre Eltern anrufen, die so aufgewühlt sind, dass ich ihnen verbiete, mit dem Auto zu kommen. Sie sollen sich ein Taxi nehmen. Dann rufe ich meine Eltern an, die sich ebenfalls auf den Weg machen. Und dann rufe ich Nate an, der Micha nicht kennt, aber sich fast jeden Tag meine Geschichten angehört hat, und sie ihm deswegen gar nicht mehr fremd ist. Er freut sich, sagt, ich soll so lange bleiben, wie ich muss, aber so schnell wie möglich zu ihm kommen, um dieses wunderbare Ereignis mit ihm zu feiern. Eine bessere Reaktion hätte es echt nicht geben können.

Ich eile zurück an Michas Krankenbett. Es wird noch ein bisschen brauchen, bis wir Genaueres wissen, aber erst einmal habe ich Hoffnung.

Sie schaut mich an, als ich wieder reinkomme. Sie leckt sich die Lippen. »Was ... was?«, flüstert sie heiser.

»Nicht, schon gut«, sage ich.

Sie schüttelt den Kopf. »Was ... macht ... der ... Typ ... mit ... dem ... dicken ... Schwanz?«, bringt sie mühsam hervor.

Mir laufen Tränen die Wangen runter, vor Rührung und vor

Lachen. Vor lauter Erleichterung, dass Micha doch noch die Alte ist. Oh Mann!

»Scheiße, Micha, das kann aber auch nur bei dir passieren, dass sich deine ersten Worte um einen dicken Schwanz drehen«, lache ich herzlich.

Sie schaut belustigt und gleichzeitig fragend. Sie wartet eindeutig auf eine Antwort.

»Der Typ mit dem dicken Schwanz hat seine Tochter eingepackt und ist in einer Nacht-und-Nebel-Aktion bei mir eingezogen.«

Sie schaut mich mit großen Augen an. Dann macht sie eine Handbewegung, die eindeutig besagt, dass ich verschwinden soll, um zu ihm zu eilen.

Ich schüttel den Kopf. »Du bist meine beste Freundin. Ich lass dich nicht für einen Kerl allein.«

Sie grinst und deutet auf Can. Das Sprechen fällt ihr noch ein bisschen schwer, aber sie ist gut in Zeichensprache, denn ich verstehe sofort, dass das bedeutet, dass sie Zeit mit ihrem Kerl verbringen will. Ich küsse sie auf die Wange, umarme Can kräftig. Und gestehe dann, dass ich den Eltern Bescheid gesagt habe. Sie verfluchen mich beide halbherzig, aber schicken mir Handküsse hinterher.

Und ich ... ich eile nach Hause. Zu meinem Nate und meiner Ella, die es beide geschafft haben, sich in meinem Herzen einzunisten. Gab es jemals jemanden, der glücklicher war als ich?

Epilog

Acht Monate später

»Verdammt, Laynie!«, ruft Thea. »Wird aber auch Zeit, dass du dich endlich mal wieder bei uns blicken lässt.« Sie zieht mich in die Arme.

»Ich war mir nicht sicher, ob ich hier noch willkommen bin«, antworte ich.

Sie zieht die Augenbrauen zusammen. »Was soll das denn heißen? Du bist Familie.«

Ich zucke mit den Schultern. »Na ja, ich hab euch alle versucht anzurufen, habe E-Mails geschrieben, weil ich mir solche Sorgen um Nate und Ella gemacht habe, aber keiner, nicht einer, von euch hat mir geantwortet und geholfen, meine Sorgen zu zerstreuen.«

Sie lacht laut auf. »Das musst du mit Nate ausmachen. Er hat uns bei Androhung der Todesstrafe verboten, deine Anrufe anzunehmen, weil er dich überraschen wollte. Und sag selbst: War das nicht das scheißbeste Gefühl, als er vor deiner Tür stand?«

Ich grinse und schlage in die Hand ein, die sie zum *High Five* hochhält. »Ja, das war es. Besser als alles andere. Aber das weißt du schon, weil wir das ungefähr fünfhundert Mal besprochen haben.«

Nachdem Nate ihnen mitgeteilt hat, dass er angekommen ist, habe ich jede Menge Anrufe und Mails bekommen, weil sie sich alle entschuldigt haben, dass sie mich hängen ließen. Ich habe ihnen – großzügig, wie ich bin – verziehen.

Jetzt sind wir vor drei Tagen in die USA zurückgekommen. Marlene Cole. Wir haben vor ein paar Monaten standesamtlich in Deutschland geheiratet, und ich bin jetzt die stolze Besitzerin einer Greencard. Wir sind wieder in das schöne Haus in Sausalito gezogen, sind somit fast Theas Nachbarn, da sie nur ein paar Kilometer weiter wohnen. Das Haus, das Tom für sie gebaut hat, ist wunderschön. Nicht so schön romantisch wie unseres, aber ein wahr gewordener Traum.

»Bekommst du dann jetzt Babys, Mrs. Cole, oder nimmst du mein Jobangebot an?«, scherzt sie.

Ich schaue sie überrascht an. »War das ernst gemeint? Ich dachte, du machst Witze.«

»Ich scherze nie«, sagt sie mit dunkler, düsterer Stimme.

Ich grinse. »Ich will versuchen, weiter in meinem Bereich zu arbeiten. Ich mag das Gefühl, etwas Gutes zu tun. Und es passt ja auch zu Nates Ambitionen.« Sie schenkt mir einen fragenden Blick, aber ich will nicht weiter darauf eingehen. Sie zuckt mit den Schultern und akzeptiert es.

Wir gehen in den Garten und schauen auf unsere Familie. Matt und Nate stehen am Grill und braten Würstchen. Tom kommt gerade mit Ella die Treppe zum Strand hoch und Will tritt aus dem Haus mit ein paar Flaschen Bier in der Hand. ›Es ist traumhaft schön hier‹, denke ich.

»Willst du eins, M?«, fragt mich Will und ich nicke. Er dreht mir die Flasche auf, weil ich das ums Verrecken nicht hinbekomme. Ich weiß, es ist supersimpel, einfach den Kronkorken andrücken und drehen, aber es geht einfach nicht. Und ich hab nicht mal ein Feuerzeug, um sie so aufzumachen.

»Hat schon einer mit dir das ›Wenn du ihm wehtust, tue ich dir weh‹-Gespräch geführt?«, fragt er mich fröhlich und lässt sein Bier gegen meines klingen.

»Matt hat das schon vor langer Zeit erledigt«, meine ich amüsiert.

»Gut, dass man sich auf den Mann verlassen kann«, grinst Will. Er schlingt seinen Arm um Thea, die sich gegen ihn kuschelt. Ich spüre Hände, die sich um mich legen. Nate küsst meinen Kopf, bevor er mir mein Bier klaut.

»Habt ihr euch schon erholen können oder seid ihr noch voll im Umzugsstress?«, fragt Thea mich.

»Ach, wir hatten gar nicht so viel Stress. Wir haben das Meiste in Deutschland gelassen, weil wir ja hier schon komplett ausgestattet waren.«

»Wie hat dir eigentlich Deutschland gefallen?«, fragt Will Nate.

»Der Winter war scheiße«, antwortet Nate. »Mir sind fast die Eier abgefroren.«

Will lacht. »Kann ich dir nicht verübeln.« Sie stoßen miteinander an. »Aber du hattest doch M, um sie warmzuhalten.«

»Gott sei Dank, ich hätte das sonst nicht ausgehalten.«

Thea grinst mich an und verdreht gespielt genervt die Augen.

»Sonst war's cool. Das Bier ist super, ich liebe Bratwurst. Es war schwer, sich an so was wie Bus- und Zugfahren zu gewöhnen. Wir hatten ja kein Auto in Deutschland, was aber offensichtlich total normal ist. Was mich am meisten gestört hat, und es mag unsinnig klingen, ist, dass es Ewigkeiten braucht, bis man Wäsche gewaschen und getrocknet hat. Fuck, das hat vier Stunden gedauert! Hier dauert das eine maximal. Das hat mich echt voll fertiggemacht.« Er grinst.

Ich streichel über seinen Arm. »Armes Baby.«

»Du nimmst mich nie ernst.«

»Nie würde ich nicht sagen.«

Tom kommt mit Ella zu uns. Tom schaut sie auffordernd an. »Wolltest du Laynie nicht was sagen?«

Sie nickt aufgeregt. »Ja, wollte ich.« Sie öffnet ihre Hand und hält sie mir hin. Da liegt ein Stein in Form eines Herzens.

»Für mich?«, frage ich gerührt.

Sie nickt. »Für dich, Mommy.«

Ende aus. Mickey Mouse. Tot und im Himmel. Mein Baby hat

mich zum ersten Mal Mommy genannt. Ich bin geflasht und geplättet und ... ja, genau, nichts mehr.

Ende.

Danksagung

Wie jedes Mal hoffe ich, dass ihr Marlene und Nate ins Herz schließt. Und Ellie-Baby natürlich nicht zu vergessen. Bevor die Frage aufkommt, wie viel Annie in Marlene steckt: Sehr viel. Der Anfang ist eine absolut korrekte Wiedergabe meiner Zeit in San Francisco. Leider habe ich aber weder Nate noch die WG getroffen …

Es scheint, dass ich immer mehr Menschen zu danken habe. Letztes Mal habe ich mich ja aus der Affäre gezogen, dieses Mal muss ich wohl durch.

Ich danke …

* meinen Testleserinnen Gudrun, Alexandra, Stefanie, Juliane und Julia. Vielen, vielen Dank, dass ihr mir mit Rat und Tat zur Seite gestanden habt, mir geholfen habt, die Geschichte zu verbessern, und auch nach der hundertsten Nachfrage noch geduldig wart.

* meiner Korrektorin, die Fehler findet, die ich zehn Mal übersehen habe, und die dafür sorgt, dass ich (fast) richtiges Deutsch schreibe.

* meiner Familie, die immer hinter mir steht, mich bei allem unterstützt, was ich tue, und mir den Rücken freihält.

* meinen Freundinnen. Sie sind meine gewählte Familie und ich bin froh, jede Einzelne in meinem Leben zu haben.

* meinen Leser*innen. Ihr seid einfach die Besten. Vielen, vielen Dank für eure Unterstützung, für jede E-Mail, jeden Blogkommentar, jede Rezension, jede Nachricht und jeden Kommentar bei Facebook. Danke, dass ihr *In bed with Annie* zu einer so unglaublichen Gruppe gemacht habt. Ihr alle habt einen großen Platz in meinem Herzen.

* Chantal, Daniela, Ute, Miriam und Marlene, die den Namen Nate ausgesucht haben.

* Sina, Laura, Stefanie, Cathleen und Karola, die den Namen Marlene ausgesucht haben.

* Laura, die den Namen Juicy's für Matts Bar erfunden hat.

Ich danke allen, die an die große Liebe glauben, auch wenn sie sie noch nicht gefunden haben. *You rock!*

Love, Annie (Februar 2015)

Weitere Werke

Wer mehr über Thea, Matt, Will und Tom erfahren will, sollte die She flies...-Reihe lesen.

She flies with her own wings (BAND 1)

Among the wild flowers (BAND 2)

Serendipity is life (BAND 3)

This is us (BAND 4)

Drei kostenlose Bonuskapitel gibt es auf meinem Blog.

Im Mai 2015 beginnt meine neue Reihe.

Society of badass debauchery

JACE - Band 1

MIKE - Band 2

BEN - Band 3

Wird fortgesetzt.

Yale hat *Skulls & Bones*, in Harvard gibt es den *Porcellian Club*, Cornells Geheimbund ist bekannt als *Sphinx Head* und in Cambridge treiben die *Apostles* ihr Unwesen. Aber wir, wir in Oxford hatten die *Society of badass debauchery*.

Okay, okay, vielleicht haben wir nicht das Format der großen

Geheimbünde, aber dafür waren wir umso geheimer. Niemand wusste, dass es uns gab. Nur wir elf. Aber das reichte schon. Wir gingen durch dick und dünn, konnten uns blind aufeinander verlassen und heute, zehn Jahre nach unserem Kennenlernen, ist es immer noch so, auch wenn wir in alle Winde verstreut sind.

Wir haben uns an einem lauen Sommertag im Jahre 2004 in Oxford getroffen. Wahllos durch das Schicksal zusammengewürfelt, halten wir alle es für den besten Zufall der Weltgeschichte. Wer hätte aber auch gedacht, dass drei Engländer, vier Australier und vier Amerikaner die beste Mischung seit dem Martini sind?

Auch wenn Jace, Simon, Nick und Mike wieder in den USA sind und Evan, Tyler, Ethan und Jonathan Downunder, trifft sich die *Society of badass debauchery* einmal im Jahr irgendwo auf der Welt zum Klassentreffen. Aber irgendwas ist dieses Jahr anders. Ganz anders.

5190497R00179

Printed in Germany
by Amazon Distribution
GmbH, Leipzig